小学館文庫

リッチ・ブラッド

ロバート・ベイリー
吉野弘人 訳

小学館

リッチ・ブラッド

＊主な登場人物＊

ジェイソン・ジェイムズ・リッチ……… 弁護士。

ジャナ・ウォーターズ……………………… ジェイソンの姉。

ブラクストン・ウォーターズ…………… ジャナの夫、整形外科医。

ニーシー……………………………………… ウォーターズ家の長女、19歳。

ノラ…………………………………………… ウォーターズ家の次女、16歳。

ジャクソン・バーンズ…………………… ウォーターズ家の隣人、カーディーラー。

シャンドラ（シャン）…………………… バーンズの元妻。

イザベル（イジー）・モンテーニュ …… リッチ法律事務所のパートナー。

ハロルド（ハリー）・ダヴェンポート … 私立探偵。

ウェイロン・パイク……………………… 便利屋。

コリーン・メイプルズ…………………… 麻酔専門看護師。

ベヴァリー・サッカー…………………… 看護師。

トレイ・コーワン………………………… 高校アメフトの元スター選手。

トルーディ………………………………… トレイの母親、ウェイトレス。

ウォルター・コーワン…………………… トレイの父親、建設作業員。

キーシャ・ロウ…………………………… ジャーナリスト。

テレサ・ロウ……………………………… 〈ブリック〉のバーテンダー。

アシュリー・サリヴァン………………… 法律家支援プログラムの責任者。

チェイス・ウィッチェン………………… ジェイソンの幼なじみ。

トニダンデル兄弟………………………… 元軍人の三兄弟、サッチ、チャック、ミッキー。

リチャード・グリフィス………………… マーシャル郡保安官事務所の保安官。

ケリー・フラワーズ……………………… 保安官補。

ハティ・ダニエルズ……………………… 保安官事務所の捜査官。

シェイ・ランクフォード………………… 地区検事長。

パウエル・コンラッド…………………… 巡回裁判所判事。

タイソン・ケイド………………………… 覚醒剤王。

ジョー・バラードとフォンシー・バラードへ

第一部

1

ウェイロン・パイクはこれまで人を殺したことはなかった。

それ以外のことはしてきた。恐ろしいことやひどいこと。そのうちのいくつかのせいで服役したこともあれば、そうでなかったこともある。

それでもこの世に生を受けてからの惨めな四十二年間で、一度も人の命を奪ったことはなかった。

人を殺すことはもっと難しいと思っていた。おじけづいたり、神経質になったりというように。

だが何も感じなかった。

犯行に向かうための車を待ちながら、パイクはルアーをキャストし、ガンターズビル湖を照らす花火を眺めていた。この日、テネシー州サウス・ピッツバーグの実家近くの商店ではいったいいくつの花火が購入されたのだろう。パイクは高校時代、州間高速道路を降りたあたりにあるスーパーマーケットでアルバイトをしていたことがあり、筒形花火《ローマン・キャンドル》や煙玉花火、ミサイル花火、ロケット花火、クロセット花火（打ち上げられて広がった星がさらに四つや五つに枝分かれする花火）、ねずみ花火など、ありとあらゆる花火について学んだものだった。爆発物にはいつも親近感を覚えていた。視覚的なエンターテインメントを提供するもの……

……そして、空を飾る以上のことはできないもの。

初めて法を犯したのは、友人のトラックに乗って、火のついた筒形花火を対向車に向かって窓から投げつけたときだった。未成年だったため、その軽罪は記録には残らなかった。罪を逃れたことに安心するべきだったのに、あろうことか彼は初めての犯罪に喜びを見い出し、さらに上を目指すことにした。十九歳のとき、レストランのオーナーの命令により、保険金目当てで店に放火した。火災調査は行なわれたが、彼は起訴されることも、放火の疑いをかけられることもなかった。オーナーは保険金の一割を彼に払い、これ以降、パイクは〝始末屋《フィクサー》〟としてのキャリアを歩むことになった。

その後の人生はトラブル続きだった。窃盗、放火、コカイン所持の犯罪歴があり、二度服役した。一年前に二度目の服役を終えたばかりだった。

釣り竿《ざお》のリールを巻いて、もう一度キャストしながら、パイクは考えた。これまでの自分の人生にチャンスと言えるものはあったのだろうか。自分はなるべくして犯罪者になったのではなかろうか。

ジャナ・ウォーターズに出遭ったとき、彼は自分の運が変わったと感じた。彼女は金持ちの退屈している主婦で、まるで自分の裕福な人生に苦しめられているようだった。ふたりはバーで出遭い、酔っぱらって、バーの駐車場の彼女の車のなかでセックスを愉《たの》しんだ。パイクはその思い出に思わず微笑《ほほえ》んだ。その最初の戯れ以来、ジャナはバック・アイランドにある自宅の便利屋仕事に彼を何度も雇ってくれた。彼女は金持ちの友人たちにも彼を紹介してくれた。そのおかげで彼はこの九ヵ月間かなり懐が潤っていた。パイクは学校の成績はひどかったが、手先はたいそう器用だった。エンジンの修理や家の修復、ボートのメンテナンス、どんな仕事であれ、彼はジャナが彼自身や友人に語っていたように、〝近くにいると都合のいい人間〟だった。彼は合法的な仕事を愉しんでいると認めざるをえなかった。まっとうな仕事をして報酬を得る。もちろんその奥さん連中とヤッていたのだが、恋と戦《いくさ》は道を選ばずと言わなかったか？　姦通《かんつう》は罪だが、犯罪ではない。どうせ地獄に行くのだ。愉しんだほうがいい。

パイクはこんな生活は長続きしないとわかっていた。いずれ元の生活に引き戻されるだろう。何か、あるいはだれかに。それはオーバーン大が大勝したあとや、アラバマ大が敗れたときに、トゥーマーズ交差点《コーナー》が人々によってトイレットペーパーで飾られるのと同じくらい必然的なことだった。

まさかジャナ・ウォーターズが怪しげな過去に引き戻すきっかけになるとは思っていなかったが、人生とはなんとも驚きに満ちたものではないか？ 自分の時計をちらっと見ると、湖に眼《め》を戻した。夜はすでに暗かったが、まだまだ花火は上がるだろう。なんだかんだ言っても、今日は七月四日なのだから。

彼はリールを巻き取ると、タックルボックスを手にした。そしてハイウェイを横切り、トラックに乗り込んだ。一日の釣りを終えたただの釣り人だった。

迎えが来るまでまだ数分あったが、落ち着いていた。冷静だった。ほとんど何も感じていなかった。

あとおよそ六十分で、彼はひとりの男を殺す。

ウェイロン・パイクは花火のショーを眺めていた。そして待った。

2

ジャナ・ウォーターズはほとんど空《から》のウォッカのグラスを見つめていた。唇を噛《か》むと、残りを飲み干した。カウンターの上にグラスを滑らせてから、立ち上がる。

「もうお帰りですか、ミズ・ウォーターズ？」バーテンダーがからかうような口調で尋ねた。

いつもの夜ならジャナはこのハンサムな若者に投げキッスをしていたかもしれない。なんて名前だったっけ？　キース？　ケニー？　思い出せなかった。だが今夜はそんな気分ではなかった。

「明日はいらっしゃいますか？」彼は尋ねた。

ジャナは眼をしばたたくと、なんとか専売特許の作り笑顔を見せた。「あなたの運がよければね」

「はい、マァム」彼は顔を赤らめながらそう言った。

ジャナは背を向けると、出口に向かって歩いた。〈ファイヤー・バイ・ザ・レイク〉は六十九号線のはずれ、ガンターズビル湖のすぐ近くにあるレストランだった。オーナーが替わる前から、彼女がずっとひいきにしている店のひとつだ。出口に向かって歩きながら、視線を感じた。今に始まったことではない。ジャナ・ウォーターズは来るときも出ていくときも、常に波紋を残すのだった。

しっかりと前を向いて砂利の敷かれた駐車場を歩いた。湖からの風は温かく、肌にべたついた。〈メルセデス〉のSUVにたどり着くと、アスファルトの道路を眺め、道路脇の巨大な看板をにらみつけた。

仕事で怪《け》我《が》をした？　リッチに電話《GET RICH》を

センスのないスローガンの下には、彼女の弟の笑顔があり、同じくセンスのない電話番号——1-800 GET RICH——と、ジェイソンの事務所に電話をして法的サービスを受けるようにというメッセージが書かれていた。弟のジェイソンとは三年会っていなかったが、彼のことが頭を離れることはなかった。どこを車で走ろうと、必ず少なくとも五つはこの巨大な看板を眼にするからだ。四百三十一号線でガンターズビルからボアズまで向かうあいだ。州間高速道路六十五号線の海岸までのあいだずっと。シグナル・ポイントを過ぎてアルダー・スプリングスへ向かうラスク・ストリートでさえも。

どうでもよかった。ジェイソンの看板はいたるところにあり、その看板のなかで、彼は漂白した歯とダーティブロンドの無精ひげを見せびらかしていた。きっとどこかの女性——くだらない彼の元妻か、意地の悪い法律事務所のパートナー——がクールに見えるとか言ったに違いない。ジャナは弟がばかみたいに見えると思っていたし、最後に会ったときにもさんざんそう言った。そのとき彼女はいろいろなことを彼に言ったが、ジェイソンはことばを選んで言い返してきた。今、危機に陥った彼女を見て、愉しんでいるかのように笑っている弟の顔を見たら、吐き気を催してきた。看板に中指を突き立てると、運転席に滑り込んだ。車を発進させる前に、深く息を吸い込む。自分の心臓の鼓動が速くなっているのを感じた。

ダッシュボードの時計に眼をやる。午後八時四十五分。約束の時間は九時だった。車をバックさせ、出口のほうに向けると、窓の外の暗い水面《みなも》と満月を見た。滝のような花火が空を照らし、そのあとにはいったいいくつなのかわからないほどの種類の花火がマシンガンのような音を響かせていた。

今日は七月四日だ。ほんとうなら、バック・アイランドの自宅の網戸付きのポーチで、夫や娘たちといっしょに花火を見ているはずだった。もっとよく見ようと桟橋まで行くかもしれない。ホットドッグやハンバーガーを焼いて、ダリアス・ラッカーやケニー・チェズニーといった湖の似合うミュージシャンの曲を聴く。娘たちは友人を招待したかもしれない。ひょっとしたらボーイフレンドかも？

ジャナは涙があふれそうになるのを感じ、歯を食いしばった。涙を拭おうとしなかった。そしてまた弟の看板をにらみつけた。

弱音は吐かない。それは決して自分のスタイルではなかったし、今もそうだ。

〈メルセデス〉を六十九号線に乗り入れると、街のある西に向かって走らせた。ストリップモールが近づいてくると、右のウインカーを出して駐車場に入り、灯《あか》りの切れた街灯の下に車を止めた。十秒後、助手席側のドアが開き、男が乗り込んできた。ミントのチューインガムのにおいがし、かすかに体臭を感じる。吐きそうになるのをこらえた。

「いいか？」男が訊《き》いた。

ジャナは話そうとしたが、ことばが出てこなかった。男をちらっと見るとうなずき、駐車スペースから車を出した。

数秒後、彼女は路上に戻った。

花火が湖を照らすなか、土手道を走りながら、娘たちのことを考えた。そしてブラクストン——夫のことを。

わたしはいったい何をしているのだろうか？

3

クラブは外科医の手にしっかりとなじんでいた。

グリップは粘着性があった。いつもの〈フットジョイ〉のステイソフ・グローブをしていなかったが、それでも八番アイアンをしっかりとコントロールしていた。彼は青と黒の〈テバ〉のサンダルを履いた足元に眼をやり、それからこすれた痕のある〈タイトリスト〉のゴルフボールを見た。クラブヘッドをワッグルしてから、グリーンのナイロンマットの上のボールの後ろに置いた。そしてスイングを始めた。肩をボールの後ろの位置までまわし、手首をコックする。トップで体重を右足から左足に移動させ、クラブヘッドをボールに向かって振り下ろす。インパクトの瞬間、満足のいく音がして、ボールが宙高く舞い上がり、ガンターズビル湖へと飛び出していった。満月でしかも花火が四方八方で打ち上げられていたため、ボールが右から左に緩やかなカーブを描き、百三十ヤードほど先の暗い水のなかに消えていくところまで見えた。

ドクター・ブラクストン・ウォーターズは、湿った空気を吸い込み、数秒間、自分の見事なショットに見ほれていた。彼は数分前に聴いていたお気に入りのダリアス・ラッカーの曲《ビアーズ・アンド・サンシャイン》の歌詞にあるように、桟橋からボールを打っていた。今、アレクサから流れているのは、ポップスターからカントリーシンガーに転身したダリアスのもうひとつの名曲《ワゴン・ホイール》だった。いつもなら機嫌が悪いときでも、これらの曲を聴けば、気分が高揚するはずだった。ボールを湖に打ち込めば、たいていのストレスは吹き飛ぶ。そしてショットは完璧に近かった。

悲しいかな、今夜は何をやっても効き目はないようだ。クラブを置くと、空っぽのジョッキを手に取り、ビールサーバーの蛇口の下に置いて、お代わりを注いだ。

ブラクストンはジョッキからゆっくりと飲むと、今度はテキーラのボトルをつかんで、グラスに注いだ。〈パトロン〉をチェイサーにペールエールを飲む。金持ちの無駄遣いの極みだ。苦笑いしながら、テキーラを飲んだ。それからジョッキを掲げ、ゆっくりとビールを飲んだ。ライムなし。塩もなし。問題なし。

ブラクストンはげっぷをしながらゴルフクラブを握り、ダリアス・ラッカーがローリーで自由に死ぬことを歌っているあいだ、ふらつきながらマットに戻った。

「自由に死ぬんだ！」ブラクストンは湖に向かって大声で叫んだ。その声が風と花火の音にかき消されるとわかっていた。グリーンのマットの上にもうひとつボールを置き、濁った水を眺めた。そして振り向いてだれもいない自分の家を見た。居間の天井のシャンデリアだけが灯《とも》っていた。かつて七月四日は、ボートハウスと屋敷のあいだの芝生があらゆる年齢層の人々で埋め尽くされ、酒を飲み、踊って過ごしたものだった。四年前は、生バンドを雇い、近所の人々や娘たちの友達も集まった。ジャナとの関係がまだ良好だった頃のことだ。

ブラクストンはため息をつき、ゴルフボールの前に立った。クラブを後ろに振り上げ、マットに向かって振り下ろした。ボールは勢いよく右に飛び出していった。シャンク。ゴルフでは最悪のショットだ。

「当然だな」彼は言った。ボールを転がしてもう一度打つと、またもや〝ラテラル・ショット〟だった。シャンクということばを嫌う彼はそう呼ぶほうを好んだ。眼を閉じると、足元がふらつくのを感じた。長女のニーシーのことを思い出していた。秋にはバーミングハム・サザン・カレッジで二年生になる。彼女には家に戻ってくるよう懇願していた。「おまえの妹にはおまえといっしょにいる時間が必要なんだ」そう訴えた。彼はクラブを置くとスマートフォンを取り出し、長女からのメールを見た。それは感じはよかったが、断固としていた。

〝ごめんなさい、パパ、でも今はママのそばにはいられない。家に帰るといつもママは自分のドラマにわたしを巻き込んで大喧嘩《おおげんか》になるの。友達とデスティンに行く。ノラにはいっしょに来ないかって言ったけど、断られたわ〟

ブラクストンはスマートフォンをローンチェアに放り投げると、ゴルフクラブを手に取り、苛立《いらだ》たしげに何度かワッグルした。ノラ――末の娘――は十六歳だった。夏期講習を終えれば、高校三年生になる。ノラは彼とジャナの不仲による影響を一番受けていた。成績が落ちたせいで、ハンツビルの私立の進学校ランドルフを辞めざるをえず、今はなんとかガンターズビル高校に通っていた。以前ははつらつとした眼をした、好奇心旺盛で楽天的な子供だったが、不機嫌でとげとげしいティーンエイジャーになってしまい、自分の殻に閉じこもって、彼にも母親にもほとんど口をきかなかった。

ジャナはそれをブラクストンのせいだと言った。彼女と充分な時間を過ごさなかったせいだと。ニーシーを溺愛し、末娘のことは放ったらかしにしたのだと。

最初のうちは彼女の言うとおりだと思っていた。彼は整形外科医だった。北アラバマで最高の外科医のひとりであり、間違いなくマーシャル郡で最も腕のいい整形外科医だった。とんでもない数の手術をこなし、一年のほぼ毎月、週に六十時間から七十時間働いていた。ノラが転校したとき、彼は勤務時間を減らそうとした。だが勤務時間を減らすことは手術の件数を減らすことになり、収入が減ることを意味した。ブラクストンは裕福だったが、家のローンの返済は厳しく、おまけにジャナの浪費癖と薬物使用のせいで、常に経済的な危機にさらされていた。彼は四十九歳で、医師としてのキャリアの最盛期にあった。働かなければならなかった。

ブラクストンはもうひとつボールを転がした。スリークォーター・スイングで今度はボールを正しく捕らえた。安堵《あんど》のため息をつく。酒に酔っているときでも、そして頭のおかしい妻に閉口しているときでも、シャンクだけは許せなかった。

自分のそんなばかげた考えにひとり苦笑すると、ローンチェアに腰を下ろし、メールをチェックした。今日、ジャナから来た唯一のメールは午後六時に届いたものだった。

〝今夜は出かける〟

ブラクストンはスクロールし、十年以上いっしょに仕事をしている公認麻酔専門看護師《CRNA》のコリーンからのメッセージで手を止めた。過去数年間、ジャナの精神的な変調がエスカレートして以来、コリーンとは付き合ったり離れたりを繰り返していたが、今は関係を解消していた。

〝独立記念日おめでとう！　状況が違っていたらよかったんだけど……〟

ブラクストンは頭を振った。自分がそのことをどう思っているのかよくわからなかった。事実、彼は完璧な夫ではなかった。過《あやま》ちを犯していた。ただし軽率な行動があったとしても妻ほどではない。家族を危険にさらすことはなかった。

彼は電話の受信履歴をタップした。そこには見慣れない番号があった。ボアズの局番。少なくとも五回はその番号を確認していたが、昨日の午後とうとう電話に出た。何かの保証延長の勧誘電話だと思い、すぐに切ろうと思ったが、電話の向こう側から聞こえてきた声に思わず腕が震えた。

「ドクター・ウォーターズ、タイソン・ケイドだ。わたしがだれかはご存じだろう。奥さんには五万ドルの貸しがある。彼女はいろいろと時間を稼いでいるようだが、まだ払ってもらえていない」間《ま》があった。ブラクストンは返事をしないようにした。「もう我慢の限界だ、ドクター・ウォーターズ。金を返してほしい。さもなければ何かが起きる」

「いつまでに」なんとかそう言った。

だが電話はすでに切れており、タイソン・ケイドからその後電話はなかった。昨晩、ブラクストンはその話題をジャナに持ち出したが、詳しく話す前に彼女は出ていってしまった。

「自分でなんとかできる」とだけ言い残して。

ブラクストンは、妻の答えのあまりの愚かさに身がすくむ思いだった。ジャナの人生に〝自分でなんとかできた〟ことなど一度もなかった。彼女は長年のあいだ、渦巻く台風のような存在であり、それこそがブラクストンが離婚を申請した理由だった。彼は弁護士を雇い、妻に告げ、娘たちにも知らせた。あとは書類を提出するだけで、それもミスター・ケイドにどう対処するかが決まればすぐにする手はずになっていた。

今日、彼はケイドに電話をしようとしたが、携帯電話の番号はすでに使われていなかった。おそらく〈ウォルマート〉で購入したプリペイド式携帯電話だったのだろう。サンド・マウンテンの覚醒剤王はそういった携帯電話を山ほど持っているのだ。

「タイソン・ケイド」ブラクストンはささやくように言った。「いったい何をしたんだ、ジャナ?」

はじめはジャナの悪ふざけは経済的に彼を苦しめるだけだと思っていた。それどころか、いっとき、彼は別居という考えを受け入れ、ひとりの生活を愉しんでさえいた。だがジャナの薬物使用と不安定な行動によって、最終的に彼も離婚せざるをえないと思うようになった。

そしてタイソン・ケイドとの取引はさらに事態を悪化させた。ジャナにとってさえも。彼女はブラクストンと娘たちを危険にさらしたのだ。彼はよろめきながらジョッキを取るとビールを飲み、〈パトロン〉をグラスに注いだ。そして空に向かって乾杯のポーズを取り、テキーラをチェイサーにしてビールを飲んだ。

ブラクストンにはわかっていた。もしケイドがほんとうに金を取り返したがっているのなら、彼のほうから電話をかけてくるだろう。一日じゅう待ったが、電話はなかった。

やつは電話をかけてくる。ブラクストンにはわかっていた。ジャナがひとりでそんな大金を用意できるはずはなかったし、ケイドが金の卵を産むガチョウを殺すはずもなかった。ブラクストンはすでに自分の取引銀行に電話をしていた。金を集めることはできたが、痛かった。

彼はふらつきながらマットに戻りかけたが、もうボールを打つのはやめることにした。ダリアス・ラッカーは、今は《フォー・ザ・ファースト・タイム》を歌っている。ブラクストンはローンチェアに崩れるように坐《すわ》った。月を見上げながら、この歌のように、一番最近で何かを初めてしたのはいつだっただろうかと考えた。

昨日だ。ブラクストンは思った。昨日、初めて覚醒剤のディーラーと話をした。

地面に置いたジョッキに手を伸ばそうとして、それを倒してしまった。あまりの疲労と酔いのため、立ち上がってジョッキに注ぐこともできず、空を見上げた。「クソが!」声に出して言った。

「くそったれ」

4

計画では家のなかで殺すつもりだった。

パイクは、家の横へまわり込んでから、渡されていた鍵で洗濯室に入り、一階のブラクストンの私室《マンケイヴ》に忍び込むつもりだった。医師はそこでビリヤードをしたり、コンピューターをいじったり、テレビを観たりしているのだろう。可能なら、背後から近づいて、気づかれないうちに殺すつもりだった。もし見られたら、私室に併設された作業場に置き忘れた工具を取りに来たふりをするつもりだった。作業場に入って、ハンマーかドライバーを持って出てきて、気づかれないように近づいて頭を撃つのだ。

いい計画だろうか？　パイクは決して犯罪の首謀者というタイプではなかったし、ブラクストン・ウォーターズがウェイト・トレーニングをしていて、立派な体格の持ち主だということも知っていた。取っ組み合いになる可能性もあったし、そうなれば自分が家にいたという痕跡を残してしまうかもしれない。

パイクは、屋敷に近づくにつれ、自分の計画は果たして賢明なのか疑いだしていた。そのとき、桟橋のほうから音楽が聞こえてきた。

ニヤリと笑うと、草の生い茂った斜面をゆっくりと歩いて水辺へと向かった。自分の幸運が信じられなかった。ブラクストン・ウォーターズはローンチェアに横たわっていた。パイクはじりじりと医師に近づき、三メートルまで迫った。ウォーターズは眼を閉じている。四分の一ほど入ったテキーラのボトルと倒れたジョッキがそばにあった。

安堵が波紋のようにパイクの体を走った。取っ組み合いになることはない。湖に眼をやる。隣家のボートハウスが見えたが、灯りは消えており、少なくとも四百メートルは離れていた。別の方角では、まだ湖上に花火が打ち上げられていた。完璧だ。彼はそう思った。

爪先立って進み、九ミリ口径の拳銃を取り出すと手袋をはめた手で構えた。

ウェイロン・パイクは左右に眼をやり、そして振り向いて屋敷を見上げた。不審なものは何もなく、動きもない。湖に眼をやる。周囲にボートもなかった。

遠くで次の花火が上がったとき、彼はドクター・ブラクストン・ウォーターズの頭に銃を向けた。

そして引き金を引いた。

現場を片づけると、パイクは屋敷の脇をまわった。

車が待っていた。

助手席に乗り込むとドアを閉めた。

「首尾は？」依頼主が尋ねた。

「終わった」パイクは言った。

5

ジャナ・ウォーターズは娘の叫ぶ声で眼を覚ました。

「ママ、起きて、ママ！」

ジャナは娘を見ようとした。が、目やにのせいで眼が開かなかった。「な、なんなの、ベイビー？」なんとか体を起こして坐ると、娘が覆いかぶさるように立っていた。深呼吸をする。床いっぱいの幅の窓から注ぐ太陽の光が顔を温かくした。

「ママ、どうして床なんかで寝てるの？　それにパパはどこ？」

ジャナは窓からの熱に顔をそむけた。「ノラ、濡《ぬ》れたタオルを持ってきてくれる？」苛立ったため息のあと、硬材の床の上を歩く足音が聞こえた。しばらくして、濡れたタオルが手に押しつけられた。眼を拭くと、タオルを額に当てた。眼を開けたが、まぶたの端がまだざらざらする感じがした。娘が腕を組んで覆いかぶさるように立っていた。

「何があったの、ママ」

「いつ帰ってきたの？」

「五分前よ」

「今、何時——？」

「十二時よ。ハーレーんちから十二時には帰るってママとパパに言ったよね。それにまだわたしの質問に答えてない。何があったの？　それになんで床なんかで寝ていたの？　ねえ、ママ。それにパパはどこなの？　車はガレージにあった」

ジャナは顔をしかめた。冷たい床に手をつき、体を起こしてひざまずいた。動くと吐き気の波が襲ってくる。「ハニー、できるだけあなたの質問に答えるけど、まずは水を持ってきてくれない？」

ノラは今度は動かなかった。

ジャナは立ち上がると、ソファに手を置いて体を支えた。眼をしばたたきながら、窓の外の湖に眼をやる。頭がずきずきしだした。娘をちらっと見ると、あきれたように顔にしわを寄せていた。

「いいわ、自分でやるから」ジャナはそう言うと、足を引きずるようにしてキッチンに向かった。自分が裸足《はだし》で、昨晩着ていたサンドレスのままだと気づいた。食器棚からグラスを取り出し、自動製氷機の下に置く。氷がグラスに当たる音に思わず身をすくめた。そして蛇口から水を注ぐと、ゆっくりと飲んだ。水がこぼれてドレスの前を濡らした。背後では娘が階下へと下りていきながら、父親を呼ぶ声が聞こえた。ジャナはさらに二杯の水を飲み、顔に水をかけた。だいぶ気分もよくなった。ノラが階段を駆け上がってくるのを見ながらそう思った。

「ママ、パパはいないわ」娘の口調は怒りから心配に変わっていた。

「たぶん、バーンズと釣りでもしてるんでしょ」ジャナはつぶやくように言った。「それかジェットスキーで出かけたんでしょ」

「ボートハウスを見てくる」

「だめよ」とジャナは言った。今の自分の状況を認識し始め、恐怖のせいで腕にむずむずしたものを感じていた。だめよ、そう思った。乱れた頭のなかで昨日の晩の出来事を思い出そうとした。

「だめって、どういう意味？」

「えーと、わたしが見てくるわ。いい子にしていて、ビーグルでも用意してくれない。シリアルでもいいわ」

「マジで言ってんの？」

ジャナは階段のほうに歩きだした。ノラがそのあとに続いた。「そんなに無理なお願い？お母さんにちょっとした朝食を作ってくれることが」

ノラが何も答えないまま、ふたりは階段の下まで行き、外に通じるドアを開けた。芝生を横切って進みながら、ジャナは刺すようにまぶしい陽射《ひざ》しを避けようと眼の上に手を当てた。湖からホーンの音がした。

「バーンズよ」ノラが言った。彼女はジャナと並んで歩いていた。ふたりはバス釣り用の小型ボートで通り過ぎていく男に手を振った。「ほかにはだれも乗っていない」ノラが言った。

栈橋から音楽が聞こえてきた。ジャナはそれがブラクストンのお気に入りの歌手ダリアス・ラッカーの声だと気づいた。木製の栈橋を歩いていくと、ゴルフマット、ボールの入ったバケツ、倒れたジョッキが眼に入った。だめ、ともう一度思った。

「パパ！」ノラが叫んだ。ジャナは思わずびくっとした。頭がずきずきとし、心臓の鼓動が速くなっていた。ノラがジャナの前に飛び出し、ボートハウスに入っていった。ジャナが栈橋に着くと、ノラはボートハウスから出てきた。「三台のジェットスキー全部と二艘《そう》のボートがまだなかにある」ノラは眉をひそめた。「どうして音楽がまだかかっているの？」

ジャナはゴルフマットのほうに近づいていった。ゴルフクラブがあり、その隣にはビールサーバーがあった。桟橋の床にはほとんど空《から》のテキーラのボトルがある。

「ママ？」ノラの声が背後からした。

振り向くと、娘が、震える手で桟橋の先を指さしていた。「あれは何？」

ジャナは近づいた。足元に赤いものが見え、膝から崩れ落ちた。それが何なのか間違いなくわかっていた。それがなんであるはずなのかを。

「血？」

ジャナは娘を見上げた。ノラは父親と同じ赤みがかったブロンドで、ジャナと同じ空色の瞳をしている。明るい肌は昼下がりの陽光に照らされて、いつもより青白く見えた。

「ママ？」ノラは後ろに下がりながら答えを求めた。「そうなの？」

「ベイビー、わからない——」

ノラのあえぎ声がジャナの言おうとしていたことばをさえぎった。十六歳の少女は水面を指さしていた。その腕は震えていた。

指さした方向を見ると、三メートルほど先の水面に帽子があった。ネイビー・ブルーで、正面に赤でＧＬとあり、その下に小さな文字でガンターズ・ランディングと書かれている。

ブラクストンはゴルフをするときはいつもこのキャップをかぶっていた。

いやよ……。

ジャナは息が詰まるような感覚を覚えながら、なんとか立ち上がると娘のほうに歩いた。

ノラは震えていた。ジャナは自分の腕をノラにまわそうとしたが、ノラはそれを振り払った。

「ハニー、スマートフォンを貸して」ジャナは言った。声を冷静に保とうとした。

ノラはショートパンツのポケットからなんとかスマートフォンを取り出した。ジャナはそれを両手でしっかりと受け取った。彼女の手も震えていた。「ノラ、こっちを見て、ハニー」

十六歳の少女は腕を組んで、ジャナをにらみつけていた。少女の唇は震えていた。「まさかパパが……？」彼女は帽子を指さし、口を手で覆った。涙が眼からあふれていた。

「いいえ」ジャナは言った。無理に平静を装った口調で。アドレナリンが血管を駆けめぐる。桟橋の床の血と、水面の帽子を見ながら、スマートフォンに三桁の番号を打ち込んだ。数秒後、ジャナは通信指令係の声を聞いた。「九一一です。どうしました？」

「ジャナ・ウォーターズといいます。バック・アイランドに住んでいます」彼女は住所を告げ、ひとつ息を吸った。ノラはガンターズビル湖を見つめていた。「夫が行方不明なんです」ジャナはなんとかそう言った。「昨日の晩か今日の朝、うちの桟橋で倒れたようなんですが、見つからないんです」

6

十分もしないうちにレスキューチームと四人の保安官補が到着した。

保安官補はジャナとノラに家のなかで待つように言ったが、ふたりは従わなかった。代わりにふたりは裏庭から見守った。ノラは芝生に坐り、膝を抱えて体を前後に揺らしていた。ジャナは芝生の上を行ったり来たりしていた。

不安を覚え、〈ザナックス〉を服《の》んだ。ノラにも勧めたが、少女は断り、またもや母親をにらみつけた。ジャナは思わず眼をそらした。

抗不安薬も不安を和らげることはなかった。捜索が続けられているあいだ、手足の震えを抑えるために腕を組んでいなければならなかった。無理やりほかの可能性もあるとノラに話した。もしかしたらブラクストンは、ボートハウスでロープを切ろうとしたときか、ビールサーバーのビール樽《だる》を交換するときに、自分の手を切ってしまったのかもしれない。泳ぎに行って、帽子を落としてしまったのかもしれない。あるいはほかの友人のボートに乗って出かけ、ジャナにはそのことを告げなかったのかもしれない。彼女とブラクストンのあいだにはほとんど会話もなかったから、それも無理はないことだった。

だがノラは何も言わなかった。眼に希望はなく、ジャナにはその理由がわかっていた。ブラクストンのスマートフォンは桟橋にあった。車はガレージにある。ボートもジェットスキーもボートハウスにあった。ジャナはバーンズやブラクストンのほかの友人にも電話をしたが、昨晩も今朝も彼を見た者はいなかった。彼女は夫の勤め先のマーシャル・メディカル・センター・ノースにも連絡したが、だれも今朝、ドクター・ウォーターズから連絡を受けていなかった。

夫は死んだのだ。

ジャナにはそのことがわかっていた。ノラと同じように、血と帽子を見たときからわかっていた。

湖底を捜索して一時間半が経《た》った頃、レスキューダイバーのひとりが水面に出てきて、桟橋の保安官補たちに何か叫んだ。ジャナには聞き取れなかった。小型の警察艇に乗ったレスキューチームのメンバーと話し合いが行なわれ、保安官補のうちのふたりが、船尾から水中のダイバーに向かって身を乗り出した。手に何かを持ったふたりのダイバーも加わった。

「ああ、いやよ」ジャナはささやくように言い、娘を見た。彼女は立ち上がっていた。数秒後、遺体が水中から引き揚げられ、ボートに載せられた。

ジャナは悲鳴をあげようと口を開いたが、その声は桟橋の端に向かって走りだした娘の身の毛のよだつような叫び声にかき消された。

7

リネット・パイクはテネシー州サウス・ピッツバーグのはずれにあるダブル・ワイドのトレーラーハウスに住んでいた。夫のアーヴが丸太を運ぶトラックの横転事故で死んで以来、三十二年間のほとんど、ひとりで惨めな生活を送ってきた。ひとり息子のウェイロンは、刑務所に入っていないあいだを縫うようにして、時折家に戻ってきた。だが七月五日の朝、ダッフルバッグを手にニコッと笑って現れたとき、彼女は驚きのあまりほとんどまばたきもできなかった。

息子に朝食を作ってやりながら、今度はいったい何をしたのだろうと思った。ウェイロンはいつも何かしらのトラブルから逃げていた。彼が朝食を食べているあいだ、ふたりはほとんど話をしなかった。不安はあったものの、リネットはそれでも息子がまた家に帰ってきてくれたことがうれしかった。彼女と夫のアーヴはジューン・クリーバーとウォード・クリーバー（一九五〇～六〇年代の米国のテレビドラマ《ビーバーちゃん》に出てくる主人公の両親）のような、しっかり者で愛情深い親にはなれなかったが、少なくともウェイロンは、彼女の多くの友人の子供たちのように、家を離れたきり帰ってこないということはなかった。トラブルになったとき、息子はママに会いに帰ってきてくれる。それがリネットの幸せだった。

そして彼女には痛いほどわかっていた。その幸せは束《つか》の間《ま》でしかないことを。

食べ終わると、ウェイロンは母親の頬にキスをして自分の部屋に行った。彼女はその部屋をずっときれいにしていた。いつ息子が立ち寄るかわからなかったからだ。

「いつまでいるの？」彼女は訊いた。

ウェイロンはほとんどドアを閉めかけていたが、半分だけ開けた。肩をすくめてから言った。「わからない。たぶん二、三週間。数日かもしれない」

「何かトラブルに巻き込まれたの？」

彼は微笑んだ。「愛してるよ、マンマ」

彼女は不安を覚えながらも微笑みを返した。「わたしも愛してるわ」彼女がそう言うと同時に、彼はドアを閉めた。

ウェイロンは鍵を掛けると、ダッフルバッグを小さなツインベッドの上に置いた。深く息を吸うと、バッグのファスナーを開け、中身を取り出した。

巻かれた百ドル札の束が紺色のベッドカバーの上に積み上がるのを見て、ククッと笑った。ひとつのロールで千ドル、それが十五ロールある。

「一万五千ドル」彼はささやくように言った。言われていたとおりだ。

「やったぞ」声に出して言いながら、前夜、ドクター・ブラクストンの頭に三発の銃弾を撃ち込んだことを思い出していた。彼は医師の脈拍を調べ、死んでいることをたしかめた。そして哀れな男の死体を桟橋の横から蹴って落とし、濁った水のなかに消えていくのを見届けた。ローンチェアの横の床に血があるのを見てたじろいだが、何もできることはなかった。

ウォーターズの帽子が桟橋の端から落ち、水面に浮かんでいるのを見て小声で罵った。取ろうとしたが、すでに桟橋から一メートル離れた場所を漂っていたので、水のなかに落ちるリスクは冒したくなかった。

「くそっ」とささやく。

彼は金が敷き詰められたベッドの上に横たわり、ジャナ・ウォーターズの裸体を想像した。引き締まった尻と張りのある胸。エネルギッシュなビッチで、これまでの彼の人生でも最高の女だった。

そしておれを金持ちにしてくれた。そう考えながら、札束を両手にすくうとフットボールのボールのように宙に放り上げた。なんとも簡単だったと思いながら、笑みを漏らした。

「ありがとうよ、ジャナ」声に出して言うと、もう一度札束を宙に放り投げ、顔の上に落ちてくるのを感じながら眼を閉じた。

8

拘置所の監房は尿のにおいと体臭がきつかった。灰色のコンクリートに囲まれた監房に、簡易ベッド以外にあるのは磁器製の便器だけだった。

ジャナは硬い壁に背中を押しつけて床に坐っていた。膝をしっかりと握っていたが、痙攣《けいれん》を抑える助けにはならなかった。腕が震え、歯がガチガチと鳴っていた。顔と背中、あばらのあたりを汗が流れ落ちた。〈ザナックス〉が必要だ。どうしても必要だ。だが、連れてこられてから、処方されていた薬は何も与えられていなかった。

どのくらいここにいるだろう？　四時間？　八時間？　頭のなかでは、夫の遺体が湖から引き揚げられた直後の栈橋での光景が再生されていた。

桟橋を走るノラを追いかけて捕まえようとした。泥にまみれフサモのからまったブラクストンの遺体を見て、眼を覆い、泣き叫ぶ娘。ジャナはノラを抱きかかえようとして、押しやられた。保安官補が母娘《おやこ》に近づいていきて、鑑識担当者の邪魔をしないようにと注意した。

そしてノラがジャナに顔を近づけて怒鳴った。ジャナの肩を両方の拳で殴った。「ママのせいよ。ママがやったのよ。昨日の晩はどこにいたの？　わたしが帰ってきたとき、どうして床で寝ていたの？　どうしてパパといっしょにいなかったの？　ママがやったのね、そうなんでしょ？　ママがパパを殺したのよ！」

ジャナは両手を上げて殴られるのを防いだが、ノラの怒りは激しくなるばかりだった。最後にはノラが強く押し、ジャナはバランスを崩して尻から地面に倒れ込んでしまった。ジャナはノラを見上げ、娘のほうに腕を差し出した。「ノラ、どうしてそんな……」声は震え、ことばはしだいに小さくなっていった。

「ママのせいよ」ノラは言った。保安官補がふたりのあいだに割って入る。「絶対そうよ」

ジャナは灰色のコンクリートを見つめながら、唇を噛んで、歯の震えを抑えようとした。あの子は何もわかっていない。あの子のためにあらゆることをしてきたのに、わたしを犯罪者扱いしている。ブラクストンはほとんど娘といっしょにいなかった。ダンスの練習やサッカーの遠征、体操のクラスのとき、彼はどこにいたというの？　あの子が早めの思春期を迎えたとき、彼女の愛する父はどこにいたというの？　去年の夏、あの子がジェイ・リトルにフラれたときは？　あの子はよく考える必要がある。

ジャナの呼吸は乱れていた。吐き気の波が押し寄せ、必死で飲み込んだ。〈ザナックス〉が……ほしい。

彼女の心を禁断症状から遠ざけていたのは、体のすみずみにまで沁《し》み込んでいた怒りだった。

「わたしのせいじゃない」娘のことばを思い出しながらそうつぶやいた。もしノラがあんなことを言わなければ、わたしは家で弔問客を迎えていたはずなのに。友人や同僚が弔意を表し、食べ物を差し入れてくれる。そうなるはずだったのに……

その代わり、彼女はここにいた。この臭《くさ》い穴のなかで、ベンゾジアゼピン（抗不安薬）の禁断症状の第一段階を迎えていた。

どうして〈ザナックス〉をくれないの？

ジャナは眼を閉じた。彼らはもうドラッグを見つけたに違いない。拘置所に連行される前、保安官補のひとりが、すでに自宅とすべての車の捜索令状を取っており、ブラクストンの死に結びつく証拠を探すと話していた。ジャナは〈メルセデス〉のトランクにマリファナを隠していた。さらに悪いことに、寝室のクローゼットの引出しにはタイソン・ケイドの売人のひとりから買ったコカインが隠してあり、SUVのグローブ・コンパートメントにもコカインの入った袋があった。昨晩、それを全部使ったかどうか記憶がなかった。夫の死に対する容疑者とみなされているかどうかはともかく、違法薬物所持で逮捕される可能性は高かった。

だがジャナは、保安官事務所が薬物での逮捕よりもっと大きなものを狙っているとわかっていた。拘置所に連行されてからすでに二回も取調べを受けており、質問の内容は昨晩の居場所と、死んだ夫との疎遠な関係に集中していた。ジャナはこのような事件が起きたときは、常に配偶者が容疑者となることを知っていた。よく《インヴェスティゲーション・ディスカヴァリー》を観ていたのだ。だがジャナはこの場合は状況が違うということもわかっていた。〝火のないところに煙は立たない〟ということわざがあるが、彼女はこの数年、かなりの煙を立てていた。

マリファナやアルコール、ベンゾジアゼピンの使用によって、すでに問題を引き起こしていたが、それだけではなかった。〈ザナックス〉の処方も受けていた。しかも一日四グラムの限度を超えることもあったし、長女に処方箋を取らせて自分に渡させていたこともあった。けれどそれがなんだというのだ。彼女は十代の頃から不安神経症に悩まされていた。ベンゾジアゼピンを服用して症状を抑えていた。アルコールもそうだし、マリファナも同じだった。彼女の知っているだれもが同じようなことをやっていた。

たいしたことじゃない。だれも気にしない。

だが最近やるようになったコカインとなると話が別だった。タイソン・ケイドとの付き合いが自分と自分の家族を危険にさらしたのだ。支払いが遅れるようになり……その結果……。どうしてケイドと関係を持ってしまったのだろうか？　今ではすっかりコカインにもハマっていた。そしてその禁断症状に陥っていた。〈ザナックス〉さえもらえれば、なんとか持ちこたえることができるのに。

ジャナは監房のなかで何度も痙攣していた。薬を服ませないのもわざとなのだ。彼女を落ち着かなくさせ、自分で自分の首を絞めるようなことを言わせようとしているのだ。ジャナは保安官補が話しているだろうことに意識を集中させようとした。自分は何を話しただろう？

両手で顔をこすり、力を振り絞って、監房のドアのほうに這《は》って進んだ。

「〈ザナックス〉をちょうだい！」甲高い声で叫んだ。「わたしを殺すつもり？　禁断症状になってるのがわからないの？」何度かドアを叩《たた》くと、仰向《あおむ》けに転がって天井を見上げた。天井もコンクリートでできていた。

やがて彼女の思考はしだいにウェイロン・パイクへと移っていった。彼はジャナに夢中で、文字どおり、失うものなどなかった。操るのが簡単な貴重な存在。

わたしは何をしたの？　手足を震わせながらそう思った。

ガチャガチャと音をたててドアが開き、刑務官がふたり、スクラブ姿の女性を伴って監房に入ってきた。女性は拘置所の看護師だと名乗った。ジャナは顔を背け、固く眼を閉じた。パイクのどんよりとした眼を心のなかで見ていた。

わたしは何をしたの？

看護師の診察を受けたあと、やっと〈ザナックス〉が与えられた。刑務官のひとりが電話をかけたいか尋ねた。彼女はかけると答え、狭い廊下を通って、机と電話のある部屋へ案内された。

「五分」刑務官が言った。

鎮静剤の効果で魔法のように気分がよくなっていた。彼女は受話器を取ると口元に押し当てた。両手を拘束されているため、そうするのも大変だった。

だれに電話をすればいいのだろう？　娘たち？　ふたりとも父親の死にショックを受けている。娘たちに負担をかけるわけにはいかなかった。

じゃあだれに？　助けてくれそうな友人はひとりも思い浮かばなかった。

父が生きていれば。父なら何をすべきかわかっていただろう。何度自分を窮地から救ってくれたことか。だが父は三年前に、母はその一年前に亡くなっていた。

ジャナには弁護士が必要だった。だがガンターズビルには信頼できる弁護士はいなかった。

やがて眼を閉じ、歯を食いしばると選択肢はひとつしかないと悟った。彼の携帯の電話番号は覚えていなかったが、問題はなかった。アラバマ州のだれもが弟への連絡方法を知っていた。

歯を食いしばると、ジャナは千以上もの看板で見てきた番号をダイヤルした。

1-800 GET RICH。

第二部

9

「ジェイソン・ジェイムズ・リッチ」

深いバリトンの声だった。威厳があり、断固としていたが、かすかに見下しているように感じさせた。アラバマ州法曹協会懲罰委員会議長ウィンスロップ・ブルックス。ブルックスはダークグレーのスーツにえび茶色のネクタイをしており、鼻にかけた老眼鏡と見事にマッチしていた。頭の両脇にグレーの髪が残っている以外は禿《は》げあがっている。ジェイソンには、どこから見ても商事専門の弁護士にしか見えなかった。

ブルックスは一段高い壇の真ん中にある革張りのワインレッドの椅子に坐っていた。彼の前にはマイクが置かれていたが、スイッチは入っていなかった。

ジェイソンは立ち上がると、眼を細めて議長を見上げた。彼はブルックスを相手に訴訟を起こしたことがあり、その事件は百万ドルを超える金額で和解が成立していた。そのことは利益相反には当たらなかったが、ジェイソンはこの男から好意を持たれているようには思えなかった。七桁の金額を払わなければならなかったことを、彼の依頼人は喜ばなかったはずだ。ジェイソンはほかの三人のメンバーに眼をやった。ブルックスの左に坐っているのはメアリー・クロスビー——ドーサン出身、四十五歳の不動産専門の弁護士——とゲイリー・デブロー——ディケーター出身、四十二歳の保険専門の被告側弁護士——だった。右側に坐っているのはジョセフィン・スケールズ——フェイエット郡地方検事局の若き検事——だ。

「はい」ジェイソンは言った。その声は乾いていて、かすれて聞こえた。ネイビーのスーツに水色のネクタイをしていた。パーディド依存症治療センターからモントゴメリーまでの道中、彼はまったく同じ恰好《かっこう》をした自分の看板を三つ見ていた。

事故った？　リッチ《GET RICH》に電話を
倒れて怪我した？　リッチ《GET RICH》に電話を
仕事で怪我をした？　リッチ《GET RICH》に電話を（GET RICHには一攫千金という意味もある）

どの看板にもジェイソンのとぼけた笑顔があった。いつもなら、看板と同じスーツを着ていることにひとりほくそ笑むのだが、今日は鈍い無力感を感じるだけだった。リハビリのせいだった。最初の解毒期間中は、起きることとすべてを強く意識していた。だが三カ月の入院期間も残り一週間となった今、ほとんど何も感じなくなっていた。まるでクソみたいな自分の人生のショーを見物しているような気分だった。

犯罪者が言うところの〝ジャバ〟は、今日でさえ、人生が奇妙でまとまりがないように思えた。道中、スマートフォンを渡されていたが、電源を入れさえしなかった。それどころか使いたくもなかった。彼のパートナーは、定期的な面会で彼の扱っていた事件の最新の状況を伝えてくれていたし、悲しいかな、電話をかける必要のある相手やかけたいと思う相手が思いつかなかった。

「ミスター・リッチ、われわれは顧問弁護士の調査結果とその勧告を検討した」ブルックスは厳しい口調で続けた。「しかしながら、彼の提案を承認するかどうかを決定する前に、直接あなたから話を聞いておきたいと思った」

ジェイソンは左に眼をやった。そこにはもうひとり別の男が坐っていた。アンソニー・〝トニー〟・ディクソンはアラバマ州法曹協会の顧問弁護士だった。トニーは、ジェイソンと同じ三十六歳で、カンバーランド大学のロースクールの同級生だった。ふたりは友人同士ではなく、同じ社交グループに属していたこともなかった。それでもジェイソンはトニーが堅実で頭のいい弁護士だといつも感じていた。トニーが調査の指揮を執ったことはジェイソンにとっては幸運だった。

「ミスター・リッチ、きみが懲戒請求により調査されるのはこれが二回目だね」

ジェイソンは不覚にも笑ってしまった。

「何か問題でも、ミスター・リッチ？」議長は言った。

「最初の訴えは取り下げられ、何も罰は受けていません」

「あなたはウォーカー郡裁判所の階段でネイト・シャトルと殴り合いの喧嘩をした」メアリー・クロスビーが割って入った。眉を上げていたが、その声に苛立《いらだ》ちはなかった。面白がっている？　好奇心？

「はい、マァム」とジェイソンは言った。「ミスター・ディクソンの調査によれば、最初に攻撃を仕掛けたのはわたしではありません。そしてわたしが間違っていなければ、ミスター・シャトルは罰金を払わなければならなかった。そうだったよな、トニー？」

顧問弁護士はうなずいた。「そのとおりです。懲戒処分はありませんでしたが、警告を与えられました。その……相手を挑発したということで」

「どうしたんでしたっけ？」ミズ・クロスビーが訊いた。

「彼のことを〝くされ金玉野郎〟と呼んだんです」とジェイソンは言い、ウィンスロップ・ブルックスに向かって笑った。「下品なことばで申し訳ありません」

「きみは彼の鼻を折った」ブルックスは言った。

「彼がわたしを押して殴ってきたあとに」ジェイソンは言った。「トニーの報告書を読んでください」

ブルックスの顔が赤くなった。「読んだとも。そして今日ここで話し合っている件についても読んだ。二月のきみの依頼人のミズ・アイリーン・フロストの証言録取に関わった全員——相手側弁護士、そのアソシエイト、法廷速記者——、そしてミズ・フロスト本人からも、きみがアルコールの影響下にあって著しく体調が悪く、常軌を逸した行動を取ったため、証言録取を中止せざるをえなくなったと報告されている。きみは法曹協会に告発され、リハビリ施設に九十日間入院しているあいだ、資格を緊急停止することに同意した。それであってるかね？」

ジェイソンの口のなかに苦いものが込みあげてきて、それを飲み込んだ。ネイトとの喧嘩で処罰を逃れたことを持ち出したあとの虚勢はもうどこかへ消えていた。うなだれて、「はい」と言った。「付け加えさせていただくと、最近わたしのパートナーはミズ・フロストの訴訟を九十五万ドルで和解し、原告はたいそう喜んでいるとのことです。すばらしい結果だと」

「ああ、知ってるよ」ブルックスは言った。「わたしたちもミズ・フロストと話したからね。それどころか、わたしたちはきみの法律事務所の現在および過去の依頼人のほとんどすべてとも話をした。きみの弁護に不満を持っている者はいなかった一方で、ミズ・フロストを含む何人かは、きみからアルコールのにおいがし、相談中にきみが素面《しらふ》ではないんじゃないかと疑問を持ったと認めている」彼は眼鏡をはずすと、冷たいまなざしでジェイソンを見た。

「ミスター・リッチ、この行動が不適切であり、プロフェッショナルとしてふさわしくなく、非倫理的であることを理解しているね」

「はい、議長」ジェイソンは言った。

ブルックスは眼鏡を掛けなおすと、首を振った。「ミスター・リッチ、わたしにはきみが理解しているようには思えない」一枚の紙を取り出すと、眼鏡を鼻にずらした。「われわれはきみの学生時代と弁護士になってからの経歴を丹念に調べ上げたが、すばらしいものだった。ゴルフの奨学金でノースカロライナ州のデイビッドソン・カレッジに進学し、優秀な成績で卒業。カンバーランド大ロースクールでロー・レビューの編集委員を務めるとともに、模擬裁判チームでは地区チャンピオンに輝いた。ジョーンズ&バトラーでアソシエイトとして二年間勤務したあと、個人事務所をかまえて九年になる。『スーパー・ロイヤーズ』誌のライジング・スター部門にも選ばれた。そしてきみときみの事務所は、貧しい人々のために無償《プロボノ》で案件を扱う弁護士のリーダー的存在だ」ことばを切った。「それなのにきみは、弁護士資格を剝奪されようとしている。この件以外では正式な苦情は、ミスター・シャトルとの殴り合いの件だけだが、顧問弁護士が調べたところでは過去二、三年間で奇矯《ききょう》な行動がいくつも明らかになった」ブルックスは壇上の同僚たちに鋭い視線を送った。

「ある法廷速記者は」メアリー・クロスビーが口を開いた。「たまたま連邦判事の娘だったんだけど、あなたが医師の証言録取を行なったあと、タスカルーサのアラバマ大の中庭《クワッド》でストリーキングをしたと言っていた」

ヴェロニカ・スミザースだ、とジェイソンは思った。が、何も言わなかった。

「きみは和解が成立したあと、きみの依頼人ふたりとゲータレード・シャワー（スポーツの試合などで勝利したチームが大きな容器に入った〈ゲータレード〉を頭からかけて祝福する行為）で祝福した」ゲイリー・デブロが信じられないといった口調で付け加えた。「相手方弁護士の事務所の会議室で」彼はことばを切った。「氷の入ったクーラーいっぱいのね」ジェイソンは今度も口をつぐんだまま、しかめっ面を作った。

「去年の夏、カルマンで行なわれたロック・ザ・サウス（毎年夏にアラバマ州カルマンで開催されるカントリーミュージック・フェスティバル）で女性客と泥んこレスリングをして、その女性とともに会場から連れ出され、治安紊乱《びんらん》の罪で逮捕された」ジョセフィン・スケールズが言った。

ジェイソンは顔をしかめた。

「ミスター・リッチ、何か言うことはあるかね？」ブルックスが尋ねた。

「わたしは……えーと……」彼はまた唾を飲み込み、ひとつ息を吸った。「ゲータレード・シャワーはいい結果が出たあとにする事務所の伝統になっていて、もちろんクリーニング代を支払いました。まあ、そのような祝福は自分たちのオフィスに限定するべきかもしれません」

「そう思うのかね？」

「はい」ジェイソンは言った。「クワッドでの件は、当時スミザース判事の娘とちょっと付き合っていたんです」肩をすくめた。「ロック・ザ・サウスの件は、天候のせいで開始時間が遅れていたんです。それに少なくとも百人以上が泥んこになって遊んでいました。軽罪だということで起訴はされなかった。それにわたしなら、あの女性とわたしがやっていたことをレスリングとは呼びません」

「なんと呼ぶの？」スケールズが訊いた。

ジェイソンは彼女に眼をやった。「ペッティング？　愛撫《あいぶ》？」

スケールズは真っ赤になって、テーブルに眼を落とした。

「それらは奇矯な行動のほんの一部でしかないぞ、ミスター・リッチ。きみが州の全域にあの趣味の悪い看板を展開していることは言うまでもない」ブルックスは言った。その口調は今や怒りに満ちていた。

ジェイソンは歯ぎしりするほどの怒りを覚えた。トニーのほうに眼をやったが、彼はやめておけと言うように首を振った。あいつはきみがキレるのを待ってるんだ。トニーの表情はそう言っていた。ジェイソンは深呼吸をひとつすると、ブルックスをにらんだ。自分の看板は協会によって承認されていることを思い出させたい衝動を抑えた。

ブルックスは優に五秒間、ジェイソンを軽蔑した眼で見たあと、穏やかな、それでいて愛情のこもっていない口調で続けた。「きみのお父さんのことはよく知っている」

ジェイソンは唇を舐《な》め、無理に深呼吸をしようとした。白熱した怒りが体と心を駆けめぐった。

議長は顔をしかめ、まるで深く考え込むように顎をさすった。「ルーカス・リッチはすばらしい法律家であり、それ以上にすばらしい男だった。気品があり……プロフェッショナルの典型のような男だった」一瞬ためらった。「彼が亡くなったことが残念でならないよ」

ジェイソンは震えを抑えるために腕を組んだ。「ありがとうございます」なんとかそう言うと、もう一度深呼吸をしてから単刀直入に言った。「議長……」それからほかのメンバーに眼をやった。「委員会のメンバーのみなさん……自分の行動をとても後悔しており、顧問弁護士の勧告に従う準備はできています」

「いいだろう」ブルックスはそう言うと、別の書類を手に取り、顔の前に持ち上げた。「ミスター・ディクソンの提案について検討しようか？　次の条件を満たせば、きみの弁護士資格は復活するものとする。まず、九十日間の入院リハビリテーションを完了させること。いいね？」

「はい、わかりました」ジェイソンは言った。

「きみは、そのうちの八十三日間をすでに終えている。そうだね？」

「はい。この審問のために八時間の外出が認められ、今日の午後に戻ったら、薬物検査を受けることになっています」

「いいだろう」ブルックスはそう言うと、眼を細めて書類越しにジェイソンを見た。「検査に合格することを祈ろうじゃないか」彼は皮肉のこもった口調でそう言うと、眼を勧告書に戻した。「次に、アラバマ州法曹協会の今後の会合のいずれかで、委員のいる公の場での譴《けん》責《せき》を受けてもらう」

「はい、わかりました」

「二千五百ドルの罰金を科す」

「はい」

「そして最後に、リハビリが終わったあと、きみにはアラバマ州法律家支援プログラムに協力してもらう」

「仰せのとおりに」

ブルックスは椅子の背にもたれかかり、拳でテーブルを軽く叩いた。「委員会はこの提案を協議する。ミスター・ディクソンが一時間以内に決定事項を通知する」そう言うと、まるでたった今ゴキブリを踏んでしまったかのようにジェイソンをにらみつけた。「外で待っていたまえ」

四十五分後、トニーが廊下にいたジェイソンの隣に坐った。トニーは疲労のこもった長いため息をついた。

「可決されなかったんだな、そうなんだろ？」

「いや……実のところ……可決された」トニーは言った。「投票は三対一だった。だれが反対票を投じたかはわかるだろ」

「ブルックス」

「肯定も否定もしないよ」

ジェイソンは天井を見上げ、深く息を吸った。「ありがとう、トニー」

「礼を言う必要はない。公平な処遇だ。だがジェイソン……」トニーは立ち上がった。「これが最後だ。きみがまたここに引きずり出されたら、きみは終わりだ。委員会は、今後不適切な行為や倫理に反する行動が見られた場合、いっさい許容しないとはっきり言っている」

顧問弁護士が立ち去ろうとしたところに、ジェイソンが後ろから声をかけた。立ち上がろうとしたが、脚がゴムになったように力が入らなかった。「法曹協会にはこれ以上迷惑はかけないよ、トニー」自分の声に絶望を聞いて、思わず身がすくんだ。「約束する」

トニーは振り向くと両手を腰に当てた。「その約束を守ってくれることを願うよ」顧問弁護士は感情のこもっていない眼でジェイソンを見た。「これがきみの最後のチャンスだ」

10

会議室は険しい雰囲気に包まれていた。警官らの表情は硬かった。エアコンはフル稼働していたが、ハティ・ダニエルズ部長刑事には、その空間が暑く、そして息苦しく感じられた。ボアコンストリクター（主に南米に生息する大蛇。獲物を絞め殺してから食べる）がいるかのような緊張感がその空間を支配していた。ほかの法執行官たちと同様、ハティもテーブルの端の人物をじっと見ながら待っていた。

ようやくグリフィス保安官が咳払《せきばら》いをした。「みんなも知ってのとおり、クレムの検死報告書によると、ドクター・ブラクストン・ウォーターズの死因は、九ミリ口径の拳銃による頭部への三発の銃創によるものであることがわかった。その後、明らかに湖に突き落とされている。死亡推定時刻は七月四日午後十時から五日の午前一時までのあいだだ。それで間違いないか、クレム？」

「はい、保安官」郡検察医のクレム・カートンが言った。

「諸君、今日は七月七日だ。ドクター・ウォーターズが死んでから六十時間が経っている。そしてわれわれには彼の妻以外にはなんの手がかりもない」

「彼女にはこの四時間については確固としたアリバイがある」ハティの声は険しかった。テーブルの反対側の席から保安官をじっと見ていた。彼女はダークブラウンの肌にショートヘアをしており、実直な性格だった。保安官事務所一の捜査官であり、だからこそこの事件を任されていた。「ジャナ・ウォーターズが午後九時四十五分に四百三十一号線沿いにある〈ハンプトン・イン〉に入るところを監視カメラが捕らえていました。同じカメラが七月五日の午前三時に彼女が出ていくところを捕らえています。すべての出入口にはカメラが設置されていて、その間に彼女がホテルを出ることはなかった。彼女の〈メルセデス〉は五時間以上も同じ場所に駐車されたままだった」ハティは間《ま》を置くと、両肘をテーブルについた。「ミズ・ウォーターズが夫を殺したのだとすると、だれかを雇ったとしか考えられません。そしてこれまでのところ、その証拠はない」

「彼女はタイソン・ケイドと不倫関係にあった」グリフィス保安官が反論した。

「そう言うけど、グリフ、それを証明するものは何もないわ」ハティは疲れた笑みを保安官に向けた。保安官がうなった。彼女は保安官とはしっかりとした関係を築いており、この部屋のなかでは、このような状況下でも彼のことをあえて〝グリフ〟と呼べる唯一の人物だった。だが彼女は言いたいことを率直に伝えたかった。「ミズ・ウォーターズとタイソン・ケイドを結び付けるものは状況証拠しかない。奇妙な番号への電話だけよ」

「ケイドも〈ハンプトン・イン〉にいた」

「わかってる。それにわたしも彼がミズ・ウォーターズに会うためにそこに行ったんだと思っている。けど、ふたりのどちらの部屋もわかっていないし、エレベーターから出てくるところを捕らえた映像にもふたりいっしょには映っていない」

「ドラッグについてはどうなんだ？」

ハティはうなずいた。「コカインとマリファナ所持の現行犯で逮捕し、それに従って起訴する。それによって彼女を勾留しておくことはできるけど、彼女がだれかを雇って夫を殺したということを示すなんらかの証拠がないかぎり、殺人罪で起訴するには不充分よ」

保安官はまたうなった。「ほかに容疑者はいないのか？」

「最も有力なのは便利屋のパイクかもしれませんが——」

「やつをすぐにでも見つけるんだ。だがまずはほかの可能性をつぶしておこう。被害者に愛人はいたのか？」

ハティは両手のひらをテーブルの上に置いた。「何人かの病院のスタッフが、ウォーターズがCRNAのコリーン・メイプルズと不倫関係にあったと言っています。彼女と話したところ、仕事以外の関係はなかったと噂《うわさ》を否定しています。また彼女は七月四日はほかの三人の女性といっしょに〈ロックハウス〉にディナーに行ったと言っています。ほかの女性たちからも裏付けが取れています。レストランのウェイターも彼女を見たのを覚えていて、彼女のクレジットカードのレシートには、午後八時五十八分に支払ったことが記録されています。メイプルズはYMCAのキャンプ・チャ・ラ・キーの近くの小さな家で暮らしていて、友人たちのうちのふたりといっしょに酒を飲んで、湖の花火を見ていたということです。友人たちは午前一時頃に帰ったそうです」

「不倫は噂に過ぎず、アリバイもあるというわけだ」

「ええ、そうです」ハティは言った。

「くそっ」グリフィスはそう言うと、顔をしかめた。「敵については？　彼に不当な扱いを受けた仕事仲間は？　苦情を訴えている患者は？　どんなことでもかまわん」

「見つけたかぎりではありません。もちろん、昨年裁判になった医療過誤事件はありますが……」ハティは口ごもった。部屋のなかの何人かがうなずいた。

ドクター・ウォーターズは五年前にガンターズビル高校のスター・クォーターバックだったトレイ・コーワンの家族から医療過誤で訴えられていた。トレイは全米のあらゆる有名大学から奨学金のオファーを受けるほどの正真正銘の将来有望な選手だった。オーバーン大への進学がほぼ決まっていたが、アラバマ大のニック・セイバン・コーチはまだあきらめておらず、多くの人々は四年生になったらトレイの気が変わるだろうと見ていた。

高校四年生最後の試合となったスコッツボロ高校との試合で、トレイは右脚の脛骨《けいこつ》を骨折した。重傷ではあったが、骨折はよくある怪我で、通常は六カ月以内で回復するものだった。だがトレイは回復しなかった。手術のあとに感染症を発症し、結果的に傷は治って脚は助かったものの、二度とフットボールをプレイすることはできず、足を引きずって歩かなければならなくなった。トレイの母親トルーディ――長年〈トップ・オー・ザ・リバー〉でウェイトレスをしていた――は、息子のためにウォーターズを相手取って訴訟を起こした。三年にわたる証拠開示、証言録取、二度の和解不成立のあと、訴訟に突入した。八日後、陪審員は医師を支持する評決を下した。

「トルーディとは話をしたのか？　彼女はアルダー・スプリングスに住んでるんだったな？」保安官が尋ねた。

「どちらもイエスです」ハティが答えた。「ミッチェル保安官補が」彼女は右隣の保安官補に眼をやった。「昨日の晩に自宅に行ってきました。そうよね、ジョージ？」

「はい、マァム」ミッチェルが言った。「彼女の仕事が終わったあとに話しました。四日は隣人のオルブライト家の人たちとパーティーをして過ごしていたそうです。真夜中過ぎまで彼らの家にいて、家まで四百メートルほどの距離を歩いて帰ったそうです。パーティーには十人くらい来ていて、全員、彼女がいたことを裏付けています」

「じゃあ彼女にはアリバイがあるのね」ハティは明らかなことをあえて口にした。

「トレイについては？」グリフィスが訊いた。

ハティは腕を組むと、ミッチェルをちらっと見て続けるように促した。

「彼はダウンタウンにある〈ブリック〉のパーティーに行っていて、九時頃までそこにいました。バーテンダーにサンセット・トレイルからの花火を見に行くんだと言ったそうです」

「それで？」

ミッチェルは肩をすくめた。「彼に話を聞いたところ、ひとりで行ったそうです」

「どうやってトレイルまで行ったんだ？」

「歩いたそうです」

「信じてないのか？」

「少なくとも一キロ以上はあります」ミッチェルは顎を掻《か》きながら言った。「足の悪い男にとっては長い道のりです」

「トレイは今何をしている？」

「市の仕事をしています。雑用を」ミッチェルは言った。「リトルリーグの審判。フットボールの試合のチェーン・クルー（アメリカン・フットボールの試合で獲得したヤードを計測する係員）。いろいろな市の施設で清掃業務をやっています」

「アラバマ大は全額免除の奨学金を提示してたんじゃなかったか？」

「どの大学でも全額免除の奨学金をもらえましたよ」壁に寄りかかった保安官補が小さな声で言った。「ドクター・ウォーターズが手術でヘマをするまでは」

「はっきりと言ってみろ、ケリー」保安官が言った。「どうしてそんなにトレイのことを知ってる？」

　ケリー・フラワーズ保安官補が前に出た。太い前腕をした、二十代半ばのスポーツマンだった。「トレイが二年生のとき、おれは四年生でワイドレシーバーでした。当時からあいつはすごかった。すでに奨学金のオファーを受けていた。その年、おれはタッチダウンパスを十回キャッチしました」

　保安官はうなずいた。「思い出したよ。準々決勝まで進んだんだったよな？」

「ええ」

「今でも付き合いはあるのか？」

「あまり」ケリーは言った。「悲しいですよね。トレイは三年間、このあたりでは神だった。今はトイレ掃除をしたり、リトルリーグの試合で下手《へた》なジャッジをして怒鳴られたりしている」

室内に静寂が流れた。グリフィス保安官がようやく口を開いた。「彼を連行するんだ。いいな、ケリー？ 少なくとも話を聞く必要がある。そのほうがおまえが行って話を聞くよりも簡単だろう」

「保安官、あいつはほとんど動きまわれないんです。ドクター・ウォーターズを殺せるはずがない」

「なんとかサンセット・トレイルまでたどり着けている。自分でそう言っている。彼には明確な動機があり、アリバイもない。連行しろ」

「イエッサー」ケリーは言った。

「ウォルター・コーワンはどうなんだ？」グリフィスは部屋を見まわしながら尋ねた。

「トルーディは、離婚が成立して以来、ウォルターとは連絡を取っていないと言っていました」ミッチェルが言った。「フロリダ・パンハンドルのどこかで建設作業員をしているんじゃないかとのことですが、彼女のことばを借りれば、『知らないし、気にもしていない』そうです」

保安官は天井を見上げた。「オーケイ……じゃあ便利屋の話をしよう」彼はテーブルに両肘をつき、両手をテントの形にした。「やつの居場所はわかったのか？」

「ウェイロン・パイク」ハティが言った。その声にはかすかに苛立ちがにじんでいた。彼女と保安官事務所は、ここまで彼の捜索に関してはかなり手こずっていた。「彼はウォーターズ家だけでなく、バーンズ家、キャンベル家、マッカリー家など、バック・アイランドのいくつかの家でも仕事をしていました。ジャクソン・バーンズは、七月二日の朝、ウォーターズ家でパイクを見かけ、その日の午後にはバーンズ家のゲストハウスに手すりのついた階段を作ってもらっています。それ以来、パイクには会っていないし、連絡もしていないそうです」

「パイクに関する情報は？　住所は？　携帯電話番号は？」

「両方わかっています」ハティは答えた。「彼はガンター・アヴェニューの裏のアパートに住んでいますが、訪問したときにはいませんでした。捜索令状は取りましたが、彼のアパートメントには何もありませんでした。携帯に電話しても留守電につながります」

「携帯を追跡できたのか？」

ハティはうなずいた。「最後に基地局に登録されたのは七月三日で、ダウンタウンの〈ブリック〉にいました。バーテンダーの女性に確認したところ、彼の写真に見覚えがありました。パイクはバーでブレーブスの試合を見るのが好きで、ハッピーアワーに生ビールを二、三杯飲むそうです」

「じゃあアリバイはなく、どうやら今は街を出て、携帯電話の電源も切っているようだな」

初めてグリフィス保安官の口調にかすかな希望が感じられた。「疑わしいとしか言いようがない」

「間違いありません」ハティは同意した。

「彼がどこにいるか心当たりはないのか？　バーンズは何か言ってなかったか？」

「バーンズはパイクがフロリダかジョージアの出身だと聞いたと言っていました」ガンターズビルのだれもが、バーンズ・ニッサン・マツダのオーナー、ジャクソン・バーンズを苗字《みょうじ》で呼んでいた。

「もっと何かないのか」保安官は嘆いた。

ハティは両手を広げた。「ほかには何もありません」

部屋はしばらく沈黙に包まれた。やがてグリフィスが立ち上がった。「午前中に、記者会見がある。それまでに進展がないかぎり、捜査は続行中で、いくつかの手がかりを追っていると話すことになるだろう。いつまでもそう言っていられるわけじゃない。容疑者を逮捕するのに時間がかかれば、シェイ・ランクフォードが有罪を勝ち取るのも難しくなる。彼女は二十四時間体制でおれのケツを叩くつもりだ。なんとか容疑者を逮捕しなければならない」

「もちろんです、保安官」ハティは言った。彼女も立ち上がり、できるだけ多くの保安官補と眼を合わせようとした。「けれど、まずやるべきことから取り掛かりましょう」

グリフィスは首の後ろをさすりながら、彼女を見つめた。「ウェイロン・パイクを見つけるんだ」

11

パイクは我慢できなかった。実家に帰って一週間、じっとしていられなかった。母親にもうんざりだった。ガンターーズビルでの仕事のことを話すたびに顔をしかめたり、唇をすぼめたりする仕草から、彼がトラブルに陥っていることを母親が知っているのは明らかだった。これまでの人生、トラブルに陥るとこそこそと実家に帰ってくるのは彼のいつものパターンで、さすがにリネット・パイクもばかではなかった。

ここから出なければ……するべきことは明白だった。おとなしくしていろ。マーシャル郡には近づくな。注目を浴びるな。

殺人の報酬を手に、どこかの海岸に行くつもりだった。数週間ほど、ビールを飲んで過ごす。だが、正直に言えば、それははかない希望だった。ウェイロン・パイクにはビーチでの愉しみ方など見当もつかなかったし、炎天下で一日じゅうローンチェアに坐っているのは退屈そうだった。なら、山はどうだろう。アパラチアン・トレイルをハイキングする？　ガトリンバーグにキャビンを借りる？　それとも湖はどうだろう？　ガンターズビル湖の周辺のボートハウスでたくさん仕事をしてきた。チャタヌーガ近郊のニッカジャック・ダムのあたりの家を借りるという手もある。それともジョージア州のバートン湖とか？　あそこは映画『脱出』の舞台じゃなかったか？　あの映画は好きだった。くそっ、田舎《いなか》の話はもういい。全国に眼を向けよう。カリフォルニアにだって問題なく行ける金はある。コロラドだっていい。イエローストーンにあるような牧場でカウボーイになるという道もあるかもしれない。牧童連中といっしょに過ごすってのも悪くない。クールだろ？

いや違う。

どの考えも時代遅れか、仕事が大変そうなものばかりだ。

実際のところ、ウェイロン・パイクが愉しめる唯一の天職は犯罪だった。それこそが人生で唯一得意なことだった。

それに人をひとり殺したばかりだ。初めての殺人。犯罪の食物連鎖の頂点に到達したのだ。一週間が経っていた。マーシャル郡保安官事務所はやって来なかった。インターネットで調べたかぎりでは、連中は手がかりすらつかんでいない。

祝杯を挙げたい気分だ。酔っぱらってストレスを解消したかった。

それに女性が恋しかった。くそっ、ガンターズビルで愉しんでいた女性たちとの火遊びが懐かしかった。アドレナリンと、大きな仕事をやってのけた高揚感のせいで欲情を覚えていた。母親の家に一週間も閉じ込められていたため、欲望は頂点まで達していた。娼婦《しょうふ》を買うことも考えた。そういった場所も知っていたし、抵抗もなかった。

だが今のパイクには金があった。裕福《ウェル・ヒールド》――母親は金持ちのことをそう言っていた――だった。これだけの金があれば、女をナンパして、口説くことだってできるだろう。ジャナ・ウォーターズほどの女とはいかないまでも、それなりの女を。

ドクター・ブラクストン・ウォーターズを殺害した七日後の七月十一日、パイクは車で州境を越え、ブリッジポートの〈ファットボーイズ・バー＆グリル〉に立ち寄った。表に〈ハーレーダビッドソン〉のバイクが止まっているのを見て、パイクは微笑んだ。排気ガスのにおいを嗅いだ。建物のなかからはハンバーグを焼く香りがしていた。

バーカウンターに坐ると、冷たいパ《P》ブスト・ブ《B》ルー・リ《R》ボンとチーズバーガー、フライドポテトを注文した。キンキンに冷えたジョッキからごくごくと飲むと息を吐いた。

ポケットには千ドルがあった。まさに酔っぱらおうとしていた。すでにこの店で見つけていた三、四人の美女を見るかぎり、セックスをとことん愉しめるチャンスは充分にあるだろう。ビールをもうひと口飲むと、バーの後ろの鏡に向かってジョッキを掲げ、自分にウインクをした。

タラ・サンプルズは少しやがれた声をしていた。大きく笑わないかぎりは見えないものの、下の歯に隙間があるせいでめったに笑うことはなかった。彼女はビールと、安バーボン、そしてアラバマ大のフットボールチームを愛していた。ジャクソンビル州立大学で予備役将校訓練課程に身を置き、その後一度、アフガニスタンに派遣されていた。タラは軍役を退いて以来、十年間、ブリッジポートで暮らしていた。父親の工具店を引き継いで経営に当たり、毎週日曜日には教会に行き、母校のノース・ジャクソン高校に寄付をし、きちんと納税義務を果たす市民だった。

だが、時折PTSDが頭をもたげるときは、ジョン・アンダーソンの歌のように、テキーラをストレートで飲む夜を過ごさなければならなかった。

七月十一日もそんな夜のひとつで、行きつけの〈ファットボーイズ・バー&グリル〉に行った。三杯飲んだあと、オーダーしていないお代わりが自分の隣に置かれていることに気づいた。

「おごらせてもらえるかな、マァム？」

声のするほうを向き、見覚えのない男の虚《うつ》ろな眼を覗《のぞ》き込んだ。それから体を引いて、男を見定めた。腕に血管が浮き出ていて、顔には無精ひげを生やし、手にはたこがあった。タラは結婚したことはなく、行きずりのセックスを愉しんでいた。特に酒を飲んだ夜の締めくくりに。

そして荒々しければ荒々しいほどよかった。軍隊では、クローゼットでファックをしたり、砂漠を屋根のないジープで走りながらセックスをしたりしたこともあった。ガズニーでのクレイジーな夜には、ふたりの上官と3Pを愉しんだこともあった。彼女は眼を細めて男を見ると、ショットグラスを取り、一気に飲み干して、グラスをテーブルに叩きつけた。

「もう一杯いかがかな？」男は尋ねた。

いい男、とタラは思った。うなずくと男のスツールの背もたれに手を置いた。

六時間後、パイクは仰向けになって星を見ていた。疲れ果てていた。隣でタラが彼の腹から股間へと指を走らせた。「まだ残ってる？」と彼女は訊いた。

パイクは声に出して笑った。「マァム、いやマァムじゃないな、軍曹殿、もう絞り尽くしたよ」

ふたりはバーで三杯飲んでから、タラの家に来ていた。彼女がテキーラの〈ホセ・クエルボ〉のボトルを取り出してきた。彼女は八千平米ほどの土地で一階建てのランチ・ハウスに住んでいた。ボトルの半分――ライムをたっぷり入れてシェイクした――を飲むと、ベッドからシーツをはずして、裏庭の芝生の上に敷いた。

見た目はそうは見えなかったが、タラは信じられないほどセックスが強く、パイクは彼女からマラソン並みに求められたあと、精子がからっぽになったような感覚を覚えていた。セックスが終わると、タラは軍隊での話をした。人を殺した経験を。

彼女はアフガニスタンで、わかっているだけでも三人の命を奪っていた。パイクは詳しく聞きたがった。そのうちのふたりはマシンガンによって命を奪った。ばったり出遭った敵兵は、彼女が先に撃たなければ、逆に彼女を撃っていただろう。彼女はパイクもよく知っているM27という銃を使っていた。まだ持っているのかと尋ねたが、彼女は答えなかった。

彼女を苦しめていたのは最後の三人目の殺害だった。接近戦でその男の背後にまわり込んだ。銃を撃つには距離が近すぎて、ナイフを使うしかなかった。男の喉を切り裂き、うめき声を聞いた。男の肺から空気が抜けていくのを感じ、息のにおいがした。男は地面にくずおれた。「今でもあの男のうめき声が夢に出てきて、朝起きると、寝室があの男のすえた悪臭に包まれている」

彼女は外で寝るのが好きだと言い、ポーチに吊《つ》るしたスイング・ベッドを指さした。「寝るのにはいいんだけど、ファックするのにはいまいちね」

パイクはこの見知らぬ人物の殺人の話を聞いて、畏敬の念に打たれていた。嫉妬さえ覚えていた。どうして自分は軍隊に入らなかったのだろう？　自分のスキルなら完璧に合っていたはずだ。

パイクは、タラが彼の横に置いていたテキーラのボトルに手を伸ばした。ゆっくりと飲むと、少しめまいを覚えた。この女性に自分の殺人のことを話したかった。だれかに話さなければならなかった。話して何がいけない？　この女はひどく酔っぱらっている。もしおれの言ったことを覚えていたとしても、すべて否定すればいい。

パイクはもうひと口飲んだ。タラをちらっと見る。眼を閉じていた。ふたりとも裸で、体は汗で輝いていた。周囲にはテキーラの強い香りがしている。彼は眼を閉じると、口を開いた。

「人を殺した」ウェイロン・パイクはそう言った。

12

ハティ・ダニエルズは密告電話の知らせを受けて躊躇《ちゅうちょ》しなかった。テネシー州ジャスパーまでは一時間弱、彼女はずっとサイレンを鳴らして走り、四十分で到着した。保安官補のジョージ・ミッチェルが助手席に同乗していたが、道中、ひとこともことばを発しなかった。

ふたりとも何が懸かっているかわかっていた。ウォーターズ殺害から一週間が過ぎ、マーシャル郡保安官事務所には報道陣が殺到していて、ニュースにも取り上げられていた。そのほとんどは批判の声だった。グリフィス保安官の解任を求める声さえあった。

ガンターズビルでは殺人事件は珍しい。犯罪発生率自体は全国平均よりも高かったが、それは窃盗や住居侵入、その他財産犯罪によるものだった。暴力行為も概して暴行や強盗にかぎられていた。

バック・アイランドの殺人事件は前代未聞と言ってよかった。

グリフィスはあせりを感じていた。前の晩にも記者会見を開き、必死で現状を説明していたが、最初の記者会見よりも悲惨な結果に終わっていた。どうやらもう打つ手はなかった。ジャナ・ウォーターズに対する直接的な証拠はまだなく、新たな容疑者も現れていなかった。ウェイロン・パイクは消えてしまったようだった。

そんなときのことだ。午後四時三十分、マリオン郡保安官事務所から電話があった。タラ・サンプルズという女性がアラバマ州ブリッジポート市警の署長に連絡をしてきて、サウス・ピッツバーグ出身の男が自宅のボート用桟橋でゴルフボールを打っていた医師を射殺したと主張していると話した。地元で工具店を経営する、退役軍人のサンプルズは、ドクター・ブラクストン・ウォーターズ殺害のニュースを聞き、供述するために出頭してきたのだった。彼女は男と写真を撮っており、その写真も警察に提出した。ブリッジポート市警は、サウス・ピッツバーグ市警に連絡し、長年この土地で暮らしている保安官補のひとりがその男がマイケル・パイクであることを確認した。マイケル・ウェイロン・パイクだと。

パイクは母親の家で発見され、マリオン郡保安官事務所の拘置所に連行された。そこで多数の令状を見せられ、ブラクストン・ウォーターズ殺害に関する取調べを受けた。

サンプルズはパイクから話を聞いたときは酔っぱらっていたことを認めたが、実直な女性という評判があり、ほんとうに何かおかしいと感じなければ犯罪を通報したりしないはずだった。「タラはドラマ好きの目立ちたがりとは正反対の女性です」ブリッジポート市警のハティの情報源はそう言った。サンプルズが撮った写真がハティの元に送られてきて、ハティはジャクソン・バーンズに、ほんとうにその写真の男が彼やウォーターズ家を含むバック・アイランドの多くの家庭で仕事をしていたウェイロン・パイクであるかを確認してもらった。

拘置所に着くと、マリオン郡の保安官と短い会話を交わした。おおぜいの法執行官でパイクを圧倒するのではなく、控えめなアプローチを取ることで合意した。ハティとジョージ・ミッチェルが取調室に入り、ほかの全員はライブ映像を見ることにした。ふたりは狭い廊下を通って取調室に案内された。狭い空間のなかで、ウェイロン・パイクはアルミの椅子に坐り、頭を木製の机の上に載せていた。ふたりが部屋に入っても、彼は頭を上げなかった。

「ミスター・パイク、ガンターーズビルからお客さんだ」マリオン郡の刑務官はそう言うと、ドアを閉めた。

ハティはミッチェルに眼をやった。彼は咳払いをひとつして、アルミの椅子のひとつに坐った。ハティは立ったままでいた。

「ミスター・パイク、あなたをドクター・ブラクストン・ウォーターズ殺害容疑で逮捕するためにここに来ました」

パイクは頭をテーブルに載せたままだったが、ハティは彼の首がピクッと動き、眼をしばたたいているのが見えた。パイクは何も言わなかった。

「よければあなたを連れて、愉しい旅といきましょうか」ハティが付け加えた。

パイクは体を起こすと、胸の前で腕を組んだ。茶色の髪は乱れていて、まるでベッドから引きずり出されてきたかのようだった。顔は数日分の無精ひげに覆われていた。彼はまずミッチェルを見てから、次にハティを見た。「ドクター・ウォーターズ？」彼は訊いた。

「とぼけるんじゃない」ミッチェルが言った。「ウォーターズ家の隣人の多くは、おまえが彼らの家で働いていたことを覚えている。それにブリッジポートの女性が、おまえがドクター・ブラクストン殺害を告白したと供述している」それはやや誇張だった。タラ・サンプルズは、パイクが桟橋で医師を殺したと告白したのを聞いたと言っていた。ウォーターズの名前は出ていなかった。「ミズ・タラ・サンプルズを覚えているだろ」ミッチェルは言った。「〈ファットボーイズ・バー＆グリル〉でおまえが出遭って、いっしょに夜を過ごした女性だ」

「彼女は酔っていた」パイクが言った。「おれもだ。彼女にそんなことは言っていない」

「彼女はそうは言っていない。彼女は退役軍人で、信頼性に関しては申し分ない」

「言ったように、彼女はひどく酔っていた」

ハティが一歩進み出て、ミッチェルの隣に坐った。「マリオン郡保安官事務所があなたのお母さんの自宅を捜索した」彼女は天井を見上げてから、容疑者に視線を向けた。「金を見つけた」

パイクは唇を噛んだが、それ以外はポーカーフェイスを保っていた。やるじゃない。ハティはそう思いながら続けた。「あなたみたいな男が一万四千ドルもの現金をダッフルバッグに入れて持ち歩くなんてどうしたの？」

「家のなかに隠すなんて、ずいぶんとリスキーじゃないか？」ミッチェルが言った。「せめて裏庭に埋めておくとかすりゃいいものを。だが、逆におまえみたいな男があんな大金をどこに隠すかわからなかったよ。まさか母親の家の床下とはね。彼女が警官に教えなかったら、見つからなかっただろうよ」

パイクの平静を装った仮面も怪しくなってきた。テーブルを見つめていたが、額と頬が赤くなっていた。

「ほかの州でスピード違反と窃盗で逮捕令状が出ている」ハティが割って入った。「ライムストーン矯正施設で三年間服役した放火の罪はまだ保護観察中よ。州外での逮捕は保護観察と仮釈放違反だから、ドクター・ウォーターズ殺害で有罪になろうが、なるまいが、どっちにしろ刑務所に逆戻りよ、ウェイロン」彼女はテーブルに両肘をついた。「でもあなたをドクター・ウォーターズ殺害でも有罪にしてみせる。あなたがやったと告白した供述を得ている」

「伝聞証拠だ」パイクは言った。彼女と眼を合わせ、ミッチェルに視線を移した。ぼろを出した。彼はパニックになり始めている。

「残念だけど、ウェイロン、違うわ」ハティはそう言うと、ニヤッと笑った。彼女はシェイ・ランクフォード検事長が法廷でこの例外規定を主張するのをしっかりと覚えていた。「被告人本人が第三者に行なった陳述は、当事者の自白とみなされるのよ。だから、伝聞証拠にはならない」彼女は唇を舐めた。「タラ・サンプルズの供述は有効よ」彼女は両手を宙に投げるように上げてみせた。「もちろん、マーシャル郡の陪審員が退役軍人を信じない理由はないわ」

「彼女は酔っていた」

「そう言い続けるのね。でも、彼女はあなたが言ったことをしっかりと覚えている。あなたは〝殺人〟について話した。彼女が軍隊での戦闘について話したから、あなたも何か話さなければならないと思った、違う？」

パイクはハティをにらみつけたが、何も言わなかった。「お金はどうしたの？」ハティは続けた。「だれかのボートハウスを修理して稼いだお金じゃないでしょ。それにどうしてドクター・ウォーターズが殺害されたすぐあとにガンターズビルを去ったの？」彼女はミッチェルを見た。「どう思う、保安官補？」

「だれかがドクター・ウォーターズを殺すためにここにいるミスター・パイクに気前よく金

を払ったのは明らかだと思います」

パイクはテーブルをちらっと見た。胸の前でしっかりと腕を組んでいた。非常に防御的な姿勢。落ちたも同然だ。「ウェイロン」ハティは声を潜めて言った。「ドクター・ウォーターズを殺すためにだれに雇われたのか言いなさい。それがこの状況から逃れる唯一の道よ。そうしなければ、あなたは死刑になる。人を残酷に処刑して、その死体を桟橋から湖に蹴り落とす？　マーシャル郡の陪審員が死刑の評決を下さないわけがない」ハティは椅子にもたれかかると、自分のことばを宙に漂わせた。

「どうするつもりだ、パイク」ミッチェルが言った。

ウェイロン・パイクはテーブルをじっと見ていた。動かなかった。頭のなかを可能性……疑い……失望が駆けめぐっていた。なんてばかだったんだろう？　金を母親の家に置いておくなんて。タラ・サンプルズに殺人のことを話すなんて。眼をしばたたいた。が、テーブルから顔を上げなかった。これ以上悪くならないようにしよう。そう自分に言い聞かせた。

警官に尋問されるのは初めてじゃなかった。彼らは取引をしたがるとわかっていた。だが交渉を始めたなら、あと戻りはできない。自分が殺したと認めることになる。

ブラフか？　彼はようやく顔を上げると、黒人女性とそのタフな相棒に眼をやった。ふたりとも自信たっぷりの落ち着いた表情で彼を見つめていた。ふたりが彼の言動について、少しても神経質になっていたとしても、そんなそぶりは見せてはいなかった。彼らは自分を逮捕すると言った。金とタラの証言だけで充分だろうか？　弁護士が必要だったが、あの金を押収されてしまっているとしたら、そんな余裕はなかった。ブラクストン・ウォーターズ殺害から一週間。連中は何かをしなければならないとプレッシャーを感じているはずだ。話さなかったら、逮捕されるだろうか？

彼の直感はイエスと言っていた。

パイクは咳払いをするとふたりの警官から眼をそらし、閉まったドアに眼をやった。以前にも苦境に陥ったことはあったが、ここまでではなかった。どうして実の母親に息子を裏切ることができるのだろう？　金は安全なはずだったのに。

「オーケイ、ジョージ」黒人の刑事が言った。「逮捕して」

「待ってくれ」パイクは言った。自分の声にパニックの色を聞き、歯を食いしばった。ハティに眼を向けると言った。「取引は？　取引をすると約束してくれるまでは話さない」

「そんなふうにはならない」彼女は言い放った。「あなたが何を知っているのかがわかるまでは交渉はしない。地区検事だけが取引をオファーできる」

「免責がほしい」パイクは言った。「完全な免責だ。そうじゃなければ何も話さない」

女性は相棒をちらっと見てから、パイクに視線を戻した。「無理よ。あなたはドクター・ウォーターズを殺した。話さなければ死刑よ。取引をするにしても刑期に関しての交渉になる。検察官が喜んで取引に応じるかは疑問だけど、免責なんて問題外よ」

「簡単だろ、パイク」男性の保安官補が言った。「今この場でおれたちに何か情報を与えないかぎり、おまえを逮捕して勾留する。司法取引のチャンスがほしいなら、今話すんだ」

パイクは眼をそらし、雇い主のことを考えた。

「だれが一万四千ドルを支払ったの」女性刑事が尋ねた。

パイクは彼女をじっと見た。「一万五千ドルだ」

「だれなの?」彼女はしつこく繰り返した。

ウェイロン・パイクはため息をついた。「医師の女房だ」彼はようやくそう言った。

13

ジャナ・ウォーターズは硬い簡易ベッドに仰向けに横たわっていた。勾留されてから一週間になっていたが、気分はよくなっていた。疲れてはいたが、禁断症状は改善していた。まだ〈ザナックス〉がほしくてたまらなかったが、拘置所の医師はベンゾジアゼピンの漸減《ぜんげん》投与を行ない、今は一日〇・五ミリグラムを服用していた。それは彼女が通常服用している量よりかなり少なかったが、ないよりはましだ。今は考えることができるようになっており、彼女は必死に考えた。弟は折り返し電話をしてくるはずだった。マーシャル郡でも優秀な弁護士を知っていたが、だれもこの事件に触れたがらないとわかっていた。ブラクストンは街では人気のある存在だった。住民の家族には弁護士もいて、彼はなんらかの方法あるいは形で、そういった人々を治療していた。利害の衝突に当たるかもしれないし、たとえ真の利害の衝突がなかったにしても、まともな考えを持った弁護士なら関わりたいとは思わないだろう。

バリー・マルティーノが頭に浮かんだ。彼は刑事弁護士で、息子のディークはノラと同い年だった。昨年、ガンターズビル高校のバスケットボールの試合で、彼が自分の扱った刑事事件のひとつについて話していたのを思い出した。ジェイソンが電話をしてこないなら、バリーに電話をするつもりだった。

監房のドアが滑るように開いたとき、ジャナは刑務官が食事を持ってきたのだと思ってその方向に眼をやった。代わりに、リチャード・グリフィス保安官——ジャナは何度か資金集めのパーティーで会ったことがあった——がふたりの警官を従え、大きな足取りで入ってきた。ジャナは立ち上がった。

最後に入ってきた人物を見て、ジャナの腕に波のように鳥肌が立った。

シェイ・ランクフォードは深紅のスーツを着ていた。彼女は背の高い、アスリート体型の女性で、ジャナと同じパーソナル・トレーナーが担当していることもあって、〈ダウンタウン・ジム〉でよく見かけていた。彼女は三年前に接戦を制して選挙に当選し、マーシャル郡初の女性検事長になっていた。

ジャナとブラクストンは彼女に投票しなかった。ジャナはランクフォードがどこか超然としていて、愛想がないと思っていた。彼女はジムでもほかのどこでも、ほとんどジャナに話しかけてこなかったが、陪審員団に話すときはスイッチを入れるように魅力を発揮することができるのだった。いつも完璧な着こなしだった。ジムにいるときでさえ、彼女のウェア、髪型、化粧は完璧だった。

「ミズ・ウォーターズ」ランクフォードはそう言うと前に進み出た。三人の法執行官は脇によけた。

「シェイ」ジャナは言い、相手の女性をにらみつけた。視線をはずそうとしなかった。

「ウェイロン・パイクを勾留している」ランクフォードは言った。「彼が全部話した」

ジャナは視線を検察官に貼りつけたままだった。「彼がわたしの夫を殺したの？」

ランクフォードは唇を結び、こわばった笑みを浮かべた。ジャナは動揺が胸のなかでさざなみのように広がるのを感じた。

「彼は、まさにあなたが彼に支払ったとおりのことをしたのよ」検事長は言った。

ジャナの心臓の鼓動が速くなった。「な、なんですって？」そう言うのが精いっぱいだった。

今やランクフォードは満面に笑みを浮かべ、真っ白な歯を見せていた。眼は強烈なまでに輝いていた。「ずいぶんと頑張ってるみたいね。ダニエルズ刑事とミッチェル保安官補の取調べに協力的ではないそうじゃない」

「弁護士と話すまでは」

「弁護士を雇うのに一週間もかかっている。何か問題でも？　裁判所が任命するわ。あなたは書類に記入するだけでいいのよ」

ジャナは顔をしかめた。「わたしをだれだと思ってるの。裁判所が任命した弁護士を雇うつもりはないわ。たまたま弟がこの州で最も優秀な弁護士のひとりだから、弟と話をするまでは何も話すつもりはない」

ランクフォードは首を傾《かし》げた。「まさか……あの看板野郎のことを言ってるの？」そう言うと保安官とふたりの警官に眼をやった。だれもがおもしろがっているような表情をしていた。

「弟はバーミングハムで開業している」ジャナは言った。

ランクフォードはあきれたというように眼をぐるりとまわした。「ジャナ、わたしたちはあなたのしたことを知っている。あなたの取引銀行とも話をした。あなたの夫が殺された日の前日に口座からいくら引き出したかを知っている。そしてミスター・パイクが同じ金額を持っていたことも。彼は犯行を自供して、あなたが金を支払ったと宣誓供述している」

ジャナの手は震えだしていた。「嘘《うそ》よ」

「何があったのか話すつもりはある？」ランクフォードは言った。

ジャナは首を振った。「ジェイソンが来るまでは話さない」

ランクフォードはハティ・ダニエルズ刑事に視線を移した。そして一歩下がった。ハティが代わりに前に進み出た。

「ジャナ・リッチ・ウォーターズ」ハティが力強い口調で言った。「あなたをあなたの夫ドクター・ブラクストン・ウォーターズを違法かつ故意に殺害せしめたものとして、死刑に相当する殺人容疑で逮捕します」

脚が震え、簡易ベッドに坐り込んだ。ハティとそのほかの人々の先にある灰色のコンクリートの壁を見つめていた。ハティがさらに話すなか、ジャナは何も感じなくなり、涙が頬を伝い落ちているのにも気づいていなかった。

「あなたには黙秘する権利があり……」

第三部

14

〈フローラーバマ・ラウンジ&パッケージング・ストア〉はガルフコーストでも最も象徴的な社交場のひとつだった。ケニー・〝ザ・スネーク〟・ステイブラー（アラバマ大出身の元プロ・アメリカン・フットボール選手）のようなフットボール界のレジェンドたちがこのビーチサイドのバーでよく酒を飲んでいることで知られていた。またこのバーで毎年行なわれるボラ投げ《マレット・トス》祭りはフロリダ・パンハンドル最大のイベントのひとつだった。ジョン・グリシャムの出世作『法律事務所』では、マフィアによってレッドネック・リヴィエラを追われた主人公ミッチ・マクディーアがこの店に立ち寄っていた。

パーディド依存症治療センター——患者やスタッフからはＰＡＣと呼ばれていた——を退院して三十分も経たないうちに、ジェイソン・リッチはこの有名なバーの屋外ステージのひとつに近いテーブルに坐っていた。テーブルからはステージ上の歌手の向こうにエメラルド色のメキシコ湾が見えた。ジェイソンはそよ風に運ばれてくる潮の香りを味わっていた。

どこを向いても、だれもが酒を飲んでいた。彼の左では、ビキニトップとカットオフジーンズ姿の三人の女子大生がマルガリータのピッチャーをシェアしている。後ろでは中年の男性ふたり組が〈ミラー・ライト〉のロングネック瓶を飲んでいた。ステージの下には四十代の女性のグループがいて、プラスチックのカップにストローを差して、さまざまな色のカクテルを飲んでいる。コスモポリタン、マティーニ、カミカゼ、テキーラのショット……

ジェイソンはレストランの向かいを見た。〈フローラ－バマ〉から百メートルほど先のビルの上に彼自身が笑顔を向けている看板があった。

仕事で怪我をした? リッチ《GET RICH》に電話を

ハイウェイの巨大な看板の下の端には、車を走らせていたならほとんど読めない、だが弁護士の広告には必ず含めなければならない法的な文言が小さな文字で書かれてあった。

〝わたしたちの法律サービスが、他の弁護士の提供する法律サービスの品質より優れていることを表明するものではありません〟

戯言《たわごと》だ。ジェイソンは思った。だれよりもすぐれていた。あるいは少なくともそのつもりだ。偽善的なことばが苦々しかったが、金を儲《もう》けたいと望む弁護士はだれもがその文言を盛り込まなければならなかった。醜悪な看板だろうと、テレビのCMだろうと、SNSの投稿であろうと、ひと儲けしようとしている原告側弁護士は、自分たちのサービスがほんとうにすぐれている理由を宣伝しながら、その下に〝われわれはそんなことは言っていません〟という魔法のような逃げ文句を付け加えるのだ。

ウェイトレスが彼のテーブルの前で立ち止まった。真ん中にレストランの名前が刺繍《ししゅう》された白いタンクトップを着ていた。白いデニムのショートパンツに、前面にオレンジ色でウォー・イーグル《War Eagle》（オーバーン大を応援するときの掛け声）と書かれた青いキャップをかぶっていた。「お飲み物は？」彼女は訊いた。

ジェイソンは同時にいくつもの衝動に襲われた。グループセラピーのセッションと一週間前にモントゴメリーで開かれた懲罰委員会の審問以外は、これまでの九十日間をほぼ完全に孤立した状態で過ごしていた。リハビリ施設はほかの患者との恋愛を禁止していたが、それでも何組かのカップルが付き合うのを止めることはできなかった。

だがジェイソンはそういったことのすべてを避けていた。世間から離れて治療を受けに来たのだ。余計な人間関係は事態をややこしくするだけだ。だが今、〈フローラ‐バマ〉によって、彼が避けようとしてきたすべてが彼の眼の前でその輝きとともにあった。

アルコール。

ドラッグ。

女。

セックス。

ジェイソンは美しいウェイトレスを見上げた。彼女は困惑したようにまばたきをしながら彼を見ていた。「お客様？　何かご注文は？　ビールはいかがですか？」

「〈コロナ〉を」ジェイソンはようやくそう言った。「ライムといっしょに」

彼女がさっそうと立ち去ると、ジェイソンは頭を振った。自分は何をしているんだろう？　なぜこんなところにいるのだ？　ほんとうにこんなにすぐに台無しにしたいのか？　州法曹協会懲罰委員会議長ウィンスロップ・ブルックスの尊大な顔が頭に浮かんだ。こんなくだらないことをしたら、あのいやな野郎を喜ばせるだけじゃないのか？

〝きみのお父さんのことはよく知っている〟とブルックスは言っていた。〝気品があり……プロフェッショナルの典型のような男だった〟

そのコメントは皮肉だった。ルーカス・リッチは亡くなるまでアラバマ州の法曹界では、非常に尊敬された人物だった。彼の薄汚い息子とはまったく違って。

ジェイソンは遠くの看板に眼をやった。

ウェイトレスが冷えたビールのボトルをテーブルに置いた。「メニューをお持ちしましょうか？」

「いいや」ジェイソンは言った。「ありがとう。今はビールだけでいい」彼はうつむき、彼女が立ち去るのも見ていなかった。〈コロナ〉をじっと見ていた。海辺でしか飲まないビール。子供の頃、ビーチで〈クッキー・クリスプ〉を食べたように。母親がレーズン・ブランや〈トータル〉（ビタミンが豊富な全粒フレークのシリアル）以外のものを食べさせてくれる唯一の時間だったのだ。ライムの入ったコロナ。南国の味。コマーシャルのように、ビーチパラソルの下のカップルが互いにこのメキシコのビールを持って青い海に囲まれているシーンを思い浮かべた。

ジェイソンはテーブルの上にあるもうひとつのものに眼を向けた。彼の〈ｉＰｈｏｎｅ〉。何年ものあいだ、ずっとポケットのなかにあり、二、三分おきにチェックしていた。小便のときでさえ、取り出してツイッターを見ながら用を足していた。リハビリ施設での生活はひどかったが、間違いなくよかった点はスマートフォンから離れることができたことだった。それまではくだらない雑用に絶え間なく邪魔をされた。メール、ショート・メッセージ、ツイート、インスタの投稿……。電話をかけるために使うことはほとんどなかった。ほかのみんなと同じように。

ＰＡＣを退院して以来、スマートフォンの電源を入れていなかった。避けられないことを先延ばしにしているだけだとわかっていたが、何かが彼を引き留めていた。なんということか、電話の電源をオンにする前にビールを注文していた。メールをチェックするより前に禁酒の誓いを破ろうとしている。どうしてそんなことに？

ジェイソンは手をつけていないビールのボトルを見て、それから何度も電話に眼をやった。

顔を上げて、自分の巨大な看板をもう一度見た。エメラルド・コースト・パークウェイ沿いにはどの方向にも少なくとも十以上の看板があった。キャップをかぶり、ひさしを眼の上まで下ろしているので、バーにいるだれも彼のことには気づかないだろう。PACに入院した初めの頃は不思議そうな視線を向けられた。ふたりの患者からは離婚訴訟を引き受けてくれないかと相談された。丁重に断った。だが、だれかが彼のことを弁護士だと認めたのはそのくらいだった。リハビリのもうひとつのありがたい側面だ。

ステージの上を見上げた。歌手はジミー・バフェットの《チェンジズ・イン・ラティチュード、チェンジズ・イン・アティチュード》をささやくように歌っている。ジェイソンはライムの入ったボトルに眼をやった。冷たいガラスに触れると、まるで燃えているストーブに手をかざしたかのように慌てて手を離した。最後にここに来たのはいつだっただろう。

数年前、パーディド・パスの橋を渡った先にあるパーディド・ビーチ・リゾートで法律家の会議があった。最後の講演が終わったあと、ジェイソンは何人かの同僚と〈フローラーバマ〉で八時間過ごした。記憶が正しければ――かなり疑わしかったが――何人かが最後にはメキシコ湾を素っ裸で泳いだのだった。

おもしろい逸話ではあるが、いい夜だっただろうか？　彼はほとんど知らない女性と午前三時にコンドミニアムで目覚めていた。ひどい二日酔いだった。ジェイソンはまた〈コロナ〉を見つめた。もしひと口でも飲めば、同じ夜に一直線に向かうのが眼に見えていた。自分のキャリアは大惨事となる。

情けないことを言っていないでスマートフォンをチェックしろ。

ひとり言に思わず笑ってしまった。自分の声だったのか？　それともイジーが自分の潜在意識に忍び込んできたのかもしれない。事務所のパートナーのことを考えると口元に笑みがこぼれ、一瞬だけいい気分になった。そして罪悪感も覚えた。自分は三カ月も彼女に砦《とりで》を任せて放ったらかしにしていたくせに、今、まっすぐにボトルに飛びつこうとしているのか？　なんて大ばか者なのだ？

まったくとんでもないおバカね……それは間違いなくイジーの声だった。

ボトルからスマートフォンへと眼を移し、やっと電話を手に取ると親指で電源ボタンを押した。

千件以上のeメールとショート・メッセージ、少なくとも五十件の留守電のメッセージがあった。彼はカニの爪のフライと水を注文し、食べながら、できるだけ多くのメッセージに眼を通した。最終的にはイジーが仕事関連のメールに対応していた。残りはさまざまなパターンのスパムメールのようだった。ショート・メッセージのほとんどもeメールと同じだった。留守電のメッセージについては、ジェイソンは気にしなかった。どの番号にも見覚えはなく、車の保証詐欺か何かだろうと思った。

カニの爪のフライをむさぼるように食べると、空《から》になった皿をテーブルの端に押しやり、ゆっくりと水を飲んだ。それから口をつけていないビールのボトルに眼をやった。またガラスに触れた。

「ビールに何か問題でも?」皿を下げに来たときに、ウェイトレスが訊いた。

「いいや、喉が渇いてないだけだよ」

「ほかのビールを試してみたくなったら言ってちょうだい。クラフト・ビールもいくつか用意してあるから。〈フェアホープ51〉というとても喉越しのいいペールエールもあるわよ。わたしのお気に入りよ」彼女はウインクをすると去っていった。

ジェイソンはスマートフォンに眼をやり、イジーに電話することを考えた。最後の数通のショート・メッセージは今朝届いたもので、すべて彼女からだった。

〝あなたが生きて戻ってきたか、たしかめようと思っただけ〟

〝出てきたら連絡して〟

〝心配になってきた。今日が退院の日だったよね?〟

画面を見ていると新しいメッセージがポップアップした。それもイジーからだった。ジェイソンは思わずたじろいだ。

〝ジャナからは連絡あった?〟

その数秒後、またイジーからだった。

〝わたしと話すまで、イエスとは言わないで〟

そして三通目。

〝この世で一番必要のないことよ〟

さらに四通目。

〝彼女に借りはない〟

ジェイソンの心臓の鼓動が高鳴った。いったいなんなんだ？　どうやら留守電のメッセージを聞いたほうがいいようだ。だが、それをチェックする前に電話が鳴った。

その音は彼にはほとんどなじみのないものだった。耳にしたのは九十日ぶりだったのだ。首を傾げ、画面を覗き込んだ。256の地域コードで、見覚えのない数字の下に場所が表示されていた。アラバマ州ガンターズビル。

ジェイソンは電話に出ず、そのまま鳴らしておいた。そのあと、留守電のメッセージを見ると、同じガンターズビルの番号から五件かかってきていた。

ジャナ……

「くそっ」彼はそう言うと、ビールのボトルに手を伸ばした。ガラスを額に当てて眼を閉じた。ひと口だけ。ひと口味見をするだけ……

ジェイソンは財布を取り出すと、二十ドル札と十ドル札をテーブルに置いた。まだ持っていたボトルを鼻に近づけ、ビールとライム、そして潮の香りを嗅いだ。もう一度、眼を閉じた。クソひと口だけ……

電話がまた鳴った。

見なくとも同じ番号だとわかっていたが、とにかく画面に眼をやった。二回目の呼び出し音で確信した。ジャナ……

彼は機能不全に陥った家族に対処するために、リハビリに多くの時間を費やした。そして今、ここにいた。フロリダ・パンハンドルで最も有名なバーで、ビールと頭のおかしい姉に誘惑されていた。退院して一時間も経っていなかった。

三回目の呼び出し音。

ジェイソンはステージ越しに海を眺めながらボトルをしっかりと握りしめていた。が、飲まなかった。

四回目。

五回目。

六回目。

ジェイソンはボトルを置いて電話に出た。

「ジェイソン・リッチ」と彼は言った。テーブルとまだ手をつけていない〈コロナ〉のボトルをあとに歩き去りながら、自分の声が震えるのを聞いていた。足が砂に触れるのを感じ、海を見つめていると、夢に出てくる声が聞こえた。

「J・J、わたしよ。どこにいるの？」息遣いが荒く、必死なジャナの声が聞こえてきた。

ジェイソンは何も言わなかった。子供の頃の愛称であるJ・Jと呼ばれたことに身がすくんだ。事務所の調査員のハリー・ダヴェンポートがJ・Rと呼ぶことがあり、ジェイソンはそっちのほうが好きだった。J・Jと呼ばれるのは我慢できなかった。あだなそのものが嫌いなのか、嫌がらせのために姉がそう呼んだという事実のせいなのかはわからなかったが、とにかく嫌いだった。思い出が洪水のように押し寄せ、PACに一枚だけ持ってきていた写真——今はスーツケースのなかにあった——を思い浮かべた。子供の頃のスペースキャンプ（宇宙旅行を模擬体験するNASA主催のキャンプ）のときの写真だ。ジャナは千メガワットの微笑みを発し、ジェイソンはおかっぱ頭に歯列矯正をしていて、姉の前ではほとんど目立たなかった。彼女の人生にとって、弟は単なるお飾りでしかなかった。

「どうしたんだ、ジャナ？」

「あ、あなたの助けが必要なの」

15

「ジェイソン、〝ガスライティング〟って知ってる？」

セラピーを始めて三週間、デトックスとカウンセラーが彼を理解するのに充分なセッションを行なったあと、ジェイソンのセラピストのミハルがその事象について持ち出してきた。

「いいえ」彼は言った。「心理的な手段で人を操り、その相手に自分の頭がおかしいと疑わせる手法のことよ」ミハルはふたりを隔てている小さな丸テーブル越しにジェイソンをじっと見た。「あなたの知っているだれかのように」

ジェイソンは眼を細めて彼女を見返した。素面《しらふ》でいることにも慣れてきて、この一週間ほどのセラピーでは家族関係、特に父親と姉との関係に焦点を当てて話していた。「なんのこと？」

「昨日話したことを覚えてる？」

ジェイソンは肩をすくめた。が、何も言わなかった。ジャナのことを話すと、いつも落ち着かない気分になった。ミハルのオフィスの静かな空間であっても。

「あなたは高校生のときに彼女がセックスしているのを見てしまった。ボーイフレンドが彼女を送ってきた。両親はもう寝ていた。あなたは歩いて友達の家に行き、その帰りだった。バック車の前を通り過ぎて、そのなかで裸の彼女を見た。ボーイフレンドの膝の上にいて、バックで突かれて――」

「やめてくれ」彼はさえぎった。

「あなたが話したことをもう一度話しているだけよ」

「わかってる。ただ……」

「彼女はあなたに見られているのに気づいていた」

ジェイソンは眼をそらした。セラピストと視線を合わせたくなかった。うなずいた。

「家のなかに入ってきたとき、彼女は何をしたの？」

ジェイソンは勇気を振り絞って話した。「何事もなかったように振る舞った。ボウルにシリアルを入れて、両親はまだ起きてるのかって訊いた」

「あなたはなんと？」

「うちの私道でどうしてボーイフレンドとあんなことができるんだって言ったら、わたしの頭がおかしいみたいな眼で見た。そして友達のスーザンの車で送ってもらったんだと言った。わたしにティーンエイジャーの妄想はいい加減やめるように言った。わたしのことを覗き屋《ピーピング・トム》だと言って。もしわたしが、自分の見たと思っているものを両親に話したら、姉のシャワーを覗いていることや、『プレイボーイ』でオナニーをしているところを見たとふたりに話すと言って」

「それでどう思ったの？」

「自分の頭がおかしいのかと思った」ジェイソンは認めた。「それに怖かった」

「何が怖かったの？」

「姉が両親にわたしのしたことを話すかもしれないことが」

「あなたがしたことを？」

「ああ」

ジェイソンは反対尋問されることは好きではなかった。PACのような快適で気密性の高い場所でさえ、ジャナの名前が出てくるたびに、心拍数が高くなった。姉の行動についてミハルと共有することは、解放感を与えてくれた。だが恐怖でもあった。自分がセラピストに話したことをジャナが知ったら、彼女はなんと言うだろう。

〝あなたは頭がおかしいのよ、ジェイソン。あなたは酔っぱらいよ。依存症。自分の人生さえどうしようもできない弱虫の負け犬よ〟三年前に飲酒の問題について治療したいんじゃないかと言ったときの姉の反応だった。あるいはブラクストンと夫婦でカウンセリングを受けるべきだとジェイソンが言ったときかもしれない。ジャナは夫に問題があると言い張った。自分ではない。夫よ。結婚生活をめちゃくちゃにして、一日をやり過ごすために酒を必要としているのは夫のほうなのだと。

〝自分の眼の前の問題をどうにかしなさい、ベイビー・ブラザー〟

そのとき姉が言ったことばであり、もし彼のセラピー中に、壁に止まったハエのようにこのセッションを聞いていたなら、間違いなく言っただろうことばだった。肩の上に乗った永遠の悪魔。

そしてその彼女が今、自分に助けを求めている……

クラクションの音に現実に引き戻された。バックミラーを見た。ピックアップトラックに乗った男が彼に中指を立てている。ジェイソンは左端の車線を走っていたにもかかわらず、制限速度を七マイルも下まわる六十三マイルで走っていた。右車線には十八輪トレーラーが走っていて、ジェイソンの後ろを走っていた車は車線を変更することができなかったのだ。ジェイソンが親指を立てると、腹を立てた男はもう一度クラクションを鳴らした。ジェイソンはアクセルを踏み込んで、右車線に移動した。ピックアップトラックのドライバーは横を追い越していくときに、捨て台詞《ぜりふ》がわりにもう一度中指を立てた。ジェイソンは手を振った。モントゴメリーまで十六キロメートルであることを示す緑の標識が見えた。州都に立ち寄る必要があった。

アラバマ州法曹協会の本部はモントゴメリーのダウンタウン、デクスター・アヴェニューにあった。弁護士になって最初の数年間、ジェイソンは若手弁護士部門の執行委員を務めたことがあった。それはほかの若手弁護士や法曹界のリーダーと親しくなれる愉しい仕事だった。

だがほかの弁護士との良好な関係も、彼が看板を展開し始めたことで終わりを告げた。リッチという自分の苗字を使って、彼を弁護士に選べば大金《GET RICH》が手に入るとほのめかしているという苦情があったのは言うまでもない。

事故った？　リッチ《GET RICH》に電話を

だがジェイソンは、単に将来の依頼人が特定の法的問題を抱えたときには自分に連絡するよう勧誘しているだけであり、倫理規則はそのようなことを禁止していないと言い張った。それにそのうたい文句――常に質問のあとにGET RICHという答えが続いた――の下には、次のようなことばが添えられており、ジェイソンの主張を補強していた。

〝1-800 GET RICHにお電話ください。ジェイソン・リッチ弁護士とリッチ法律事務所が力になります〟

もちろん看板の下のほうには、例の〝表明するものではない〟旨の魔法のことばが書き添えられていた。協会は渋々ながら、これらの看板が規則の範囲内であることに同意したが、この論争を踏まえて、うたい文句を変えるよう、ジェイソンに勧告した。

ジェイソンは従わなかった。看板に投資しすぎていたため、協会が強制しないかぎりは変えようとしなかったのだ。この拒絶が恨みを買い、その結果、彼の常軌を逸した行動について苦情が寄せられたときには、間違いなく逆風となったのだった。ネイト・シャトルとの取っ組み合いでは、かろうじて処罰は逃れたものの、アイリーン・フロストの証言録取の際に常軌を逸した行動を取ったと報告され、悪行の報いを受けたのだった。

フロントデスクで受付をすませると、ジェイソンは大きな会議室に案内された。アラバマ州法曹協会の歴代会長の写真が壁を飾っていたが、関心はなかった。ただただ、このきまり悪い会合を早くすませたかった。だが、悲しいかな、待たされることになった。

三十分後、ようやくひと組の男女が部屋に入ってきた。男性のほうには何度も会ったことがあった。エドワード・〝テッド〟・ローリーはジェイソンが弁護士としてのキャリアを過ごしてきたあいだ、ずっと協会の常務理事を務めていた。テッドはあらゆるビジネスに精通した管理者であり、すご腕の資金調達担当者だった。テッドの在任中、協会の年次総会──アラバマ州ポイントクリアのグランドホテルとフロリダ州デスティンのサンデスティン・リゾートで交互に開催されていた──は、出席者とスポンサーがほぼ倍増していた。理事は世間話をするようなタイプではなく、単刀直入に切り出した。

「お待たせして申し訳ない。数時間前に電話をいただいたので、わたしとアシュリーはいくつかミーティングを変更しなければならなかったんだ」

「問題ありません」ジェイソンはなんとかそう言った。テッドの隣に坐っている女性のほうをちらっと見た。赤毛で顔にはそばかすがあった。三十代半ばから後半だろう。彼に向かって微笑んだ。その眼はやさしかった。ジェイソンも笑みを返した。

「アシュリー・サリヴァンです。お会いするのは初めてですが、毎朝出勤の途中であなたの看板を五つほど見ています」

「古い友人に会うようなものじゃないですか?」ジェイソンは言った。以前と同じ切り返しができたことに自分自身で驚いていた。これまでに相手方弁護士や、法廷速記者、判事からさえも、何度同じコメントを聞かされてきたことだろう?

彼女は笑い、お堅い老テッド・ローリーさえニヤッと笑った。

ジェイソンは中途半端な笑いを返した。「トニーはどこですか?」元クラスメートが同席することを望みながら尋ねた。

「彼はハンツビルにいる。継続的法曹教育制度《CLE》の一環で職業倫理についての講義をしている」テッドが言った。「彼もこの場にいたかっただろう。だが言ったように、急なことだったんでね」

「ええ、そのつもりはなかったんですが」ジェイソンは言った。一枚の紙を取り出して、テーブルの上を滑らせた。「どうぞ。九十日間が終わりました。生まれ変わりました。クリーンで素面。世界に挑戦する準備ができました」

アシュリーは証明書を手に取ってじっと見て、それからジェイソンを見た。「パーディド依存症治療センターを選んだのはいい選択でしたね」

「人生が変わった」ジェイソンは嘘をついた。

「ほんとうに?」彼女が訊いた。

ジェイソンが答える前に、テッドが証明書をつかんで立ち上がった。「ジェイソン、あとはアシュリーに任せよう。これをコピーしてファイルしておくから、帰りに受付で原本を受け取ってくれ。罰金の支払いはすでに受けている」彼はことばを切った。ジェイソンは理事の眼に愉しんでいるような輝きを見た。「きみの公の場での譴責《けんせき》は八月二十四日午前九時から開かれる次回の会合で行なわれる」

「わかりました」とジェイソンは言った。「それで終わりなんですね？　協会は鎖をはずしてくれるんですね」

「正確にはそうじゃない。あとのことはアシュリーが話してくれる」

テッドがドアを閉めると、居心地の悪い沈黙が部屋を呑《の》み込んだ。アシュリーがその沈黙を破ろうとしなかったので、最後にはジェイソンのほうが我慢できなくなった。「オーケイ、今度はなんだ？　手を取って、《クンバヤ》でも歌うのか？」

「わたしの質問に答えてくれるのを待ってるのよ」アシュリーが言った。ジェイソンが眉を上げると、彼女は両肘をテーブルにつき、眼を細めて彼を見た。「ＰＡＣでの九十日間はほんとうにあなたの人生を変えた？」

ジェイソンはアシュリーがＰＡＣという略語を使ったことに首を傾げた。「ずいぶんと詳しいようだけど――」

「五年前」彼女はさえぎった。「そこに百二十日間いたわ。あなたよりも一カ月長い。それ以来、法律家支援プログラムに従事している。昨年、テッドがわたしを責任者にしてくれた」

「すてきなトロフィーももらったのかな？」

「依存症になると、毎日がチャレンジよ」彼の皮肉を無視して言った。「治療には即効性はない。わかるでしょ？」

彼はミハルが何度も同じことを言っていたのを聞いていた。「ああ」

「オーケイ。じゃあ、継続的な治療計画は？」

ジェイソンはミハルから受けた退院時の指示を思い出した。地元で適切なセラピストが見つかるまでは、彼女が電話での相談を続けてくれることになっていた。週一回の断酒会《AA》への参加も勧められていた。

ジェイソンは咳払いをすると、アシュリーにそれらの情報を伝えた。彼女は顔をしかめた。

「わたしも同じよ」彼女は言った。「ＰＡＣはすばらしい。誤解しないでね、彼らがしてくれたことなしには今の自分は存在しない。でもそれがどこであれ、リハビリは始まりでしかない。人はやがて山頂から下りてくる。素面でいることの恩恵を忘れて飲みたくなる。もう飲みたいと思ったんじゃない？」

「退院すると〈フローラ-バマ〉に直行して、三十分間、〈コロナ〉を見つめていた」彼はことばを切った。真実を告白することがいかに簡単か驚いていた。「飲まなかった」

「よかった」彼女は言った。「でも、次の誘惑はいつ来るのかしら、ジェイソン？」彼女は声を低くして訊いた。「最初の証言録取？　出廷日？　調停のとき？」

ジェイソンはテーブルに眼を落とした。

「法律家支援プログラムは、断酒を続けるためのロードマップを提供する」

ジェイソンは彼女に眼をやった。

「完全な戯言《たわごと》に聞こえるでしょ、違う？」彼女はニヤニヤ笑いながらそう言った。ジェイソンは思わず笑ってしまった。

「ああ」

「そのとおりだからよ。ロードマップなんてない。秘訣《ひけつ》なんてない。毎日が挑戦なのよ」

いっとき、会話が途絶えた。ジェイソンは顔が熱くなるのを感じた。両手で顔を覆った。自分にはできない。そう思った。無理だ……

数秒後、アシュリーの声を聞いた。彼女は席を移動し、今は彼の真向かいに坐っていた。

「ジェイソン、もうひとつ質問をしていい？」

彼は両手で眼を拭った。湿っていた。彼はうなずいた。

「どうして〈コロナ〉を飲まなかったの？」

ジェイソンはかかってきた電話のことを思い出し、鼻を鳴らした。

「姉だ」彼は言った。

アシュリーが温かな笑みを向けた。「それはよかった。これからも家族はあなたを支えてくれる」

ジェイソンは狂ったように笑いたかった。その代わり眼を閉じた。ジャナのことを考え、決して姉は彼を支えようとしているわけではないと思った。

16

ジェイソンが事務所のドアを入ってきたとき、イジー・モンテーニュは自分のオフィスを行ったり来たりしながら、〈ディクタフォン〉に向かって話していた。

「ハニー、ただいま」彼はそう言うと、両手を差し出した。

彼女は立ち止まると、録音機器を持っていた手を脇に下ろして言った。「どうして今日の電話にもメールにも応えないの？」

「会えてうれしいよ」ジェイソンはそう言うと、パートナーの机の前にあるふたり掛けのソファに勢いよく腰を下ろした。午後五時三十分。事務所のスタッフ――秘書ふたりとパラリーガル三人――はすでに帰宅していた。残っていたのはイジーだけだったが、ジェイソンには彼女がいるとわかっていた。八年前にロースクールを出たばかりの彼女を採用して以来、彼女が七時前に退所することはほとんどなかった。

イジーはテーブルの縁に坐り、腕を組んだ。「事件は引き受けたの？」

ジェイソンは作り笑いを浮かべた。「いやあ、リハビリは最高だったよ。訊いてくれてありがとう。気分は上々だ」

「あのいまいましい事件を引き受けたの？」イジーが噛みつくように訊いた。

「いいや」ジェイソンは言った。「けど会うつもりだ」

「あのクソみたいな事件を引き受けるつもりなの？」イジーは〈ディクタフォン〉を放り投げると、また歩きだした。「あなたの結婚生活をめちゃくちゃにしただけじゃあきたらず、リハビリにまで追い込んだ。今はあなたのキャリアまで台無しにしようとしている。南の魔女からの見事な三連単よ」

「西の魔女だよ」ジェイソンは訂正した。

「ここは南部よ、ちくしょう」

「きみの上司に対する話しかたは好きだよ」ジェイソンは言った。「そういった重大な不品行を理由にきみを解雇すべきなんだろうな」

「どうぞ、してちょうだい、ジェイソン。わたしは毎日、州内の大手法律事務所のいくつかから六桁の報酬で仕事のオファーを受けているのよ。ジョーンズ&バトラー。フォーク&スティーブンス。ジャクソン&マイヤース。ありとあらゆる事務所から」

「けど、きみはあきれるくらいわたしに献身的だ」

小さな、ひきつった笑みがイジーの口元に浮かんだ。「今より低い給料で働くつもりはないし、それどころか、ここでお金を稼ぎすぎて、隣の芝生がよほどクソ青く見えないかぎりは辞めるつもりはないわ」

「抜群のワードセンスじゃないか。きみを法廷に立たせなきゃならないな」

「そのために事件を引き受けたの？　わたしに裁判を経験させるため？　それともあの魔女にイエスと言うあなたなりの理由でもあるの？　弁護士になってからいくつの裁判を経験したというの？」

ジェイソンは親指と人さし指でゼロだと示した。

「それでその流れを止める最良の方法が、あなたの頭のおかしいお姉さんの死刑裁判の弁護人になるということなの？　地元の弁護士をつけなければ、プロムの夜の処女よりも簡単にヤられちゃうわよ」

ジェイソンは眼を細め、そのたとえを理解しようとした。「どういう意味だ？」

「言ってる意味はわかるでしょ？」

ジェイソンは両手をズボンで拭いた。「わかってる」

「じゃあ、いったい全体どうしてガンターズビルに行くのよ？」

ジェイソンはスマートフォンを取り出し、目的のメールを表示させ、イジーに渡した。

「読んでくれ」

イジーは画面に眼を落とし、声に出してメッセージを読み上げた。「〝ジェイソン叔父《おじ》さん、ノラよ。電話をしたけど出なかった。わたしの番号だって気づかなかったのね、お願い助けて。なんでこんなに長いあいだ叔父さんと会ってないのかわからない。おじいちゃんのお葬式のあとでママと喧嘩をしたのは知ってるけど、今は叔父さんの助けが本当に必要なの。お願いだから帰ってきて。パパは死んじゃって、ママは拘置所のなか。どうしたらいいのかわからない。ニーシーは叔父さんに電話するなって言うの。わたしたちを見捨てたんだって。でもそんなこと信じられない。お願い、ジェイソン叔父さん。帰ってきて〟」イジーはスマートフォンから顔を上げると、ジェイソンに返した。頭を振った。「で、ジャナは今度は娘を使って、罪悪感を覚えさせて事件を引き受けさせようとしてるのね」

ジェイソンはモントゴメリーからバーミングハムへ向かう途中で、姪《めい》からのメールを受け取っていた。正直なところ、どうしたらいいかわからなかった。イジーの言うとおりだったが、それを彼女に認めるつもりはなかった。少なくともまだ。「きみは知らないんだ。ノラは自分でこのメールを送ってきた。ジャナから言われたわけじゃない」

「かもしれない……けど疑わしいわ。それにもしそうだとしても、あなたにはノラを母親から救うことはできない」

「行かなきゃならないんだ」ジェイソンは言った。

イジーはいっとき固まったように黙っていた。「オーケイ」彼女は言った。「でもあなたが彼女の事件を引き受ける必要はないわ。リハビリを終えたばかりなのよ、ジェイソン。あなたがしなきゃならないのは――」

「何？　何をしなきゃならないんだ？　休息？　瞑想《めいそう》？　ゆっくりと進めること？」ジェイソンは鼻で笑った。「イズ、わたしはPACを退院してまっすぐ〈フローラ－バマ〉に行った。ビールを注文して、まさに飲もうとしたところに拘置所のジャナから電話があった」

イジーは眼をしばたたくと、机から立ち上がり、大きくまわってソファのジェイソンの隣に坐った。「お見舞いに行ったとき、いつもあなたはうまくいってると言っていた」

「そう思っていた」彼は言った。ソファの背に頭をもたせかけ、天井を見上げた。「けれど退院する頃には、自分の望んでいることは、何が起きたのかを忘れることだとわかった。アルコールはいつも問題を解決するための手段だった。リハビリは力になってくれる。けど何も解決してくれなかった。ただ傷口を広げただけだ」

いっときの沈黙のあと、イジーがジェイソンの肩に触れた。「PACは始まりでしかないのよ、ジェイソン。あなたはそのことをわかってる、そうでしょ？　完全な解決策にはならないのよ」

彼は法曹協会の事務所でアシュリー・サリヴァンが言っていたことを思い出した。「だれもがセラピストだ、そうじゃないか？　リハビリ施設を出てきた人間にどうやって力になるかグーグルで検索したのか？」

彼女は人さし指でジェイソンの膝を軽く叩いた。「いいえ。単なる常識よ」

　賢く立ちまわる才能に恵まれている人物がいるとしたら、イザベル・モンテーニュこそその人物だった。彼女は子供の頃、失読症《ディスレクシア》と闘いながら、なんとかバーミングハム大学ロースクールに入学した。必死で勉強して卒業したものの、仕事のオファーはまったくなかった。そこで彼女は、開業したてのジェイソンの事務所で無給のインターンをしたのち、なんとか余裕の出てきたジェイソンにアソシエイトとして雇ってもらったのだった。

　彼女はジェイソンが雇った最初の人物で、それは彼が弁護士としてしたなかでも最良の決断だった。彼女は昼も夜もなく、がむしゃらに働き、数カ月もしないうちに事務所を切り盛りするようになった。事務所のコンピューター、ソフトウェア、家具、備品の購入を担当した。弁護過誤保険に関して保険会社と交渉し、最善の条件で契約を締結した。新しい案件の選別においては事務所で最もやり手で、迅速かつ有利に和解に結びつく可能性の高い案件を見抜くのが得意だった。事務所がスタッフを雇えるほどの資金的余裕が出てくると、必要な人材の面接と採用も担当した。彼女がそういったことのすべてをしてくれるおかげで、ジェイソンは事件をなるべく早く和解の段階に持っていくことに注力することができた。

　最後に、そして最も重要なことは、看板の展開を勧めたのがイジーだったということだ。

「そりゃあ、だれもやっていないことだけど、ブライアント・コーチもよく言ってたわ。『勝つ理由はいつも同じだ。負けたときの言いわけが違うだけだ』って」イジーはアラバマ大アメリカン・フットボールチームの熱狂的なファンで、充分な収入を得て最初にしたことが、シーズン・チケットを買うことだった。彼女はアラバマ大の伝説的なコーチ、ポール・〝ベア〟・ブライアントのことばを聖書のことばのように引用したが、アラバマ州ではそれは決して珍しいことではなかった。

ベアのことばを引用したあと、彼女は詳しく説明した。「人々が車で家に帰るとき、職場に行くとき、食料品店に行くとき、毎日どこかに行くときに、あなたの笑顔の写真とその横のすてきなうたい文句を見ていれば、弁護士が必要になったときに彼らが最初に思い浮かべるのはあなたよ。単純すぎるように聞こえるかもしれないけど、それをする人こそが勝利を収めるのよ。ハリーに原告側弁護士の事務所を偵察してもらったことがある。お金を稼いでいるのは名門法律事務所じゃない。もちろん古参の弁護士も稼いではいるけど、新たに参入してくる弁護士のほとんどが看板を掲げてるわ」彼女は笑った。「人々は面倒くさがりなのよ、ジェイソン・リッチ」彼女は乗ってくるとフルネームで彼を呼ぶのが好きだった。「それを利用しない手はないわ」

そして始まった。バーミングハムからモントゴメリーまでの州間高速道路六十五号線に三つの看板を設置した。その後、タスカルーサにつながる二十号線と五十九号線にもいくつか設置した。最初の七桁の和解金を手にすると、ふたりは倍賭けに出て、あちこちに看板を設置した。モビール。ドーサン。オレンジ・ビーチ。フォート・ペイン。ガズデン。オーバーン。トロイ。ガンターズビルで最初の看板の除幕式に出席したとき、彼は父親――尊敬すべきルーカス・リッチ――が毎日仕事に行くときに、息子の笑顔を見ながら車を運転するのだと思った。アラバマを看板でいっぱいにしたあとは、フロリダ州、ジョージア州、テネシー州、そしてミシシッピ州にも展開していった。ジェイソンとイジーはそれぞれの州でも免許を登録し、事務所はその範囲を拡大していった。パートナーを増やすという話もあった。特にジェイソンがPACに入院しているとき。だが、ふたりともそれを望まなかった。「わたしとあなたよ、ジェイソン・リッチ。わたしとあなた、それから……ハリー」イジーはいつもそう言っていた。

「もしもーし、ジェイソン」イジーがジェイソンの顔の前で手を振り、ふざけた調子で彼の肩にパンチした。

ジェイソンは床を見つめた。憂うつな気分になってきた。事務所の成功やイジーとのパートナーシップについて考えるのは愉しかった。にもかかわらず、彼の人生は制御不能に陥っていた。「すまない。いろいろ考えていて。ジャナと子供たちはほんとうに面倒なことになっていて、彼女たちの力になれるのはわたしだけかもしれないんだ」

彼女は体を乗り出すと、低い声で言った。「どうして彼女の力になりたいの？　ジャナにあんなことをされたのに。あなたのお父さんが亡くなったあと、彼女はどう振る舞った？　ラーキンへの仕打ちを忘れたの？　どうして？」

ジェイソンは元妻の名前を聞いて、顔をしかめた。

「どうして放っておかないの？」イジーは引かなかった。

ジェイソンは膝に両肘をつき、両手で頭を抱えた。「わからない」ようやくそう言った。「でも自分のなかの何かが、そんなことはできないと言ってるんだ」ジェイソンは彼女を見た。「故郷に帰らなければならないと」

イジーは立ち上がると、バーミングハムのダウンタウンを見下ろす窓のところまで歩いた。太陽がマジック・シティ（バーミングハムの愛称）に沈み、数ブロック先では、バロンズ（バーミングハムを本拠地とする2A所属のプロ野球チーム）とモントゴメリー・ビスケッツとの三連戦が始まろうとしていた。ジェイソンは立ち上がって、イジーの隣に立ち、街を眺めた。「窓がなかった頃のことを覚えてるかい？」

「二百八十号線のはずれの最初のオフィスはごみためだった」イジーは言った。単調な話しかただった。

「長い道のりだった」

「そしてあなたは死刑裁判の弁護を引き受けることで、すべてを危険にさらそうとしている。もし負けたらどうなるの？　恥をかいたらどうなるの？　終わりになるのよ」

「ひとつの事件でどうなるってわけじゃない」

彼女は彼のほうを見た。「戯言《たわごと》よ。それにあなたはわかっている。今回の騒動のせいで、あなたは崖っぷちに立たされているも同然なのよ」彼女はことばを切った。「噂は広まっているのよ。何人かの記者たちがジャナがあなたの姉だと知って、そのうちのふたりは噂がほんとうかどうか知りたがって今日の午後に電話をしてきた。リッチ法律事務所のあのジェイソン・リッチが、ここ二十年で最も注目を集めている殺人事件のひとつの弁護を引き受けるつもりなのかと言って」

「なんて答えた？」

「ノーコメント。でもこれで終わりじゃない。あなたはあの街であなた自身とわたしたちの事務所をスポットライトの下に置くことになる。あなたは裁判で評決まで争ったことはない。もし負けた場合、それもひどく負けた場合――あの魔女はおそらく有罪だろうからその可能性は高いけど――みんながわたしたちについて言っていることがすべて真実だと証明されることになる。あいつらはペテン師《スネーク・オイル・セールスマン》だ。本物の弁護士じゃない。救急車を追いかける弁護士《アンビュランス・チェイサー》。ほら話ばかりのセールスマンだと。競争相手に攻撃材料を与え、わたしたちは一夜にして笑いものになる」

ジェイソンは歯嚙みした。彼女が正しいことはわかっていたが、その洞察をありがたいとは思わなかった。「いつでも、ここを辞めていいんだよ。わたしがリハビリに行かされたときのように」

彼女はジェイソンの腕にパンチをした。今度はふざけた調子ではなかった。

「痛っ」

「上からものを言わないで。あなたを見捨てて出ていくつもりはない。あなたがいなかったら、わたしには何もなかった。わたしのキャリアはすべてあなたのおかげよ。あなたがチャンスをくれなければ、弁護士の世界に足を踏み入れることすらできなかった」

「ほかの事務所の連中がみんなばかだったのさ」

彼女の声は震えだした。「いいえ、あなたがばかだったのよ。あなたはわたしにチャンスをくれた。そうする理由なんてなかったのに」

「きみを雇うことはわたしの人生で最も簡単で最も賢い決断だった」

涙がこぼれそうになり、彼女は眼を拭った。「もしジャナの弁護をしたら、それは最悪の決断になる」

「それはわからない」

「わたしの直感はあなたが地雷を踏もうとしてると言っている」

ジェイソンは温かいガラスに額を押し当てた。ハイウェイの車の流れに眼をやった。「車でガンターズビルまで行って、いろいろ調べてみるつもりだ。とにかくそうしなければならない」彼は一瞬ためらった。「彼女たちはわたしの家族なんだ、イジー。わたしにとっては唯一の家族なんだ。そして今、彼女たちはわたしを必要としている」

「あなたにはわたしとハリーもいる」彼女は言った。「わたしたちもあなたを必要としている」

「わかってる」

「いつ発《た》つの？」

「今夜。アパートメントに行って、様子を見てから出発する」

「アパートメントのほうは問題ないよ。昨日、きれいにしておいたから。それにわたしとハリーで週に二、三回は様子を見に行っていたから」

「ありがとう」そう言うと、彼女のほうを向いた。「ほんとうにありがとう」

「どういたしまして」と彼女は言った。「戻ってきてくれてほんとうにうれしいわ。わたしたちが築いてきたものすべてを危険にさらそうとしているのであっても」

ジェイソンは抗議しようとしたが、イジーの微笑みが彼を止めた。「ごめんなさい、どうしても黙っていられなかったの。来て」彼女は彼の脇を通ってドアに向かった。

「どこに行くんだ？」

「ガンターズビルに行って、世紀の裁判を引き受けようって言うなら、パーディドに行ったときのださいSUVでは行かせない。ありえない。そんなこと認めない」

ふたりでエレベーターまで歩くと、ジェイソンは顔を輝かせた。「わたしの車は修理してあるのか？」

エレベーターのなかに入ると、彼女が一階のボタンを押した。強烈な輝きを放つ茶色い瞳でジェイソンをじっと見た。「もしあなたがやると決めたと言うなら、看板の面影のない、へなへなな恰好で行かせるわけにはいかない」彼女は彼の胸を強く突いた。「ジェイソン・くそったれ・リッチとして故郷に帰るのよ」

17

その車はミッドナイト・ブラックの〈ポルシェ911〉コンバーチブルだった。ナンバープレートにはうたい文句が記されていた。

〝GETRICH〟

ジェイソンはリハビリに行く前の週に接触事故を起こしていたので、調査に行くためにスペースの大きい車が必要なときに使う、十年落ちの〈フォード・エクスプローラー〉でPACに行っていた。

彼はいつも速い車が好きで、ドイツの自動車メーカーの車を所有するのはこれで三台目だった。彼はパートナーを見た。

「行きなさい」彼女は言った。「SUVはハリーにあなたの家まで運ばせておく」

「ありがとう、イジー」

「どういたしまして」

「こんなことになってしまってすまない。フェアじゃないよな。特にこんなに長く事務所を留守にしていたのに」

「わたしに謝る必要はないわ、ジェイソン・リッチ。決して」彼女がドアを開けた。彼は運転席に乗り込んだ。彼女がドアを閉め、ジェイソンは手にキーが押しつけられるのを感じた。受け取ると、彼女は手で彼の手をくるんだ。「この事件のことは、考えるだけでもばかばかしいと思っているけど、それでもあなたが引き受けると言うなら、ハリーとわたしは全力でサポートする」

「わかってる」

彼女が手を離すと、ジェイソンはエンジンをかけた。音とともにエネルギーレベルが上がり、エンジンの鼓動を感じた。彼女を見上げた。

「自分がだれなのか忘れないで」彼女は言った。

ギアを入れるとアクセルを踏んだ。〈ポルシェ〉は押さえつけられていたチーターのように勢いよく走りだした。幌《ほろ》を格納するボタンを押すと、温かい風が鼻孔に押し寄せてくるのを感じた。バロンズ・スタジアムを通り過ぎたところで、オーディオのスイッチを入れ、ブルートゥースでスマートフォンに接続した。そしてボリュームを上げた。

プレイリストの最初の曲は彼の向かおうとしている場所にふさわしいもののようだ。

AC／DCの《地獄のハイウェイ》。

高揚と恐怖の入り混じった感情に包まれながら、彼は空に向かって吠《ほ》え、アクセルを床まで踏み込んだ。

18

ジェイソンがアパートメントに着く頃には、事務所を出たときに彼を包んでいた高揚感はなくなっていた。〈ポルシェ〉はただの車に過ぎず、自分は三十六歳のバツイチのアル中で、次に失敗すれば弁護士資格を失う崖っぷちに立たされていた。しかも彼の姉は手に負えないほどクレイジーで、夫を殺した容疑で拘置所にいた。

「弁護士業務に戻るときは、時間をかけるように」最後のセッションのひとつで、ミハルはそうアドバイスしていた。

ジャナの弁護を引き受ければ、自分の人生にとって最大の事件を取り扱うことになる。退院時の指示を無視することになる。

車を止め、建物のなかに入った。しばらくすると、エレベーターが最上階に到着した。ドアが開くとそこはペントハウスだった。裕福な独身の弁護士にふさわしい住まいだ。マウンテン・ブルックはバーミングハムでも最も高級な地域であり、彼の部屋からは街のメイン・ストリートが見下ろせ、数キロ先には街で最も古いカントリー・クラブがあった。彼はゴルフが好きだったが、多忙な原告側弁護士であることから、そう頻繁にプレイすることはできなかった。義兄のドクター・ブラクストン・ウォーターズはハンデゼロのスクラッチプレイヤーだった。ジェイソンは荷物をダッフルバッグに詰め始めた。スーツケースはまだSUVのなかだったし、二泊以上するのは時期尚早だろう。クローゼットからダークスーツを取り出しながら、ブラクストンと最後に会ったのがいつだったか思い出そうとした。四年前のクリスマス？　その前の夏の湖？　はっきりしなかった。ジャナの夫とふたりの娘とも仲のよかった時期もあった。だが、それははるか以前のことだった。

ブラクストンは死んだ。娘たちはどうしているだろうか？　ニーシーは大学生だった。ノラといっしょにいるために実家に戻ってきているのだろうか？　どこに滞在しているのだろう？　ブラクストンの両親はすでに他界していたが、母親には姉がいて、ガンターズビルに住んでいるはずだった。ノラからのメールに対し、折り返しの電話も返信もしていないことに罪悪感を覚えていたが、まずはジャナに面会に行くのが先だった。

バッグのジッパーを閉めると、最後に部屋を見た。彼は離婚が成立した数週間後にこのアパートメントを購入していたが、酔ったり、ハイになったりしていないときにこの部屋で過ごしたことがあったかは疑わしかった。アパートメントには寝室がふたつあったが、ひとつしか使っていなかった。

もうひとつの寝室には、ラーキンといっしょに暮らしていた家から運んできた段ボールの箱が積んであった。ジェイソンはドア枠にもたれかかって、段ボール箱を眺め、つらい思い出に浸った。

結婚していた五年のあいだ、ふたりはヴェスタビアにある二階建ての煉瓦《れんが》造りの家に住んでいた。だが、三年半前の二〇一五年一月二十九日、正式に離婚が成立した。そのちょうど三十日後の二月二十八日の朝、ジェイソンの父がシャワーを浴びているときに心臓発作で倒れた。ルーカス・リッチはなんとか携帯電話のあるところまで這って進み、救急車を呼んだ。だが病院に到着する前に息を引き取った。

それ以来、何も変わっていない。

「ジェイソン、ラーキンと何があったのか話しましょう」ミハルはセッションのなかで彼の結婚生活における困難な問題を探ろうとした。「ずっと問題やトラブルがあったの？」ラーキンは子供をほしがっていたが、ジェイソンは望まなかった。正確には家族を持つことに責任が持てなかった。「どうして持てなかったの、ジェイソン？」ミハルは答えを迫った。彼のセラピストは、夫婦の問題が、彼の家族の歴史に関係があるのかどうかを探るため、じっくり考えて質問をした。

彼はすべてに答えを持っているわけではなかった。わかっていたのは、ジミー・バフェットがやさしく歌っていたように、結局は自分の失敗なのだということだった。自分はラーキンを愛していただろうか？　ああ、愛していた。知り合ったとき、彼女は法廷速記者だった。あるとき彼はナッシュビルでストレスに満ちた証言録取をこなし、ラーキンはそのときの速記者だった。彼女は有能で、ウィットに富み、ユーモアがあって、頭がよかった。証言の合い間の休憩で、彼女と話すのを愉しんだ。最後の宣誓証言が終わると、彼はブロードウェイ通りで飲もうと彼女を誘い、それがディナーへと発展し、彼のアパートメントで翌朝まで忘れえぬ夜を過ごすことになった。

法律事務所を開業して以来、ジェイソンは多くの女性と付き合ってきたが、ラーキンほど愉しい女性はいなかった。ふたりはよく笑い、パーティーを開き、互いに愉しんだ。そしてナッシュビルでの逢瀬《おうせ》から九カ月後、駆け落ちも同然の形で結婚した。

ジェイソンの家族はラーキンを認めていただろうか？　いいや認めていなかった。ラーキンはアラバマ州のタラデーガ出身だった。彼女の父親はその生涯をストックカーレースに捧《ささ》げ、ボビー・アリソンとアラバマ・ギャングのピットクルーとして働いていた。彼女の母親は〈ハドルハウス〉（米国のカジュアルなレストランチェーン）でウェイトレスをしていた。ラーキンの持っている金は彼女の財布のなかにあるだけだった。ルーカス・リッチはひとり息子に〝良家〟の娘との持参金付きの結婚を望んでいた。彼はラーキンとの結婚に難色を示し、もっといい女性がいるはずだと言った。なんとも皮肉なものだ。ジェイソンがこれまで父親を喜ばせたことなど一度もなかったのに、いったいどうして突然、息子がもっといい女性にこそふさわしいと思うようになったのだろう。

その一方で、ジャナは新しい義理の妹を〝つまらない女〟と言って無視した。たまにふたりがガンターズビルを訪れたときも、ジャナはラーキンに会おうとさえしなかった。

そしてジェイソンの母は夫やジャナに何も言わなかった。ジョイス・リッチは礼儀正しく、結婚祝いを贈ってくれたが、決してラーキンを義理の娘として認めることはなかった。

ラーキンはそのようなジェイソンの家族からの拒絶に対処できたかもしれないが、ジェイソンには無理だった。それに加え、自分たちの家族を持ちたいという妻の願いに乗り気になることができなかった。年月が過ぎるにつれ、彼はさらに仕事に没頭し、酒量も増えていった。子供を持つことに責任を持てず、結局、浮気に走った。正直に言えば、彼にはわかっていた。自分はラーキンに離婚という選択肢しか与えていないのだと。自らの行動によって、彼女に離婚を懇願したようなものだった。

そして離婚が成立した三十日後にジェイソンの父親が亡くなったとき、彼は自分のなかの何かが音をたてて折れたような気がした。彼は舵《かじ》をなくした船となり、ゆっくりと自滅していき、アイリーン・フロストの証言録取の前にブラッディ・マリーを三杯飲むまでになった。

そして今、彼はここにいた。かつての人生の残骸が詰まった段ボール箱を見つめていた。ジャナの事件を引き受けるか否かにかかわらず、自分は残りの人生をどうするつもりなのだろうか？　正直に言えば、バーミングハムには自分の法律事務所以外にはもう何もなかった。その事務所も彼がいなくともちゃんとやっていける。それどころか、自分はイジーの足手まといなのかもしれない。

あなたこそが事務所のブランドなのよ。頑固なパートナーの声が頭のなかで聞こえるようだった。たぶんそうなんだろう。アパートメントのドアの鍵を掛けながら、ジェイソンはそう思った。

だが、自分はもうその程度の存在でしかないのだ。

エレベーターを降り、タイル張りの床を見つめながら、心を鎮めようとした。蒸し暑い夜に足を踏み出すと、なじみのある顔が〈ポルシェ〉の横に寄りかかっていた。

ハロルド・マイケル・ダヴェンポートは黒のTシャツに、色あせたジーンズを穿《は》いていた。口から煙草《たばこ》をぶら下げ、ジェイソンが近づいていくと、煙草を落として足で踏み消した。

「イジーには言うなよ、いいな?」と彼は言い、平らになった煙草をちらっと見た。

「見ざる、聞かざるだよ」とジェイソンは言い、拳を突き出した。ハリーが自分の拳を当てた。

「もう行くのか?」

「善は急げだ」ジェイソンは首筋をかきながら、アパートメントを振り返って見た。「それに、あそこは落ち着かない気分にさせる。売ろうと思ってるんだ」

「どこに住むんだ?」とハリーは訊いた。その声は、長年の喫煙で傷ついたせいでしゃがれていた。身長は百七十五センチでジェイソンより五センチほど低かったが、腕は無駄のない筋肉に覆われており、手はサンドペーパーのようにざらざらしていた。

「わからない」

ハリーは後ろのポケットから〈マルボロ〉の箱を取り出し、火をつけると煙を宙に吐き出した。「吸うか？」

「やめとく」

「リハビリ施設に行ったやつはみんなニコチン中毒になるんだと思ってたよ」ハリーは微笑んだ。

「それはよかった」

「そんな向う見ず《カウボーイ》じゃない」

ジェイソンは首を傾げた。「どうした？」

「あんたは向う見ず《カウボーイ》だよ。これまでに陪審裁判の経験もない上、リハビリ施設を出てきたばかりで、マーシャル郡に行って、死刑裁判の弁護を引き受けようとしている」彼は煙の輪を吐き出した。「ロイ・ロジャース（米国の俳優、歌手、テレビ司会者。キング・オブ・カウボーイと呼ばれた）も誇りに思うだろうよ」

「くそったれ《イピ・カイ・イェー》」（カウボーイがロデオのときに発することば）ジェイソンは言った。ダッフルバッグをオープンカーに放り込み、頭を振った。「おまえとイジーは結論を急ぎすぎだ。まだ事件を引き受けるとは言っていない。まずは姉と話すだけだ」

「わかった」とハリーは言った。

「嫌がらせをしに来たのなら、もう行くぞ」とジェイソンは言い、車の前をまわって、運転席側のドアを開けた。

「〈フォード・エクスプローラー〉を届けに来たんだ。それにあんたにひと言言《こと》いたかった」

「なるほど、ならもう聞いたよ。リハビリは最高だった。最高の気分だ。参考までに言っておくけど」

「クソが。今にも酒に手を出しそうな顔をしてるぞ。素面でガンターズビルまでたどり着けるかどうかは五分五分ってところだな。ここからマーシャル郡の郡境まではたくさんのコンビニや酒屋があるぞ」

「何が言いたい、ハリー？　おれを怒らせようってのか」

「上に戻るんだ。頭のおかしいあんたの姉貴にはクソ食らえと言ってやれ。そして時間をかけて進めるんだ」

「何を？」

「残りの人生さ、アミーゴ。おれはあんたの友達だ、忘れたのか？　お人よしのハリーだ。あんたのケツを救ったのも一度や二度じゃない。それにこの二、三年、あんたが自分を哀れんで転げまわっているあいだも、ずっとあんたのケツを拭いてやってきた」彼は一歩近づき、指をジェイソンの胸に強く突きつけた。「ガンターズビルに行くのはやり過ぎだ。早すぎる。怪我をするぞ、兄弟」

苛立ってはいたものの、ジェイソンは笑みを浮かべていた。ハリーと知り合ったのはバーミングハムにある〈サミーズ〉というエキゾチック・ダンス・クラブだった。ジェイソンはダンサーのひとり――ジェイソンのクライアントが巻き込まれた交通事故の目撃者だった――に話を聞いていて、客の何人かが、ジェイソンがその女性を独占していることに腹を立てた。ハリー・ダヴェンポートは〈サミーズ〉の用心棒で、ジェイソンが殴られる前に喧嘩を鎮めたのだった。ふたりが店を出ると、ハリーが名刺をジェイソンに渡し、本業は私立探偵で、用心棒は副業なのだと言った。ジェイソンはその場で彼を雇い、彼はイジーを除くと事務所の最高の戦力となった。ジェイソンにはわかっていた。イジーと同様、ハリーもジェイソンのことを心配しているのだ。

「いいか、ハリー、おれは弁護士なんだ。姉は殺人容疑で逮捕され、死刑を求刑されようとしている。彼女の娘たちは父親を失った。彼女たちはおれを必要としている。それにガンターズビルは故郷なんだ」

「ここ何年も帰ってないじゃないか。彼女たちは自分たちでなんとかするさ」ハリーの顔はこわばっていた。顎を引き締め、険しい眼をしていた。「里帰りなんて戯言《たわごと》はいい加減にしろ。あんたは自分の子供時代のことを憎んでるじゃないか」

「だからって、やってみないわけにはいかないし、そうするべきなんだ」ジェイソンはハリーに向かって頭を振った。「どうした、ハリー？　おまえとイジーがおれに事件を引き受けてほしくないのはわかるが、少しやり過ぎじゃないか？　少なくとも葬式には列席しなければならないんだから」

「どうして？　あんたに助けが必要なとき、ふたりのうちのどちらかでも、手を差し伸べてくれたか？　リハビリ施設にいるあんたに手紙を書いてくれたか？　あんたがラーキンと別れたあとに電話ひとつでもくれたか？」

「それでも彼女はおれの姉だし、彼女の娘たちはおれの姪だ。行かなきゃならない」ジェイソンは両手を叩いて合わせた。「問題から逃げることはできないし、弁護士業務を再開したり、姉を訪ねたりするのに完璧なタイミングなんてない」

「あそこはひどい状況だ」ハリーが声を潜めて言った。

「どういう意味だ？」ようやく本題に入ったと悟った。

「イジーはジャナから連絡があるかもしれないと思い、事前に調べるようにおれに言ったんだ」

「それで？」

「ひどい。便利屋の男がいて、そいつがジャナに雇われてドクター・ウォーターズを殺したと自供している。ジャナが覚醒剤《メス》の取引に深く関わっているという噂もある。サンド・マウンテンという場所について聞いたことはあるか？」

ジェイソンは眼を細めた。「おれはマーシャル郡で育ったんだぞ、忘れたのか？　もちろん聞いたことはある」

ハリーはうなずいた。「なら、サンド・マウンテンが人里離れた場所で、覚醒剤《メタンフェタミン》の製造、密売に恰好の場所だということも知ってるな」そう言うとハリーは煙草の煙を吐き出した。「それに邪魔者を処分するのにも。タイソン・ケイドという名前を聞いたことはあるか？」

ジェイソンは首を振った。

「ジャナの事件を引き受ければ、知ることになるだろう。そいつはサンド・マウンテンの覚醒剤《メス》の帝王だ。マーシャル郡にいるおれの知り合いによると、すべての違法薬物の売買はケイドを通して行なわれているそうだ」彼は眼を細めた。「そいつが言うには、ジャナはケイドとヤッていたそうだ」

「すばらしい」

「ガンターズビルで流れている噂じゃ、彼女はタイドに多額の借金があって、返済するためにいろいろやっていたということだ。ドクター・ウォーターズは多額の生命保険に入っていた。ふたりは離婚する寸前だった。あとは自分で推理できるはずだ」

ジェイソンはうなじをさすった。「事前に教えてくれてありがとうよ」

「ケイドは手を出しちゃいけない男だ、ジェイソン。行って、自分の眼でたしかめたい気持ちはわかるが、お願いだ、ジャナの弁護はだれか別の人物に任せるんだ。葬儀には列席すればいい。できるかぎり子供たちの力になってやるんだ。そのあとはジャナに刑事弁護人を紹介するんだ。自分が何をしているかをわかっている人物を」彼はジェイソンの肩を叩いた。

ジェイソンは車に乗り込み、キーをまわした。〈ポルシェ〉のエンジンが咆哮《ほうこう》すると、ハリーを見上げた。

「おれが正しいとわかってるはずだ」ハリーが言った。

ジェイソンはハンドル越しに覗き込んだ。話しだしたとき、それは友人にというよりも、自分自身に話していた。「ほんとうの自分について考えたことはあるか？ つまり、生活のために何をしているのかじゃなく、だれと結婚しているのかでも、友人はだれなのか、どんなふうに時間を過ごしているかでもなくて、文字どおり、自分はいったい何者なのかということだ。単純で、つまらない疑問だ」ハリーを見た。「おれはある。看板や依存症、クレイジーな家族、破綻した結婚、成功や失敗やクソみたいなこととは関係なく、自分はいったい何者なんだって？」

「みんな、考えてるよ、アミーゴ」ハリーは抑えた声で言った。「そしてだれもがそれがわかるわけじゃない」

ジェイソンはギアを入れた。「そうかもしれない。だが、それを知ることがおれには必要なんだと思う」

駐車場から車を出そうとしたとき、背後からハリーの声がした。

「ヘイ、J・R」

ジェイソンはブレーキを踏むと、肩越しにハリーに眼をやった。彼の調査員は歩道の上の街灯によって影絵のようになっていた。

「死ぬんじゃないぞ」

第四部

19

男が〈アルダー・スプリングス食料品店〉に入ったとき、彼は女性の店員が自分を見ているのに気づいていた。彼は〈サンドロップ〉とオートミール・クリームパイ、そしてシュガーレスのチューインガムを買った。商品をカウンターに置くと、店員にウインクした。店員の顔は、その髪の毛と同じくらい赤くなった。

「元気だったか、ドゥービー?」

マルシア・〝ドゥービー〟・ダーネルはレジを打つと、男の眼を見た。「タイソン」と彼女は言った。まるでその名前を言うことで自分自身に痛みを与えるかのように。

「六ドル八十セントよ」

男は十ドル札を渡し、彼女がお釣りを揃《そろ》え始めようとすると、手を上げて制した。「取っといてくれ」

彼女がビニール袋を差し出すと、男は彼女から眼をそらすことなく、それを受け取った。

「あの医師の殺人事件について何か聞いたか？」

彼女は顔をしかめた。「彼の妻が逮捕されて、明らかに有罪のように見えるということだけ」

「どうして？」

「あのパイクって野郎が、ミズ・ウォーターズに雇われて彼女の夫を殺したって自供した」

「それはみんな聞いている」ケイドは言った。「ほかに何か知ってるのか？」

ほかの客が入ってきたため、彼女は眼をそらして、その客のほうを見た。「ハイ、マーヴィン」

老人が冷えた飲み物用の冷蔵庫のほうに向かいながら、彼女にうなり声のような返事を返した。彼女はケイドに視線を戻した。「彼女の弟が弁護人になるかもって聞いてる。あの看板の男」

「ジェイソン・リッチ」ケイドが言った。「おれもそう聞いた。そいつについて何か知ってるか？」

彼女は首を振った。「ううん、リッチ一家はミル・クリークに住んでいた。父親はガンターズビルで弁護士をしていて、あまりこっちのほうには来なかった。ジェイソンは私立の学校に行って、高校を卒業したあとはここには戻っていないはずよ」

「ほかには？」

「ない」

「吐き出せ」

「ジャナは麻薬を買うためにあなたとヤッてたと聞いた」

ケイドは首を傾げた。

「どこでそんな下品な噂を聞いた？」

ドゥービー・ダーネルは完璧な歯を見せて、ニヤリと笑った。赤褐色の髪と見事にマッチしていた。「わたしの最初の夫はいつもわたしのことを下品な女だって言ってたよ。褒めことばのつもりでね」

「きみは美しいよ」ケイドは百ドル札を財布から出すと、彼女の手に渡した。「ドクター・ウォーターズの殺害事件か、彼の妻について何かほかに聞いたら教えてくれ」

「わたしをクビにするつもり？」彼女は少しからかうような口調で言い、百ドル札を折りたたむと、ポケットに入れた。

「それもいいな。そうなればおれのためにフルタイムで働いてもらえる」彼はもう一度ウインクすると、ドアのほうに向かった。

外に出ると、タイソン・ケイドは湿っぽい空気のなかでひとつ息を吸い、ソフトドリンクの蓋を開けた。ゆっくりと飲み、ピリッとくる柑橘《かんきつ》系の味が舌を刺激すると、顔をしかめた。

糖分とカフェインを血管に送り込んだ。振り返って店を見るとげっぷをした。中学や高校生のときに、たった今彼が買ったスナックを買うための金をかき集めて、この店に来たことを思い出した。

今でこそ、情報を得るために気前よく百ドルを渡しているが、当時はお釣りがあればラッキーといった感じだった。一キロほど離れたサンド・マウンテンのど真ん中で、ルシー・ケイドの私生児として育って以来、ずいぶんと遠くへ来たものだ。自分の成し遂げてきたことに誇りを感じられたらよかったのだが、それはケイドにとっては、まれなことだった。プライドをもてあそぶには、彼の住む世界はストレスが大きすぎた。満足したり、一瞬でも自分を祝福したりすれば捕まってしまう。最悪の場合には殺されてしまうだろう。

遠くにセダンを見つけると、オートミール・クリームパイの包みを開け、大きくかじった。さらに何口かかじると、すべて口に入れ、ビニールを丸めて、ガソリンポンプのそばのごみ箱に放り投げた。黒の覆面パトカーが彼の隣に停《と》まった。ケイドは、〈リトル・デビー〉の味を口のなかで噛みしめながら、車に乗り込んだ。

「問題が生じた」運転手は言った。

ケイドは口のなかにクリームパイを入れたまま、説明するよう、手の仕草で求めた。

「パイクの自供には穴がある。彼はジャナが七月四日の夜に直接、金を渡したと言っている。だがおれもあんたもそれが不可能だと知っている」

ケイドは口のなかのものを呑み込んだ。「おれたちはそんなことは知らない。それに、だからなんだって言うんだ？　パイクはウォーターズを殺したことを認めた。金をもらってやったと言い、ジャナはその前日にまさにその金額を引き出している、違うか？」ケイドは静かに笑った。「どうしてジャナが彼に金を渡していないとわかるんだ？」

「タイソン、待てよ」

「ジャナ・リッチのような狡猾《こうかつ》で賢い女は、おまえには不可能だと思えることをいくつもやってのけることができる。おれを信じろ」

「タイソン、あんたは彼女を見張らせていた。それにあんたは〈ハンプトン・イン〉で彼女と会っていた。彼女が金を渡せた可能性は――」

「可能性なんてクソだ。パイクは彼女が払ったと言ってるし、唯一の穴は状況証拠しかないことだ」彼は男の肩を手のひらで叩いた。「いいか、ケリー。くよくよ考えるな。おまえのところの検事は間違いなく彼女を有罪にできる」

「彼女ならできるさ。だが優秀な弁護士なら見逃さないかもしれない」彼はケイドをちらっと見て、それから道路に視線を戻した。「そしてそれがおれたちを窮地に追い込むかもしれない」

ケイドは〈サンドロップ〉をぐいっと飲んだ。「いいか、彼女はまず弁護士を雇わなければならない。雇ったら、その弁護士は……何が懸かっているかをきちんと彼女に説明しなければならない」

ケリー・フラワーズ保安官補は、ハッスルビル・ロードを車を走らせながら、ため息をつき、うなじをさすった。「タイソン、取引について話してくれ。あんたがドクター・ウォーターズを殺すためにパイクを雇ったのか？　おれは殺人の共犯者なのか？」

ケイドは、まるで無意識であるかのようにギアシフトをつかむと、それをニュートラルに入れた。車がすすり泣くような音をたて、ケリーは路肩に停まった。「何を――」ケリーは言いかけたが、やめた。ケイドがグロックをケリーの喉に押し当てていた。

「落ち着けよ、ケリー。よく考えてみるんだ。おれがパイクを雇ったんだとしても、おまえに話すと思うか？　おれのクソを知って、おまえになんの得がある？」彼は保安官補の喉に銃を強く押しつけた。「どちらの質問も、その答えはノーだ。いいか、おれは、マーシャル郡保安官事務所で起きていることを知るために、おまえにかなりの金を支払っている。おまえに最も安い値段で、最も新鮮な商品を確実に手に入れさせるためにな」

「わ、わ、わかった」ケリーはなんとか言った。「タイソン、銃を――」

ケイドは保安官補の鼻の下に肘打ちを食らわせた。血が鼻孔から流れ出て、ケリーは痛みに悲鳴をあげた。「おれに命令するな、保安官補。今、ここでおまえを殺したければ、そうすることができるし、だれも何も言わない。この道路の両脇で五人が見ていたとしても、何も見なかったと言うだろう。おまえが警官だろうとなんの意味もない。なぜだかわかるか？

ここはサンド・マウンテンだからだ、くそったれ」彼はケリーにもう一度肘打ちを食らわせた。保安官補は白眼をむいた。

ケイドはケリーの首から銃を離し、シートにもたれかかった。「行け」

五分後、ケリー・フラワーズ保安官補は、七十五号線沿いの中古車部品販売店で車を停めた。「乗せてくれてありがとうよ」ケイドはそう言うと車から降り、〈サンドロップ〉を飲み干した。彼はケリーにウインドウを下ろすよう、仕草で示した。右手に空《から》のボトルを持ち、窓枠に肘をもたせかけ、眼を細めて保安官補を見た。

「彼女が弁護士を雇ったら教えろ」

「わかった」とケリーは言った。

「ほかに何かあるか？　新しいニュースは？」

「ト……トレイ・コーワンと話した」

ケイドは鼻で笑った。「なんのために？」

「医療過誤の裁判の件で、トレイには動機がある。それにあいつにはアリバイがない」ケリーはことばを切った。「保安官はおれたちにすべての項目をチェックさせたかったんだ」

「で……ゴールデン・ボーイは七月四日には何をしてたんだ？」

「サンセット・トレイルから花火を見ていた……ひとりで」

「なんとな、スターも落ちぶれたもんだ。あのガキはおれのために働かないことを選んだ日のことを後悔するだろう。だからってどうなる？　ばかは死んでも治らない」ケイドは空《から》のボトルをパトカーの足元に落とし、保安官補にニヤリと笑った。「そういえば……さっき言ったことは警告だぞ、ケリー。警告は一度だけだ。出しゃばるな。おれの言ったとおりにするんだ。そうすればすべてうまくいく。数カ月もすれば、ジャナ・リッチは夫の殺害で有罪を宣告され、おまえはかなりの昇給を果たすことになる」

ケリーは鼻血を拭うとうなずいた。「わかった」

「いい子だ」ケイドはそう言うと、ケリーにウインクした。ちょうど食料品店でドゥービー・ダーネルにウインクしたように。それから背を向けると、店の入口のほうに歩きだした。ガムを三つ、口に入れると、包み紙を地面に投げ捨てた。セールスマンのひとりがいやな顔をしたが、だれなのか気づくとそそくさと消えていった。ケイドは、中指を立てると笑った。マーシャル郡じゃ、ごみのポイ捨ては違法かもしれない。だがケイドがケリー・フラワーズに言ったように……

……ここはサンド・マウンテンだ、くそったれ。

20

ジェイソンがガンターズビル湖を好きだったことは一度もなかった。不思議だった。そこで生まれ育ったのに、どうしても好きになれなかった。ジャナは、もちろん正反対だった。最初から水上スキーを乗りこなし、チュービング（大きな浮き輪に乗ってボートで引っ張る水上のレジャー）やウェイク・サーフィンが大の得意だった。父親から簡単な説明を受けただけで、釣り竿を操ることができ、十歳のときにはボートを運転していた。彼女は文字どおり、水を得た魚のようだったが、ジェイソンはといえば、父親曰《いわ》く、水に落ちたサルのようだった。

自信とは不思議なものだ。何かが得意だと、それを何度もやりたくなる。自信は反復練習をもたらし、人より優れた結果を残すことになる。ジェイソンは水上で自信を感じたことがなかった。何をするにも時間がかかり、姉のほうは、いつも彼の三歩先を行っていた。彼が十三歳のとき、ボートでゴート島に行った。そこには大人も子供も飛び込みたがる切り立った崖があって、人気スポットになっていた。最も高い断崖の高さは十五メートルだった。もちろん、ジャナは崖の上に登り、一瞬もためらうことなくそこから飛び降りた。ジェイソンが最も低い断崖――それでも六メートルはあった――からなんとか飛び降りたときは、その偉業もまるで失敗のように感じた。ジャナが叫び声をあげて飛び込んだのに対し、ジェイソンは泣きながら飛び込んだのだった。

故郷へと向かう道中、ジェイソンの頭のなかには思い出があふれかえっていた。そしてハリーが警告していたとおり、いくつかのコンビニや酒屋を通り過ぎたが、それらの店は彼の名前を呼んでいるようだった。〈ポルシェ〉は何度か時速百十マイルを超えていたが、幸いなことにスピード違反の切符を切られることはなかった。

今、〈ハンプトン・イン〉のロビーで、発泡スチロールのカップからウェルカム・コーヒーを飲みながら、ジェイソンはガンターズビル湖を眺めていた。昔、ゴート島の崖から飛び降りたことや鼻持ちならない姉のことを考えていた。その姉とは、あと一時間足らずで再会することになっている。二泊三日でホテルの部屋を取り、必要なら延泊することもできた。正直なところ、どのくらいここに滞在することになるのかわからなかった。ここを出て実家に泊まることも考えたし、結局はそうなるだろうとわかっていた。だが、まずは状況を知る必要があった。

そしてジャナに会う必要も……

ジェイソンはため息をひとつつくと、背後をちらっと見てからホテルへと上ってくる坂に眼をやった。右手には今は湖に面して〈ウィッツエル・オイスター・ハウス〉があった。昨晩の十一時頃にガンターズビルのダウンタウンを走っていたときは、あまり変化には気づかなかった。今、昼間の光の下で見ると、人々が〝発展〟と呼ぶようないくつかの微妙な兆候を見ることができた。裁判の行なわれる週になったなら、街の外から来る法律家のほとんどはまさにこの〈ハンプトン・イン〉に泊まるのだろう。裁判所から一・五キロほどしかなく、〈ウィッツエル・オイスター・ハウス〉もすぐ近くにある。法廷での長い一日のあとにくつろぐにはちょうどいい店だ。

そう考えるだけで、シュリンプ・ポーボイ（海老のフライをバゲットに挟んだサンドイッチ）とビールがほしくなり、必死でそのイメージを振り払った。ホテルの駐車場から突き出た木製の桟橋に立っていると、四百三十一号線の両脇にボートが見えた。

そして北と南の方向には、彼の笑顔が描かれた看板が見えた。

事故った？　リッチに電話《GET RICH》を

落ち着かない気分になって、思わず身がすくんだ。ジャナと会うのは三年ぶりだった。この事件がすでに報道されていることを考えれば、彼が拘置所にいる姉に面会に行くことで、騒ぎが大きくなる可能性があった。イジーが今朝、メールを送ってきており、記者からのメッセージが山のようになっているとのことだった。記者たちはすぐに返事をするように求めていた。

すぐに。ジェイソンは考えた。コーヒーを飲んで心臓の鼓動を鎮めようとした。九十日以上も弁護士として活動していなかった。またスーツを着るのは奇妙な感じだった。実際、リハビリでいくらか体重も落ちており、ズボンがだぶだぶで、ジャケットも少し大きいように感じた。

暑さも容赦なかった。気温は三十五度近いだろう。湿度が高いため四十度近くに感じられた。額には汗が玉になりだしていた。

子供の頃、湖を好きになったことはなかったが、少しずつ、周囲の道については思い出していった。高架橋の下でボートに乗り、ワイエス・ドライブとシグナル・ポイント・ドライブを通り過ぎて四百メートルほど行くと、やがてベテランズ・メモリアル・ブリッジにたどり着く。右に舵を切って、左を見ると、マーシャル郡の富と権力の象徴であるバック・アイランドが見える。

七月四日にブラクストン・ウォーターズが殺された場所だ。ジェイソンはコーヒーを飲み干すと、空《から》になったカップをごみ箱に捨て、〈ポルシェ〉に乗った。すでにブリーフケースに荷物を詰めてあった。プロフェッショナルっぽく見えたが、中身は何も書いていない黄色の法律用箋が数冊入っているだけだ。一杯のコーヒーと、湖の香りとその感触が心を落ち着かせてくれると期待していたが、そううまくはいかなかった。それどころか、さらに苛立《いらだ》っていた。

ジェイソンはスポーツカーのエンジンをかけた。故郷に帰れてうれしいと言えればよかったのだが。

21

マーシャル郡保安官事務所はブラント・アヴェニューの赤煉瓦のビルのなかにあった。駐車場が見つからなかったので、道路脇に車を止め、メーターに一ドルを入れた。それから入口まで一ブロック半ほど歩いた。重い足取りでドアを通り過ぎたときには、汗が背中のくびれた部分を滴り落ちていた。

手の甲で額を拭うと、受付デスクに歩いていった。受付担当の職員と眼が合い、心臓の鼓動が速まった。弁護士としての十一年間で、拘置所にいる依頼人を訪ねたことはなかった。彼が扱ってきた事件はすべてが民事の人身傷害事件だ。刑事事件を扱ったことはなかった。

職員は黒いショートヘアの中年女性で、眼鏡をかけていた。「弁護士?」その声は疲れて、どこか耳障りだった。

ジェイソンは咳払いをした。「はい」いずれにしろ、嘘ではなかった。

「だれに面会に来たの?」

「ジャナ・リッチ・ウォーターズ」

彼女は眼をしばたたいた。「あなたの名前は?」

「ジェイソン・リッチ」

「親戚?」

「弟だ」

彼女はもう一度眼をしばたたくと、首を傾げた。「ジェイソン・リッチ。あの〝1‐800GETRICHにお電話ください〟の?」

彼は指を口に当てて言った。「だれにも言わないでくれ、いいかな?」

「看板とは違って見えるわね」

なんと言っていいかわからなかった。なので黙っていた。

「仕事に来るとき、三つの看板の前を通るのよ。四百三十一号線は覆い尽くしたんじゃない?」

「ええ、マァム」彼は微笑んだ。が、彼女は笑わなかった。

「じゃあ、あなたが彼女の弁護士なの、それともただの面会?」女性は訊いた。

ジェイソンは本能的に答えた。もしまだ面会時間になっていないのだとしたら、出直してくるのは嫌だった。「弁護士としての訪問だ」

「わかったわ」彼女はそう言うと、右側を見て、壁の電子ボックスのボタンをいくつか押した。数秒後、ブザーが鳴り、ジェイソンの左の金属製のドアが滑るように開いた。女性は長い廊下を通って、折りたたみ式の机とアルミの椅子二脚しか置かれていない、小さな部屋に彼を案内した。「しばらくしたら保安官補が容疑者を連れてくるわ」

「ありがとう」とジェイソンは言った。口が乾き、心臓が高鳴っていた。

「大丈夫？」女性は訊いた。「ひどい汗よ」

「大丈夫だ」彼はなんとか言い、もう一度手で湿った額を拭った。「慣れてないだけ……」言いかけてやめた。「大丈夫だ」と繰り返した。

彼女は肩をすくめると、出ていってドアを閉めた。

ジェイソンは深呼吸をしようとしたが、できなかった。短くとぎれとぎれにあえぐことしかできなかった。過換気症候群になりかかっているのだろうか？

テーブルに手を伸ばし、気持ちを落ち着かせようとした。ゆっくりと腰を下ろし、ブリーフケースを開いて、何も書いてない黄色い法律用箋とペンを二本取り出す。それらをテーブルの上に置くと、ブリーフケースをリノリウムの床の上に置いた。

外の廊下からさまざまな音が聞こえてきた。人々の話し声。だれかの笑い声。つぶやき。咳払い。入ってきたときに聞いたのと同じブザー音。鎖のジャラジャラいう音。足音。

ジェイソンはペンを握り、法律用箋の一番上に日付と自分の名前を書いた。高校生のときにテストを受けたときと同じようだなと思い、そのばかげた考えに思わず微笑んだ。ほんの一瞬だけリラックスしたような気がした。

拳で三回、激しくノックする音がし、その感覚もあっという間に終わった。ドアが開くと、胃が締めつけられるような感覚を覚えた。太い腕の保安官補が入ってくる。男の後ろですすり泣くような声がした。

「ミスター・リッチ？」保安官補が訊いた。

「はい」ジェイソンはそう言うと、立ち上がった。保安官補が脇によけた。彼の後ろで、女性の刑務官が、オレンジのジャンプスーツを着て両手に手錠をした女性を伴って、部屋に入ってきた。その女性は泣きながら、床を見つめていた。両手の手錠がはずされたが、両足は鎖でつながれたままだった。

「アンダーソン刑務官が」男性の保安官補が女性刑務官のほうを顎で示した。「ドアの外に立っています。終わったら何回かノックしてください」

「わかった」ジェイソンは言った。保安官補は部屋を出ていき、ドアはバタンと閉まった。少なくとも五秒間、ふたりの息遣いだけが部屋のなかで聞こえていた。ようやくジェイソンが手を伸ばし、彼女の手に触れた。

「ジャナ？」

彼女は胸の前でしっかりと腕を組み、震えていた。

「ジャナ、ぼくを見るんだ」ことばを選ぶようにしてジェイソンは言った。

彼女は背筋を伸ばすと、ブロンドの髪を顔からかき上げた。クリスタルブルーの瞳――泣いていたことで白眼の部分は充血していた――が彼の眼を突き刺すように見た。悲しそうであると同時に怒っているようにも見えた。「どこにいたのよ？」

「すぐにここに――」

「何日も電話した。三件もメッセージを残した。あんたのくそパートナーの女にも電話をしたけど、クソの役にも立たなかった。あの女、クビにしなさい」

「会えてうれしいよ、姉さん」彼は言い、席に着いた。「さあ、坐って」

ジャナは怒っていたが、言うとおりにした。「いったいなんなのよ、J・J？　どうしてこんなに時間がかかった――」

「リハビリ施設にいたんだ」ジェイソンはさえぎるように言った。率直に話したほうがいいとわかっていた。「パーディィド依存症治療センターで九十日間。昨日の午後まで携帯電話を見ることができなかった」

彼女はジェイソンを見つめ、涙でにじんだ眼を拭った。「そうなの、知らなかった。あなた……よくなったの？」

「正直に言うと、わからない」ジェイソンは言った。「退院して一時間もしないうちに、酒を飲もうとしていた。そのときに姉さんのメッセージを聞いたんだ」

彼女の唇が小さな笑みに歪《ゆが》んだ。「じゃあ、わたしはまたあんたのケツを救ったのね」

ジェイソンは姉が自分のケツを救ってくれたことがあっただろうかと考えたが、反論はしないでおくことにした。

「なら……」彼女は両手のひらをテーブルに叩きつけ、腹を決めたように言った。「今度はわたしのケツを救って」

22

ほぼ一時間のあいだ、ジェイソンは自分の法律用箋を見つめていた。そこには今聞いたことがびっしりと書かれていた。ジャナはひたすら話し続けていたが、彼は半分ほどしか聞いていなかった。彼女は十分間隔で同じことを何度も何度も繰り返していた。

自分はブラクストンを殺していないと。

たしかに彼女は、殺人の前日に彼女とブラクストンの共同口座から一万五千ドルを引き出していたが、それはブラクストンが離婚を機に口座にアクセスできないようにするのを恐れたからだった。彼は何カ月もそのことで脅していた。彼女は金を失うリスクを避けたかったのだ。

彼女はウェイロン・パイクのことはほとんど知らなかった。パイクは彼女の家で仕事をしたことがあった。実際にはバック・アイランドのいくつかの家で仕事をしていた。物静かで、控えめな男だった。学習障害があるのかもしれず、どうしてそんなとんでもない嘘をつくのかわからないと彼女は言った。ボートハウスや家の修繕で何回か数百ドルを渡した以外は、彼には一切金は払っていなかった。彼女の知るかぎり、封筒に入った一万五千ドルは車の後部座席にある靴箱のなかにあるはずだった。

彼女の車はどこだろう？ 彼女自身知らなかった。おそらく保安官事務所が押収したのだろう。「お金がそこになかったら、郡を訴えてちょうだい。今日じゅうによ。ウェイロン・パイクも訴えて」

戯言《たわごと》だ。ジェイソンはPACでのグループセッションで、男女を問わず、自分の不運を延々と話し続ける人たちを何人も見てきた。ありがたいことにセラピストが切り上げて、本題であるアルコールとドラッグの問題に戻させようとするまで、同じことを何度も何度も繰り返すのだ。

ジェイソンもセラピストと同じことをしようとした。「ジャナ、いろいろなことを胸に抱えているのはわかるけど、基本的な質問にいくつか答えてほしい」

「わかったわ」彼女は言い、胸の前で腕を組んだ。「どうぞ」

「七月四日の夜はどこにいた？」

「〈ファイヤー・バイ・ザ・レイク〉よ。花火が見えるいい場所を探していて、そこで二、三杯飲んだ」

「だれといっしょだった？」

「ひとりよ。バーテンダーと話した。名前はキースだったと思う。ケニーかもしれない。いい男よ。そこで何度も見たことがあるわ」

「どうしてひとりで飲んでた？」

「家にいたくなかった。ブラクストンはもう何年もわたしを騙《だま》していた。麻酔看護師のコリーンと浮気をしていた。わたしの頭がおかしいと娘たちを洗脳して、子供たちをわたしに背かせた。だからただお酒を飲みたかった」

「そこを出たのは？」

「九時頃」

「それから？」

「わたしの事件を引き受けてくれるの？」

「わからない。なぜそれが重要なんだ？」

「この会話は秘密扱いにされるの？」

「ああ、法律相談だ。ぼくはこの面談のかぎられた目的において姉さんの代理人になる。姉さんが話すことはすべて弁護士依頼人間《かん》の秘匿特権によって保護される」彼はことばを切った。「それからどうしたんだ？」

「六十九号線を四百メートルほど行ったところにあるストリップモールまで車で行った。駐車場に車を停めていたら、男が乗ってきた」

「ウェイロン・パイク？」

「違う」

「だれ？」

「知らない」

「知らないってどういう意味だ？」

「そのとおりの意味よ。知らないの」

ジェイソンは顔をしかめた。「それから何があった？」

「金を渡して、男からコカイン一グラムが入ったジップロックの袋を受け取った」

「なんてこった、ジャナ」

「やめて、J・J。あなたもアル中でしょ、忘れたの？ そうよ、わたしはコカインをやった。家族がバラバラになって、夫はほかの女とセックスをしていたから。あなたの言いわけは何？」

「一グラムでいくらするんだ？」彼は噛みしめた歯の隙間から、そう訊いた。

「覚えてない」

ジェイソンはただ彼女を見つめていた。

「覚えてないの」

ジェイソンには彼女が嘘をついているとわかっていたが、無理に問い詰めないことにした。

「そのあと、何があった？」

「男は車を降りた。わたしは〈ハンプトン・イン〉に向かった」

ジェイソンは法律用箋のタイムラインにそれを書き加えた。「どうして？」

ジャナは咳払いをひとつした。「夫は浮気をしていた。わたしは寂しくて、怒っていた」

「コカインはやってたのか？」

「駐車場でライン二本分。部屋のなかでもう一本分」

ジェイソンはさらに書き加えた。「だれと会ったんだ？」

「それって重要？」

「ああ、姉さんが会っていた人物がその話を裏付けてくれるなら、犯罪時刻における完璧なアリバイを提供するかもしれない」

「いいえ、それはないわ」ジャナは言った。「警察は、わたしがパイクに金を払ってブラクストンを殺させたと言っている。わたしがどこにいたかは重要じゃない。〈ファイヤー・バイ・ザ・レイク〉にそのままいたかもしれないし、〈ハンプトン・イン〉にいたかもしれない。クソ火星にいたかもしれない」

「いい指摘だ。でもお願いだ。ホテルでだれといっしょにいたか教えてくれ」

彼女はテーブルに視線を落とした。「タイソン・ケイド」

ジェイソンはハリーから聞いていたことを思い出し、恐怖の疼《うず》きを感じた。「サンド・マウンテンの覚醒剤《メス》の帝王」と彼は言った。「驚いたな、ジャナ。いったい全体どうしてそんな男といっしょにいたんだ」

　彼女は顔をしかめた。「最後にあなたと話したのはいつだった、ジェイソン？　父さんの葬式？　あなたはわたしが最も必要としていたときに、わたしを見捨てた。世界がわたしのまわりで崩壊し始めたとき。夫が、わたしがこの街に築いたすべてを台無しにしようと画策を始めたとき。わたしが痛みを和らげるために、自分が関わるすべてのクソのためにもっとエネルギーを得ようと、コカインに手を出し始めたとき。アメリカ革命の娘《DAR》（独立戦争当時の精神を引き継ごうとする米国最大の女性団体）。PTA。病院の理事会などなど。クソよ、クソ。それにそうよ、わたしは麻薬のディーラーとヤッていた。借金があったから。そのホテルでね。それで満足？」

「ケイドは覚醒剤のディーラーだと聞いた」

「タイソンはなんでも扱っている」

「姉さんはいつも才能に惹《ひ》かれる。だからなのか？　〈ハンプトン・イン〉に車で行って、ひと晩じゅう、タイソン・ケイドとファックしていた。ほかにも相手はいなかったのか？　彼の部下が交替でヤッたとか？」

　平手打ちが飛んでくるのが見えたが、防ぐために動こうとはしなかった。

　顔が痛かった。立ち上がり、両手を上げた。「わかった、すまなかったよ」彼は言った。「言い過ぎた、謝るよ。けどもう一度ぶったら、ここから出ていく」

「わたしは娼婦じゃない、ジェイソン。けど、独立記念日にひとりでいたくなかった。あのろくでなしの夫に負けるわけにはいかなかった。わかるでしょ」

「ぼくにわかっているのは……」ジェイソンは言い、痛む頬をさすった。「姉さんには殺人の動機があるってことだ。離婚されることを心配していた。麻薬のディーラーと浮気をして、ブラクストンを裏切っていた。夫が浮気をしていると信じていた。コカインを買って常用していて、ディーラーに支払わなければならない金が使えなくなると思っていた。そんなところかい？」

彼女はまた腕を組み、天井を見上げた。

「ジャナ？」

「ええ、すべてそのとおりよ」

「そしてこのパイクという男が、姉さんがブラクストンを殺させるために一万五千ドルを払ったと保安官事務所に自供したんだね？」

「そうよ」とジャナは言った。まだ天井を見つめていた。「彼は嘘をついている」

「けれど姉さんは、実際に殺人の前日に銀行口座から一万五千ドルを引き出したんだよね？なんともおかしな偶然の一致じゃないかい？」ジェイソンは声に怒りがにじむのを隠そうとしなかった。

「それか、だれかがわたしをハメようとしているかのどちらかよ」ジャナは怒りもあらわにそう言った。「そうとしか説明がつかない」

「ブラクストンが入っていたはずの生命保険についてはまだわかっていない。彼は受取人をニーシーとノラに変更したのか、それともまだ姉さんが数百万ドルの死亡保険金の受取人のままなのか？」

ジャナはちらっとジェイソンを見た。そしてテーブルに視線を戻した。「知らないわ」

ジェイソンはあきれたように眼をぐるりとまわした。「ジャナ、いったいどんな弁護士があなたを弁護すると言うんだ？」

「ほかの弁護士に頼むつもりはないわ。あなたに頼んでるのよ、わたしの弟に」

「褒めてるつもり？　コミュニケーションというのは双方向なんだよ、ジャナ。たしかに父さんが死んでから、姉さんとはほとんど話をしていない。ぼくが離婚したときはまったくのゼロだった。むしろ、喜んでるように見えた」

「あんたがくだらない田舎者のふしだら女と結婚したからって、わたしを責めないで。あんたはあの娘《こ》をタラデーガ——ううん、NASCAR（全米ストックカーレース協会）のホラ吹き野郎たちみたいにデガって呼ぶべきね——の田舎から連れ出すことができたのに、彼女から田舎臭さを取り去ることはできなかった」

「夫が殺された夜に、覚醒剤《メス》のディーラーとファックしてた女がそう言うんだ」ジェイソンは立ち上がり、法律用箋をブリーフケースにしまった。すぐにドアに向かいたかったが、そうはできなかった。「幸運を祈るよ、ジャナ」

「わたしの弁護を引き受けてくれるの？」

「いいや」彼は言った。「この街の刑事弁護士のだれかに電話をすることを勧めるよ」

「もうしたわ。だれも引き受けてくれない」

「なら公選弁護人は？」ジェイソンはそう言うと、ドアを三回ノックした。

「マーシャル郡にはいない」

「なら裁判所に任命してもらうんだ」

「J・J、お願い――」

「J・Jって呼ぶな」彼はそう言うと、姉のほうに向きなおった。「姉さんは助けを求めるくせに、ぼくが自分の頭がおかしいと思わせるようなことをなんでもする。真実は、ぼくは姉さんがブラクストンを殺したかもしれないって信じているということだ。もし殺していなかったとしても、姉さんのせいで死んだんだよ。賭けてもいい」

彼女はジェイソンをにらんだ。「なら出ていって。あなたは必要ない。だれも必要ない。自分で弁護する」

「それは間違いだよ」

「あなたに電話したことが間違いだったのよ」ジャナは言い放った。「残された唯一の家族ならどんなサポートでもしてくれると期待したのが間違いだった。眼の前から消えて、ジェイソン。通りの先にバーがある。〈ブリック〉よ。ハッピーアワーのスペシャルサービスがあるわ」

　ジェイソンはなにか言い返そうとしたが、ドアが開くときのブザー音にさえぎられた。女性の刑務官がなかに入ってきた。「終わった？」

「ああ」ジェイソンは姉をじっと見ながらそう言った。「終わりだ」

23

　ジェイソンはうつむいたまま、面会室を出た。できるだけ早くこの建物から出たかった。だが、廊下を進むにつれ、そうはいかないと悟った。廊下の先で、制服を着たがっしりとした胸の男が彼を待っていた。その隣には、えび茶色のスーツを着て、黒褐色の髪をした、背が高く、痩せた女性がいた。

「ミスター・リッチ、保安官のリチャード・グリフィスだ」彼は頭を女性のほうに傾げた。「そしてこちらが検事長のミズ・シェイ・ランクフォード」

　ジェイソンは右手を差し出し、ふたりと握手をした。なんとか微笑むと、保安官も同様に微笑んだが、検事長は石のように冷たい表情のままだった。

「ミスター・リッチ、お姉さんの弁護を引き受けるつもり？」ランクフォードが訊いた。

　直球で攻めてきた。ジェイソンは足元がふらつくのを感じた。「正直なところ、マァム、自分がどうするつもりなのかわからないんだ。弁護士としての資格で彼女と面会したが、知ってのとおり、刑事事件は自分の畑じゃない」

そのことばに、ランクフォードの顔がかすかにゆるんだ。「ええ、そのことは知ってるわ。ミズ・ウォーターズはあなたが自分の弁護士になると言って譲らなかったけど、もしあなたが引き受けるなら、驚きだと言わざるをえないわね」

ジェイソンは苛立ちにうずうずしていた。この場を離れたかった。「どうして？ わたしが彼女の弟だから？ それとも人身傷害専門の弁護士だから？」

「両方よ。でも主には、あなたが刑事事件は扱ってないことね。それに裁判の経験も少ない」

「まじめな話」保安官が言った。その声はしわがれていたが、無愛想ではなかった。「きみはこの事件には関わりたくないはずだ」

「よく聞く話だ」ジェイソンは言った。「だがわたしが決めることだ」そう言うと彼はランクフォードを見た。「ウェイロン・パイクの供述書のコピーを見せてもらうことはできるかな？」

彼女はためらわなかった。「アラバマ州の刑事事件では、大陪審で起訴が言い渡されるまで、証拠開示は行なわれない。けど、あなたが代理人になるのなら、喜んでパイクの供述書のコピーをお渡しするわ」

「すばらしい」ジェイソンはそう言うと、拍手をした。「さて、保安官、ミズ・ランクフォード、わたしは街に着いたばかりでね、姪たちに会わなければならない」

「ふたりはバック・アイランドの自宅にいる。ふたりの大伯母もいっしょだ」グリフィスが言った。

　ジェイソンは顔にしわを寄せた。「そこは――」

「ボートハウスは黄色いテープで囲われている」保安官は付け加えた。「それにわれわれの鑑識担当者がすでに徹底的な家宅捜索をすませている」

「オーケイ」ジェイソンは言った。「教えてくれてありがとう」

「ふたりとも、逮捕以来、母親とは面会していない」ランクフォードが言った。「それどころか、彼女にはひとりも面会人はいない」

「なるほど」ジェイソンは言った。「情報をアップデートしてくれてありがとう。もう行くよ」彼が保安官のほうに進み出ると、保安官は脇によけた。

「ミスター・リッチ」ランクフォードが声をかけた。

「はい」ジェイソンは肩越しに彼女を見た。

「今、あなたが大変な時期であることはわかっているけど、ひとつだけおせっかいなアドバイスをさせてちょうだい」

「オーケイ」ジェイソンは言った。

「姪御さんに会って、家族といっしょにいなさい。けどヒーローになろうとはしないで。ジャナは有罪よ。そして賭けてもいい、心の底ではあなたもきっとそう思ってるはず。裁判所が任命した弁護士に任せて、百万ドルの和解を勝ち取る仕事に戻りなさい。今年あなたが経験したことを考えれば、殺人事件の裁判を引き受けることが、復帰のための最良の方法かどうかは疑わしい」

ジェイソンの体を怒りが駆け抜けた。どうして彼がリハビリ施設にいたことを知っているのだ？ その考えが彼の顔に表れたのだろう。ランクフォードは進み出て、彼だけに聞こえるように、小さな声で話した。「敵のことは調べるようにしてるの。あなたが治療していたことは知ってる。協会に苦情があったことも。あなたとあなたのお姉さんが何年も疎遠だったことも」さらにもう一歩近づくと、耳元に直接話しかけた。「彼女が夫を殺したいと思う強い動機と、彼女に不利な証拠が山のようにあることもね。この件は放っておくのね、ジェイソン」

彼は一歩あとずさった。彼女は、今はジェイソンと呼んでいた。見た目も態度も、威圧的な検事であると認めざるをえなかった。足がまたふらついた。「考えておこう」

「もうひとつだけ」ランクフォードはグリフィス保安官の隣に戻り、声に出してそう言った。「外にレポーターが何人かいる。あなたがここにいると嗅ぎつけたんでしょう。さっき言ったように、ジャナはこれまで弁護士ともほかの面会人とも会っていないし、あなたはあの看板のせいですぐに気づかれるでしょう。裏口がある。そこからなら、すばやく出ることができる。案内するわ」

「時間と面倒が省ける」保安官が付け加えた。

ジェイソンは、シェイ・ランクフォードが蒔《ま》いた種を理解し始めていた。「そしてきみたちも注目を浴びることを避けることができる」ジェイソンは言った。声に力強さが戻ってきたのを感じていた。「ジャナが、裁判所が任命した弁護士を雇うなら、それほど人々の関心も集めない。裁判が始まる前から彼女は有罪のように見える。だがわたしが弁護を引き受ければ……」

検事長と保安官は何も言わなかった。

「正面玄関から出ていくよ」ジェイソンはそう宣言した。

24

ジェイソンは車を止めているところまで続く歩道を一直線に進み、十人か十二人のレポーターの質問に対し、それぞれに「ノーコメント」と答えた。もしこの裁判を引き受けることになった場合、おそらくスタンドプレイも必要になるだろう。だが今はそのときではなかった。この連中に唯一与える情報は、ジェイソンがこの街にいて、姉に会ったということの確認だけだった。

そしてもしそれで、シェイ・ランクフォードやグリフィス保安官を、少しでも神経質にさせたり、不安を覚えさせたりできるなら、それだけでうれしかった。検事長の顔には優越感が見え、その声には、彼の十一年間の弁護士生活のなかで、ほかの多くの弁護士から聞いてきた、見下すようなトーンが聞いて取れた。

〝きみは本物の弁護士じゃない〟

〝何件、裁判を経験した？〟

〝きみがやってるのは金儲けだ。弁護士業務じゃない〟

ランクフォードはそこまでは言っていないものの、表情や口調にその考えが表れていた。ジェイソンは、そんな気取り屋にこれまでにも対処したことがあった。人身傷害の世界では、そんなことはどうでもよいのだ。ジェイソンとイジーは案件を獲得した。そのほとんどの案件において重要なのは、交通事故やトラックの衝突事故、建築現場等における事故によって重傷を負った人々だった。法は単純で、立証も容易だった。そして相手方の保険会社は、その相手が看板《ビルボード》弁護士だろうが、名門弁護士事務所だろうが、常に和解を望んだ。

アラバマ州の法曹界において、法律家が法廷を経験するのは、刑事事件で弁護人または検察官を務める場合か、医療過誤訴訟と呼ばれる民事における特殊な分野の場合だけだった。医療過誤訴訟においては、もし和解をした場合であっても、その医師は全米開業医データバンクと州の医師会に報告されることから、医療過誤裁判は訴訟まで行くケースが多かった。

ジェイソンは医療過誤訴訟を疫病のように避けてきた。法廷が怖いからではなく、医療過誤訴訟は、莫大《ばくだい》な費用をかけて、陪審員の前でサイコロを振るようなものだったからだ。ジェイソンは、これまでのキャリアにおいては、確実なものに焦点を当て、その確実なものを依頼人に提供する能力をマーケティングすることに全力を注いできた。彼は事件を調査する方法を熟知しており、有効な宣誓証言を取ることに熟達していた。

だがこの十一年間、法廷のなかを見たのは、状況確認の協議と、申し立ての審問だけで、それらもイジーに任せるようになっていた。

車まで足早に歩くと、真昼の暑さに汗がまた噴き出てきた。背後の足音が聞こえてこなくなったので、報道陣もあきらめたのだと思った。車のドアを開けると、腕に手が置かれるのを感じた。肩越しに見ると、ワイヤーフレームの眼鏡をかけた小柄な女性がいた。

「ノーコメントと——」

「取材の依頼じゃないわ」女性は言った。「わたしのこと忘れたの?」

ジェイソンは眼をしばたたき、明るい褐色の肌をした小柄な女性をじっと見た。「キーシャ?」彼は訊いた。「キーシャ……ハンフリー?」

女性が微笑んだ。「今はロウよ。キーシャ・ロウ。結婚したのよ」

「会えてうれしいよ」ジェイソンは言った。ハンツビル近郊にある私立学校ランドルフのクラスで、ふたりは唯一ガンターズビルの出身だった。小学校と中学校のとき、ふたりの両親は車を相乗りして、ふたりの学校への送り迎えをしていた。キーシャは常にクラスのトップだった。

「じゃあ、今はレポーターをしてるのか？」

「ジャーナリストという言い方のほうが好きよ」からかうような口調でそう言った。「今は『アル・ドット・コム』と『アドバタイザー・グリーム』のために書いてる。でも夢は『デイトライン』か『I／D』の科学捜査に関する記者になることなの」彼女は眉を上げた。

「それでわたしの姉の事件がそのための完璧な手段になるというわけだ。独占記事のために来たのか？」

彼女は手を伸ばすと、彼の肩に軽くパンチした。「いいえ、ばかね。昔の友達に挨拶しに来たのよ。お悔やみも言いたかった。あなたが義理のお兄さんとどのくらい親しかったのかわからないけど、あなたの家族がこの件にどう対処してるかは想像もできないわ」

キーシャは続けた。「もちろんドクター・ブラクストン・ウォーターズの殺人事件は、この数年、北アラバマで起きたなかでも最も注目されている事件よ。九〇年代初めにハンツビルで起きたジャック・ウィルソン殺人事件以来の大事件だわ」

ジェイソンは肩をすくめた。彼女の言った事件のことを知らなかった。

「依頼殺人によって殺された眼科医よ。妻が殺人罪で起訴され、有罪宣告を受けた。けど、彼女の双子の妹――多くの人は彼女も陰謀に関与していると見ていた――は、別々の裁判にかけられて、無罪を宣告された。わたしの絶対的なヒーローであるポーラ・ザーンがこの事件について『I／D』ですばらしい記事を書いた。読んでおくべきよ、特にジャナの事件を引き受けるなら」

ジェイソンは彼女の話していることがさっぱりわからなかったが、自分が彼女との会話を愉しんでいることに気づいていた。キーシャはいつも涼風のような存在だった。いっしょにいて居心地がよく、頭がよくて、観察力が鋭い。人生に好奇心を持ち、気まぐれな一面もあった。彼女がジャーナリズムの世界に入ったとしても驚かなかった。

「ブラクストン殺害事件に関する噂は？」

キーシャは首を傾げ、眉を上げた。「あら、わたしに訊きたいの？」

「昔の友達から地元のゴシップを聞くだけだ。頼みすぎかな？」

「もしあなたが弁護を引き受けたら、わたしだけに報告してくれる？」

ジェイソンは手を差し出した。「魚心あれば水心だ。どうだ？」

彼女は彼の手を握った。「会えてよかった。今晩、ディナーでもどう？　わたしのパートナーを紹介する」

「いいね」

「〈ロックハウス〉に八時。バーの席を取っておく。いい？」

「完璧だ」ジェイソンは言った。

「完璧ね」彼女は繰り返した。そしてキーシャは歩道を歩いていった。

数秒後、ジェイソンはブラント・アヴェニューに入った。〈ポルシェ〉がベテランズ・メモリアル・ブリッジを登り始めると、ひとつ息を吸った。右手にはバック・アイランドと呼ばれる湖岸と、湖畔に並ぶ豪邸が見えた。

ジェイソンは右折のウインカーを出し、ガンターズ・ランディングとバック・アイランド・ドライブの標識に眼をやった。

深く息を吸ってから吐き、リラックスしようとしたがだめだった。彼はこのあと起きることが、拘置所で経験したことと同じか、それ以上につらいものになるかもしれないとわかっていた。

家族……

25

タイソン・ケイドは携帯電話の番号に眼をやった。七十五号線をフォート・ペインに向かっているところだった。いくつか立ち寄る場所があった。サプライヤーとの打ち合わせ。バイヤーとも。ドラッグのディーラーという仕事は九時から五時までというわけにはいかない。年中無休二十四時間営業だ。エネルギーがなければ、このゲームをプレイすることはできない。賢くなければ、刑務所行き。ただのばかなら、死ぬだけだ。

ケイドはまだ二十九歳だったが、すでにふたつ分の人生を生きてきたように感じていた。ひとつはドラッグの取引を始める前の人生。ガンターズビル高校をクラス首席で卒業し、スニード・ステート・コミュニティ大学で一年間、野球に打ち込んでいた人生だ。そしてもうひとつは、組織のなかでだれよりも必死で働き、ジョニー・〝キング〟・ハンソンの右腕にまで登りつめた人生。やがてキングが捕まり、刑務所に入れられると、王国《キングダム》はケイドのものとなった。王国を統治するためには、すべてを完全に掌握していなければならなかった。需要。供給。覚醒剤《メス》の製造。

そしてアヘンやコカインのような高額な商品の買い手。こういった連中――ジャナ・ウォーターズのような連中――は、ときには扱いにくいこともあるが、大きな儲けをもたらした。裕福な医者の妻には、経済的な問題はないはずだったが、夫のブラクストン・ウォーターズが強硬手段に出たことで困った事態となった。彼はジャナと離婚しようとし、彼女のコカインの常用癖を離婚協議において有利に利用しようとした。

彼は妻と同様、ケイドを過小評価していた。ドクター・ウォーターズにとって、それは文字どおり、致命的なミスだった。

ケイドは携帯電話を手に取ると、番号を見た。いったい何台の使い捨て携帯電話を部下に配っただろう？　もう数えきれなかった。そのうちのひとつのようだが、はっきりとはしなかった。

どうでもいい。

「はい」

「ジャナ・リッチに面会人があった」ケリー・フラワーズ保安官補の声が聞こえてきた。その声は高かった。酔っぱらっていた。

「1‐800 GET RICH？」

「ああ」

「弁護を引き受けたのか？」ケイドは訊いた。緑色の看板がフォート・ペインまで二十四キロと示していた。

「考えると言っていた」

ケイドはハンドルを指で叩いた。「やつが決めるのを手伝ってやったほうがいいかもしれんな」

「それが賢明だと？　保安官とシェイは人目を避けるために、裏口から出るように言ったのに、あのクソ野郎はまるで市長みたいに表玄関から出ていきやがった」

ケイドは爪を嚙み、嚙み切ったものを床に吐き出した。「なら提案以上のことをしてやろうじゃないか」

「だれが?」

「おれに任せておけばいい」ケイドは電話を切り、助手席に置いた。

遠くに〈ミラー・ライト〉の看板が見え、その先にダークスーツに満面の笑みを浮かべた見慣れた顔があった。

その偶然に思わず笑いそうになったがこらえ、代わりに看板の男にあざけりの笑いを向けた。そして敬礼するように頭に手を触れると、自身でジェイソン・リッチに対応しようと心に決めた。

「待ってろよ、弁護士先生」

26

ジェイソンは円形の私道に入ると、シルバーのトヨタ〈4ランナー〉の後ろに車を止めた。広い駐車エリアにはほかにも赤の〈ジープ・ラングラー〉や〈フォード〉のピックアップトラックなどを含む何台かの車があった。ジェイソンは玄関まで歩くと、ドアのベルを鳴らした。姪たちに会うことに、彼女たちの母親に会うのと同じくらい緊張していると認めざるをえなかった。子供の人生では三年は長い時間だ。永遠といってもいい。

ドアが開き、女性が戸口に立っていた。彼と同じくらいの身長で、父親譲りのストロベリー・ブロンドの髪と、母親譲りの青い眼をしていた。

「ジェイソン叔父さん？」彼女はそう尋ねると、眉間にしわを寄せた。

「ノラ？」ニーシーの髪の色はもっと濃かったから、ジェイソンはノラに違いないと思った。

彼女は微笑み、それから両手を口元に持っていった。「ああ、なんてこと《オー・マイ・ゴッド》……」涙が眼からこぼれ落ちた。ジェイソンは敷居をまたいで入ると、彼女の腕に手を置いた。

「お父さんのことはなんと言ったらいいか……」

彼女はうなずくと、彼に体を預け、ぎこちないハグをした。「ありがとう。その……」最後まで言わなかった。代わりに大理石の床に視線を落とすと、彼が大きな玄関ホールに入れるよう脇によけた。正午を少し過ぎていた。全面ガラス張りの窓から、ガンターズビル湖の壮観が一望できた。バック・アイランドは大きな水路に面しており、その景観は息を呑むほどだった。左手には、吹き抜けの階段があり、二階へと続く壁には額《がく》に入ったふたりの少女の写真が飾られていた。階段を上がった先には巨大なキッチンへと続く廊下があり、キッチンの先にはさらにファミリールームがあった。そこの窓から湖のさらに眼を見張るほどの壮観が一望できた。ノラはキッチンに向かった。ジェイソンはそのあとに続き、その邸宅のなかを眺めながら、こんな豪邸に住んでいてどうして不幸でいられるのだろうと思った。

あまりにも陳腐な言い方だったが、ジェイソンには真実だとわかっていた。金で幸せは買えないのだ。だが、窓から陽光を眺め、水路を船が行き交うのを見ながら、ジェイソンは、〈ポルシェ〉で大音量で聴いていた、クリス・ジャンソンの《バイ・ミー・ア・ボート》を思い出さずにいられなかった。

ファミリールームに入ると、もうひとりの姪が携帯電話を見つめていた。カットオフジーンズに白のタンクトップという姿で、茶色い髪は黒とゴールドのバーミングハム・サザン・カレッジのベースボールキャップに覆われていた。彼女は顔を上げたが、立ち上がらなかった。「こんなところで何をしてるの？」

ジェイソンは背筋を伸ばし、ノラに眼をやった。彼女はまた床を見つめていた。

「どうしたの？」デニス・キャサリン・ウォーターズは生まれたときから、父親が名付けた〝ニーシー〟というニックネームで呼ばれていた。

「きみたちがどうしてるかと思って会いに来たんだ」

彼女は鼻で笑った。「見てちょうだい。パパは死んだ。わたしたちの坐っているところから百メートルしか離れていないところで殺されたの」

ジェイソンは窓からボートハウスに眼をやった。桟橋へと続く道を黄色いテープがふさいでいるのが見えた。

「おまけに運のいいことに、パパは、先週から拘置所にいるわたしたちの尊敬するママに殺されたみたいよ」

「まだわからないよ」ジェイソンは言った。「有罪と証明されるまでは無罪だ」自分の口から言っておきながら、そのことばはあまりにも説得力を欠いていて、思わず吐き気を催すほどだった。

「どうでもいいわ、ジェイソン叔父さん。ええ、そのとおりよ。叔父さんは弁護士だものね。この手のことには詳しいのよね。たくさん看板を出していて。だから叔父さんの言うことを聞くべきね」

ジェイソンはニーシーの口調と乱暴なことばに唖然《あぜん》とした。ジャナの長女とはこれまでに言い争ったことはなかった。

「わたしが言おうとしたのは、彼女はまだ有罪になったわけじゃないということだ」

「ウェイロン・パイクはパパを殺したと自供した。そしてママからお金をもらってそうしたと言ったのよ。どうしてそんな嘘をつくっていうの？」ニーシーはことばを吐き出した。

「取引をするためだ」ジェイソンは言った。「彼は不意をつかれて捕まった。そこでより大きな魚を検察に与えようとしたんだ」そう言いながら、すぐに後悔していた。事件について説明しようとしている自分は、姪たちにはひどく鈍感に見えていることだろう。「彼のような前科者を捕まえたところで大した成果にはならない。だが、医者の妻を捕まえたら？　検事長にとっては大きな成果になる」

ニーシーの表情が和らいだ。が、少しだけだった。「そんなことわからないじゃない」

「ああ。わからない」ジェイソンは言った。「けどきみがどうしてパイクが嘘をつくのかと訊いたから、その理由を言ったんだ」

「どうしてここに来るのに一週間もかかったの？」ニーシーは食い下がった。「パパは七月四日に死んだ。今日は十三日よ。いったいどこにいたの？」

「メールを送ったのよ」ノラがためらいがちに言った。「何日か前に」

ジェイソンはノラのほうに向きなおりながら、いたたまれない思いを感じ、顔を赤くした。

「ほんとうに、ほんとうにすまなかった。その、えーと、リハビリ施設にいて、七月十一日まで携帯電話にアクセスできなかったんだ。退院したとき、きみたちのお母さんから何件もメッセージが届いていた」彼はことばに詰まった。胸を満たす罪悪感と恥ずかしさに対処しようとした。「できるだけ早く来た」彼はノラを見た。「きみのメールに返信しなくてすまなかった。するべきだった。まずきみたちのお母さんに会う必要があったんだ」

ニーシーの唇は震えだしていた。「この三年間は？　ここが大変な状況にあったとき、どうしていなくなってしまったの？　おじいちゃんが死んで、叔父さんも死んだも同然だった」

ジェイソンはまたノラを見た。彼女は好奇心に満ちた眼で見つめ返してきた。

「きみたちのおじいちゃんの死に、うまく対処できなかった。離婚したばかりで、おじいちゃんまで失うとは思っていなかったんだ」

「でも叔父さんとおじいちゃんは仲がよくなかったんでしょ」ノラが言った。「ママがそう言ってた」

ジェイソンは床に眼をやった。「そのとおりだ。仲はよくなかった。けど……」ジェイソンのことばはしだいに小さくなっていった。これはPACで何度も訊かれた質問だった。そして彼にはまだちゃんとした答えがわからなかった。「いいかい、叔父さんはおじいちゃんが死んでからたくさんのミスをしてきた。人生のレールをはずれてしまい、リハビリ施設に入ることになった。きみたちとは距離を置いてきた。なぜなら、きみたちのお母さんが……いつもわたしを悩ませてきたからだ。姉さんは、わたしが劣った人間だと感じさせることを言ったり、したりした。子供の頃からそうだった。そしてわたしが離婚して、おじいちゃんが死んだあとも……。もう耐えられなかった。姉さんのまわりにはいられなかった。それはきみたちのまわりにもいられないことを意味した。すまなかった」

「叔父さんは、わたしたちの家族のなかで唯一まともな人だった」ノラは言った。彼女の声はニーシーに比べると淡々としていた。「わたしたちはいつも叔父さんに会うのが愉しみだった。叔父さんはママの戯言《たわごと》に真剣に立ち向かってくれたから」

ジェイソンは自分が〝まとも〟と言われたことに驚いているのか、それともノラとニーシーの態度の違いに驚いているのかわからなかった。

「叔父さんが最後にここに来たとき、わたしは高校生だった」ニーシーは言った。口調はまだ険しかった。「わたしは大学を探していて、叔父さんは自分の行っていたデイビッドソン・カレッジをぜひ見せたいと言った。春休みにいっしょにノースカロライナとサウスカロライナに行って、ほかの大学もいっぱい見ようとさえ言ってた。そのこと覚えてる？ウェイク・フォレスト大学、ノースカロライナ大学《UNC》、デューク大学。チャールストン大学も。ジェイソン叔父さんとのドライブ旅行……」彼女の唇はまた震えだした。「覚えてる？」

覚えていた。ジェイソンは眼を閉じ、三年半前のクリスマスのことを思い出した。彼はニーシーの大学選びに興奮し、ジャナとブラクストンの許可を得ようと、ふたりで綿密に計画を立てたのだった。

「どうして電話してくれなかったんだ？」ジェイソンは訊いた。だが、彼女がそのことばを口にする前から、答えはわかっていた。

「電話した。携帯電話と事務所の電話にメッセージも残した。eメールも。フェイスブックのメッセージも。なんて返ってきたかわかってるよね。なし。ゼロ。無よ」

「すまない、ハニー。わたしは——」

「そんなふうに呼ばないで。なんとも呼んでほしくない。わたしのことを見ないで」彼女は眼を向けることもなく、彼の脇をすり抜けていった。「ノラ、出かけてくる。いっしょに来たいなら、いらっしゃい。この負け犬と必要以上に付き合うつもりはないわ」

「ニーシー、待ってくれ」ジェイソンは言った。「お願いだ。待つんだ。拘置所できみたちのお母さんに会ってきた」ニーシーはぴたっと立ち止まり、彼のほうに振り向いた。両手を腰に当てていた。「それで？」

「わたしに弁護してほしいと言っている」

ニーシーの笑い声は甲高く、はっきりと響いた。ほとんどヒステリックといってよかった。ジェイソンは彼女が最後に寝たのはいつなのだろうかと思った。眼が赤かった。おそらく疲れと泣いていたせいだろう。「叔父さんが？　人身傷害専門の看板《ビルボード》弁護士が？　刑事事件はリーグが違うんじゃない？」

ジェイソンは眉をひそめた。

「バーミングハム・サザン・カレッジで法律のクラスを受けてるの。わたしも弁護士になるつもりよ、ジェイソン叔父さん。でも叔父さんみたいなペテン師《スネーク・オイル・セールスマン》や救急車を追いかける弁護士《アンビュランス・チェイサー》じゃない。企業弁護士になるわ。おじいちゃんみたいな本物の弁護士に」

「それはよかった」ジェイソンは彼女の振る舞いにうんざりしてきた。「ペテン師《スネーク・オイル・セールスマン》というのはきみのお母さんが言ってたのかな？　それともおじいちゃんがそう言っていたのを聞いたのかな？」

彼女は答えなかった。

「わたしについて何を聞いたかわからないが」彼はノラのほうを振り向いた。「まあ、きみたちのお母さんがわたしについて話したことの九十九パーセントは嘘だと思って間違いない」

「じゃあ、救急車を追いかける弁護士《アンビュランス・チェイサー》じゃないと言うの？」ニーシーは食い下がった。

「わたしは事故で負傷した依頼人のための弁護士だ。依頼人のために三千万ドルもの和解金を得てきた」

「それも看板に書きなさいよ」ニーシーは言った。

「書いている」ジェイソンは言った。「きみが街にいくときに毎日通る四百三十一号線の看板にね。ほかに言いたいことはあるか？」

ニーシーはかすかに笑みを浮かべた。「ずっとわたしたちから離れていたのが、叔父さんの人生がぼろぼろで、ママに付き合いきれないからだと言うなら、そんな嘘つきのママの弁護をどうして引き受けようなんて考えてるの？」

ジェイソンは答えようと口を開いたが、ことばが出てこなかった。いったいどうしてだ？

「わたしが言いたいのは、もう少し考えたほうがいいということよ。行くわよ、ノラ」

ニーシーは部屋から勢いよく出ていった。玄関のドアがバタンと閉まる音が聞こえた。肩に手が置かれるのを感じた。「ごめんなさい、ジェイソン叔父さん」ノラはそう言うと、出ていこうとした。ジェイソンが呼び止めた。

「ノラ、待ってくれ。ほかにだれかここに泊まってるのか？」

彼女は立ち止まると、眼をぐるりとまわした。「一応はキャシー大伯母さんが」

「一応っていうのは、どういう意味だ？」

「大伯母さんは八十七歳であまりうまく歩けないの。先週は二、三回来たけどひと晩泊まっただけ。転びそうになったからもう無理だって言ってた」ノラは肩をすくめた。「大伯母さんはいい人だけど、わたしたち家族と親しかったわけじゃない。文字どおり、一番近い親戚ってだけ……叔父さんを除いてね」

「じゃあ、ずっとふたりきりだったのか？」

「ミスター・バーンズが毎日来てくれた。テイクアウトを持ってきてくれたりして。家で映画を観せてもらったりもした。パパが死んで最初の二、三日は彼の家のゲストルームに泊めてもらった。ほんとうにいい人よ」

「それはよかった」ジェイソンは言った。少なくとも彼女たちを見守ってくれる人がいることに安堵するとともに、今日まで連絡を取らなかったことに罪悪感を覚えた。

クラクションが何度か響き、空気を切り裂いた。ノラはびくっとした。「行かなきゃ。ニーシーがなんと言おうと……わたしは叔父さんが来てくれてとてもうれしいわ」

ジェイソンはティーンエイジャーをじっと見た。彼女の眼からは痛みが放たれていた。それを見て罪悪感が深まった。ジェイソンは自分もだと言いたかった。だが、それが嘘っぽく聞こえることを知っていた。

なぜなら嘘だからだ。そう思った。

ノラは、彼が答える前に出ていった。

27

ジェイソンはいっとき、今は自分以外だれもいなくなったファミリールームを行ったり来たり歩いた。ガンターズビルに着いて以来、じっくり考える時間がなかったが、今そうしていた。そしてひとつの強力な思いで頭がいっぱいだった。

酒が飲みたい。

ジェイソンは階段を下りて、地下のブラクストンの私室《マンケイヴ》に向かった。ここで彼は、クリスマスや感謝祭には義兄といっしょに、バーにストックしているカクテルやビール、ワインを飲んで過ごしたものだった。階段を下まで下りると、バーに眼をやり、覚えていたとおりであるのを確認した。ガラスのキャビネットまで歩き、バーボンやウォッカ、ジンのボトルが並んでいるのをじっと見た。口のなかが渇き、心臓の鼓動が速くなるのを感じていた。ニーシーのことばを頭から振り払うことができなかった。

自分は家族を捨てたのだ。ジェイソンは酒のボトルから冷蔵庫に眼を移し、扉を開けた。

なかにはビールが何本か入っていた。

「どうぞ、飲めよ。ブラクストンはもう気にしないさ」

深い声音に振り向くと、階段の下に大柄な男が立っていた。

「明るくしてもかまわないかな？」そう言うと男は壁のスイッチをいくつか押し、部屋のなかを明るくした。ジェイソンは奥の壁に、義兄がアラバマ大のアメリカン・フットボールの試合を愉しんでいた大きなテレビが掛かっていることに気づいた。横には映画館にある昔ながらのポップコーン・メーカーがあり、多くのアラバマ大フットボールファンがその隠れ家に飾っている写真もあった。一九七九年ペンシルベニア州立大戦の〝ザ・ゴールライン・スタンド〟（第四十五回シュガーボウルでエンドゾーンまで三十センチまで迫ったペンシルベニア大の猛攻をしのいで、アラバマ大を全米タイトルに導いた伝説の試合）。八五年、オーバーン大を破ったヴァン・ティファンの〝ザ・キック〟（八五年のアイアンボウルで終了間際にティファン選手が決めた五十三ヤードのフィールドゴール）。ブライアント・コーチとセイバン・コーチの写真。

「ジャクソン・バーンズだ」男は言った。ゴルフシャツにゆったりとしたショートパンツ、ビーチサンダルといういでたちで、両手をポケットに入れたまま、ジェイソンのほうに足を引きずるようにして近づいてきた。「以前にも会ったことはあるが、久しぶりだ。バーンズと呼んでくれ。この街では、もうだれもおれのファーストネームを知らないかもしれん」

「覚えてるよ」とジェイソンは言い、男の肉づきのよい手を握った。バーンズは百八十センチほどで、ジェイソンと同じくらいの身長だったが、体重は五十キロ多く、百三十キロ近くあるに違いなかった。「夏に妻と週末に来ると、よくボートに乗せてくれたね」

バーンズは指を鳴らした。「ああ、そうだ。ラーキンだったね？　離婚したと聞いたよ。残念だったね」

そのことばは胸に突き刺さった。バーンズが自分たちの結婚生活が破綻したことを知っていることに少し驚いた。だがすぐに驚くべきことではないと悟った。バーンズとブラクストンは長年の親友だった。お隣さん。よく話題にしていたに違いない。

「おれも同じ経験をした」バーンズは言い、冷蔵庫からビールを取り出した。蓋を開けると、ゆっくりと飲んだ。「シャンはクリスマスにおれを置いて出ていった。カーディーラーの妻でいることにほとほとうんざりしたんだろう」彼は鼻を鳴らした。「どんなだかわかるだろ。頭がおかしくなるほど働き、家にはほとんど帰らない。いつも店で次のセールを追いかけている」彼はもうひとつロビールを飲んだ。「彼女とふたりの息子は、今はハンツビルに住んでいる。息子たちとは隔週の火曜日に会えることになってるが、学期中はほとんど会えない」

「お気の毒に」ジェイソンは言った。

「子供はいるのか？」

ジェイソンは首を振った。

「じゃあ、少なくともクリーンだな。お荷物はいない。子供たちがお荷物だと言うつもりはない。お荷物はシャンドラだ。彼女はいつまでもジャックとチャールズの母親だ。縁を切ることはできないし、今後十五年の子供たちの養育費はもちろん、残りの人生ずっと慰謝料の小切手を切り続けなければならないだろう。きみはそんな面倒に巻き込まれなくてよかったな」

なんと言ったらいいかわからず、口を閉ざしていた。バーンズはビールを飲み終えると、冷蔵庫からもう一本取り出した。「どうぞ。きみも飲め。ひとりで飲ませるなよ」ジェイソンはためらったが缶を手に取った。

バーンズはポーチにつながるドアまで歩き、陽光の下に足を踏み出した。「子供たちはどこに行ったんだ？〈トップ・オー・ザ・リバー〉のランチにでも連れ出そうと思ったんだがな」

「わたしが現れるとは思ってなかったんだと思う。ニーシーはかなり動揺していた」

バーンズはクスッと笑った。「彼女は火の玉のようだよ。父親の頭脳と母親の気性を受け継いでいる」彼は缶のプルトップを開け、今度もゆっくりと飲んだ。ジェイソンはバーンズの手にあるビールを必死で見つめないようにした。「きみの姪は、きみがしばらくここに来ていないことに少し腹を立てているようだな」

「そのようだ」

「きみとジャナはマーシャル郡で育ったんだったな？」

ジェイソンはうなずいた。「ミル・クリークという入り江の町だ」

「そうだ。ジャナが古い家を案内してくれたことを覚えてるよ。釣りをするのに最適なんだ。今度行って、ボートハウスのまわりでバスやナマズを釣ってみよう」

ジェイソンは、朝起きるといつも家のボートハウスのまわりに小さなバスボートが見えたのを思い出した。「そうだね」と言うと微笑んだ。

「最後にミル・クリークに行ってから、どれくらいになる?」

「永遠と言っていいくらいだ。母も父もこの世を去って……」そのことばは次第に小さくなっていった。

「きみのお父さんのことはよく知っている。ルーカス・リッチ。ガンター・アヴェニューで長いこと法律事務所をやっていた。彼が引退したあとは、その古いビルはバーベキュー・レストランになった」バーンズは頭を振った。「悲しいことだ。だからきみも弁護士になったのか? 父親がそうだったから?」

ジェイソンは顔をしかめた。「それも理由のひとつだと思う」

バーンズはビールをもうひと口飲んだ。「恥じることはない。おれも父親のあとを継いでカー・ビジネスを始めた。で、どうして事務所を継がなかったんだ?」

「それは……長い話になる」ジェイソンは言った。その話題には触れたくなかった。手のなかのビールの缶を見つめていた。

バーンズは湖に眼をやった。「きっとうまくいっただろうに。きみの看板を見ているかぎりじゃ、かなり儲けてるようじゃないか」

ジェイソンはビールの上蓋の縁《ふち》を指でなぞりながら、じっと見ていた。「まずまずだよ」

いっとき、ふたりとも無言のままだった。そしてバーンズがビールを飲んでから言った。

「ミル・クリークの家はまだあのままなのか？」

「自分の知っているかぎりでは」ジェイソンはそう言うと、うなじを掻きながら、またビールを見た。開けたくてたまらなかった。「ジャナが売ろうとしても、わたしの承諾が必要だったはずだ」彼は頭を振った。「あの家がどうなっているかはわからない。ジャナは賃貸に出そうとしていたんじゃないかと思う」

バーンズはビールをもうひと口ぐいっと飲むと、桟橋のほうにゆっくりと歩き始めた。

「入って大丈夫なのか――」バーンズが立ち止まろうとしないのを見て、ジェイソンは言いかけたことばを呑み込んだ。

「ジャナの人生のそのほか全部のことと同じなら、ミル・クリークの家もひどい状態じゃないかな」

「どういうことだ？」ジェイソンは言った。ボートハウスに眼をやり、それからまたバーンズを見た。

「彼女とブラクストンは問題を抱えていたようだ。ジャナはドラッグに手を出していて、カード会社に多額の借金があった。それに……ドラッグのディーラーからも」

「タイソン・ケイド」ジェイソンは言った。バーンズが彼を見た。

「ケイドを知ってるのか？」

「評判だけは」

「たしかにいろいろな評判がある。きみが一番関わり合いたくない人物だろう。けどきみのお姉さんのことは知ってるだろう？　彼女なら修道女でいっぱいの家のなかでも、トラブルを見つける」

バーンズは水辺で立ち止まった。「どうして街に戻ってきたんだ、ジェイソン」

「当然だと思うがね」ジェイソンは言った。少し身構えていた。「義理の兄が殺された。姉は拘置所のなか。姪たちの様子を見たかったのと、ジャナに会うために来た」

バーンズはもうひと口ビールを飲んだ。「ずいぶんと時間がかかったじゃないか」

ジェイソンは手つかずのビールを見つめて言った。「強制的に拘束されていた」

「ほう」バーンズは言った。

「三カ月間、リハビリ施設に入院していて、携帯電話にアクセスできなかった。殺人事件とジャナの逮捕を昨日知り、すぐに駆けつけた」

「リハビリだって？」バーンズが訊いた。ビールの缶を見ていた。「アルコール？　ドラッグ？」一瞬ためらってから続けた。「セックス？　ギャンブル？」

「アルコール」ジェイソンは言った。

バーンズは空いた手で、寄越《よこ》せという仕草をした。「なら、それは必要ないよな」ジェイソンはビールを手渡した。バーンズがビールの残りを飲み干して、缶をつぶすのを見ていた。「街の噂では、きみはジャナの弁護をするために戻ってきたそうじゃないか、ほんとうなのか？」

ジェイソンはボートハウス越しに暗い水面に眼をやった。「まず何より、家族に会いに来た。けど、そうだ。弁護を引き受けようか考えている」彼はバーンズをちらっと見た。「保安官事務所はもうあなたから話を聞いたのか？」

「ああ。何回もね。最初、ノラはブラクストンがおれといっしょにいるのかもしれないと思ったんだ。彼とはよくいっしょにゴルフをしたり、ジェットスキーに乗ったり、釣りに行ったりしたからな」

「七月四日は？」

バーンズはジェイソンが手渡したビールのプルトップを開け、ゆっくりと飲んだ。

「いいや。ディーラーショップで大きなセールがあったんだ。夜の十時までそこにいた。子供たちとシャンドラが出ていったから、家にはいたくなかった。店を閉めてから、〈ブリック〉に行って、店のセールスマンといっしょに何杯か飲んだ。家に着いたのは深夜過ぎだったが、次の日の朝は早く起きて釣りに行った。パトカーのサイレンを聞いたのは、桟橋にいたときだった」彼は缶を傾けた。「クレイジーだったよ」

「だろうね」ジェイソンは言った。もう一度ボートハウスに眼をやった。

「いいか」バーンズは言ってから、残ったビールを飲み干し、さっきと同じように缶をつぶした。「おれには頭がおかしいとしか思えんが、もしきみがジャナを弁護することを真剣に考えようとしているなら……知っておくべきことがある」

「どんなことを？」

「腹は空《す》いてるか？」

空いてはいなかったが、同意することにした。「腹ぺこです」

「よかった、来てくれ」彼は家のほうに戻り始めた。

ジェイソンは顔をしかめた。もう少し訊いてみたいと思った。「どんなことを？」と繰り返した。

バーンズはドアを開けると、ジェイソンを見た。眼は赤かったが、鋭かった。

「ウェイロン・パイクのことだ」彼は言った。

28

ふたりはバーンズの七メートルの〈マスタークラフト〉のモーターボート――以前、幸福だったときに乗せてもらったことがあったボートだった――でレストランに向かった。ボートは今もすばらしい状態で、バーンズがかなりビールを飲んでいたことを考えると、モーターで動くものに乗ることには一瞬躊躇《ちゅうちょ》したものの、思い出の小道をたどるような旅を愉しんだと認めざるをえなかった。バーンズはずっと話し続けた。ツアーガイドの役割を務め、航行中、さまざまなランドマークを指さした。そのなかには、バーンズ曰く〝すばらしいがバック・アイランドには及ばない〟というシグナル・ポイント・ドライブの邸宅群や、〈ウェイン・ファームズ・チキン・アンド・フィード・プラント〉――二百二十七号線とシグナル・ポイント・ドライブの角にあって、ボートで通り過ぎると強いにおいがした――が含まれ、さらには右手にポール・ストックトン・コーズウェイと左手にワイエス・ドライブが見えた。そしてようやく、ヴァル・モンティ・ドライブの丘の上にある〈トップ・オー・ザ・リバー〉が見えてきた。

ドッキング・ステーションに近づくと、ジェイソンは遠くに眼をやり、〈ハンプトン・イン〉を眺めた。七月四日の夜に、そこで姉とタイソン・ケイドが密会していたことを思い出していた。ガンターズビルは小さな街だが、湖があることでより大きく、よりミステリアスに見えた。

接岸してから十五分後、ふたりはレストランの二階のダイニングルームの席に着いていた。そこは松の木とナマズのフライのにおいがした。それはアラバマ州ポイントクリアの〈グランドホテル・ゴルフリゾート＆スパ〉に足を踏み入れたときの感覚と似ていなくもなかった。

雰囲気はたいそう心地よく、ジェイソンは空腹に襲われ、腹が鳴りだしたことに驚いたと認めざるをえなかった。ウェイターがコーンブレッド、コールスロー、タマネギを載せた皿を持ってくると、ジェイソンとバーンズはそれをがっつくように食べ始めた。

食べ物を口いっぱいに頬張ったバーンズは〈ミラー・ライト〉をゆっくりと飲み、皿を指さした。「最高だ。ナマズもおいしいが、この料理が下準備を整えてくれるんだ。メンフィスの〈ランデブー〉でドライリブの前にソーセージとチーズを食べるようなもんさ」

ジェイソンも同意せざるをえなかった。料理は美味《おい》しく、冷たく甘い紅茶で流し込んだ。

「バーンズ、ウェイロン・パイクについて何か知ってると言ってたな」

バーンズの顔は最初に会ったときよりむくみ、眼は赤くなっていた。ひどく酔っぱらってきたのは間違いなかった。「あいつのことはよく知っている」

「教えてくれ」

「彼とジャナは六十九号線を少しはずれたところにある〈ファイヤー・バイ・ザ・レイク〉で出遭った。美味《うま》いシュリンプフライを出す、なかなかいいバーだ。とにかくふたりで二、三杯飲んだところで、パイクは自分が便利屋だと言った。じゃじゃーん、それで一丁上がりだ。気がつくと彼はみんなのために修理仕事とかを請け負っていた」

「パイクとジャナは仕事以上の関係があったのか？」

バーンズは頬の無精ひげをこすった。「きみのお姉さんのことを悪く言いたくはない」

「悪く言う？　結構じゃないか。パイクのことはなんでも知りたい」ジェイソンはことばを切った。「不倫してたのか？」

バーンズは静かに笑った。「不倫と呼べるかはわからない。おれが知っている〈ファイヤー・バイ・ザ・レイク〉のバーテンダー――キースだったかケニーだったか忘れちまったが――はパイクとジャナが、閉店後にジャナの〈メルセデス〉のウインドウを曇らせていたのを見たと言っていた」

ジェイソンはバーンズもバーテンダーの名前がキースなのかケニーなのか思い出せないことを奇妙に思った。ジャナもそんなことを言っていなかったか？

「気がつくと、次にはパイクはウォーターズの家のボートハウスの修繕を請け負っていた」バーンズは両手を広げて言った。「パイクがいい仕事をしたことがわかって、ジャナは彼がいかに〝便利〟かをおれも含めてバック・アイランドのみんなに広めたんだ」

「あなたのところでもパイクは何か仕事をしたのか？」

「ああ、うちのボートハウスの屋根を新しくしてくれた。オフィスとバーの棚も作ってくれた。離婚が成立して息子たちが出ていってからは、庭仕事もしてくれた」

「彼とはずいぶんといっしょだったようだな。殺し屋のように見えたか？」

バーンズの唇が歪んだ。ただの酔っぱらいの笑いだった。「いったいどんなやつが殺し屋に見える？　おれにとってはパイクはいいやつだった。時間どおりに来た。自分の仕事をした。余計なことはしゃべらなかった。面倒も起こさなかった。ほかの隣人たちのためにも仕事をし、彼らにも評判はよかった。問題なし。苦情もなし。まあ、仕事を終えたあとは酔っぱらって愉しんでいただろうって？　おれはそうだと思ってる。それどころか〈ブリック〉で二、三回いっしょに飲んだこともあったが、何も問題はなかった。くそっ、だいぶ酔っぱらってきたな」

ジェイソンは考えた。バーンズはかなりだらしなくなってきた。「訊いてもいいかな、毎日こんなふうに飲んでるのか？」

彼は自分のグラスをじっと見た。「いや、けどシャンドラが出ていってからは、酒量が増えたかもな。カーディーラーとして、一日じゅう働いている。朝の七時から夜の十時まで。リラックスするために必要なものもある。言ってる意味はわかるだろ？」

ジェイソンにはわかった。彼がＰＡＣに入院するはめになった理由のひとつだった。だがバーンズのコメントから興味深い疑問が頭に浮かんだ。「今日はどうして仕事をしていないんだ？」彼は尋ねた。

「ブラクストンが殺されてから、しばらく休みを取っている。すぐ隣に住んでいたわけだし、パイクのこともよく知っていたから、保安官事務所からの事情聴取を何度も受けなければならなかった。それにブラクストンは親友だったしな」彼は窓の外を見た。「三十年来の親友だった」

「すまない」とジェイソンは言った。

「それにブラクストンとジャナ、あの娘《こ》たちのことだからな。つまり、彼らは完全じゃないが、シャンが出ていってからは、おれにとっては家族みたいなものだったんだ。あそこでよくいっしょに夕食を食べた。ほとんど毎日、あの家のだれかと会っていた」

「この半年のあいだ、ジャナとはよく会ったのか？」

彼はテーブルをじっと見た。「いいや、彼女は出かけることが多かった」彼は顔を上げてジェイソンを見た。「彼女とブラクストンが問題を抱えていることは知っていた」

「どうして？」

「ブラクストンが話してくれた」

「何を？」

「彼女のドラッグの使用を心配していることを」

「離婚を考えていると言ってたか？」

「ああ」バーンズは言った。「何度か。最後に聞いたのは彼が殺される前の日曜日だった。〈グースポンド〉で十八ホール、プレイしたんだ。おれのボートで行った。終わってから、早めのディナーを〈ドックス〉で取った」彼はゆっくりとビールを飲んだ。それからラベルを剝がしながら、ボトルを見つめていた。「たぶん、それが彼を見た最後だった」

「彼はなんと？」

「弁護士に会いに行って、離婚の申し立ての準備をしたと言っていた」

ジェイソンは胃が締めつけられるような感覚を覚えた。「弁護士はだれだ?」

「キャンディス・ゴードン。地元の弁護士だ。事務所はブラント・アヴェニューにある」

「離婚を申請すると言ってたのか?」

バーンズは楊枝《ようじ》を噛んでいた。「ああ。前の晩にジャナに話したら、彼女がすごい勢いで家を飛び出していったと言っていた。ジャナがいろいろと経済的なトラブルに陥っていると言っていた。どうしたら彼女を救えるのかわからないと。彼女のせいで破産しないように、独立記念日のあとに共同口座から金を移動させるつもりだと言っていた」

「ジャナはブラクストンが浮気をしていると言っていた。ほんとうなのか?」

バーンズは自分たちのテーブルの奥を見てから、レストラン全体を見まわした。さりげない動きというわけにはいかなかった。特に酔いがまわってきているとあっては。「おれからは聞いていない、いいな」

「オーケイ」

「病院の看護師か何かの女性と関係があった。コリーン・メイプルズ。しばらく続いていたと思う」

バーンズの声が大きくなっていたので、今度はジェイソンがレストランを見まわした。

「しばらくとはどのくらいだ?」バーンズもそうすることを願って、小さな声で話した。

「何年か」残念ながら小さな声とはならなかった。

「彼が話したのか？」

「ああ、そうだ。ブラクストンはおれに隠し事はしなかった」

「コリーンの何がそうさせたんだろう？」

バーンズは両手を胸の上に置いて言った。

「オーケイ」彼がそれ以上言う前にジェイソンがさえぎった。「大きなおっ――」

「言いたいことはわかった。で、ジャナは？　ウェイロン・パイク以外にもだれかと浮気をしていたのか？」

バーンズはウェイトレスがメインディッシュをテーブルに置くのを待った。ふたりともナマズ料理を注文していた。ウェイトレスがいなくなると、バーンズはがっしりとした腕をテーブルにもたせかけた。話しだしたとき、ジェイソンはその息に含まれるアルコールのにおいに思わず眼をしばたたいた。「ジャナはコリーンのことを知るまではブラクストンを裏切ってはいなかったと思う。パイクとのおそらくは一夜かぎりの関係を除けば、ほかに浮気をしていたかどうかは知らない」バーンズは料理の皿を見つめ、それからナマズにナイフを入れた。「おれは精神科医じゃないが、ジャナは父親が死んで、ほんとうにつらい思いをしたんだと思う。彼女は父親を崇拝していた。さらにブラクストンに裏切られて、彼女は酒とドラッグに手を出すようになり、事態はコントロール不能になっていった。おれを悪く思わないでくれよ。彼女とブラクストンの結婚は不安定だった。ジャナはドラマのヒロインで、いつも何かをかきまわしていなければ気がすまなかった。けど特に危険な状態になったのはこの数年のことだ」

ジェイソンは自分の皿を覗き込みながら、姉の行動は自分のそれとたいして違わないと思った。もし法曹協会に告発されず、リハビリ施設に入れられていなかったら、どうだっただろう？ 今頃、刑務所のなかにいたのだろうか？ そう考えるとひどく落ち込んだが、ジャナについて違った角度で見ることができた。「ほかに話しておくことは？」

バーンズは食べ物を噛みしめていた。「ああ、けどきみは気に入らないだろうな」

ジェイソンは待った。

「ブラクストンが殺される前日の夜、おれはボートで出かけていた。実際にきみの実家のミル・クリークの近くまで釣りに行っていた。おれはジャナが彼女の家の桟橋に坐って何かを飲んでいるところを見たんだ。酔っぱらっているようだったし、何かドラッグもやってたかもしれない。ろれつもまわっていなかった」

ジェイソンは、今日の状態を考えると、バーンズがそのときどんな状態だったのか気になった。「何があった？」

「彼女にどうしたんだって訊いたら、『すべてを失おうとしてる自分にはこれがちょうどいい』と言った。どういう意味だと訊いたら、怒りだした。どういう意味かよくわかっているはずだと言った。ブラクストンが彼女と離婚しようとしていること。彼女がアクセスできない口座に金を移動しようとしていること。彼が浮気をしていて、彼女を一文なしにしようとしていること。おれはなんと言っていいかわからなくて、ただ残念だと言った。そのときだ。彼女はきみが気に入らないだろうことを言った」

「なんと？」

「裏切られた上に、一文なしにされるなんて、絶対にありえないと言っていた。そしてその日の午後に一万五千ドルを口座から引き出したと」

「なんてこった」ジェイソンは言った。「なぜ彼女はそのことをあなたに？　あなたはブラクストンの親友なのに」

「わからない。彼に知らせたいと思ったのかもしれない。それにおれはジャナとも親しかった。言ったように、ウォーターズ一家は家族のようなものだった」

「ブラクストンには彼女が金を引き出したことを話したのか？」

「いいや」彼は言った。「言うべきだったかもしれない。けど彼女が気の毒だった」彼は料理をひと口食べると、フォークをジェイソンに向けた。「まだ終わりじゃない。彼女が言った最悪のことばはこれからだ」

ジェイソンは身構えた。「オーケイ」

「彼女は人生をめちゃくちゃにされる前にあのクソ野郎を殺してやると言った」

ジェイソンは自分の皿を見つめた。コーンブレッドとコールスローを食べたあとは、もう腹は減っていなかった。またもや、いまいましい告白だ。そう思った。「まあ、保安官事務所の捜査官たちはその会話にたいそう関心を持ったことだろうな」ジェイソンは刑事弁護士ではなかったが、バーンズが今話したことは、〝被告人当事者による自白〟であるとわかっていた。その場合、定義によれば、伝聞証拠とはならず、裁判ではジャナに不利に働く可能性があった。

「そのとおりだ。もちろん、おれは実際に彼女が殺したとは信じちゃいないがね」

「どうやらパイクは、ジャナがブラクストンを殺させるために一万五千ドルを払ったという供述書に署名したようだ」ジェイソンは言った。

「おれもそう聞いた」

「信じているのか？」

バーンズは椅子の背にもたれかかった。「まあ、彼女が引き出した金と一致する。パイクに関して言えば、いいやつに見えるが、きみはお姉さんのことを知ってるだろう、ジェイソン。彼女は人に魔法をかけることができる。彼女はふたりの娘をぼろぼろにするところだった。ふたりとも拘置所にいる母親に面会したがらない。母親に何を言われるか怖いからだ。ジャナはふたりの感情をもてあそぶ。そしてふたりは母親が自分たちに罪悪感を覚えさせようとしていることがわかっている。彼女はふたりにどうして面会に来ないのかと綴《つづ》った不倫快な手紙を送った。特にノラは父親の死にひどくショックを受け、保安官事務所の捜査官に自分は母親がやったと思っていると言ったらしい。ジャナは手紙のなかで、基本的には自分が拘置所にいるのはノラのせいだと言っていた」

「やれやれ」ジェイソンはうなじを掻きながら言った。姉らしかった。

「友人として忠告してほしいか?」バーンズが訊いた。少しろれつがまわらなくなっていた。

「当ててみようか。弁護は引き受けるな」

バーンズは人さし指と親指で銃の形を作った。「パン」と言った。

「ありがとう」ジェイソンは言った。

「彼女は有罪だ、ジェイソン」バーンズは大きな口を開けてナマズを食べながらそう言った。「間違いなく有罪だ。きみにできることはない。クラレンス・ダロウやペリー・メイソンでも無理だ」

ジェイソンは紅茶の入ったグラスを掲げて、乾杯するふりをした。「有罪が証明されるまでは無罪だ、違うか?」

バーンズは首を振り、口いっぱいに料理を頬張りながら言った。「いや、有罪だ」

29

ジェイソンはバック・アイランドまでボートを操縦した。ツアーガイドとしてのジャクソン・バーンズはもう姿を隠し、大男は後部座席に仰向けに横たわって、うつらうつらしていた。ボートを操縦するのは数年ぶりだったが、気がつくとその役割をむしろ愉しんでいた。よく言われるように自転車に乗るようなものだった。ベテランズ・メモリアル・ブリッジに着き、バック・アイランドが遠くに見える頃には、笑みを浮かべていた。

昼食を食べながらバーンズから聞いた話を考えると、喜ばしい理由などなかったのだが、それでも気分がよくなっていた。今度も、風が顔に当たっているせいかもしれなかった。あるいは父親の死後、ジャナがいかにコントロールを失っていったかを聞いて、自分自身の破滅について、気分が楽になったのかもしれなかった。

「運転してくれてありがとう」バーンズが言い、ジェイソンの背中を叩いた。カーディーラーの声はしわがれ、酔いと疲労に満ちていた。

「問題ないよ」ジェイソンは言った。

「さて、最後はおれがやろう。停泊はちょっと面倒なんだ」

ふたりは場所を入れ替わり、バーンズがボートを停泊位置に誘導した。ジェイソンは飛び降りるとボートが水面から出るまでリフトのクランクをまわした。バーンズが無事桟橋に降りると、ジェイソンは西のほうに眼をやり、四百メートルほど先のウォーターズ家のボートハウスを見た。「バーンズ、七月四日の夜は何時頃に帰ってきたと言ってたっけ?」

バーンズはため息をつくと、椅子の横にもたれかかった。「実際には五日になっていた。深夜過ぎだ。おそらく午前一時近かっただろう」

「ここに出てきたか?」

バーンズは静かに笑った。「いや、ベッドで気を失っていたよ」

「ジャナの家のほうから何か聞こえなかったか?」

「いいや。時折、爆竹の音がしただけだ」

ふたりは重い足取りでバーンズの家のほうに向かった。その家はウォーターズの屋敷と同じくらいの豪邸だった。ポーチに着くと、ジェイソンは湖のほうを振り返り、南の方角から雲が近づいてくるのを見た。

「雨になりそうだ」バーンズは言った。「これで涼しくなるかもしれない」

ジェイソンはうなずいたが、七月のアラバマを知っていれば、雨が降っても蒸し暑く不快になるだけだとわかっていた。それでも、湖から吹いてくるそよ風が心地よかった。

「車のところまで乗せていこうか?」バーンズが訊いた。

「いや、大丈夫だ」ジェイソンは言った。酔っぱらったセールスマンの車に乗りたいとは思わなかった。「歩けば気分もよくなる」

ジェイソンはバーンズのあとについて、家のなかを通り抜け、玄関ホールで別れを告げた。

「何か必要なことがあったら言ってくれ」バーンズは言った。「あの娘《こ》たちには少し時間をあげてほしい。彼女たちの世界はひっくり返ってしまったんだ。しだいにきみのことも受け入れるだろう」彼は眼を細めてジェイソンを見た。「きみがこの近くにいればの話だが。どうなんだ？」

「何が？」

「ここにいるのか？」

「わからない。まだ考えているところだ。ブラクストンの葬儀はあるのか？」

バーンズは首を振った。「ニーシーが言うには、母親の裁判が終わるまでは、どんな種類であれ葬儀や追悼会をするつもりはないそうだ。世間の注目を浴びたくないんだ。彼女を責めることはできんよ。あの娘《こ》たちに何よりも必要なのは平穏だ」そう言うと充血した眼をこすった。「それと時間だ」

「わかるよ」ジェイソンは言った。

ふたりは握手を交わした。バーンズはジェイソンの手を強く握った。「おれの言ったことを忘れないでくれ。きみが戻ってきて、ニーシーとノラと再会したことはすばらしいことだと思う。彼女たちには家族が必要なことは間違いない。けどジャナにそそのかされて弁護を引き受けてはだめだ。彼女がやったんだ、ジェイソン」

「ほんとうにそう思うのか？」ジェイソンは訊いた。

「おれにとっては疑いはない」彼はジェイソンの手を離した。「賭けてもいい。事件についてほんとうに考えているなら、きみもそう思っているはずだ」

ジェイソンは木々のあいだを縫って進み、ふたつの家の裏庭のあいだの景色を愉しむ代わりに、バック・アイランド・ドライブを歩くことにした。ふたつの家のあいだはほんの数百メートルだったが、ウォーターズ家の敷地が近づくにつれ、ジェイソンの足取りは重くなっていった。ジャクソン・バーンズとのランチは刺激が多く、精神的に疲れた。そして風に吹かれていた湖上での高揚感も去ろうとしていた。午後三時半。まだやることがあった。

そして考えることも。

私道に近づくと、背後から車がやってくる音が聞こえた。振り向くと、黒の〈マスタング〉がスピードを落として止まった。助手席側のウインドウが下り、運転席に男が坐っているのが見えた。

「ジェイソン・リッチ？」見知らぬ男が訊いた。二十代後半だろうか、短く刈った髪型をしていた。ネイビーのTシャツを着ており、ハンドルを握る腕に血管の浮き出た筋肉が見えた。

「だれだね？」ジェイソンは微笑みながらそう言った。

男が笑みを返してきた。「おれのことを知らないのか？」

ジェイソンは首を振った。「知ってなきゃならないのか？」

男は道路に視線を戻した。「知ることになるだろう」

「何を――」

「すぐに」男は言った。そして車は急発進すると、ウォーターズ家の私道で向きを変え、ジェイソンのほうに戻ってきた。

ジェイソンは歩みを止めた。飛びのくべきかわからなかった。が、その男はただ手を振ってハイウェイのほうに戻っていった。

なんだったんだ？　息を整えながらそう思った。アドレナリンが体を駆けめぐり、警戒心はマックスになっていた。ウォーターフロントに並ぶ邸宅の豪華さに対し、バック・アイランド・ドライブはそれほど大きな通りではなかった。それどころか、二台の車がなんとか行き交うくらいの幅しかなかった。再び歩き始め、ペースを上げた。私道に入ると、〈ポルシェ〉があるのを見てほっとした。

姪たちと話す機会をもう一度持ちたかったが、〈マスタング〉のドライバーとのやりとりに動揺していた。あの男はあとをつけていたのだろうか？　だとしたら、なぜ？

マーシャル郡は奇妙な土地だった。彼の父はよく言っていた。この土地の九十五パーセントは善良で、法を守る人々だ。だが残りの五パーセントは〝無法者〟と呼ぶのがふさわしいと。

雨が降り始めると、ジェイソンは深く息を吸った。〈ポルシェ〉に乗り込むと、エンジンをかけ、車の狭い空間のなかでゆっくりと息を吐きだした。故郷に戻ってきて、まだ二十四時間も経っていなかった。そして避けられない感情は、恐怖と罪悪感とともにある不安だった。

あの男はだれだったのだろう？　そう考えながら、アスファルトへと車を出した。

30

タイソン・ケイドは、バック・アイランド・ドライブからハイウェイ四十一号線に入るときにルームミラーを見た。〈マスタング〉は、彼の乗るほかのすべての車と同様、一時的に借用したものだ。ケイドは同じ車を数回以上乗ることはなく、必ず乗り替えていた。彼はさまざまな顔を持つ男だった。ひげを剃《そ》り上げることもあれば、そうしないこともある。髪型はクルーカットからルーズな長髪まで、季節によってさまざまだった。車もボートも大きなものから小さなもの、豪華なものからおんぼろなものまであった。唯一の共通点はスピードだった。

ケイドは速く動くことが好きだった。弁護士を脅したが、種を蒔く以上のことはしたくなかった。本番はこれからだ。

ジェイソン・リッチが自ら正しい結論を出す可能性はあったが、彼に自分の決断の重要性をはっきりと理解させておいても損はないだろう。

携帯電話を取ると番号をタップした。

「はい？」

「リッチの車にGPSをつけた」

一瞬の間《ま》があった。「わかりました」数秒の沈黙があり、ケリー・フラワーズが続けた。

「いつ？」

「今晩だ」とケイドは言った。

「応援は必要ですか？」

ケイドはジェイソン・リッチのやさしい、甘やかされた顔を思い浮かべた。「いや、だが念のため、監視をつけよう。わかったか《コンプレンデ》？」

「はい《シ》」

ケイドは電話を切った。すぐに、と思った。あの看板《ビルボード》弁護士に言ったことばを心のなかで繰り返した。すぐに……

31

午後八時、ジェイソンはただただ眠りにつきたかったが、悲しいかな、夜はまだ浅かった。〈ロックハウス〉でキーシャと会う必要があった。もし、姉がウェイロン・パイクを雇って夫を殺させた点において無実である可能性が少しでもあるとしたら、もっと情報が必要だった。バーンズやジャナと話したことはすべて、彼女が有罪であると考える多くの理由を示すものだった。

ブラント・アヴェニューを進み、左折してラブレス・ストリートに入ると、前方のガンター・アヴェニューと交差する通りに沿って、車が何台か止まっていた。数分かかったが、ようやく駐車する場所を見つけ、古風な趣のあるレストランへと歩道を進んだ。そこでは何組かのカップルや家族連れが、外のパティオの錬鉄製のテーブルと椅子で食事をしていた。店内に入るとキーシャが彼を待っていた。彼女が手を振り、ジェイソンは彼女のほうに歩きながら、〈ロックハウス〉の店内を見まわした。以前にジャナとブラクストンとともに何回か来たことがあった。料理はすばらしく、雰囲気は素朴とモダンさが同居していた。壁で仕切られたふたつのダイニングルームがあり、居心地のよい、席が四つだけのバーカウンターを含む、狭い廊下があった。ジェイソンはバーにいる元クラスメートの隣に坐り、キーシャの隣に坐っているもうひとりの女性を見た。

「妻のテレサ・ロウよ」彼女は言った。ジェイソンはもうひとりの女性に向かってうなずいた。彼女は彼の旧友より背が高く、ストレートな長い黒髪をしていた。

「はじめまして」ジェイソンは言った。旧友が同性愛者であることを明かしたことに驚かないよう努めた。

彼の考えを察するように、キーシャが満面の笑みを浮かべて言った。「大学を卒業して数年後にカミングアウトしたの。〈フローラ－バマ〉のボラ投げ祭り《マレット・トス》で知り合ったのよ。行ったことある？」

ジェイソンはうなずいた。だが毎年五月に海辺の酒場で開かれる有名な祭りのことではなく、退院後すぐに立ち寄り、ジャナからの電話を受けたあとにテーブルに手つかずのまま置いてきた〈コロナ〉のボトルのことを考えていた。あのボトルはどうなったのだろう。オーバーン大のキャップをかぶったウェイトレスが捨ててしまったのだろうか？　ほかの客に提供するために冷蔵庫へ戻したのだろうか？　深く息を吸うと、〈フローラ－バマ〉を訪れたのがわずか三十時間前だということに気づいた。

「もしもーし、ジェイソン」キーシャが彼を空想から引き戻した。

「ボラ投げ祭り《マレット・トス》ね」となんとか言った。「なんともロマンチックじゃないか」

全員が笑い、キーシャが〈フローラ－バマ〉でのふたりの出遭いについて説明した。ふたりはともに友人とそこに来ていたが、有名な魚の投げ合いは避けて、ゆっくりとビーチを散歩したのだそうだ。「そのあともいろいろなことがあって」六カ月後にふたりは結婚したのだった。

「ほんとうにおめでとう」ジェイソンは言った。ウェイトレス――スーザンという名の美しい女性――が彼らのドリンクオーダーを訊いた。キーシャはコスモポリタン、テレサはマティーニ、そしてジェイソンはライムを添えたクラブソーダを注文した。

「今夜はお酒は飲まないの？」キーシャがからかうような口調で訊いた。

「ああ」ジェイソンは言った。リハビリのことを話そうかと思ったが、思いとどまった。しょせんキーシャはジャーナリストであり、マスコミにすべてを明かすというのは得策とはいえなかった。

「で、ジャナの弁護を引き受けるかどうか決めたの？」キーシャが訊いた。からかうような口調は消えていた。

「まだだよ。高校時代の友人が何か知ってることを教えてくれるんじゃないかと期待していてね」そう言うとジェイソンは微笑んだ。「ゴー・レイダース」とランドルフ高校の応援の掛け声を真似《まね》た。

キーシャはテレサと一瞬見つめ合い、それからジェイソンをじっと見た。「まあ、保安官事務所が、ウェイロン・パイク――あなたのお姉さんとバック・アイランドのほかの住人のために便利屋をしていた男——を逮捕したことは知っている。そしてパイクが、ドクター・ウォーターズを殺すためにジャナから金を受け取ったと自供していることも」

「それはわたしも知ってる」ジェイソンは言った。「そのことに関する発表はあったのか？」

「記者会見が何日か前にあった。ジャナが逮捕された直後に」

すばらしい、と彼は思った。郡全体が知っているということだ。

「殺人の前日か二日前にジャナが大金を口座から引き出したとも聞いた」キーシャは続けた。

「いくら？」もちろんジェイソンはその答えを知っていたが、金額がどのように伝わっているのか興味があった。

「一万五千ドル」テレサが言った。体を乗り出してジェイソンと眼を合わせた。「わたしはダウンタウンの〈ブリック〉でバーテンダーをしてるの。バーではそう噂されている」

すばらしい。ジェイソンはまたもやそう思った。ふたりに向き合うよう、椅子をまわした。

「きみたちのうちのどちらかでも、わたしの姉がやったんじゃないということを示唆する何かを聞いていないか？」

キーシャは顔をしかめ、テレサのほうをちらっと見た。テレサは首を振った。「ごめんなさい」キーシャは言った。

「ほかに敵は？　ブラクストンがだれかに狙われていたか知らないか？」

キーシャは何か言おうとして口を開きかけたが、やめて顎を撫《な》でた。

「どうした？」

「そうね、ドクター・ウォーターズはおそらく街で一番愛されていた医師だろうって言おうとしたの。それはたしかよ。そうだった。けど……」ことばはしだいに小さくなり、彼女はコスモポリタンをひと口飲んだ。

「あの医療過誤事件のことを考えてるの？」テレサが割って入った。

「なんの医療過誤事件だ？」ジェイソンは訊いた。

キーシャは顔をしわくちゃにした。「知らないなんて言わないで。弁護士なんでしょ。ブラクストンかジャナから聞いてるでしょ」

「ふたりとはここ何年も話すらしていない。教えてくれ」

「わかった……」キーシャはジェイソンのほうに体を乗り出して話し始めた。「ガンターズビル高校アメリカン・フットボールチームのクォーターバックだったトレイ・コーワンが四年生の最後の試合で脚を骨折した。彼にはいろいろな大学から奨学金のオファーがあって、《ライバルズ》と《247スポーツ》（いずれも米国のスポーツ関連のウェブサイト）で五つ星の有望選手として取り上げられていた。なんであれ、ドクター・ウォーターズがその手術を執刀した。そして術後に何かが起きた。合併症よ。トレイは二度とプレイできなくなった。そして彼の家族がドクター・ウォーターズを訴えた。審理は二週間続き、陪審員は被告であるドクター・ウォーターズ医師勝訴の評決を下した」

ジェイソンは驚かなかった。「マーシャル郡では、医療過誤訴訟で原告側勝利の評決が出たことはあるのか？」

「いいえ」キーシャは言った。眼を大きく見開いていた。「そのことも訴訟に対する大きな話題となっていた。コーワンの訴訟がその連鎖を断ち切るかどうかが」彼女はコスモポリタンをひと口飲んだ。「そうはならなかった」

「そういった訴訟で原告が勝利することは難しい」ジェイソンは言った。「自分たちの医師を崇拝している小さな郡では特にね」

「ほんとうに知らなかったの？」キーシャが訊いた。

「ああ」ジェイソンは言った。

「そうして、トレイは街の有名人から、お荷物に転落した。歩くのにも足を引きずって、街から仕事をもらっている。彼の家族は……なんていうか荒れていて」

「どういう意味だ？」

「サンド・マウンテンの住人っていう意味よ」

「ああ」ジェイソンは言った。

「母親のトルーディは覚醒剤《メス》王国のど真ん中のハッスルビル・ロードに住んでいる」

「サンド・マウンテンの〈スリムファスト〉（米国のダイエット用サプリメントのブランド）のことか？」ジェイソンは訊いた。マーシャル郡の違法な薬物取引を皮肉った表現のことを思い出していた。

「まさにそうよ」

「コーワンはタイソン・ケイドと関係があるのか？」

キーシャはテレサに鋭い眼を向けた。彼女は眼を細めてジェイソンを見ると、慎重な口ぶりで話しだした。「よくは知らない。〈ブリック〉でいろんなことを聞くし、なんのつながりもないとは思えない。けどあるとしても、どちらかが公的に認めるような話じゃない」彼女はためらうと、マティーニをひと口飲んだ。「ジェイソン、ただ言えるのは多くの人がドクター・ウォーターズが手術を失敗したと思っているってことよ。彼は公認麻酔専門看護師《CRNA》の女性と付き合っていて、トレイの手術中と手術後に言い争っていたという噂があるの」

「なんだって？」ジェイソンは訊いた。

「ほんとうよ」テレサは言った。「つまり、実際にあったかどうかじゃなくて、噂があるということについてだけど」

「そして合併症が起きた？」

テレサがキーシャの肘を軽く突いた。キーシャは話したくてうずうずしているようだった。

「感染症――つまり合併症ね――にかかったのよ」キーシャは話しだした。「けど、原告側の弁護士は、もしドクター・ウォーターズが適切な術後処置を行ない、適時に抗生物質を投与していれば、感染症は問題なく治癒していたはずだと主張した」

「原告側の弁護士はだれだ？」

「ショーン・キャロウェイという地元の弁護士よ。裁判は彼の手には余っていた。初めての医療過誤訴訟だった」

「被告側の弁護士は？」

「ノックス・ロジャース。名前を聞いたことはある？」

あった。ロジャースはアラバマ州でも最も腕の立つ民事弁護士のひとりであり、特に医療過誤訴訟で高い評判を得ていた。「彼は優秀だ」ジェイソンは言った。

「彼は因果関係がないと主張した」キーシャは続けた。「言い換えると、もしドクター・ウォーターズに過失があったとしても、フォローアップを怠ったことによってなんらかの損傷が生じたわけではないということ。問題が起きたのは手術のあとだった。そしてショーンは因果関係に関する専門家を呼んでいなかった」

ジェイソンはクラブソーダをひと口飲んだ。「だからコーワン一家はブラクストンに腹を立てる理由があった。一家はサンド・マウンテンの出身だ。そしてタイソン・ケイドとも関係があるかもしれない」

「わたしに言わせれば、可能性はあるけど、低いわね」テレサは淡々と、そしてきっぱりとそう言った。

「どうして？」

「トレイはいいやつよ。〈ブリック〉に来ることがよくあるけど、親切な人よ。賢いとは言えないかもしれないけど、悪人じゃない」

「人は、人生の夢を失えば、ばかなことをしでかすかもしれない」

キーシャがすばやくうなずいた。「かもね」

「ということはトレイ・コーワンは捜査の対象になりうるというわけだ」ジェイソンは言った。「どこに行けば、彼に会えるかな？」

「平日のハッピーアワーによく〈ブリック〉に来るわ」テレサが言った。「わたしが働いているときは、いつもいる」

「オグルツリー・パークで野球の審判もしているけど、シーズンはもう終わってる」キーシャが言った。「たぶん〈ブリック〉で捕まえるのがベストかもね」

「ありがとう」

そのあとの三十分間、三人は世間話をした。ウェイトレスのスーザンが注文を取りに来て、ジェイソンはフレンチ・ディップ（サンドイッチの一種。ローストビーフをバゲットで挟んだものが一般的で、これを肉汁のディップソースにつけて食べる）を頼んだ。美味かった。キーシャが実家に行くのかとジェイソンに尋ねた。答えを避けてきた質問だった。ジェイソンはわからないと答えた。やることが山ほどあったのだ。

勘定を払う段になると、ジェイソンはふたりに礼を言い、自分が払うと言い張った。外に出ると、ジェイソンは涼しい空気を吸い、暑さから解放されたことに感謝した。彼はふたりの女性とハグし、それからキーシャの手を取った。

「コーワン一家以外で、ブラクストンに恨みを持つ人物に心当たりはあるかい？」

「CRNAかしら？ コリーン・メイプルズっていったはず。ゴシップによると彼女とドクター・ウォーターズは最近別れたって話よ」

ジェイソンは歩道に眼を落とし、それから旧友に眼を戻した。「ほかに追う価値のある線は？」

「ひとつだけ。でもわたしだったらその線を追う前にじっくり考えるわ」

「タイソン・ケイド」ジェイソンは言った。

キーシャは彼の手を握った。「気をつけてね」

32

タイソン・ケイドはスマートフォンの追跡アプリを見ていた。アプリはジェイソン・リッチの〈ポルシェ〉の赤い点がブラント・アヴェニューに近づいていることを示していた。ホテルに帰るのなら、ガンター・アヴェニューを南に向かうはずだったが、弁護士は北へ向かっているようだった。

おもしろい。ケイドは思った。また姪に会いに行くつもりなのか？ もしそうなら待つしかなかった。ケイドは辛抱強い男ではなかったが、五分だけ時間を与えようと思った。リッチの車は数分間、停車しているようだった。ケイドは弁護士がガソリンスタンドでガソリンを入れているのだと気づいた。やがて赤い点は四百三十一号線を進んだ。バック・アイランド・ドライブを曲がることなく通り過ぎるのを見ると、ケイドは立ち上がり、赤い点が七十九号線に入るまで歩きまわった。

そして指を鳴らし、スマートフォンの画面をタップした。「計画変更だ」

「ですが、もうすべて準備万端です」心配そうな声が答えた。

「かまわん」ケイドは言った。「このクソ野郎がどこに行こうとしてるのかわかった」

「ここに戻ってくれれば、簡単にやつの機先を制することができます」電話の向こう側の声はまだ動揺しているようだった。

ケイドはスクリーンを見て、赤い点がゆっくりとハイウェイ七十九号線——別名スコッツボロ・ハイウェイ——を進んでいくのを見ていた。「やつが戻るかどうかはわからない」

33

ジェイソンは左折してミル・クリーク・ロードに入ると大きく息を吐いた。ずっと息を止めていたことに気づいていなかった。最初の何軒かを通り過ぎながら、隣人たちのいくらかは、ジェイソンが子供の頃と同じなのだろうかと思った。木と岩でできた二階建ての家に着くと、喉に何かが詰まっているような感覚を覚えた。コンクリートの私道に車を止め、イグニションを切って車から降りた。そして三年半も使っていない、錆《さ》びた金色の鍵が見つかるまで、手さぐりで探した。

ジェイソンは玄関につながる階段を小走りで上がった。自分の心臓の鼓動が聞こえるようだった。鍵を鍵穴に差し込んでまわす。まわらないことを半ば期待していた。

「驚いたな」とジェイソンは言い、ドアを開け、敷居をまたいでなかに入った。つん、とくるかび臭さに吐きそうになった。暖房も冷房も止められていて、部屋のなかは暑かった。無意識のうちにドアの横の灯りのスイッチに手を伸ばした。が、つかなかった。当然だ。父が死ぬとすぐに、ジャナは電気と水道を止めたに違いなかった。

ドアを開けると、暖炉のある居間があり、調理台がふたつ置かれた大きなキッチンへと続いていた。居間の右側が両親の寝室だった。ジェイソンはちらっとなかを覗き、幼かった頃、嵐の夜に両親のあいだで眠ったことを思い出した。ひどく汗をかいていた。暑さのせいもあるが、この場所によって甦《よみがえ》った感情のせいでもあった。バスルームに足を踏み入れ、父親の心臓が動くのをやめたときに浴びていたシャワーをじっと見た。時折、父の最期の瞬間について考えることがあった。携帯電話はどこに置いてあったのだろう？　どのくらい這って取りに行ったのだろう？　息も絶え絶えになりながら、老人は何を考えていたのだろうか？　父を知るジェイソンには、彼は生き延びることしか考えていなかったのではないだろうかと思えた。だが、九一一に電話をしたあとはどうだろうか？ 救急車が到着するまでの数分間のあいだは？ ジェイソンのことを考えていたのだろうか？ 後悔を覚えていたのだろうか？

眼が潤んでくるのを感じ、憂うつな思いを振り払った。寝室を出ると地下室に下りていった。外に続くドアを開けると、屋根付きのパティオに出た。半月が入り江の真ん中に光を落としており、ジェイソンは暗い水面をじっと見た。

自分はなぜここに来たのだ？ 自分が見たかったのは何なのだろう？ あるいは何を感じたかったのだろう？ 彼は頭を垂れたまま、家の脇を重い足取りで歩いた。〈ポルシェ〉のなかに手を入れ、ガソリンスタンドで買った〈イングリング〉の六本パックを取り出した。一日じゅう誘惑と闘ってきたが、もう抵抗するのに疲れていた。つらい一日だった。ジャナは彼を面会室から蹴り出したも同然だったし、義兄の殺人事件についてわかったことは、姉が有罪なのは間違いなさそうだということだけだった。事務所の仲間やだれもが言っていたように。とにかく疲れ果て、ビールが飲みたかった。どうせなら懐かしのわが家で酒に手を出すほうがまだましだ。

「一本もらっていいか？」家の前から声が聞こえ、ジェイソンは飛び上がって、カートンを落としそうになった。声のするほうに一歩踏み出すと、ひとりの男が玄関の階段に坐っていた。短髪でネイビーのTシャツを着ていた。

「さっき会ったな。バック・アイランド・ドライブで」

「ああ、そうだ」男は言った。坐ったままだった。「タイソン・ケイドだ。会えてうれしいよ」

ジェイソンの心臓の鼓動が高まった。「なんの用だ?」

「ビール」彼は手を差し出した。ジェイソンはボトルを放《ほう》った。ケイドはそれを受け取ると、蓋をひねって開けた。蓋を草むらに放り投げると、ゆっくりと飲んだ。「おれひとりに飲ませるつもりか?」

「飲む気がなくなった」ジェイソンは言った。「なんの用だ」

ケイドは立ち上がると、ジェイソンに近づいた。「質問に答えてほしい」

ジェイソンは顔にしわを寄せた。「なんだと?」

「姉の弁護を引き受けるつもりか?」

アドレナリンが体を駆けめぐった。あるいはコルチゾールかもしれない。タイソン・ケイドを倒せるとは思わなかった。相手のほうが若く、腕の筋肉に浮かんでいる血管から判断するに、はるかに強いだろう。

ケイドはズボンの前に手をやり、拳銃を取り出した。「どうなんだ?」

「ここではどう答えるのが正解なのかな?」ジェイソンは訊いた。

「ノーだ」とケイドは言った。「正しい答えはノーだ」

「なぜそんなに気にする？　彼女は有罪だ、違うか？」

ケイドはニヤッと笑った。「そのとおりだ」

「ならなぜ気にする？」

「もしミズ・ウォーターズが証言する場合、おれのビジネスに悪影響が出るかもしれないことを彼女が知っているとだけ言っておこう」

「あんたが彼女に売ったコカインのようなことか？」ジェイソンは弁護士依頼人間の秘匿特権に違反しているとわかっていたが、気にしなかった。ドラッグディーラーから銃を向けられているのだ。

「なかなか頭が切れるな」そう言うとケイドは一歩近づいた。

「姉があんたから買ったコカインの代金を払ってほしいんだろ」

「ああ、払ってもらう。だがその前にすることがある」ケイドは言った。「もしジャナが証言し、おれのことをほのめかしたり、もっと悪いことに、なんらかの取引に応じておれを陥れたら……」彼はことばを切った。「いいか、それは認めない。わかるだろ？」

「姉に対するあんたの証言ならともかく、姉の証言がそれほど信頼できるとは思えない」

ケイドは顎を撫でた。「おれは物わかりのいい人間が好きだ。だが、おまえの姉はおれのような男と関わりを持っておいて、なんの警戒もしないようなばかな女ではないはずだ」

ジェイソンは眼を細めて見た。「姉はあんたに関してほかに何か知ってるのか？」

「知らん。そうなのか？」

ジェイソンは男を見て、それから男が持っている銃を見た。両手を上げたい衝動をこらえた。「わたしにはまだわからない。なぜわたしが脅威なんだ？　どうしてあんたはここでわたしに銃を向けている？」ことばを切った。「姉が無実の可能性があるのか？　あんたがウェイロン・パイクに金を払ってブラクストンを殺させ、今、姉が有罪判決を受けることを確実にしようとしているのか？」

「よく考えろ、弁護士先生。パイクはジャナが彼に金を払って医師を殺させたとすでに自供している」

「彼はあんたに言われたとおりにしているだけかもしれない」

「ミスター・リッチ、おれの願いはジャナが裁判所の指名した弁護士をつけることだ。おれを関与させずに取引をする弁護士だ」

「あんたの言いなりになる弁護士という意味だな。あるいは怠け者か、怯《おび》えるあまり、あんたと関わり合いになりたがらない弁護士」

「やっぱりおまえは頭が切れるな」

「わたしはまだ決めていない」

「結構」ケイドは銃を構えたままだった。「だが、おれが去るまでに取決めをしておきたい。もしおまえが弁護を引き受ける場合、ジャナがいかなる麻薬取引でもおれについてほのめかさないと約束しろ」

「断ったら？」

ケイドは銃の撃鉄を起こした。「おまえのふたりの姪は可愛いな。おれやおれの手下のだれかにちょっかいを出されたくないだろ？　あるいはあのふたりに何かもっと悪いことが起きたらなんとも悲劇じゃないか」

息が喉に詰まった。この日会ったふたりの姿を思い浮かべた。ニーシーの激情と怒り。ノラの真剣なまなざし。ふたりとも活気にあふれた少女だった。感情豊かで、頭の回転が速く、そして美しかった。なのにこのクソ野郎は彼女たちを材料に脅していた。めまいがし、吐き気がした。膝を握りしめたい衝動をこらえた。拳銃を自分の頭に向けているドラッグディーラーをにらんだ。「何を言ってるんだ？」ようやくことばを発した。

「父親のように、ふたりに湖で死んでほしくないだろうと言ってるんだ」ケイドはさらに近づくと、ジェイソンの胸に銃を押し当てた。「わかったか？」

タイソン・ケイドの眼を見たジェイソンは寒気を覚えた。はったりではなかった。そしてジェイソンはもう一度姪たちのことを思い浮かべた。今度は、ガンターズビル湖の湖底に沈むふたりを。無表情で、体は冷たく、ぴくりとも動かなかった。

「約束しろ、弁護士先生」ケイドは続けた。「さもなければ今夜、その入り江で死体となるかだ」彼は銃でボートハウスのほうを示した。

ジェイソンは考えようとした。できるだけ注意深くことばを選んで言った。「もしわたしが、彼女があんたについて握っていることを聞き出したら、手を引いてくれるか？」

「今、交渉するつもりはない」ケイドは言った。

「彼女自身が証言しなければ、勝てるかどうかわからない」ジェイソンは言った。

「なら彼女は負ける。おれの知ったこっちゃない」ふたたび、拳銃をジェイソンの胸に押し当てた。「約束しろ、弁護士先生」

ジェイソンは荒い息を吐いた。「約束する」

「いいだろう」ケイドはそう言うと、ビールの残りをひと口で飲み干し、ボトルを前庭に放り投げた。「話せて本当によかったよ、な？」

ジェイソンは答えず、タイソン・ケイドが私道を歩いていくのを見ていた。数秒後、黒いトラックが路肩に停まり、ケイドが乗り込んだ。ドラッグディーラーは肩越しにジェイソンを見ると手を振った。まるで旧友にさよならを告げるかのようだった。

数秒後、彼はいなくなった。

ジェイソンはしばらく私道に立ったまま、新たな敵を運んでいったトラックの方向を見つめていた。七月の暑さにもかかわらず、凍えそうで、指と手はひきつっていた。ニーシーとノラの姿が頭から離れなかった。

家のなかに戻ると、ドアの鍵を掛けた。キッチンへ行き、カウンターにビールのカートンを置くと、湖に眼をやる。ビールが飲みたかった。〈イングリング〉を五本全部飲んでしまいたかった。激しく欲していた。渇望していた。必要だった。喉が渇くのを感じ、ボトルに手を伸ばしたが、まるで火に触れたかのように引っ込めた。アルコールからあとずさり、重い足取りで階段を下りる。子供の頃、ビデオゲームに興じた小部屋のソファに横たわり、天井を見上げた。

きみときみの家族はいったい何に巻き込まれてしまったんだ、ジャナ？

ジェイソンは眼を閉じた。疲労に襲われる前にもうひとつだけ考えた。

自分はいったいどうすればいいんだ？

34

ジェイソンはソファの後ろの窓から射し込んでくる太陽の明るい光で眼を覚ました。まぶしさに眼を覆った。体を起こして坐ると、体が固く、痛かった。昨日、船に乗ったことが、腰と首にこたえていた。

窓際まで歩くと、入り江を眺めた。見えたのは子供の頃に毎日眼にしていた光景だった。湖の真ん中とボートハウスのまわりに釣り用のボートが見えた。

だが、ジェイソンの眼を捕らえたのはボートではなかった。だれかがカヤックを漕《こ》いでいるのが見えたのだ。カヤックは隣のボートハウスに止まり、日焼けをした痩せた女性が降りて、カヤックを桟橋に引き揚げた。

「信じられない」ジェイソンはひとりごちた。ドアを開けると足早にその女性のほうに歩いた。桟橋に着くと小走りになった。彼女がちょうどボートハウスの横のドアから出てきたところを捕まえた。彼は湿っぽい空気を深く吸い込み、微笑んだ。

「ジェイソン・ジェイムズ・リッチ」彼女は言った。片方の眼を細め、もう片方の眼は閉じていた。グレーのタンクトップにアスレチックショーツという恰好で、腕と脚の引き締まった筋肉を誇示していた。汗が額と首に輝いていた。「ひどい恰好だね」

「ありがとう」彼は言った。「サヴァンナ・チェイス・ウィッチェン」彼はニヤリと笑った。「きみはすてきだよ」

チェイスが彼の胸をつついた。「またサヴァンナって呼んだら、湖に突き落とすよ」

「チェイス。ぼくは……」ことばが思い浮かばなかった。「きみがここにいるなんて信じられないよ」

「どうして？　ここはわたしの家だよ」彼女は煉瓦造りの一階建ての家を顎で示した。「パパもママも亡くなったけど、ずっとここが好きだった。きみとは違ってね。有名な看板《ビルボード》弁護士さん」彼女は親指を岸のほうに向けた。「きみの車を見たよ。〈ポルシェ911〉コンバーチブル。カッコいいね」

「ありがとう」

いっときふたりは見つめ合った。チェイスが彼の脇を通り、眼を向けることなく言った。

「お腹《なか》が空《す》いてるなら、コーヒーと朝食を用意するよ」

ジェイソンは彼女を見た。チェイス・ウィッチェンは、ミル・クリークでの彼の唯一の友人だった。彼女はガンターズビルの公立学校に通っていて、一方ジェイソンはランドルフ私立校に通っていた。だが夏のあいだ、特に小学校と中学校時代、ふたりは切っても切れない仲だった。ジャナと彼女の友人たちがジェットスキーやウェイク・サーフィン、水泳に出かけると、ジェイソンはチェイスを探して、カヤックに乗ったり、入り江の周辺をハイキングしたりした。当時、チェイスはいつもオーバーオールを着て、カールした髪の毛を男の子のように短く切っていた。彼女はジェイソンに釣りの仕方や、嚙み煙草、カヤックの乗り方やパドルボードを教えてくれたが、ジェイソンはどれもあまりうまくなかった。チェイスは水とその神秘が好きだったが、ジェイソンはただ彼女に注目してもらいたがっていた。

だが高校生になるとふたりの関係も変わった。まだいっしょにつるんではいたが、やがて十代のホルモンが邪魔になった。

何年もチェイスのことは思い出していなかった。高校を卒業してからは連絡も途絶え、最後にジェイソンが聞いたときは、彼女は西部に引っ越し、国立公園のひとつで働いているとのことだった。

ジェイソンは長く、低い息を吸った。桟橋の上を彼女に続いて歩くと、昨日、ジャクソン・バーンズのボートを操縦し、顔に風が当たるのを感じたときのように、知らず知らずのうちに微笑んでいた。

よい雰囲気もキッチンに入ったとたんに消え失《う》せた。カウンターの上に、ライフル、拳銃三丁、そしてほかにも銃身の長い銃が二丁あった。

「戦争でも始めようってのか？」ジェイソンは訊いた。木製の椅子に坐りながら、落ち着かない気分を感じていた。

チェイスはコンロの上のスキレットで目玉焼きを作った。「必要じゃない？」彼女は肩越しに彼のほうを覗き込みながら訊いた。「タイソン・ケイドと深夜にやり合うつもりなら」

ジェイソンは胃が締めつけられるような感覚を覚えた。眉を上げると言った。「見てたのか？」

彼女はフォークを使ってスキレットのなかの卵の黄身を揺り動かしながら話を続けた。

「わたしのAR-15の照準の先にあのクソ野郎を捕らえていた。引き金を引かないようにするのに必死だった。引いてたら、この郡全体のためになってただろうにね」

「どうして彼を知ってるんだ？」

「数年前から知っていて、注意して見張ってる。コーヒーは？」

「頼む」とジェイソンは言った。旧友が昔ながらのドリップメーカーで彼のカップにコーヒーを注ぎ、眼の前に置くのを見ていた。

「ありがとう」彼は言い、やけどしそうなほど熱い液体をひと口飲んで顔をしかめた。「それに昨日の晩、守ってくれていたことにも感謝するよ」

彼女は振り向くと、紙の皿に盛った目玉焼きと全粒パンのトースト二枚を載せた皿を彼の眼の前に置いた。「〈クラッカー・バレル〉（米国のカントリー・スタイルのレストランチェーン）とまではいかないけど、いけるよ」

「美味《うま》そうだ」ジェイソンは言った。チェイスは〈スマッカーズ〉のブドウのジャムとフォークを何本かテーブルの上に置いた。ふたりは食べ始めた。料理は申し分なく、いっとき、ジェイソンはタイソン・ケイドの脅迫のことや、姉の殺人事件のこと、自分がすぐにしなければならない決断のことも忘れていた。

「ごちそうさま」ジェイソンは朝食を食べ終わるとそう言った。

「どういたしまして」彼女は言った。自分のマグカップからコーヒーをひと口飲んだ。「義理のお兄さんのことは残念だったね」

「知ってるのか？」ジェイソンは訊いた。

彼女はあきれたというように眼をぐるりとまわした。「世捨て人じゃなきゃ、だれだって知ってるよ。お姉さんのケツを守るためにこの街に戻ってきたみたいだね？」

彼は湖を眺めた。「自分が何をしようとしているのかわからないんだ。つまり……昨日、拘置所でジャナに会った。彼女は助けてほしいとぼくに言った。けど、この街に戻ってきた理由はそれだけじゃない」

彼女は腕を組んだ。「なら、どうして?」

ジェイソンは彼女を見た。「正直に言おうか? ぼくは九十日間のリハビリを終えたばかりなんだ。アルコール依存症だ。退院して一時間もしないうちに酒に手を出しそうになった。そこにジャナが電話をしてきて、涙ながらに話をした。ほかに何をすべきかわからないんだ。ここに来ればそれがわかるかもしれないと思った」

彼女は歯の隙間から音を出した。「大変だね」

ジェイソンはクスッと笑った。「ありがとう」

「気の利いたことは言えないけど」彼女は言った。「一度に対処するのは大変だ。ここに来たことで何か役に立った?」

ジェイソンはコーヒーをひと口飲み、両手で顔を覆った。「昨日の夜はもう少しで酒を飲みそうになってしまった。もしドラッグディーラーが姪たちをレイプして殺すと脅し、ぼくのことも殺そうとしなければ、たぶん手を出していただろう」

「ということは、わたしの質問に対する答えはノーみたいだね」

「そのとおりだ」

「断酒会《AA》には行った？　グループに入ろうとした？」

彼は眼をぐるりとまわして答えた。「いいや」

「治したいと思ってるの？」彼女はそう言い放った。その口調は辛辣だった。チェイスは遠まわしな言い方をするような人間ではなかった。

「昨日の晩はどうしてぼくを守ってくれたんだ？」

「きみに傷ついてほしくないから」

ジェイソンはマグカップを両手で持ち、立ち上ってくる湯気をじっと見た。「どうして？　最後にきみといっしょだったとき……ぼくはきみを傷つけた」

「はるか昔の話だよ、ジェイソン。ふたりとも若くて愚かだった。恨んだりはしてない」

「少なくとも話し合うべきだった。ほんとうに……すまない」

「そうだね。わたしのほうこそごめん。きみはろくでなしで、わたしは甘ちゃんだった……ふたりとも十七歳だった」チェイスはそう言うと空《から》の皿をつかみ、食べ残しをごみ箱に捨ててから、シンクでスキレットを洗いだした。「タイソン・ケイドとはどんな関係？」彼女は訊いた。「どうしてきみの顔に銃を突きつけて脅迫してたの？」

「なぜだと思う？」

スキレットをゴシゴシと洗いながらチェイスは答えた。「ジャナ」

「ビンゴ」

「もうひとつ当てさせて。彼女はあの男から買っていた……そしておそらくあの男と寝てもいた。いい線いってる？」

「ファイナルアンサー？」

「うん……で、どうなの？　それだと、あいつがきみときみの姪御さんを脅す理由にはならない」

「彼はジャナが彼から麻薬を買ったと証言するのを心配している。それに彼女が証拠――おそらくはテープか何か――を持っていて、警察が彼を逮捕するのにそれを利用することも。そして彼女が死刑か無期懲役から逃れるために、この郡の麻薬王を差し出して司法取引を持ちかけることをね」

チェイスはスキレットを乾かすためにペーパータオルの上に置いた。「わたしにはもっともな悩みのように聞こえる。つまり、わたしが麻薬王だったらってことだけど。あいつは何を望んでるの？」

「ぼくが弁護を引き受けないこと……あるいは引き受けたとしても、ジャナが彼を巻き込まないと約束すること」

「もしどちらもしなければ、あいつはきみときみの姪御さんを殺すというんだね？」

「そうだ」

「なんてこと。保安官事務所に通報するべきなんじゃない？」

「それでどうなる？　事態をエスカレートさせて、ノラとニーシーをさらに危険にさらすことになりかねない」そう言うとコーヒーを飲み干した。「タイソン・ケイドがぼくたちと同じルールで動いてるとは思えない」

「ならどうするつもり？」

「わからない」ジェイソンは言った。「ケイドが言っていたことによれば、ジャナの弁護士がだれであれ、一歩でも間違った動きをすれば、姪たちに取り返しのつかない危害が及びかねない」立ち上がると、痛む背中を伸ばした。「ふたりはぼくにとっては唯一の家族だ」

「じゃあ、あまり選択肢はないみたいだね」

彼は眼をしばたたくと、彼女を見た。イジーやハリー、ジャクソン・バーンズ、そしてキーシャ・ロウから聞いたのと同じアドバイスを聞くものと思っていた。この状況からさっさと逃げ出すべきだと。「弁護を引き受けるべきだと言うのか？」

「きみが家族を守りたいなら、それが唯一の選択肢だと思う」

ジェイソンは湖を眺めた。昨日の晩に気づいたことを思い出していた。「あの家はあまり埃《ほこり》が積もっていなかったような気がする。だれかが掃除してくれていたんだろうか？」

「わたしはピッキングが得意だったろ」チェイスは言った。かすかにからかうような口調だった。

「どうして？」ジェイソンは言い、彼女のほうを見た。

彼女は彼のほうに歩いてくると、カップをテーブルの上に置いた。「たぶん……あの家がまだ残されていて……家具もまだ全部あそこにあって……いつかだれかが帰ってくるような気がしていたから。それに暇だったから」

「それはどうして？」

彼女は虚ろな表情になった。「話すと長くなる。それにきみは行かなければならないだろ。これまでに何人の人が1-800 GET RICHに電話したのか想像できないよ。それに……刑事裁判にも踏み入ろうとしているんだろ、あ？」

「ああ」ジェイソンは即座に答えた。そして外のデッキに続くドアのノブをつかんだ。「ありがとう」

ドアの外に出ようとしたが、チェイスの声が彼を止めた。「待って」

彼女は進み出ると彼の手に拳銃を押しつけるようにして渡した。

彼はその武器を見て、それからチェイスを見た。

「ずっときみの背中を守っていることはできない」

「銃の所持許可は持っていない」

「次にあいつがきみを殺すと脅したときに銃を突きつけても、許可証を提示しろとは言わないと思うよ」彼女はニヤッと笑うと、首を傾げた。

「たしかに」彼は言い、銃をポケットにしまった。「そこにある武器の山はどこで手に入れたんだい？」

「言ったろ、話せば長くなるって」

彼女は背を向けた。ジェイソンは彼女の腕をつかみ、やさしく握った。「ほんとうにありがとう」彼は言った。

「このあたりにいる？」彼女は訊いた。

前ポケットに銃を突っ込んだ、しわくちゃのスーツ姿でその場に立ったまま、ひげを剃って、シャワーを浴びたいと思った。自意識過剰でどこかばかばかしいと感じながら、心臓の鼓動が高まっていた。「たぶん」彼は言った。

35

一時間半後、ジェイソンはマーシャル郡保安官事務所のドアをくぐった。受付デスクに行くと、以前に会ったのと同じ女性がいた。

「これは、これは、すぐに戻ってきたのね、ミスター・リッチ」

「姉に会いに来た」彼はことばを切ったが、視線は外さなかった。「わたしの依頼人だ」

「オーケイ」彼女は言った。「伝えるわ。坐って待っていて。すぐにだれか来るから」

ジェイソンは席に着き、脚を組んでリラックスしているように見せようとした。ミル・クリークからホテルまで車で行き、シャワーを浴び、ひげを剃って、新しいシャツとネクタイに着替えていた。一着しかスーツを持ってきていなかったので、同じスーツだったが、アイロンでしわを伸ばしてあった。〈ハンプトン・イン〉までの道中でイジーに電話をしていた。イジーが電話に出たとき、いっさいの挨拶を省いて言った。心を決めていた。

「ジャナの弁護人としての応訴通知を作成してくれ」

「あなた――」

「アラバマ州の刑事裁判の証拠開示手続きについても調べて、教えてくれ」

「わたしはこれまで一度も刑事事件を扱ったことはないのよ、あなたもそうでしょ」

「ああ、何事にも最初はある。言い争ってる時間はない、イジー。家族を守るためにはこれしかないんだ」

「教えて、ジェイソン。何があったの?」

「カンバーランド大のアダムス教授に電話をしてくれ。ロースクールには大金を寄付している。相談に乗ってほしいと伝えるんだ。相談役として充分な報酬は払うと言って」彼は息を整えるためにことばを切った。パートナーが猛烈な勢いでメモを取っているのがわかった。パメラ・アダムスはカンバーランド大ロースクールの刑法の権威で、ジェイソンにとっての最高の恩師だった。事件が注目を浴びていることを考えれば、彼女はおそらく無償で相談に乗ることに同意してくれるだろうが、金を支払えば、それだけのものが手に入ることをジェイソンは知っていた。

「ほかには?」イジーが訊いた。抗議するような口調は消えていた。

「ああ、ハリーを寄越してくれ。なるべく早く《ASAP》」

それ以上議論することなく、終了ボタンをタップした。それがジェイソンの仕事のやり方だった。無駄な努力はしない。時間を無駄にすることもない。戦いのアリーナに戻るのは刺激的で、奇妙な居心地のよさを覚えた。たとえ、それが殺人事件の弁護という未知の領域であったとしても。

ジェイソンは受付エリアの横の両開きの扉が開くのを見た。シェイ・ランクフォード地区検事長が、薄ら笑いとしかめっ面の中間のような表情を浮かべて彼のほうに歩いてきた。

「応訴通知を見たわ」

ジェイソンは微笑んだ。いったん引き受けたなら、イジー・モンテーニュほど仕事の早い人間はいない。電話で話してから一時間もしないうちに応訴通知を提出していた。「ああ、ジャナの弁護人を務めることに決めた」

「あなたの依頼人は知ってるの?」ランクフォードが訊いた。

「どうしてそんなことを訊くんだい?」

ランクフォードは肩をすくめた。「ジャナに食事を運んでいる刑務官によると、彼女はあなたについて山ほど悪口を言ってるそうよ」

「彼女はわたしの姉だ。クソほど喧嘩もしてきたが、家族だ」自分の口から出たことばながら、どこか奇妙に聞こえた。

ランクフォードが一歩近づいた。「この事件をある種のサーカスみたいにするつもりじゃないことを願ってるわ」

ジェイソンは顔をしかめた。「なぜそんなことを言うんだ」

彼女は腕を組んだ。「あらあら、看板弁護士《ビルボード》さん。あなたは歩く売名行為よ。カールトン判事やバーバー判事がペテンまがいの行為を我慢してくれるとは思わないことね」

ジェイソンは不安のうずきを感じた。彼はふたりの巡回裁判所判事のどちらの名前も知らなかった。それでも、無理に笑ってみせた。「あくまでも自分流で行くよ」

ランクフォードが答える前に、保安官補が近づいてきた。「容疑者は面会室にいます」

検事長はジェイソンに保安官補のあとをついていくよう身振りで指示した。

彼は両開きの扉のほうに歩きだしたが、振り向くと肩越しにランクフォードを見て言った。「弁護を引き受けたら、ウェイロン・パイクの供述調書の写しを渡すと言っていたよな。今日、ここを出る前にほしい」

ランクフォードは唇をすぼめて答えた。「もちろんよ」

「いいだろう」ジェイソンは言った。「いっしょに仕事をできるのが愉しみだよ」

36

面会室でふたりだけになると、ジャナは食いしばった歯の隙間から話すようにことばを発した。「ずいぶんと図々《ずうずう》しいのね。昨日、あんなにばかな振る舞いをしておいて戻ってくるなんて。そんなに寛容な気分じゃないわ」

「黙れ」ジェイソンが言った。

ジャナはたじろいだ。「な……なんて言ったの？」

「黙れと言ったんだ。姉さんの戯言《たわごと》に付き合う気分じゃないんだ、ジャナ。昨日の晩、もう少しでタイソン・ケイドに殺されるところだった。あいつはぼくに銃を突き付けて、もし姉さんがこの事件の裁判で証言して、麻薬取引について少しでも彼のことをほのめかしたらぼくを殺すと言った。そしてニーシーとノラをレイプして殺すと」

ジャナは眼を大きく見開き、信じたくないというように頭を振った。「はったりよ」

「あいつは姉さんが彼について何かを知ってると考えてる。そうなのか？」

彼女は眼をそらし、天井を見つめた。

「そうなのか？」ジェイソンは迫った。

「たぶん」

「どういう意味だ？　ぼくが弁護する以上、互いに隠し事はなしだ」

「あら、まあ。どの口がそんなことを言ってるの。もうあなたの弁護なんて望んじゃいないわ」

「もう遅い」ジェイソンは言った。「姉さんの子供であり、ぼくの姪でもあるあの子たちを危険にさらすつもりはない。姉さんの弁護士として応訴通知も提出した。ぼくはこの事件の弁護を引き受けた。だから話してもらう必要がある」

彼女は腕を組んだ。「違法よ。わたしの同意なしには代理人にはなれない」

「ぼくらはマーシャル郡にいるんだ、ジャナ。『ワイルド・ワイルド・ウエスト』（南北戦争終結直後の南部を舞台とした一九九九年のアメリカ映画）の世界だ。それに姉さんの戯言《たわごと》を聞いている気分じゃない。姉さんには弁護士が必要だ。そしてほかに引き受け手はいない。ぼくしかいないんだ。そして言わせてもらえば、姉さんはくそラッキーだ」

「あら、そうなの。どうして？」

「陪審員のだれもが裁判所の行き帰りの道中でぼくの看板を四つは見るはずだからさ。だれもがぼくを知っている。刑事事件の経験不足を知名度で補える」ジェイソンは両手をこすり合わせた。「姉さんの裁判には煙幕、混乱そして戯言《たわごと》が必要だ。ぼくはその三つで弁護士としてのキャリアを築いてきた」

ジャナは彼を見た。その眼に涙が突然浮かんだ。彼の手を取って言った。「ありがとう

J・J」

それは真の愛情なのだろうか? それとも演技? ジャナにかぎっては、彼にもわからなかった。「どういたしまして」ジェイソンは言った。「さて、姉さんに話してもらわなければならないことがある」

「なんでも言って」彼女はそう言うと、ジェイソンの手を握った。

「ブラクストンが殺害される前日に姉さんは銀行から一万五千ドルを引き出した。何に使ったんだ? 車のなかに置いといたなんて話は信じないからね」

ジャナはテーブルを見つめた。「タイソンの部下のひとりに渡した。彼からの借金の返済よ」

ジェイソンは深く息を吸い、そして吐いた。「借金はいくら?」

「五万ドル」

「なんてこった」ジェイソンは言った。髪に手をやった。「その男がタイソンの部下だとどうしてわかったんだ?」

「知っていた。タイソンといっしょだったことがあったから。見知らぬ番号から電話がかかってきて、どこに行くか指示された。そして行った。七月四日の夜、ストリップモールに行って、彼の部下のひとりに金を渡した。それから〈ハンプトン・イン〉に行って、そこでタイソンと会った。そこで彼としたことも……支払いの一部よ」

「ああ、ジャナ」ジェイソンはうめくように言った。

「あなたにわたしを裁く権利はない。この三年間、わたしがどんなふうに過ごしてきたか知らないくせに。夫は結婚生活を捨てた。子供たちは洗脳された。だからわたしはドラッグに走った」

「要はタイソン・ケイドのことをほのめかさずに、姉さん自らが証言することはできないってわけだね？」

彼女は両手のひらを広げた。苛立っていた。

ジェイソンは立ち上がると、部屋のなかを歩き始めた。「なら証言させるわけにはいかない」

「クソよ。陪審員に自分はやってない、ウェイロン・パイクに金を払って夫を殺させてないって言わなければならないのに、それは必要ないっていうの？」

そうだ、とジェイソンは思った。「ケイドのビジネスのことがなかったとしても、姉さんを証人席に坐るよう勧めるべきかどうかわからない」彼は言った。彼女を見ていなかった。

「どうして？」

「この郡の陪審員が姉さんのことを信じるとは思えないから」彼女を見た。「自分が姉さんを信じているのかもわからない」

「くそったれ」

「ありがとう」ジェイソンは言った。「ところで、ミル・クリークの家の電気と水道を使えるようにするための書類を持ってくる」

「どうして？　バック・アイランドのわたしの家に泊まればいいのに」

「いや、ミル・クリークに泊まる。あの子たちにもいっしょに泊まるよう話すつもりだ。かまわないよな？」

彼女はためらった。

「ジャナ、きみもぼくも、タイソン・ケイドがはったりを言ってないってことをわかっている。あいつはただ吠えるだけの犬じゃないようだ。ミル・クリークでぼくといっしょなら、ニーシーもノラも安全だ」

彼女はうつむいていたが、やがてうなずいた。「あの子たちをお願い、ジェイソン」彼女はすすり泣いた。「どうしたらいいかわからない。もしあの子たちが……」その声はしだいに小さくなっていった。

「任せてくれ」ジェイソンは体を乗り出して、彼女の頰にキスをした。「約束する」彼はドアまで歩くと、三回ノックした。「ぼくは――」

「J・J、あのお金はタイソン・ケイドに渡した。もし彼がブラクストンを殺させるために、パイクに払ったとしたら？　つまり、その可能性もあるわよね、違う？　彼がわたしを陥れるように仕組んだ」声が高くなっていた。必死だった。

「どうして彼がそんなことを?」ジェイソンは訊いた。

刑務官がドアを開けると、ジェイソンは言った。「間違ってノックした。もう何分かいいか?」

刑務官がうなずき、ドアが閉まった。

ジェイソンは姉に近づき、テーブルに両手をついた。「ケイドはその金をだれかに払わなければならない。スポンサーとは問題を起こしたくないはずだからね。ブラクストンが死んで、姉さんがここにいる今、彼はその金をどうするつもりだというんだ? 筋が通らない」

彼はジャナを見つめた。彼女は眼を閉じていた。

「勝てるわけがない、そうでしょ?」彼女は尋ねた。

「わからない」ジェイソンは言い、席に着いた。誤った希望を与えたくなかった。「だが、州側は合理的な疑いを越えて立証しなければならない。自分がふだん扱っている人身傷害の事件よりも高い水準が求められる。そこがぼくたちには有利な点だ」

彼女は鼻を鳴らしながら、ジェイソンを見た。「推定無罪ね? でもわたしたちはふたりとも知っている。この郡の陪審員はわたしが有罪だと推定する」

それはジェイソンがこれまで長いあいだ聞いてきたなかでも、姉の最も正直なことばだった。ジェイソンは驚いた。

「そうでしょ」彼女は言った。

「ああ」ジェイソンは言った。

「で、どうするの？」

「ウェイロン・パイクについて徹底的に調べる。あいつは自分のケツを守るために取引をした。彼の供述調書を手に入れたら、うちの調査員にあいつを調べさせる。陪審員がパイクを信じなければ、州側の主張はクソになる」

ジャナの顔に小さな笑みが浮かんだ。「刑事事件はやったことないんじゃなかった？」

「ああ。でもロースクールで教わったことを少しは思い出した。それに呑み込みは早いほうだ。勝つためにはパイクの信用を失わせる必要がある。けどそれだけじゃだめだ」

「ほかに何がいるの？」

ジェイソンは席を立ち、ドアまで歩いた。もう一度、三回ノックした。

「J・J？」

「陪審員に何かほかのことを信じさせなければならない。姉さんがパイクに金を払ったことに対抗するもっともらしい代案をね」

「タイソン・ケイドを巻き込まずにどうやるつもり？」

ジェイソンは深く息を吸い、吐き出した。刑務官がドアを開けた。「わからない」

第五部

37

「全員起立！」裁判所職員が裁判の始まりを告げることばを叫ぶと、ジェイソンは飛び出すように椅子から立ち上がり、ジャケットのボタンを留めた。隣で、ジャナが立ち上がった。背後の傍聴席は満席だった。入廷する際、ジェイソンは前だけを見るように努めたが、ちらっと見るかぎりでは、ほとんどの傍聴人はマスコミの関係者だった。

三秒ほどの間《ま》のあとに、アンブローズ・パウエル・コンラッド判事が脇のドアを通って、大きな足取りで判事席に向かった。マーシャル郡ではヴァージル・カールトンとテリー・バーバーのふたりが巡回裁判所判事だった。ふたりがドクター・ウォーターズの患者として治療を受けたことがあるのを理由に辞退したことで、この訴訟を取り扱うために郡外の判事を任命する必要が生じた。

パウエル・コンラッドは、タスカルーサ郡の検事補として法律家のキャリアをスタートし、最終的には検事長のポストまで登りつめ、二年前に巡回裁判所判事に転身していた。コンラッドはアラバマ州ではちょっとした有名人だった。彼は二〇一三年にアラバマ州ヘイゼル・グリーンで起きた有名な殺人鬼ジェイムズ・ロバート・ウィーラーの逮捕劇で重要な役割を果たしていた。コンラッド判事はウィーラーを追う際に左眼を失っていたため、黒い眼帯をしていた。そのため、地元タスカルーサの法律家の多くは、彼のことを〝海賊〟と呼んでいた。

コンラッドは検察官としてそのキャリアを積んできたため、周囲からはタフという評判を得ていた。ジェイソンはタスカルーサでも案件をいくつか抱えたことがあったが、この元地方検事長が担当する事件を経験したことはなかった。

「オーケイ、では――」と判事は言い、うなるとマイクを自分から遠ざけた。「着席してください」

ジェイソンとジャナが着席すると、コンラッド判事は裁判所職員のほうを見た。「トラヴィス、このマイクはどうしたんだ?」

「すみません、閣下。バーバー判事の審理が午前中にここであったんです。バーバー判事はマイクを使うのを好むもので」

「わたしが使ったら、ここにいるみんなの鼓膜が破裂してしまう」彼は傍聴席のほうを見た。「わたしは声が大きいんでね。まだみんなはわかっていないかもしれないが」

ひきつった笑いが法廷を満たした。ジェイソンも無理やり笑顔を作った。

コンラッド判事は判事席から覆いかぶさるように身を乗り出した。「アラバマ州対ジャナ・リッチ・ウォーターズ」彼は言った。その声が壁に反響する。「検察側は罪状認否を行なう準備はできてるかな？」

「はい、閣下」ジェイ・ランクフォードが立ち上がると完璧なほど落ち着き払った口調でそう言った。

「弁護側は？」

「はい、閣下」ジェイソンはそう言うと立ち上がった。脚の震えを抑えようとした。

「オーケイ、では始めよう。ミズ・ウォーターズ、立ってください」

ジャナが言われたとおりにした。

「ミズ・ウォーターズ、死刑の求刑に対し、どのように主張しますか？」

彼女は咳払いをした。「無罪です」

「いいでしょう。検察官と弁護人はこちらに」

ジェイソンはテーブルをまわって判事席へと大きな足取りで近づいた。

「どのくらい時間が必要ですか？　今は八月も半ばを過ぎています。来年の早い時期に審理に入れますか？　二月の第一週とかに？」

「検察側は問題ありません」ランクフォードは言った。「ですが、もっと早い時期を希望します」

「判事、われわれもより早い審理の開始を希望します」ジェイソンは言った。「ミズ・ウォーターズは保釈なしで勾留されています。それに彼女の下の娘は高校三年生で母親が必要です。できるだけ早く審理を開始していただくことを希望します」

「ほんとうにそれでいいんですか、弁護人？」コンラッド判事が訊いた。眉をひそめていた。

「依頼人の希望です」ジェイソンは言った。「彼女には迅速な裁判を受ける権利があります」

コンラッド判事は皮肉っぽい笑みを浮かべながら、ジェイソンをじっと見た。それは自分が愚かなことをしていることを知っている者を見るまなざしだった。

頭がおかしいと言ってくれてかまわない。ジェイソンはそう思いながら無理やり笑みを作った。

やがてコンラッド判事は頭を振りながら、人さし指を舐《な》めて、ステープラーで留められた紙をめくった。「十月二十二日の週に空きがあるようだ。二カ月先だ」コンラッドはことばを切ると、眼を細めてジェイソンを見た。「充分、迅速かな？」

「はい、裁判長」

「検事長は？」

「それで結構です、裁判長」

「いいでしょう。では席に戻ってください」

彼らが席に戻ると、コンラッド判事は立ち上がり、傍聴人を見渡した。「本件の審理は二〇一八年十月二十二日に開始します」彼は小槌《こづち》をテーブルに打ちつけた。「閉廷する」

ジェイソンは、姉に別れを告げると大股で階段を下り、一階へと着いた。裁判所を出ると、少なくとも六本のマイクが彼に向けられた。彼はキーシャを探した。見つけてウインクをする。彼女は肘で人ごみをかき分けて前に出ると、話しかけてきた。「お姉さんの罪状認否について何かコメントは?」キーシャとはこの瞬間についてその日早くに打ち合わせをしていた。キーシャはジャナのことを彼の〝姉〟と呼ぶことになっていた。常に。ジェイソンはこの事件に関して自身の家族としてのつながりを認めて利用するつもりだった。それから逃げ出すのではなく。

「ジャナは無罪だ」ジェイソンは言い、別のカメラをちらっと見た。「わたしの姉はこの事件で不当に逮捕された。検察側の主張のすべては前科のある重罪犯罪者のことばに根拠を置いている。わたしの愛する義兄が殺害された一週間後に逮捕された、嫉妬深い便利屋だ。ミスター・パイクの話が嘘なのは明らかだ。自分だけ難を逃れようとしてでっち上げたものだ。姉のジャナ・ウォーターズはこの地域でずっと尊敬されてきた存在だ。そしてわたしは陪審員が二カ月後にこの事件の本質を見抜くものと確信している。悪意に満ちた中傷だと」ジェイソンはカメラのいくつかをにらみつけた。「この事件には激しい怒りを覚える。そしてわたしがやり遂げたときには、姉をこのような悲惨な状況に陥れた人物は、わたしの家族をいかに不当に扱ったかに対する報いを受けることになるだろう」

「ミスター・リッチ――」

「いまのところは以上だ」あらゆる方向からカメラのフラッシュを浴びながら、ジェイソンは自分の〈ポルシェ〉に向かって歩いた。車に乗り込むと、バックでガンター・アヴェニューに出て、タイヤをスピンさせながら、アクセルを踏み込んで裁判所から去っていった。

数メートルも進まないうちに携帯電話が鳴った。

「もしもし」ジェイソンは言った。

「気でも狂ったの？」イジーが言った。「証拠に対してコメントしたら法廷侮辱罪に問われるわよ」

「そうか？」ジェイソンは訊いた。「箝口令《かんこうれい》は敷かれてない」

「すぐに敷かれる。あなたのバイクに対するコメントは一線を越えている」

「いいさ。勝つためならどんなチャンスも利用する。揺さぶりが必要なんだ」

「ジェイソン、自分が何をやっているかほんとうにわかってるの？　あなたは法曹協会で一番クリーンな記録を持ってるわけじゃないのよ。公の場での譴責《けんせき》は明日行なわれる」

「自分が何をしているかはわかってる」ジェイソンは言った。自信に満ちた口調を保とうと努めた。「われわれのやり方についてはよく知ってるだろう、イズ。敵を不安にさせる。緊張感を抱かせるんだ。それが和解へとつながる。不利な情報の暴露と同じくらい、重要な役割を果たす。相手がこちらとの取引を嫌がれば、それだけ有利になる」

「わかってる。けどこれは交通事故じゃない。殺人事件でこんな戦術が通用すると思ってるの？」

「わからないけど、坐って手をこまねいているわけにはいかない。さもないと負けてしまう。逮捕されて以来、ジャナの人格はマスコミにズタズタにされてきた。今こそ、検察に一矢報いるときなんだ。それにわたしが言ったことはすべて完全に正しい。勝つためには、パイクの信用を失わせなければならない。種を蒔《ま》く必要があったんだ」

電話の向こう側から声高な笑いが聞こえた。

「どうした？」ジェイソンは訊いた。

「ええ、たしかに種を蒔いたわ。どのくらいで反応があると思う？」

「すぐにだ。そのはずだ」彼は言った。

「ええ」イジーは同意した。「まさにすぐにね」

38

その〝すぐ〟は三十分後だった。

まだガンターズビルにいたコンラッド判事が緊急の審問を招集した。ジェイソンが法廷に戻ると、砂色の髪のがっしりとした体格の法律家はしかめっ面をしていた。その顔はアラバマ大フットボールチームのヘルメットのように深紅になっていた。検察席ではシェイ・ランクフォードが腕をしっかりと組んで坐っており、ジェイソンをちらっと見ると、あきれたというように眼をぐるりとまわして見せた。

「あなたを法廷侮辱罪に問うべきだ」コンラッド判事は言った。

ジェイソンは判事の視線を受けとめて言った。「お許しください、裁判長。ですが何が問題なのか理解できません」

「証拠について報道陣にコメント？　とんでもないことだ、ミスター・リッチ。陪審員候補があなたのコメントを聞いている可能性が高く、陪審員を選ぶのが困難になる。わかってるのか？」

「はい、裁判長、ですが保安官事務所がわたしの依頼人を糾弾する記者会見を開いたことはどうなんでしょうか？」ジェイソンは尋ねた。「陪審員候補は保安官の発言を聞いていたことでしょう」彼はためらいながら、慎重にことばを選んだ。「箝口令《かんこうれい》は出ていませんでした。それにわたしは言論の自由を行使したまでです。言わせてもらえば、検察側が始めたことです」

コンラッド判事は低くうなった。「たった今から箝口令を敷く。どちらの側からも報道陣へのコメントは禁止する。命令に違反した者は法廷侮辱罪に問う。わかったかね、ミスター・リッチ？」

「はい、裁判長」

「ジェイ？」

「はい、裁判長」彼女の顔は赤らんでいた。腕は組んだままだ。ジェイソンは彼女を動揺させたのがわかった。いいだろう、と思った。友人を作るために弁護を引き受けたわけじゃない。

「ミスター・リッチ、あなたが今、拘置所にいない唯一の理由は、あなたの行動が処罰に値するとはいえ、本法廷の命令に違反していないからです。もし今後あなたが記者や報道関係者の前で息まくことがあったら、一週間は勾留されることになりますからね。わかりましたか？」

「はい、閣下」

「いいでしょう」ジェイソンをにらみつけたまま、コンラッド判事はそう言った。「さっさと出ていきなさい」

ランクフォードは法廷の外でジェイソンを捕まえた。「あの道化は、保険査定員なら怯えさせることができるかもしれないけど、ジャナを残りの人生ずっと刑務所で過ごさせるというわたしの決意を固くしただけよ。わかってる?」

「報道陣に話したことに嘘はない」ジェイソンは答えた。「ウェイロン・パイクは詐欺師だ、ミズ・ランクフォード。それにきみはそのことを知っている。検察側の主張は弱い」彼は去ろうとした。が、背後から彼女の声が響いた。

「ジャナがパイクに払ったんじゃないとしたら、だれが払ったというの?」

ジェイソンは歩き続けた。が、ランクフォードはやめなかった。

「あなたがそれに答えられないなら、あなたの依頼人は終わりよ、ミスター・リッチ」

39

ふたりは裁判所から数ブロック離れたところにあるベイカーズ・オン・メイン・ショッピングセンターの〈カフェ336〉で会った。ジェイソンがチキンサラダ・サンドイッチとポテトチップスをアイスティーで流し込んでいるあいだに、ハリーが調査結果を報告した。

「コーワンというガキは、今は市の作業員として公園の草刈りやなんかの仕事をしている。ほぼ毎晩、ハッピーアワーに〈ブリック〉に行っている。例のバーテンダーのテレサがいつも働いている店だ」

「コーワンとは話したのか?」

「多少は。テレビのブレーブスの試合について世間話をした。それほどおしゃべりではなかった」

「ガールフレンドはいるのか？　恋人とかは？」

ハリーは首を振った。「いない、ちょっと飲み過ぎることもあるが、〈ブリック〉の近くのアパートメントに住んでいて、いつも歩いて帰っている」

「おまえから見て、一万五千ドルを工面できそうに見えるか？」

「市の職員としての仕事から考えるとそうは見えない。だが、彼のアパートメントは最低賃金の市の職員が住めるようなところじゃない。どこかに金を持っているのかもしれない。父親がアスリート傷害保険の保険金を受け取ったという噂もある。それが確認できれば、一万五千ドルをどこかに隠し持っていた可能性はある」

「確認する必要がある」ジェイソンは言った。「父親はどこにいる？」

「フロリダ・パンハンドルで建設作業員をしている」

「父親を見つけてくれ、ハリー。母親のほうは？」

「ハッスルビル・ロードのはずれに住んでいる。〈トップ・オー・ザ・リバー〉でウェイトレスをしていて、何度か話してみようとしたが、そのたびに断られた」彼はアイスティーを飲んだ。「失礼な態度ではなかった。ただ話したくないと言うだけだった」

「同じ質問だ。彼女が一万五千ドルの現金を隠し持っている可能性は？」

「ない」とハリーは言った。

「麻酔専門看護師《CRNA》のほうはどうだ？　メイプルズは？」

「やっと昨日、話すことができた」

「それで？」

「検察側の捜査報告書に書かれていたことはすべて確認した。ドクター・ウォーターズとの関係は認めたが、数カ月前に終わっていると言っていた。警察からの事情聴取では当初は不倫の事実を否定していたが、医師とのメールのやりとりを見せられて結局は認めている。被害者と最後に会ったのは七月三日だ。午前中にいっしょに手術を担当した。四日の夜にメールを送っていて、それがダニエルズ捜査官の報告書にあった」

「〝独立記念日、おめでとう！　こんなじゃなければよかったのに……〟」ジェイソンはそのことばを記憶から呼び起こして口にした。「彼女は四日の夜はどこに？」

「〈ロックハウス〉で友人と食事をして、湖畔の彼女のキャビンから花火を見ていた」

「それはどこだ？」

「六十九号線のはずれの幹線道路沿いだ」

「〈ファイヤー・バイ・ザ・レイク〉のすぐ近くか？」

ハリーは眼を細めた。「せいぜい一・五キロほどかな」

ジェイソンはナプキンで口を拭くと、カフェを見まわした。午後一時半なのに満席だ。何人かが彼のほうをちらちらと見ていたが、ほとんどの客は遅い昼食を愉しんでいた。「〈ファイヤー・バイ・ザ・レイク〉のバーテンダーから聞いた話をもう一度してくれ」

ハリーは脚を組み、頭を振った。「彼の名前はケニーじゃなく、キースだ。二十七歳くらい。ジャナは常連客だと言っていた。少なくとも一週間に一回は来て、カクテルかドラフトビールを飲むそうだ。ひとりのこともあれば、そうじゃないときもあった」

「で、ひとりじゃないときは……？」ジェイソンは口ごもり、答えを待った。

ハリーは顔をしかめた。「ウェイロン・パイクといっしょだった」

「くそっ」ジェイソンは言った。人さし指でテーブルを叩いた。「ほかにはだれか？」

「いや、いない」ハリーは言った。

ジェイソンはアイスティーの残りをいっきに飲み干した。「メイプルズの話に戻ろう。彼女はCRNAで、湖畔にキャビンを持っている。現金で一万五千ドルを払うことはできるだろう」

「たしかに。だが動機はなんだ？　彼女によれば、関係はもう終わっていた」

「だが少なくとも彼が殺される二時間前までは、彼に未練を持っていた。最後のメールはある意味、別れのことばだったのかもしれない」

「ちょっと無理があるな、J・R」

「わかってる」ジェイソンは認めた。「それでも、振られた愛人には動機はある。けどコーワンのほうが有力だ。彼の動機のほうが強い。パイクも〈ブリック〉によく出入りしてたんじゃないのか？」

「われわれの友人のテレサによると、そのとおりだ」ハリーは言った。「ふたりは同じ時間帯に何度かバーにいたことがあるそうで、少なくとも一回か二回は、ふたりが話しているところを見たと思うと言っていた」

「〝思う〟というところがポイントだな」

「何もないよりはましだ」ハリーは言った。「ふたりが何を話していたかを証明することはできないが、殺害された時期にいっしょにいたところを見られていたという事実は、コーワンがドクター・ウォーターズを殺すためにパイクを雇う機会があったということを示している」

「ということは、あとは〝手段〟の確認を残すのみだ」ジェイソンは言った。アダムス教授との会話のなかで、彼女は被告人が犯罪を行なうには手段《means》、機会《opportunity》、そして動機《motive》が必要だと強調していた。彼女が言うところのMOMの原則だ。殺人罪を立証するためには、この三つの要素を常に示さなければならないと彼女は言っていた。代替犯人説でいくのなら、その人物もこの三つを持っていることを示さなければならないと。

「午前中にパナマ・シティに向かう」ハリーは言った。「コーワンの父親を探し出して、なんとか確認するつもりだ。医療過誤訴訟のときのブラクストンの弁護士は？」

「なんとか面談をセットした。彼はいつも訴訟を抱えているから、時間がかかった」

「いつ？」

「今日の午後だ。ハンツビルの彼のなじみのビールパブで会う」

「あんたはアルコール依存症なんだぞ。あまりいいアイデアには思えんな」

ジェイソンは歯を食いしばった。「相手の機嫌を取ろうとしてるんだ。この男から必要なものを手に入れたい」

「何を？」

「なんでもだ。手がかり。おれが見逃している何か。ノックス・ロジャースは、二年半ものあいだ、ブラクストンやジャナ、コーワン一家の周辺にいた。コーワンを代替の犯人にするなら、医療過誤訴訟のときのブラクストンの弁護士ほど、隠れた動機について教えてくれるのに最適な人物はいない」

「言いたいことはわかるが、おれだったらあまり期待はしないな」

「ありがとうよ。ブラクストンの病院スタッフは？」

「受付と医療助手に話を聞いたが、どちらも使えそうな話は聞けなかった。まだ彼の看護師を探しているところだが、ほとんど毎日手術に入っていて捕まらないんだ」

「なんて名前だったたっけ？」

「ベヴァリー・サッカー」ハリーは立ち上がりかけたが、もう一度坐った。「この件から手を引くなら、まだ遅くないぞ、J・R。今ならできる。裁判所が別の弁護士をジャナに任命する。それでもあんたが姪の面倒を見ることはできる。今のようにな。あんたがこの件に手を出す必要はない。おれたちには必要ないんだ」

ジェイソンは立ち上がった。「言ったはずだ、ハリー。選択肢はない。ジャナの弁護士がひとつでも間違った行動を取れば、ノラとニーシーが傷つくことになる。わかってるだろ？」

ハリーも立ち上がると、ジェイソンの腕をつかんだ。「あんた自身がその間違った行動を取ったとき、自分がどう感じるか考えたことはあるのか？　すでに予備審問を放棄した。それは賢明だったのか？」

「ジャナが望んだことだ。それに予備審問では、検察側はパイクの自供を提出して相当な理由を示し、事件を大陪審に送致するだけでいい。時間を無駄にしたくなかった。起訴されることはわかっていたし、できるだけ早く罪状認否をすませて、より早い審理の日付を決めたかったんだ」

「なぜ？」

「ここで起きていることが、よかろうが、悪かろうが、どんなに醜かろうが、家族のためには早く終わらせたいからだ」

「あんたは地雷原を歩いている。そのことをわかってるのか？」

「ああ」ジェイソンは言った。「だからこそ……早く歩いたほうがいい」

ハリーは体を乗り出すと、ジェイソンの耳元でささやいた。「おれたちが雇った民間の警備会社はこのあたりでは最高だ。ケイドがあんたの車に取りつけた追跡装置もはずしたし、警備担当者があんたとあんたの姪たちを鷹《たか》のように見張っている」彼はテーブルに視線を落とした。「だが、ケイドの手下も同じように監視している」

「わかっている」ジェイソンは言った。「おまえのしてくれたことには感謝してるよ、ハリー」

「充分じゃないかもしれない。ケイドは抜け目がない。やつの手下も優秀だ。何が言いたいかというとだな、アミーゴ、あんたの家族が安全だとは保証できないということだ」

「理解している」ジェイソンは言った。「パイクかコーワンがケイドと関係してるかどうかについては何かわかったか？」

「何も」

ジェイソンは行こうとしたが、ハリーが腕をつかんだ。「ケイドとのつながりが見つかったらどうする？　脅されている状況で、どうやってそれを使おうと言うんだ？」

ジェイソンは体をよじってハリーの手から逃れた。「そのときは、その橋を渡ることになるだろう」

40

タイソン・ケイドは〈トゥインキーズ〉を二パックと六百ミリリットルの〈サンドロップ〉をカウンターの上に置いた。

「何かいい話はあるか、ドゥーブ？」

午後二時三十分、〈アルダー・スプリングス食料品店〉。学校が終わればすぐににぎわうだろうが、まだ暇な時間帯だった。ドゥービー・ダーネルは前髪を眼からかき分けると、少したじろいだ。「なんにも、タイソン。五ドル三十七セントよ」

ケイドは百ドル札を彼女の眼の前にぶら下げた。「ジャナ・リッチの件で何か聞いてないか？」

彼女は両手でふわふわしたとび色の巻き毛をかき上げた。「裁判は十月になった」彼女は言った。「彼女の弁護士――弟――は街に戻ってきて、姪たちの面倒を見ている」彼女は店のなかを見まわした。「ミル・クリークを砦《とりで》みたいにしてるっていう噂を聞いた。警戒厳重な」

「ほかには？」ケイドは言い放った。「すでに聞いた話だ」

「ごめん」

「トレイ・コーワンについては？　最近はここに来てるのか？」

「さっき来たよ」ドゥービーは言った。「母親のところに持っていくものを買っていった」

「トルーディはどうだ？」ケイドは訊いた。

「元気だと思うよ」

　ケイドは百ドル札を財布に戻すと、彼女に六ドル渡した。「釣りはいらない」そう言うとドアに向かって歩き始めた。

「先週、ここに調査員が来たよ。名刺を置いていった。トレイとトルーディについてあれこれ訊いていった」一瞬ためらってから続けた。「あなたのことも」

「名刺は取ってあるのか？」

　彼女はカウンターの下に手を伸ばし、取り出すとケイドに見えるように掲げた。

　ケイドは歩み寄ると、彼女の手から名刺をひったくった。「ハリー・ダヴェンポート」彼は言った。そして彼女にウインクした。「よくやった、ドゥービー・ガール」財布を出すと、百ドル札をもう一度取り出し、彼女の手に押し込んだ。「おれの緊急用の電話番号は知ってるな？」

「ええ」

「もしこの男が――」彼は名刺をかざした。「――また立ち寄ったら、おれに電話しろ。いいな？」

「わかった」と彼女は言った。

「いいだろう」とケイドは言った。「じゃあな」

駐車場に出ると、〈トゥインキーズ〉のひとつをひと口で食べ、ソフトドリンクの半分で流し込んだ。そして長いげっぷをした。彼はピリピリしていた。この何日かほとんど寝ていない。サンド・マウンテン全体で、ビジネスは順調に推移しており、需要に追いつくのが大変だった。ジャナ・ウォーターズの罪状認否の結果と、ジェイソン・リッチがミル・クリークの家のまわりの安全を確保しようとしていることは、今日早くに聞いていた。最近その場所を監視していた手下のひとりによると、リッチは少なくとも四人の警備担当者を雇っていた。ひとりは常に家にいた。もうひとりはノラの登下校を護衛し、もうひとりは家の裏手と湖沿いを見張っていた。さらにひとりはバーミングハム・サザン・カレッジのニーシーを見張っていた。

ケイドは、必要となったときに弁護士を奇襲する最適の方法は、ボートで行くことだと思っていたが、ミル・クリークの橋は小さく、大きな船はその下を通れないだろう。ジェットスキーで手下を送り込むこともできたが、それでは物音がしすぎる。釣り用のボートが最良の選択肢だったが、ケイドは自分がその方法も取ることはないだろうと思っていた。警備が厳重だったし、リッチの家の両側に住む田舎者たちのこともあった。チェイス・ウィッチェンは元軍人だったし、通りの向かい側に住むトニダンデル兄弟も厄介だった。ケイドがこの家を襲おうとしたら、第三次世界大戦になり、しかも勝てるかどうかはわからなかった。

あの看板弁護士《ビルボード》に自分のすべきことを思い出させるには、どう考えても、彼の家から離れたところでやるしかなかった。いずれにしろ、そのほうがいいだろう。そう考えていると、覆面パトカーがやって来て、彼の横に停まった。なかに乗り込んだ。

「話せ」シートに尻をつけると同時に言った。

ケリー・フラワーズ保安官補はアクセルを踏むと、ケイドに眼を向けることなく、咳払いをひとつして話し始めた。「リッチはトレイ・コーワンに焦点を当てる方針のようだ。調査員を連れてきた。名前は——」

「ハリー・ダヴェンポート」ケイドは言い、ドゥービーから渡された名刺を掲げた。「どんなやつだ？」

「バーミングハムの〈サミーズ〉で何年か用心棒をやっていた」

「いい店だ」ケイドは言った。

「その前はアーミー・レンジャーにいた」

「すばらしい」ケイドは言った。〈サンドロップ〉を勢いよく飲み、げっぷをした。「トレイがドクター・ウォーターズの殺害に関与している可能性はあるのか？」

ケリーはケイドをちらっと見た。「保安官事務所が知っている範囲ではない」彼はそれ以上話すべきか考えているようだった。前回、ケイドが車に乗ったときにどう終わったかを思い出しているのはたしかだ。

ケイドはニヤリと笑った。「リラックスしろ、ケリー。今日はおまえにレッスンしてやる気分じゃない。それに時間もない。だがおまえがきっと考えているだろうことに答えるなら、おれはトレイが関与しているかどうかは知らない」

「殺人の一ヵ月かそこら前に、トレイがあんたのために仕事をしたらしいと聞いた」

「だれがそんなことを言った？」

ケリーはもう一度ケイドをちらっと見た。「あいつの母親が。最近、〈トップ・オー・ザ・リバー〉に行って、ほかの保安官補といっしょにメシを食ったんだ。彼女からトレイがあんたのために仕事をしていることについて知ってるかと尋ねられた」

「何を話した？」

「真実を。そんなことは聞いてないと。彼女が言うには、トレイは六月に三日間旅行に出かけ、行き先をだれにも告げなかったそうだ。車はここに置いたままで、別の車を運転していった。彼女は息子があんたのために運び屋か何かをやってるんじゃないかと心配していた」

ケイドは顔をしかめた。「心配するのはわかるが、どうしておまえに訊くんだ？　法執行官であるおまえに」

「コーワン家とは古くからの付き合いなんだ。命令されないかぎり、トレイを逮捕することはない。トルーディはそのことを知ってる」

「彼女はおまえがおれのために働いていることも知ってるのか？」

「もちろん知らない」ケリーは言った。「だれもそのことは知らない」

いっとき、沈黙が支配した。そしてケリーはずっと宙に浮いたままだった質問をした。

「タイソン、トレイはあんたのために仕事をしたのか？」

「いいや」ケイドは答えた。

「じゃあ、あいつはどこに行ったんだ？」

「知らんよ。あいつの父親はフロリダに住んでたんじゃなかったか？」

「ああ、だがトルーディによると、トレイは父親とは関わろうとはしないそうだ」

「かもしれない」ケイドは言った。「だが金は奇妙な動機になる」

「どういう意味だ？」

「ゴールデン・ボーイは金が必要だったんじゃないのか？　ウェイロン・パイクにドクター・ウォーターズを殺させるために父親から一万五千ドルを借りたとか？」ケイドはクスクスと笑った。「そこまでクソみたいな話か？」

「まさか、ほんとうに信じてるんじゃないだろうな？」ケリーは訊いた。

ケイドの笑みが消えた。「どうしておれが何を信じているかをおまえに話さなければならないんだ、ケリー？」ケイドは一瞬の間《ま》を置いてから、話題を変えた。「リッチはどうしてる？　保安官事務所で何か噂はないのか？」

「やつは今日の記者からの取材で全員に揺さぶりをかけ、そのあとすぐにコンラッド判事から箝口令《かんこうれい》を食らった」

「保安官と地区検事長は今も有罪を確信しているのか？」

「ああ、だがパイクのことを心配している」

「どうして？」

「リッチが今日、テレビで言っていたように、やつは前科のある重罪犯罪者だ。あいつの信頼性について不安を抱いている」

「それ以上に証拠があるんじゃないか？」

「もちろんだ。ドクター・ウォーターズが不倫をしていたこと、離婚を申請すると脅していたこと、さらにジャナ・ウォーターズほどパイクとの接点がある人物はいない。それに彼女は街で最も裕福な女性のひとりで、殺人の前日に銀行から一万五千ドルを引き出している」

「おれには鉄板のように確実に聞こえるがな。ジェイソン・リッチがこの状況から姉を救い出すにはマジシャンになるしかないだろう」

「姉を裏切るつもりはないようだ。それは明らかなようだ」

「だろうな」ケイドは言った。「それにおれについての関与をほのめかさないという約束を守っているかぎりは、やつが何をしようが気にしない。むしろ、彼が勝つことを望むくらいだ」

「本気じゃないだろ？」ケリーが訊いた。

ケイドは保安官補の側頭部を、まるで五歳の子供がするように、人さし指でパチンと弾《はじ》いた。「おまえのケツを叩かせるなよ、わかってるな、ケリー？」

「ああ」とケリーは言った。

「いいだろう。ジャナの弁護士の件でほかにわかっていることはあるか？」

ケリーは側頭部を撫でた。「やつはモントゴメリーで明日開かれるアラバマ州法曹協会の月次ミーティングで譴責《けんせき》を受けることになっている」

「ほんとうか？」ケイドが訊いた。「モントゴメリー、ほう」

「ああ。証言録取の最中に泥酔していたため、九十日間、リハビリ施設に入らなければならなかった。それに関する譴責だ。法曹協会のすべての委員の前で、恥をかかせられることになるようだ」ケリーは歯のあいだから音をたてた。「ざまあないな」

「そうだな」ケイドは言った。

それにいい機会にもなる。ケイドはそう思った。

41

ジェイソンはノックス・ロジャースが〈イエローハンマー・ブリューイング〉の外のパティオにある木製のベンチに坐っているのを見つけた。弁護士は白髪交じりの髪に、大きな丸い眼鏡、色あせたジーンズ、そして袖をまくり上げた白のボタンダウンシャツといういでたちだった。テーブルの上に事件ファイルのようなものを置き、黄色の蛍光マーカーで医療記録に印をつけていた。ジェイソンが近づくと、椅子の背にもたれかかり、眼鏡をはずした。

「これはこれは」ノックスは言った。「看板とおんなじだ」

ジェイソンはベンチの反対側に坐り、手を差し出した。「ジェイソン・リッチ」

「ノックス・ロジャース」彼は言い、グラスからゆっくりとひと口飲んだ。「なんとね。パークウェイにある看板と同じスーツ、同じネクタイじゃないか」彼はウインクした。「ここに来るまでに通り過ぎてきたよ」

「ワードローブはかぎられてるんでね」ジェイソンは言った。「時間を作ってくれてありがとう」

「ビールを飲もう、と言いたいところだが、やめておいたほうがいいんだろうな」

ジェイソンは緊張した。「わたしの問題について……知ってるんだね」

「バーミングハムには友人がたくさんいてね」ノックスは言った。

「ならなぜここで会おうと言ったんだ？」

「なぜなら、裁判のスケジュールにもよるが、毎週、火曜日と水曜日の午後はここに来ることにしているからだ。手持ちの案件についてじっくりと考えながら、イ《I》ンディア・ペ《P》ールエ《A》ールと古きよきビタミンDを摂るためにね。日中はここにはだれもいないし、きみとの面談を事務所のだれにも知られたくなかった。ここにいる連中はだれも気にしちゃいないだろう」

ジェイソンはまわりを見まわした。ひげを生やしたふたり組の男性が店内でビールを飲んでおり、紫の筋が入った髪の毛の女性が冷えたジョッキからビールをちびちび飲みながら、テーブルのひとつでラップトップPCに向かって仕事をしていた。外にはほかにだれもいなかった。

「そのようだ」ジェイソンは同意した。

「それでどんなご用かな？」ノックスは訊いた。「おそらくコーワン一家がドクター・ウォーターズに対して起こした医療過誤訴訟について、わたしの話すことに関心があるんだろうね」彼はビールをひと口飲んだ。視線はジェイソンに向けたままだった。「それに、トレイ・コーワンか、おそらくは彼の母親、トルーディのどちらかを代替の犯人にしようとしてるんじゃないかな。陪審員が検察側の証拠に合理的な疑いを抱き、混乱するに足るほどのスポットライトを当てることができるだれかを」彼はグラスを置いた。「近いだろ?」

ジェイソンは恥ずかしそうな笑みを見せた。「核心を突いてくるね」

「ばかを相手にするつもりはない。時間は貴重なんでね」その口調は淡々としており、傲慢と紙一重だった。ジェイソンは、ノックス・ロジャースが容易に陪審員を手玉に取るという噂を聞いていたが、ほかの弁護士にとっても脅威になりうるだろうと思った。特に自分が何をしているかわかっていない弁護士にとっては。

「わかってる」彼は言った。「それにあなたの言うとおりだ。医療過誤事件についてあなたがどこまで話せるか知りたい。コーワン家、なかでもトレイはドクター・ウォーターズに腹を立てる理由がたくさんあったようだ。それは公平な評価だろう?」

「ああ、そうだ」ノックスは言った。ジョッキを両手で包み、ビールを覗き込んでいた。

「彼らはとても怒っていた。特に母親は。彼女の証言録取はたいそう難しかったのを覚えている。彼女はテーブル越しにずっとドクター・ウォーターズに向かって怒鳴っていた。息子の人生をめちゃくちゃにしたと言って」ジョッキから顔を上げると続けた。「証言のコピーを渡そう」

ジェイソンは驚いた。「ありがとう」

「裁判記録も見るべきだ。どこかにコピーがあるはずだ。陪審員が被告側無罪の評決を下したあと、コーワン一家が控訴したので、控訴裁判所に証言を含むすべての記録を提出しなければならなかった。わたしの覚えているかぎりでは、トルーディは裁判のあいだ、ずっと同じコメントを繰り返していた。彼女の証言は心からのものだった。とても効果的だった」

「トレイのほうは？」

ノックスは首を振った。「哀れだった。すべてに対し麻痺《まひ》しているようだった。ドクター・ウォーターズが治してくれると信じていたのに、そうならなかったという以外は、彼が何を言ったかは覚えていない」

「父親は？」

「酔っぱらいだ。証言録取の日もアルコールのにおいをさせていた。きみならどんなかはわかるだろ？」

ジェイソンは歯を食いしばり、怒りを抑えようとした。ここまでノックス・ロジャースはとても力になってくれていた。多少の減らず口には耐えることはできる。

「すまん、つい言ってしまった」ノックスはビールをひと口飲んだ。「わたしも冷たいビールやウイスキーを飲むのは好きだ。だが、依頼人の代理人を務めているとき、特に証言録取のように重要な場面でそういうことをする人間には敬意を払うことはできない」

「依頼人には影響はなかった」ジェイソンは声を潜めたままそう言った。「影響があったのはわたしの弁護士資格だけだ」

「きみがそう言うならそうなんだろう」

ジェイソンは腕を組み、相手の男をじっと見た。「事件について教えてくれるか？　どうしてコーワン一家は訴えた？」

「あれは骨折した脛骨《けいこつ》の外科的修復手術だった。ほとんどの場合、ありふれた手術だが、感染症の可能性があった。トレイ・コーワンの場合、金具が感染していた」

「ドクター・ウォーターズは適切なフォローアップをしなかったと聞いた」

「それが申し立てのひとつだった。その日の午後と翌日の午前中にトレイの診察に来なかった。助手に任せたが、その助手が忘れてしまった」

「それは医療過誤なのでは？」

「いいや」ノックスは言った。「患者には麻酔医のほかに看護師もついていた。それに助手は翌日の午前中に彼を診《み》て、抗生物質を処方している」

「すぐに処方されたと言えるのか」

「それが事件の核心だった。原告側はコーワンが八時間も治療せずに放っておかれ、その事実が、適用される標準的な治療に違反しており、トレイの脚に回復不能の傷害を引き起こしたと主張した」

「被告側の主張は？」

「まず……」彼は人さし指を立てた。「……実質的な治療の遅れは存在せず、治療のあいだのギャップは標準的な範囲内だった。そしてふたつめには……」彼は中指を立てた。「……

八時間の治療の遅れがあったとしても、傷害の発生と因果関係はない」彼はグラスからひと口飲んだ。「わたしはこの因果関係説が決め手になったと確信している。感染症の専門医でなければ、より早期の抗生物質の投与によって違いがあったかどうかは証言できない。われわれにはそのような専門家がいたが、原告側にはいなかった」

「原告側の弁護士は？」

「ショーン・キャロウェイ。コーワン一家の友人で、地元の弁護士だ」ノックスはウインクをした。「だが医療過誤訴訟をそれまでに扱ったことがなかった。そしてそれが訴訟を左右した」

ジェイソンはピクニックテーブルに眼を落とした。自分自身の事件のことを考え、自分も刑事事件の経験が不足していることを考えた。ジャナの事件で同じような過ちを犯してしまう可能性はあるだろうか？

「一家は地元に恩義を感じすぎていた。ブラクストンにその手術をさせるべきじゃなかった。彼は腕のいい医師だが、バーミングハムにトレイを連れていくべきだった。まあ、わたしの個人的な意見だけどね」

「そして医療過誤を専門とする弁護士を雇うべきだった」

「そのとおり。そうすべきだった。ショーンはこの件ではしっかりとした主張をした。いい仕事をして、陪審員の評決ではわれわれをひやひやさせた。だが、もしわれわれが敗訴していたとしても、感染症専門医に証言させるのを怠ったことを理由に評決を破棄させていたはずだ」

「コーワン一家はどうして控訴したんだ？」

「やけくそだった。再審理の申し立てが却下され、それしか手がなかった。それにすがったが、無駄だった。あの裁判記録はまったくきれいだったからな」

ジェイソンはもうひとりの弁護士の飲みかけのビールを見つめた。彼の話してくれたことをすべて受け止めた上で、別のことについて考えた。「ドクター・ウォーターズが病院の麻酔専門看護師《CRNA》と不倫をしていたという話は聞いていたか？　コリーン・メイプルズという女性と」

ノックスはニヤリと笑った。「ああ、聞いていた。それどころか、彼の麻酔専門看護師との関係がわれわれの主張を台無しにしてしまうんじゃないかと、死ぬほど恐れていたよ」

「どうして？」

「なぜなら、ふたりが手術の最中に口論していたと聞いたからだ。それに手術が終わったあと、看護師のひとりが、ブラクストンがメイプルズを廊下まで追いかけていくのを見ていた。その看護師はCRNAが泣いていたと言っていた」

「なんてこった。それは証拠にはなったのか？」

「いいや」ノックスは言った。「なぜなら訴訟の中心は、手術中に起きたことではなく、手術後の不適切なフォローアップに焦点が置かれていたから、わたしは、ふたりの個人的な関係や、口論を示す証拠は過度に偏見を抱かせると主張した」

「だがその口論が、ブラクストンがフォローアップを怠った理由と関係があったのでは？」ノックスはまたジョッキを両手でつかみ、手のなかで前後に揺すった。「ブラクストンはその主張を否定した」

「メイプルズは？」

「彼女は手術のあとに何が起きたか思い出せないと言った」

「彼女は不倫を否定したのか？」

「ああ。ブラクストンも」

ジェイソンは鼻で笑った。「なら彼女は偽証したことになる。今はわれわれの事件についての事情聴取で関係を認めている」

「偽証とはかぎらない」ノックスは言った。「性的な関係は医療過誤事件後に始まったのかもしれない」

ジェイソンは眉をひそめた。この気難しい弁護士の説明はつかみにくく、抜け目がなかった。おそらくコリーン・メイプルズも同じことを言うだろう……

「だが、教えてあげよう、ミスター1-800 GET RICH、わたしは裁判では彼女が証言を変えて、何かを思い出すんじゃないかと死ぬほど心配していたんだ。ショーンは彼女を証人リストに載せていて、証人として尋問した。ショーンが手術の日について何か覚えていることはないかと彼女に尋ねたとき、わたしは息をこらして見守ったよ」

「だが彼女は証言を変えなかった」ジェイソンは言った。

「そのとおりだ」ノックスは言った。

「で、今思い返してみて、何があったんだと思う？」

「オフレコで？」

「ああ」

「ふたりは性的な関係にあって、手術中に痴話喧嘩になった。そのせいで彼は注意散漫になって助手に適切な指示を与えることができず、適切なフォローアップがなされなかった」

「けどそれは問題じゃなかった。なぜなら抗生物質の投与が早くても、違いはなかったから」ジェイソンは言った。

「われわれの感染症専門医が証言したようにね。われわれは一時間千ドルで彼に証言させた」

「きみは彼を信じていない」

「いや、彼の証言は医学的な裏付けに基づいていると信じている。だが……相手側にも主張があり、もしそれがなされていたら……」

「原告側が勝訴していた？」

「かもしれない」ノックスは言った。

「くそっ」ジェイソンは言った。「一家は弁護士を弁護過誤で訴えなかったのか？」

「訴えていないはずだ。だがトルーディ・コーワンはブラクストンとCRNAを医師会と看護師会に告発したと聞いている。そこでもわたしは彼の力になってやらなければならなかった」

「何か新たにわかったのか？」

「ブラクストンに対しては何も」彼は言った。「だが……メイプルズには短期間の資格停止と罰金が科せられた」

「どうしてそんなことに？」

彼はビールをひと口飲んだ。「彼女は弁護士に相談することなく、自身で対応することを選んだ。それが間違いだった」

「そしてその件はメイプルズがブラクストンに腹を立てる理由にもなる」

「そのとおり。それにブラクストンがきみのお姉さんと別れなかったことも腹を立てる理由になるだろう」

「たしかに」ジェイソンは言った。

「で、どっちの代替犯人説がきみにとって可能性を与えてくれるのかな？」ノックスは尋ねた。「メイプルズかコーワンか？」

「どちらも違った理由で気に入った」

ノックスはジョッキの残りを飲み干した。「殺人の実行犯が、きみのお姉さんが金を払ってそうさせたと自供しているのはかなりまずいな」

ジェイソンが感じだしていた前向きな気分は、明らかな現実を確認することで消え失せてしまった。

「すまない」ノックスは言った。「ビールのお代わりをもらってくる。きみは何か注文するか？」

「わたしにおごらせてくれ」ジェイソンは言った。彼はビールと、自分には水を注文し、飲み物を持ってテーブルに戻ってきた。あといくつか訊きたいことがあった。

「医療過誤裁判のとき、姉には会ったか？」

「ああ。ジャナ・ウォーターズだね」

「姉のことをどう思った？」

「魅力的、頭がよく、負けず嫌い。そして百パーセント、夫を支持しているように見、え、た」

「ように見えた？　どうしてそんなふうに思ったんだ？」

「なぜなら、彼女はメイプルズとのあいだに、明らかに問題を抱えていて、それが裁判の直前に頭をもたげてきたからだ。メイプルズが証言したとき、彼女が何を言いだすか怯えていたのと同じくらい、わたしはジャナが何か愚かなことをしたり、言ったりしないか怯えていた。きみのお姉さんは気性の激しい女性だった。裁判が始まる数日前、わたしはブラクストンのオフィスでふたりと会い、陪審員候補者のリストに眼を通して、われわれの証人について話し合った。メイプルズの話になると、彼女は激高し、オフィスのどこで彼女とヤッたのかと夫を問い詰めだした。オフィスの家具を次から次へと示して、わめき散らして、夫の不倫がすべてを台無しにしようとしていると言い放った。最後には出ていってもらわなければならなかった」

「すばらしい」ジェイソンはそう言うと、水をひと口飲んだ。

「すまん」

いっとき、ふたりは無言のまま、それぞれの飲み物を飲んでいた。「ひとつ教えてくれ」ようやくノックスが口を開いた。「いったいどんな目に遭ってこの事件を引き受けるはめになったんだ?」

興味深いことばの選択だった。ジェイソンはもう少しで微笑みそうになった。「話すと長くなる」

「だろうな」ノックスは言った。

ジェイソンは去ろうとして立ち上がった。「ミスター・ロジャース、時間を割いてくれてありがとう。宣誓証言と裁判記録の写しの準備ができたら、取りに行かせる。もちろんコピーの費用とそれをまとめるのに、あなたの事務所のアソシエイトが費やした時間に対しても支払う」

「デジタル保存してあると思う。いくつかのサムドライブに格納して送ろう。それでいいかな？」

「完璧だ」ジェイソンはそう言うと、経験豊かな弁護士をじっと見た。「ひとつ訊いていいかな？」

「どうぞ」

「どうしてわたしを助けてくれるのかな？ あなたのまなざしや口調から、あなたがわたしのことを弁護士としてもひとりの人間としてもあまりよく思っていないのがわかる」

ノックスは脚を組んだ。「なぜなら、ブラクストン・ウォーターズはわたしの依頼人だったからだ。彼のことは好きだった」

「彼を殺した人物の弁護をすることになるかもしれない」

ノックスの眼が揺らめいた。「いや、きみの態度と口調から、きみがそうは信じていないことがわかる。それに彼を殺したのは便利屋だ。きみが弁護するのはその便利屋を雇って犯行に及ばせたと告発されている人物だ」

「犯罪の世界では大きな違いはない。有罪になれば、姉は死刑が宣告される」

「陪審員にとっては違いがあるだろう」彼は言った。「民事弁護士になる前は、マディソン郡検事局に数年間勤めていたことがある。検察官として刑事事件の訴訟を多く扱った。殺人事件は多くはなかったが、いくつかあって、そのうちのひとつは、共謀者が関与した嘱託殺人だった」彼は空を見上げた。「被告弁護人は、われわれが殺人の実行犯と行なった司法取引に大あわてだった」彼はクスッと笑った。「今日の記者からの取材によると、きみはもう備えを固めてるようだな。あのあと、コンラッド判事は箝口令《かんこうれい》を敷いたんだろ?」

「そのとおり」とジェイソンは言った。

「彼はいい判事だ。われわれの事件ではバーバーが判事だった。変人だ。コンラッドも元検察官だが、公平だし、とても頭がいい」

「それはよかった」ジェイソンは一歩あとずさった。「ミスター・ロジャース……」

「ノックスと呼んでくれ」

「ノックス、今回の件は感謝してもしきれない」

もうひとりの弁護士はビールをひと口飲むと立ち上がった。手を差し出し、ジェイソンはその手を握った。「ドクター・ウォーターズに何があったのかを突き止めることで、それに応えてくれ。勝ち、負け、引き分け、いずれであっても。いいな?」

ジェイソンはうなずいた。「わかった」

42

トレイ・コーワンは〈ブリック〉のいつものスツールに坐って、テレビのスクリーンを見つめていた。ブレーブスがプレイしている。いつもなら野球の試合に熱中するのだが、今日はあまり興味が持てなかった。ドジャースが二回に八点を奪い、すでに勝負は決まっていた。トレイは〈ミラー・ライト〉の入ったジョッキを飲み干すと、カウンターに置いた。

「お代わりは?」バーテンダーが尋ねた。

トレイは首を振った。「やめとこう。運転するから水にしておこう」

「そうだね」カウンターのなかの女性——テレサ——は気さくな人柄だったが、トレイをひとりにしておいてくれた。彼のスポーツの過去について質問することはなく、それがいつも救いだった。

「はい、どうぞ」彼女は言った。

「ありがとう」トレイは発泡スチロールのカップから水を飲むと、スツールから下りた。手すりにしっかりとつかまりながら、重い足取りで階段を上った。そうしながら、人々の視線を感じていた。〈ブリック〉は床を低くした部屋の奥にバーエリアがあった。食事をする人々や家族連れのためにテーブルとブースがあり、それぞれにテレビが備えてあった。午後八時、店はまだ混み合っており、店を出ようとする彼は、人々が自分のことを話しているのを知っていた。

「あんなにすばらしいクォーターバックだったのに」

「アラ《バ》バマ《マ》大とオーバーン大から奨学金のオファーがあったらしい」

「セイバン・コーチが彼のプレイを見に来たときのことを覚えてるか？」

「とても残念だ」

「残念だ」

「残念だ」

「残念だ」

トレイは歩道に出ると、ガンター・アヴェニューに眼をやった。四時半からバーにいたが、少なくともビール五杯分のほろ酔いを感じていた。それでもしっかりとした足取りで歩いた。酔ってはいなかった。彼が〈ブリック〉でだれかと話すことはほとんどない。特にウェイロン・パイクが逮捕されてからは。だが彼は背景の雑音を愉しんだ。自分のアパートメントのまったくの静寂よりはまだましで、少なくとも彼にとっては、湖に出るよりもリラックスさせてくれた。

いや、湖は好きだった。だが時折、自分の人生がいかに悲しいかと話しかけてくる声を頭のなかで聞くと、乗っている船から飛び降りて、汚れた湖底に沈んでしまいたくなることがあった。それは名誉な死に方だろうか？　元五つ星クォーターバックにしてメジャーリーグの期待の星トレイ・コーワンのボートによる事故死。

〈ブリック〉ではそういったことを考えることはなかった。少なくとも、それほど多くはなかった。そこに行けば、ほとんどひとりにしてもらえた。視線が離れていくのを感じたが、それだけだった。それでも認めなければならない。彼はパイクが懐かしかった。彼はトレイに過去のことをあれこれ訊いたりはしなかった。未来のことしか訊かなかった。

そしてその未来が今だ。七月三日の夜のウェイロン・パイクとの会話を思い出しながら、トレイはそう思った。

足を引きずりながらスコット・ストリートまで歩き、通りを渡った。ダウンタウンの車の流れから離れると、歩くペースを上げた。足は引きずっていなかった。トレイはかなり歩けるようになっていたが、そうではないふりをしていた。人に知られたくない。特に今は……。

そう思った。

トレイは物静かで、あまり勉強は得意ではなかったが、ばかではなかった。復讐《ふくしゅう》は殺人の強力な動機となるとわかっていた。それに彼は〈ブリック〉でパイクと話しているところを目撃されていた。警察には彼とのやりとりについては真実を話してあった。

だがひとつの大きな事実について話していなかった。

トレイはアパートメントの階段を小走りで駆け上がった。足の調子はかなりよく、来春には再挑戦しようかと考えることもあった。街の人々は主に彼のことをフットボールのスターとして記憶していたが、高校の野球チームでは、最後の二年間、センターとして州選抜にも選ばれていた。いくつかのマイナーリーグのチームのトライアウトを受けられるだろう。速くは走れなかったが、打撃のほうはまだいけるはずだ。指名打者かあるいは一塁手としてなら採用される望みはあった。

自分の部屋のドアの前に着くと、鍵を差し込んだ。が、すでに開錠されていた。胸がときめくのを感じながらなかに入った。脱ぎ捨てられた衣服の跡がベッドルームへと続いている。

彼女を見ると、微笑みは満面の笑みに変わった。

コリーン・メイプルズは茶色の髪をしており、普段、勤務中はポニーテールにしていた。トレイよりは十歳年上だったが、それがふたりの関係をより燃え上がらせた。彼女は日焼けした肌をしており、自宅のボートハウスの桟橋で横になって焼くことで、輝くような茶色い肌を維持していた。もっとも彼は彼女の家には行ったことはなかった。ふたりが会うときは、いつもここだった。

「今回はどこに車を止めた？」トレイが訊いた。

「〈オールド・タウン・ストック・ハウス〉の駐車場。友達と二、三杯飲んでから、みんなには人と会うって言っておいた。みんなが帰ったら、帽子の上からフードをかぶってここまで歩いてきた」

「こっそりと」トレイは言い、さらに続けた。「ぼくの昔のジャージも似合ってるよ」

彼女はウインクした。胸を広げてみせた。胸元にガンターズビル高校の刺繍が施された12番の深紅と白のメッシュのジャージを着ている。彼女はトレイの過去の思い出のユニフォーム以外は、何も着ずにベッドのカバーの上に横たわっていた。「気に入った？」

トレイはうなずくと、シャツを脱ぎ始めた。「自分たちがここで何をしているのかわかってるのかい？」

コリーンはベッドの端まで這って進むと、トレイのジーンズのボタンをはずし始めた。

「あなたはわたしたちが何をしているのかちゃんとわかってる」彼の耳元でそうささやいた。

トレイは眼を閉じた。一瞬、〈ブリック〉で最後に会ったときのウェイロン・パイクのことを思い浮かべた。明るい眼をし、待ちきれない様子で決意に満ちた表情をしていた。止めるべきだった。トレイは思った。

そしてコリーンが彼の下着のなかに手を入れると、すべての意識は溶けてなくなった。

43

アラバマ州法曹協会から譴責を受けてから一時間後、ジェイソンは協会の会議室のひとつで、マホガニーのテーブル越しに、法律家支援プログラムの責任者、アシュリー・サリヴァンを見つめていた。サリヴァンはフォレスト・グリーンのスーツを着ており、それが彼女の豊かな赤毛とそばかすに対して見事なコントラストをなしていた。

「で、どんな具合？」

ジェイソンは天性の、トレードマークの笑顔を見せた。「すばらしいよ。仕事は順調だ。ガンターズビルの家族の近くに戻った。悪くないよ」

「そういう意味じゃないわ」

彼はテーブルに視線を落とした。「わかってる」

「ミスター・リッチ、仕事に復帰したら、わたしのオフィスに連絡することになっていたわよね。あなたがそうしていたら、あなたの回復度合いをチェックするメンターを指名するはずだった。あなたと同じ経験をした人物を」

彼は両手をもてあそぶようにしていた。

「もうアルコールに手を出したの？」

「いいや」ジェイソンはそう言い、彼女を見た。

「考えたことは？」

「毎日」

彼女はテーブル越しに体を乗り出した。「ジェイソン、あなたひとりでは無理よ。そうしようとすれば最後には失敗する」

「わたしのメンターは弁護士じゃなきゃならないのか？」

「これは法律家支援プログラムよ。メンバーは全員法律家。それに、同じ職業の人物ほどあなたがしようとしていることを理解してくれる人はいないでしょ」

ジェイソンは立ち上がると、デクスター・アヴェニューを眺める窓のところまで歩いた。アラバマ州最高裁判所の建物の柱が見えた。「譴責は見ていた？」

「ええ」彼女は言った。淡々とした口調だった。

「なら見ただろう……あるいは感じただろう。同僚たちがわたしのことをどう思っているか」

「気にしすぎよ、ジェイソン。わたしはあのような譴責を何百回と見てきた。みんな同じよ。聞いている人の多くはうつむく。宙を見つめる人もいる。ほかの弁護士が苦しむのを見て、ある種病的な喜びを感じている者もいる」

「きみは？」

彼女は立ち上がると、ジェイソンが立っているところまで歩いてきた。「共感を覚えた」

「どうして？」

「なぜなら知っているから。もし治療を受けていなかったら、そこにいたのは自分だった。今日のあなたのように処分を受けていた」

ジェイソンはうなった。「みんなはきみを応援するさ、アシュリー。きみは人に好かれる。

みんなは今日のわたしのようにはきみの恥を愉しんだりはしない」

「わたしは愉しまなかったわ」

ジェイソンは彼女をちらっと見た。「まあ、それはきみだけだよ」

彼女はテーブルの端まで歩くと、席に着いた。「ジェイソン、もしメンターをつけなければ、テッドにあなたが協力的じゃないと報告しなければならない。わたしが理解しているかぎりでは、断酒会《AA》にも行ってないわよね、違う？」

「そのとおりだ」

「それにカウンセラーにも会っていない」

「どれもしていない」彼は言い放った。

「ＰＡＣのカウンセラーはどうなの？」

「一度だけ電話をした。リハビリ施設を出て一週間後に」

「そう……それはよかった。彼女はなんと言った？」

「姉の殺人事件の弁護を引き受けるのは賢明じゃないと。ストレスが大きすぎる、プレッシャーが高すぎるし、時期尚早だと」

「わたしも彼女に全面的に賛成よ」アシュリーは言った。

「だろうね、けどジャナと姪たちは今のわたしの唯一の家族なんだ。それにほかにも事情がある」

「どういうこと？」

彼は窓から向きなおった。「言えない。けどジャナにはほかに選択肢はあまりない。彼女に公正な裁判を受けさせるためには、わたしがやるしかないんだ」

アシュリーは腕を組んだ。「ジェイソン、協会が鷹のようにあなたを監視していることを忘れないで。テッドはあなたを仕留めるチャンスを、よだれを垂らしてうかがっているし、ウィンスロップ・ブルックスも懲罰委員会として今後いっさいのトラブルを許さない方針でいる。もしあなたがプログラムに協力的じゃないって報告したら……」

ジェイソンは腰かけた。「どうすればそれを防げる？」

「最低でもメンターのひとりと会うことよ」

「アシュリー、わたしはほかの法律家は信用していない。協会に直接報告するような連中のことは特にだ。信用するなんて失敗のレシピみたいなものだ。連中がどんなか、あそこで見ただろう？」

「あなたはすまなそうにしてるようには見えなかった」

「テッドやウィンスロップ・ブルックス、協会のほかのだれも満足させたくなかったんだ。自分がしくじったのはわかってるが、連中は何年もわたしの金玉を握るのを待っていた……」彼は眼をそらした。「すまない――」

「気にしないで」

いっとき、沈黙が続いた。「カルマンにある〈オールステーキ・レストラン〉を知ってる?」アシュリーが訊いた。

ジェイソンは首を傾げた。「ああ。カルマンでトラックの事故を起こした依頼人がいて、そこで夕食を食べたことがある。オレンジロールが美味しかった」

「そこよ。来週そこで会いましょう。水曜日はどう?」

ジェイソンはスマートフォンをチェックした。その日は空《あ》いているようだった。「大丈夫だ。どういうことだい?」

「簡単よ」彼女は言った。「カルマンはガンターズビルからたった三十分しかかからない」

「まだわからないな」ジェイソンは言った。

アシュリーは腕を組んで言った。「わたしがあなたのメンターになるわ」

44

ジェイソンはモントゴメリーのダウンタウンにある〈サ・ザ〉でピザを食べることにした。もう少しでアシュリー・サリヴァンにもいっしょにどうかと誘いかけたが、やめたほうがいいと思った。彼女はすでに自分のために大きな便宜をはかってくれており、それを台無しにしたくなかった。

それでも、彼はカルマン出身の赤毛の法律家のことを気に入ったと認めざるをえなかった。彼女は自分のことを気にかけてくれているようで、それは州法曹協会に関係するだれもが自分に対して抱いている感情とはまったく違った。もちろんアシュリーに自分のメンターでいてもらうためには、いくつかの課題をクリアしなければならなかった。手始めにいまから次の水曜日までに少なくとも一回は断酒会《AA》に出席し、マーシャル郡で地元のセラピストを見つけなければならなかった。

ジェイソンはメニューにあるドラフトビールのセレクションを見つめた。今すぐ、三、四杯のＩＰＡとピザを食べて、通りの向かいにある〈ルネッサンス・ホテル〉で十二時間ほど眠るというのはどうだろう？〈イエローハンマー・ブリューイング〉でノックス・ロジャースがビールを飲んでいた光景と香りを思い出すと、唾がわいてきた。

代わりに彼は、カルツォーネとシーザーサラダを砂糖抜きのアイスティーといっしょに注文した。ノラとニーシーの様子を確認するためのメールを送りながら、急いで食べた。家に帰る途中で、バーミングハム・サザン・カレッジに寄って、ニーシーに会いたかったが、彼女は、テスト勉強中で時間がないと返信してきた。ふたりの仲はまだ冷え冷えとしていたが、彼女は、ジェイソンがミル・クリークでノラの面倒を見てくれていることを感謝し、渋々ながら、大学での警備は今のところはよいことだと認めてくれていた。

彼は弁護士として何百万ドルも稼いできたが、その富をあまり使っていなかった。どれだけの費用がかかろうが家族を守らなければならなかった。

ニーシーに〝問題なし〟とメールを返すと、ひとりの男が向かいの席に坐り、両肘をテーブルについた。ジェイソンは腕の毛が逆立つのを感じた。「なんの用だ？」

「取引を思い出してもらおうと思ってね」そう言うとタイソン・ケイドはニヤリと笑った。

ウェイトレスが通りかかり、ジェイソンと同席するのか訊いた。ケイドはイエスと答えた。彼はペパローニ・ピザのラージサイズとドラフトビールを注文し、ピザを持ち帰りにするよう彼女に頼んだ。ウェイトレスがいなくなると、ケイドはジェイソンを見た。「ごちそうさま」

「思い出させてもらう必要はない」ジェイソンは言った。侵入を許したことに苛立《いらだ》ち、なんのセキュリティも施していなかった自分自身を呪った。

「いや、それはどうかな」ケイドは言った。「あんたや姪たちを守るために雇った連中を見た。おれたちの話し合いの結果なんだろうな」

「そのとおりだ」ジェイソンは言った。「だが、だからといって取引を反故《ほご》にすることを意味するわけじゃない。逆だ。取引は守る」

「ジャナは証言しない」

「絶対にない」

「頼んだぞ」ケイドは言った。「だがあんたの姉を証人席に坐らせずに、どうやって殺人の弁護をするつもりだ?」

「わからない」とジェイソンは答えた。この場合は正直であることが最善の策だとわかっていた。「だが彼女が、自分が買ったコカインの代金の一部として、ドラッグディーラーに金を払ったと証言することがいい選択肢だとは思えない。殺人罪とは関係なく、麻薬取引で少なくとも五年間は刑務所に服役することになる」彼はケイドのほうに身を乗り出すと、小さな声で話した。「別の言い方をすれば、彼女が証言すれば、実刑が確定する。わたしは刑事事件の弁護の経験はないかもしれないが、それが賢明でないことくらいはわかる」

ケイドはウェイトレスが彼のビールを眼の前に置くのを待った。それからジョッキからゆっくりと飲んだ。「だいぶ気分がよくなってきた」彼は言った。

「よかった。なら出ていってもらおう」

ケイドの笑みが消えた。「ほかにもある」

「なんだ?」

「五万ドルだ」

「なんだと?」

「聞こえただろ。五万ドル。あんたの姉はコカイン中毒のせいでかなりの借金がある。金を受け取れなくて怒りだしている仕入れ元もいる」

「姉は彼女の夫が殺された夜に、あんたに一万五千ドルを支払った。そのために銀行から金を下ろした」

「だれが言った？」

ジェイソンの腕に鳥肌が立った。「あんただ。そう思っていた」

「おれはそんなことはひと言も言っていない。ジャナじゃないのか？」

ウェイトレスがピザの入ったボックスをケイドに渡しているあいだ、ジェイソンは黙っていた。ケイドはボックスを開けると、ひと切れ口に入れた。

「あんたはわたしとゲームをしている」ジェイソンは言った。

ケイドは時間をかけて、ピザを咀嚼《そしゃく》していた。食べ終わると、残りのビールをひと息で飲み干した。「それはおれのスタイルじゃないよ、弁護士先生」彼は立ち上がると、息に含まれるアルコールをジェイソンが感じるほど、体を近づけた。「現金で五万ドル。月曜日にそれを持って〈アルダー・スプリングス食料品店〉に来い。わかったか？」

ジェイソンはことばを失った。

「弁護士先生？　姪たちのことを大切にしてるんだろ？」

「もちろんだ」ジェイソンは答えた。その声は急にしわがれていた。

「いいだろう。月曜日に会おう」

45

モントゴメリーから一時間、バーミングハムのすぐ南まで来たところで、ジェイソンはもう我慢できなかった。カレラの出口で下りると、酒屋が併設された〈シェブロン〉のガソリンスタンドに立ち寄った。〈ジャック ダニエル〉の五百ミリリットルボトルと〈イングリング〉の六本パックを買った。州間高速道路に戻ると、ウイスキーの蓋を開け、口元に持っていった。

彼はジャナが、殺人のあった夜、タイソン・ケイドにコカインの代金として一万五千ドルを支払ったという話に基づいて動いていた。ジャナがそう言ったからだ。

だが彼女が嘘をついていたとしたら？ もし彼女がケイドには数百ドルしか払わず、自分の体で返済を先延ばししてもらおうとしていたとしたら？ ジェイソンはボトルから香りを嗅いだが、飲まなかった。

ジャナが一万五千ドルをウェイロン・パイクに払っていたのだとしたら？

電話が鳴った。ブルートゥース・ラジオのスクリーンに眼をやると、ハリーからだった。ウイスキーのボトルをカップホルダーに置くと、ラジオのノブを押して電話に出た。

「もしもし」彼は言った。自分の声に不安の色を聞いていた。

「J・R、おれだ」

「コーワンの父親を見つけたか？」

「ああ、ボス。父親はウォーター・サウンド近くのハイウェイ三十A号線のストリップモールで仕事をしている」

「それで？」

「保険金はない。時々、トレイに数百ドル送っているが、それだけだ」

「どんな男だ？」

「酔っぱらい。トラックの荷台のクーラーにビールを一ケース入れていて、話しているあいだも〈クアーズ・ライト〉を三缶飲んだ」

「トレイの母親のことを何か言ってたか？」

「トレイの事故のせいでふたりも終わったとだけ。ふたりは息子のキャリアにすべてを注ぎ込んでいた。フットボール・キャンプや遠征費用、レッスンに全財産を注ぎ込んだ。そして大きな収穫を逃した。彼曰く、『ドクター・ブラクストンがCRNAとヤるのに忙しすぎて、病院で息子に注意を払わなかったからだ』そうだ」

「彼曰く」

「彼のことばどおりだ」

「つまり、コーワン一家には動機がある」ジェイソンは言った。その声は弱々しかった。

「だがだれも金を持っていない。連中が現金で一万五千ドルをかき集めるのは無理だ」

「ああ、わかってる。探し出してくれてありがとう」

「大丈夫か、J・R？　なんか……変だぞ」ハリーが言った。

ジェイソンはウイスキーのボトルとビールの六本パックをちらっと見た。「いいや、大丈夫だ」

「譴責はどうだった？」

「最悪だ」彼は言った。「それにまたタイソン・ケイドがやって来た」

「モントゴメリーで？　どうやって？　警備はいなかったのか？」

「いなかった」

「なんだって？」

「あいつがモントゴメリーまで追いかけてくるとは思っていなかったから、警備担当者には自宅のノラと、バーミングハムのニーシーといっしょにいるように頼んであった」ジェイソンはまたウイスキーに眼をやった。「ケイドはここまでおれを尾行したか、部下を使っておれの居場所をたしかめたんだろう。あいつの調査能力はたいしたもんだ」

「なんの用だったんだ？」

「金だ。五万ドル。殺人のあった夜、彼はジャナから一万五千ドルを受け取っていないと言っている。あいつはおれが警備に金を費やしているのを見て、ジャナの代わりにおれに払うよう言ってきたんだ」

電話の向こう側で沈黙が流れ、それから長い口笛の音が聞こえてきた。「なんてこった。どうするつもりだ？　もし払っても、それでは終わらないぞ」

「ほかに選択肢があるか？　払わなければ、あいつは姪たちを傷つけるだろう」

「そのために警備に金をかけたんだろ。もしあんたが今日も警備を連れていっていたら、ケイドは近づけなかったかもしれない」

ジェイソンが右のほうを見ると、遠くに自分の看板のひとつが見えた。通り過ぎるとき、ニヤニヤ笑っている自分の写真をにらみつけた。「現実を見よう、ハリー。世界のどこだろうと警備を配置することはできる。だがもしあの男に逆らえば、最終的にはあいつに殺されるか、おれの愛するだれかを傷つけることになる」

ハリーは答えなかった。ジェイソンはそれが暗黙の譲歩であると理解した。

「もう切るぞ」ジェイソンは言った。

「大丈夫か、ボス？」

ジェイソンは答えることなく電話を切った。別の看板の前を通り過ぎた。その看板は通り過ぎる車に1－800GETRICHに電話するようアドバイスしていた。彼はウイスキーのボトルを取ると、もう一度唇に当てた。

今度は傾けるとゆっくりと飲んだ。褐色の液体が喉を焦がすと顔をしかめた。自分の愚かさが信じられなかった。

「ジャナは嘘をついていた」そうささやくと、〈ジャック ダニエル〉をもうひと口飲んだ。金のことについて……パイクとの関係について……

……すべてについて。

46

昇る太陽の光を顔に受けながら、女性の怒声で眼を覚ました。

「起きな、このクソ野郎」

ジェイソンが声のするほうに顔を向けたちょうどそのとき、バケツの水が浴びせられた。

水浸しで立ち上がると、吐き気の波に襲われ、膝をつかんで前かがみになった。「くそっ、チェイス、何をするんだ」

「こっちのセリフだよ、この酔っぱらい！〈ジャック ダニエル〉の空き瓶と、半カートン分の飲み干したビールといっしょに、スーツ姿で桟橋で夜を過ごすなんて」彼女は吠えた。白のタンクトップにショートパンツ、ベースボールキャップをかぶり、朝のカヤックから帰ってきたばかりのようだった。「湖に突き落としてやる」

「待ってくれ、もうぼくのスーツを台無しにしてるんだぞ」

「ふざけてんの？　湖のなかに入っても、ウイスキーとビールのにおいがするよ。くそビール工場みたいにぷんぷんにおう」彼女は両手を腰に置いて続けた。「酒に手を出したんじゃない。酒のなかに飛びこんだんだろ」

ジェイソンは深く息をし、立ち上がろうとした。それからまたかがみ込んだ。最後には胃をコントロールできるようになり、ひざまずいて桟橋から頭を突き出して、水のなかに吐いた。

「いいざまだね、ジェイソン」彼女は言った。

また吐いた。さらにまた。「行ってくれ」

「朝の六時十五分。もうすぐノラが起きてくる。彼女にこんなところを見せないで。もういっぱいいっぱいなんだから、叔父さんが酔っぱらいだなんて知る必要はない」

ジェイソンは歯を食いしばった。「行ってくれ、チェイス。お願いだ」

さらに吐き気に襲われ、また吐いた。終わるとチェイスのいたほうに眼をやった。が、彼女はいなかった。

「くそっ」拳で桟橋を殴りながら、彼はそうささやいた。

47

午前九時、ジェイソンは保安官事務所の扉をくぐった。数分後、面会室に通された。ジャナはまだそこにいなかったが、すぐに連れてくると言われた。二日酔いは、三杯のコーヒーと鎮痛剤の〈アリーブ〉を何錠か飲んでも去ることはなく、血管を脈打たせていたが、考えないようにして待った。ジャナが現れたが、刑務官が部屋を出ていくまで口を閉ざしていた。ふたりきりになると、なんとか声を抑えて話した。

「ブラクストンが殺される前日に銀行から下ろした一万五千ドルをどうしたか、話してほしい」

ジャナは眼をしばたたいた。「言ったでしょ。〈ファイヤー・バイ・ザ・レイク〉の先にあるストリップモールでタイソンの部下のひとりに渡したわ」

「全部、それとも一部？」

「思い出せない」

「ふざけるな。嘘だ。その金で何をしたのか正確に話すんだ」

彼女は両手を揉《も》み合わせた。ジェイソンにはそれが演技なのか、真の感情の発露なのかわからなかった。姉に関するすべてのことと同様、はっきりわからなかった。「大金だったわ、

J・J。五千ドルはあったと思う」

「支払いが遅れてたんじゃないのか？ あのろくでなしに五万ドルの借金があるんだろ」

「コカインをヤることしか考えていなかったのよ、それでいい？」

「信じられない」

「なら、クソ食らえよ。知ったこっちゃないわ」

「もしそうなら、残りの金はどうしたんだ？」

「封筒に入って車のなかにあるはずよ」

「いいか、そんなものはなかったんだ、ジャナ。ぼくは押収品の目録を全部見た。家のなか。車のなか。すべてを。車のなかから現金は見つかっていない」

「なら、盗まれたのよ、前に言ったように。保安官補のひとりが盗んだに違いないわ」

「ばかなことを言うな」ジェイソンは彼女の向かいの席に坐った。「金はどうしたんだ？」

「言ったとおりよ。車のなかに置いてきた」

「ウェイロン・パイクが姉さんの車から現金を取っていった可能性はあるか？ 彼が、姉さんが彼にブラクストンを殺させるために車にその金を残していったと考える可能性は？」

彼女は首を振ったが、何も言わなかった。

「たしかかい？」

「ええ」

「ウェイロン・パイクにブラクストンを殺したいと言ったことは？」

彼女は眼をしばたたいたが、答えなかった。

「ジャナ？」

「まあ、冗談で言ったかも」

「ほんとうに？」

「ええ、でも奥さん連中なんてみんなそんなもんでしょ。ブラクストンはわたしを騙していた。寂しかった。ウェイロンはよく家に来た。ワインを何杯か飲んで、ブラクストンを殺してほしいとかなんとか言ったかもしれないわ」

「ならやつの自供は真実なのか？」

「いいえ、違うわ」

「過去に姉さんがやつにブラクストンを殺してほしいと頼んだと言っている部分」ジェイソンはブリーフケースに手を入れて、供述調書を取り出した。「ここの部分だ。『何度か、ミズ・リッチはおれに夫を殺してほしいと言った』とある」

「ならそうね。けど彼はわたしが冗談を言ってるとわかってたはず」

「金額を示したことは？　ブラクストン殺害に一万五千ドルを支払うとやつに言ったのか？」

彼女は視線をさまよわせるように天井を見た。「ブラクストンの殺害にどれだけかかるか聞いたことがあるかもしれない。そして彼がそんな金額を言ったかも」

「ちくしょう。姉さんがやった、そうなんだね？　あのクソ野郎に金を払ってブラクストンを殺させたんだ」

「違う、わたしはやっていない。ハメられたのよ。たしかにウェイロンにはふざけてそう言ったけど、あんなひどいことをするはずがない。ブラクストンを憎むようにはなっていたけど、娘たちから父親を奪うような真似は絶対にしない」

「七月三日か四日に、姉さんが本気でブラクストンを殺してほしいと信じさせるようなことをウェイロンに言ったのか？」

「覚えているかぎりではないわ」彼女は言った。

「それじゃ、不充分だよ、ジャナ」

「ないわ」彼女は言った。

「ウェイロン・パイクが姉さんの車で金を見つけて、ブラクストンを殺すために自分に金を支払おうとしていると考える可能性は？」

「ないわ」ジャナは言った。彼女が躊躇《ちゅうちょ》しなかったことに、ジェイソンはほっとした。

「ウェイロンはわたしの冗談をだれかに話したに違いないわ。そして彼とそのだれかがわたしを陥れようと仕組んだ。わたしと同じか、わたし以上にブラクストンに死んでほしいと思っている人物よ」

「それはだれだ？　トレイ・コーワンと彼の家族については調べたが、彼らは金を持っていない」

「ブラクストンがヤッてたクソ女は?」

「コリーン・メイプルズ」ジェイソンは言った。「彼女ならパイクに金を払うことはできるが、ふたりがいっしょにいるところを見たことがあるか?」

「いいえ」

「それにコリーンとブラクストンの関係はそれ以前から知られていたのでは? 別れてだいぶ経ってから、コリーンが突然彼の死を望む理由はなんだ?」

「彼が殺される数時間前に、あの女がメールを送ったと言ってなかった?」ジャナは訊いた。

「それが彼が受け取った最後のメールだったの?」

ジェイソンは州の捜査官の報告書を彼女に見せていた。そして姉の記憶力のよさに感心した。

「答えはどちらもイエスだ」

「彼女にとっては、明らかに彼とは終わってなかった」

「けど、ブラクストンは姉さんと離婚しようとして、弁護士と会っていた。娘たちの前で自分の計画を姉さんに話した。コリーンは自分の目が出てくると思うのでは?」

「彼女のメールから判断して、彼がコリーンに離婚のことを話していたようには思えない」

ジャナは言った。

ジェイソンはテーブルに視線を落とした。この点についてはジャナの言うとおりだ。

「それに彼が離婚に踏み切るわけがない」

ジェイソンは彼女をじっと見た。「待ってくれ、ジャナ。彼は弁護士を雇っていたんだ。離婚を申請すると姉さんにも言った。そしてニーシーとノラの前でもそう言った。彼が最後までやり遂げるつもりはなかったというのは、思い過ごしじゃないか？」

「オーケイ、面会は終わりよ」彼女は立ち上がると、ドアに向かって歩き、三回ノックした。

「ジャナ、あの金で何をしたかについてすべて話してくれないか？」

彼女は答えなかった。「嘘つき呼ばわりされるのにはうんざりよ」

「姉さんは嘘つきだ。ウェイロン・パイクと寝ていたのか？　やつはそう供述している。それはほんとうなのか、嘘なのか？」

保安官補がドアを開け、ジャナはふたたび手錠を掛けられるために両手を差し出した。

「ジャナ」

彼女はジェイソンをにらんだ。「時間切れよ」

そして数秒後、彼女はいなくなった。

48

ジェイソンはマーシャル・メディカル・センター・ノースの駐車場でコリーン・メイプルズを待っていた。彼は高校時代にお気に入りだった、六十九号線のはずれにある大衆食堂の〈チャー・バーガー〉でベーコンバーガー、フライドポテト、チョコレートシェイクをテイクアウトし、手術センターのドアを見張りながら、〈ポルシェ〉の運転席で食べていた。午前十一時三十分。CRNAがランチの休憩を取るところを捕まえようと思っていた。最初の数口をかぶりつくと、頭痛は消えていった。そして今、最後のバンズを口に放り込み、最後のフライドポテトをかじりながら、ようやく生きている実感を取り戻した。

そして罪悪感も。いったい昨日の晩は何が起きたのだろう？

ケイドに金を要求され、コーワンが有力な代替犯ではないことをハリーが確認したことで、電源が切れたような状態になり、一線を越えてしまったのだ。また酒に手を出してしまった。さらされているストレスを考えればさほど驚くことではなかった。

自分はやるべきことをしなかった。

アシュリー・サリヴァンは正しかった。ミハルの言うとおりだった。イジーやみんなの言うとおりだった。パーディド依存症治療センターを退院しても、リハビリは終わっていないのだ。始まりに過ぎなかった。ほんとうにアルコールと手を切り、健全な生活を送りたいと思っていたのなら、真剣に回復に取り組んでいたはずだった。昨晩はラッキーだったのだ。百六十キロ以上の距離を酒に酔った状態で運転して帰ってきた。警官に止められていたならどうなっていただろう？　飲酒運転で逮捕されていたら？

桟橋で気を失っているところをノラに見つかっていたら？　彼女が起きてくる前にシャワーを浴び、ひげを剃ることができたが、そこまで運がよくなかったら？　姪は彼のことを信頼し始めている。彼と話をするようになっていた。そのすべてがたったひとつの過ちによって台無しになるところだったのだ。

二度と繰り返すことはできない。

シェイクの残りを飲み干すと、緑のスクラブを着た女性がドアから出てくるのが見えた。髪の毛は茶色で、その見た目はハリーが撮った写真の人物と一致していた。ジェイソンは彼女が駐車場を歩いて近づいてくるのを見ていた。彼女がキーレスエントリーの機器を操作すると、車のロックが解除される聞きなれた音がした。

ジェイソンは〈ポルシェ〉から飛び出すと、まっすぐ彼女のほうに歩いていった。「ミズ・メイプルズ？」

彼女はジェイソンのほうを見ると、歩みを速めた。シルバーの〈BMW 3シリーズセダン〉の前で立ち止まった。ドアの取っ手に手を掛けようとするところを、ジェイソンが前に立って、行く手を阻んだ。「二分だけ、ミズ・メイプルズ」

「どかないと大きな声を出すわよ」

「ミズ・メイプルズ、いくつか質問させてください。あなたとブラクストンの――」

コリーン・メイプルズが長く甲高い悲鳴をあげた。ジェイソンは背筋に震えを覚えた。無意識のうちに左によけ、両手を上げた。

彼女がドアを開け、イグニションをまわし、駐車場から出ていった。あとにはタイヤが焦げた跡が残っていた。

「くそっ」ジェイソンは小声で言った。自分の車に戻ろうとすると、〈BMW〉がUターンし、自分のほうに向かってくるのが見えた。

彼は立ち止まり、一瞬、彼女が自分を轢《ひ》こうとしているのかと思った。その代わり、彼女は彼の横に車を停めると、ウインドウを下ろした。「何も話すことはないわ、ミスター・リッチ。ダニエルズ部長刑事にはもう話したし、供述調書は見たでしょ。あなたの調査員のミスター・ダヴェンポートにも話したわ」

「ミズ・メイプルズ、わたしの姉は無実なんだ」ジェイソンにはそのことばが弱々しく、説得力がないとわかっていた。だが、そう言うしかなかった。

「あまり自信はなさそうね」メイプルズはそう言うとウインドウを下ろし、走り去っていった。

ジェイソンは駐車場を見まわし、滑稽に感じながらも重い足取りで自分の車へと歩きだした。乗り込もうとしたとき、背後から甲高い声がした。

「クソ女《ビッチ》が」

振り向くとスクラブ姿で眼鏡を掛けた女性がいた。

「だれが？」ジェイソンは訊いた。

「メイプルズだよ」その女性は言った。「ここじゃ、彼女を好きな人間はひとりもいないよ」

ジェイソンは微笑んだ。その女性は身長はせいぜい百五十センチ、体重は四十五キロもなさそうだった。白っぽい灰色の髪を短くカットし、歩く姿もどこかたどたどしかった。推測するに七十代後半だろうか。

「ジェイソン・リッチです」彼は言った。

「ベヴァリー・サッカー」その女性は言った。

奇跡はやむことはない。興奮を覚えながらそう思った。ブラクストンの看護師だ。ハリーがいつも手術に入っていて捕まらないと言っていた人物。「ミズ・サッカー、ずっと連絡を取ろうとしてました」

彼女は眼を細めてジェイソンを見た。「ベヴと呼んで。それからあなたの調査員から逃げまわって申しわけない。けど仕事が最優先だから、わかるだろ？」

「もちろんです、マァム」

彼女は首を傾げて言った。「あの看板にそれだけの価値があると思ってるの？」

ジェイソンはごまかすのはやめて、正直に答えることにした。「ベヴ、あと千は設置したいと思ってますよ」

それを聞いて、彼女は微笑んだ。「ドクター・ウォーターズは好きだった。ここのだれもがそうだった。ほんとうにいい人だったよ。あたしが長いこと看護師をやってるから、いつもあたしのことをドクター・ベヴって呼んでくれた」

「何年になるんですか？」

「五十四年よ」

「なんてこった《ホリー・モリー》。そのくらいのお年だと思ってましたよ」

満面の笑みを浮かべた。「うまいじゃない」

「ドクター・ウォーターズの下ではどのくらいに？」

「外まわり看護師（手術の際、器械出し看護師の助手を務める看護師）として十五年」

「じゃあ、事件当時も主にこの病院の手術室で仕事をしていたんですね？」

「ああ、月曜日と水曜日はドクター・ウォーターズ、火曜日と木曜日は、彼の相棒のドクター・クルーザの手術を担当していたよ。金曜日は診察室だった」

「彼が亡くなったあとは？」

「同じスケジュールでドクター・クルーザの手術を担当している。必要に応じて病院に行ってるよ」

ジェイソンは彼女のコメントをじっくり考えると、慎重に次の質問を選んだ。「みんながドクター・ウォーターズの奥さんについてどう思っていたか教えてもらえますか？」

「正直に？」

「はい、もちろん」

「あたしが彼女を見たときは、いつも申し分なく着飾っていてとてもきれいだった。そう、美しい女性だった」

「けど……」ジェイソンは迫った。

「けどほかの看護師から聞いたゴシップや、ドクター・ウォーターズが言っていたことを聞いたら……」しだいに声が小さくなっていった。

「続けて。悪気はないとわかってますから」

「彼女はくそクレイジーだった。汚いことばで申しわけない」ベヴは肩をすくめた。「悪気はないんだよ」

「気にしないでください」ジェイソンは言った。「彼女が殺人で逮捕されたと聞いて驚きましたか？」

彼女は小さく口笛を吹いた。「正直なところ、ドクター・ウォーターズが殺されたことにショックを受けるあまり、だれが殺したかについては、驚くだけの気力はなかった。つまり、夫婦に問題があるとは聞いていたけど、殺人に至るほどではないと思ってた」

「彼がメイプルズと不倫関係にあったのは知ってましたか？」

「ああ、もちろん」と彼女は言った。「看護スタッフのあいだでは常識だったよ」

「見たことは……その、いっしょのところを」

「一度だけ」

ジェイソンはエネルギーがみなぎってくるのを感じた。「いつ？　どこで？」

「ドクターズ・ラウンジで。ドクター・ウォーターズに質問したくてそこに行ったら、ふたりがいた」

「何をしていたんですか？」

「最近の若者はなんて呼ぶのかい？　〝エッチ〟？」

ジェイソンはニヤリと笑った。この二十年間、セックスのことを〝エッチ〟と呼んだことはなかったが、喜んで受け入れることにした。「ええ、マァム。で、ふたりは……セックスをしていたんですね」

「もちのろんよ。簡易ベッドのカバーの下にいたけど、なかで何をしてたかは一目瞭然だったよ。婆《ばあ》さんには久しぶりだったけど、そこまで昔の話じゃない。それがどんなだかは今もわかってるよ」

「ええ、マァム。ベヴ、もし裁判で証人として召喚したら、メイプルズとドクター・ウォーターズが何をしているのを見たか証言してもらえますか？」

彼女は地面に視線を落とし、それから病院の建物に眼をやった。

「おやまあ。もちろんだよ。召喚されたら、真実を話さなければならないんだろ、違うの？」

「そのとおりです、マァム」

「メイプルズに恥をかかせたら、このへんのみんなはパレードして喜んでくれるだろうね。あの女は嫌われ者だから。麻酔専門看護師としての腕はたいしてよくない上に、スタッフには意地悪ときてるからね。ドクター・ウォーターズが彼女の何を見ていたのか理解できなかったけど……まあ、蓼《たで》食う虫も好《す》き好《ず》きって言うからね……わかるだろ？」

ジェイソンはクスッと笑った。「わかりますよ」

「裁判はいつから？」

「十月二十二日。今からだと二カ月ありません。裁判の一週間前に召喚状を送ります」

「じゃあ、その日に」そう言うと彼女は歩きだした。

「ベヴ」ジェイソンが呼び止めた。「コリーン・メイプルズについてほかに何か話せることはありませんか？　あるいはドクター・ウォーターズかわたしの姉について？　あなたが関係あると思うことならなんでもいい。すでにとても力になってくれているのにさらに訊くのは申し訳ないんですが……」

「でも訊くんだね」彼女は一瞬、ポーカーフェイスを保った。「別にかまわないよ」

「で……ほかに何かありますか？」

「ああ。ふたりはトレイ・コーワンの手術の日に別れた」

ジェイソンはエネルギーのほとばしりを全身に感じた。「どうしてわかるんですか？」

「なぜなら、あたしはその手術で外まわりを担当したから。ふたりのやりとりを聞いてたんだよ。ふたりはささやき声だったけど、一部ははっきり聞こえた」

「なんと言ってたんですか？」

「彼女は自分かミズ・ウォーターズのどちらを選ぶのかって言った」

「で、彼はなんと？」

「『わかってくれ、今は何もできない』って」

「手術中、彼は動揺しているように見えましたか？」

「ああ。でもいい手術をしたよ」彼女は地面を見下ろした。「手術のあとは、動揺していたと思う」

ジェイソンはノックス・ロジャースが話してくれたことを思い出していた。感染症の抗生物質を処方しなかったことについて。「あなたは病院でトレイの世話をしてたんですか？」

「手術室でだけ。彼が手術室を出たら、あたしたちには次の患者が待っている」

「ありがとう、ベヴ。ほかに何かありますか？」

彼女は一歩近づくと、自分の背後を見てから低い声で話した。「メイプルズに対して看護師会の調査があった。彼女は三ヵ月間の業務停止と一年間の保護観察処分を受けた。誤解しないでほしい。彼女のことは決して好きじゃないし、ドクター・ウォーターズのことは好きだけど、それでもあたしは……あたしたちの多くは……処分はアンフェアだと思った。ドクター・ウォーターズは無罪放免で、メイプルズは厳しい処分を受けた。それに言っておかなければならないけど、メイプルズは復帰してから以前よりよくなった。あいかわらずクソ女《ビッチ》だけど以前ほどひどくなくなった。調査と処分が彼女をおとなしくさせたんだと思う。スタッフミーティングでコーワンの手術のときの振る舞いを深く後悔しているって言ってたよ」

　ジェイソンも地面に眼をやった。興味深い。不倫相手であったことに加え、看護師会の調査と処分は、メイプルズにドクター・ウォーターズを傷つけたいと思わせる大きな動機となるだろう。だが多くのことがわかったものの、ウェイロン・パイクとの接点はまだ見えなかった。

「これ以上訊くのはいやなんですが」彼は言った。

「でもあたしがまだほかにも知ってるか訊きたいんだろ?」

「あるんですか?」

「まあ……言うべきかわからないけど」

「お願いだ、ベヴ、あなたが重要かもしれないと考えることは、姉の弁護にとって、とても大きな意味があるかもしれないんだ」

「わかった。二年ほど前、あたしは金曜日にオフィスで仕事をしていて、ドクター・ウォーターズが別の女性といっしょにいるところを目撃した。メイプルズでも、彼の奥さんでもない女性だよ」

「ふたりはその……〝エッチ〟をしてたんですか？」ジェイソンは訊いた。

「そのときは違った。けど、彼がその女性の体をまさぐっていた。それに女性はシャツを脱いでいた」

「その女性を特定できますか？」

彼女は指を鳴らした。「それしか思い出せないんだ。見覚えはあるんだけど、名前が思い出せない。年を取って、以前のようにはいろんなことが思い出せなくなったからね」

ということは、ブラクストンは複数の女性と関係があったのだ。名刺を差し出し、彼女に渡した。「もし思い出したら、電話してくれますか？」ジェイソンは頼んだ。

「もちろんだよ。あなたと話せて愉しかった、ミスター・リッチ。思ってたようなクソ野郎じゃなかった」

ジェイソンは苦笑した。「えーと、ありがとうって言ったらいいのかな」

彼女は歩きだした。足取りは覚束《おぼつか》なく、左の腰か膝が悪いところでもあるのか、少し右に傾いていた。何歩か歩くと、振り返って彼を見た。「たった今思い出したことをもうひとつ言ってもいいかい？」

「もちろん」

「七月五日の日は仕事だった。予定ではメイプルズが来るはずが、現れなかった。彼女らしくなかった。手術を休むことはなかったから。ドクター・ウォーターズの死について聞くまではちょっとおかしいと思っていた。今はもっとおかしいと思っている」

ジェイソンは興奮してない表情を装おうとした。が、アドレナリンが体のなかを駆けめぐっていた。「ええ」彼は認めた。「おかしいですね」

49

ジェイソンは、ハイウェイ六十九号線に戻るとすぐにハリーに電話をして説明した。「手がかりだ」彼は言った。

「ジェイソン、あんたがその看護師と話す前に比べれば、手がかりが増えたことは認めるが、まだパイクとの接点はない」

「おれたちは何かを見落としてるんだ」ジェイソンは言った。

沈黙が流れ、そしてハリーも最後には認めた。「オーケイ、わかった」

「何をしてもらいたいかわかってるな」

「メイプルズの毎日二十四時間の監視？」

「クソそのとおりだ。彼女は何かを隠している、ハリー。しかも何かでかいことを」

「了解だ、J・R」

〈ファイヤー・バイ・ザ・レイク〉を通り過ぎると、ジャナがケイドの部下のひとりと会ったと言っていたストリップモールが見えた。右のウインカーを出し、駐車場に車を入れた。その小さなストリップモールには〈ローンドロマット〉、ピザレストランの〈リトル・シーザーズ〉、そしてブティックがあった。車を止めて降りると、〈iPhone〉であらゆる角度から写真を撮った。モールは信号から百メートルほどの距離にあり、ジェイソンは信号のあたりから監視カメラで撮影していないだろうかと思った。

それから各店舗の上をチェックし、すべてになんらかのカメラが設置されていることに気づいた。だがどのくらいの範囲まで映っているだろうか？

シェイ・ランクフォードは事件に関するすべてのファイルをジェイソンに渡していたので、ジェイソンは検察がこれらの店から監視カメラ映像を押収していないとわかっていた。試してみる価値はある。そう思い、〈ローンドロマット〉に入った。

三十分後、予想どおりの結果を得ていた。各店舗には監視カメラがあったが、その映像は二十四時間から七十二時間しか保管されず、その後は上書きされていた。一週間後に警察から要請があったときには、すべて消されていた。

少なくとも、そのことをたしかめることができた。ジェイソンはそう思い、ストリップモールを出た。

深呼吸をして、ダッシュボードの時計を見た。午後三時三十分。右折して事務所に向かうか、左折してミル・クリークに向かうか。無意識のうちにガンター・アヴェニューを右折した。裁判所から一ブロック離れたところにオフィススペースを借りていた。だが、スピードを緩めることなく、そのビルを通り過ぎた。

街を抜け、ハイウェイ四百三十一号線を進んで、ガンターズビル高校の場所を示す煉瓦の標識までたどり着いた。駐車場に入ると、入口近くに駐車スペースを見つけた。この時間帯、生徒たちはほとんどが下校していた。アメリカン・フットボールチームが練習をしており、チアリーダーもいた。が、ほかには活動している生徒はいなかった。ひとつ深く息を吸うと、自分が通っていなかった公立高校の玄関をくぐった。警備員に二十一号室の場所を尋ね、その指示に従った。

ドアをくぐると、少なくとも十五人のあらゆる年齢の人々が、円形になってプラスチックの椅子に坐っていた。ジェイソンはうつむいたまま席に着いた。逃げ出したかったが、これをすませなければならないとわかっていた。

しばらくして、男性の声がして、全員に対し、今週のミーティングへの参加に対する歓迎の意と、感謝のことばが伝えられた。「だれからいきたい?」と男性は言った。

ジェイソンは手を挙げず、下を向いたままだった。

「オーケイ、いいだろう。どうぞ始めて」男性が言った。

その女性が話し始めると、ジェイソンはショックと困惑のあまり床から顔を上げた。

「わたしの名前はチェイス・ウィッチェンです」彼女は言った。まっすぐジェイソンを見ていた。「そして依存症です……」

50

ミーティングが終わると、ジェイソンは外の廊下でチェイスを待った。彼女は部屋から出てくると、ジェイソンをちらっと見たが、まるで彼がそこにいないかのように通り過ぎた。

「チェイス、待ってくれ」彼は言い、小走りで彼女に追いつこうとした。

事務室の近くの、トロフィーが飾られたケースの前を通り過ぎたところで、ジェイソンは彼女の腕をつかんでその勢いを止めた。ガラスの仕切りのなかには、耳元にボールを持ち上げ、カメラに向かって満面の笑みを浮かべているトレイ・コーワンの写真があった。額縁の下には〝ミスター・フットボール　アラバマ州代表　二〇一三年〟とステンシルで書かれていた。

「当時はここに住んでいた？」ジェイソンは写真を指さして尋ねた。

「いや」と彼女は言った。「どうして？」

「彼の家族がブラクストンを医療過誤で訴えた。脚の手術がうまくいかず、彼はキャリアを台無しにした」

「ああ、それできみは、彼が便利屋の殺し屋を雇って、きみの義理のお兄さんを殺させたと考えてるんだね。その便利屋とヤッていて、使いきれないほどの金を持っていた女性ではなく」彼女はまた歩きだした。ジェイソンは追いかけた。

「ジャナのことはあまりよく思ってない、そうだろ？」

「一度もよく思ったことはないよ」チェイスは言った。「彼女はトラブルメーカーだった。そしていつもきみを問題に巻き込んだ。きみたちが子供だったときでさえ」ふたりは彼女のピックアップトラックのところまで来ていた。彼女がロックを解除した。

「チェイス、さっきあそこであったことを話せるか？　きみが……ドラッグの問題を抱えていたなんて知らなかった」

「訊かれなかったからね、ジェイソン。きみは自分のことと、自分の問題のことしか考えてない。ミル・クリークに戻ってきてから、わたしのことなんか何も訊かなかった」

「それはフェアじゃない。ほとんど毎日会ってるし、質問もしている。きみは多くを話してくれなかった。一度もね」

「なんとでも」彼女は言い、トラックに乗り込んだ。

「じゃあ、埋め合わせをさせてくれ」彼は懇願した。「夕食は？　今夜？　ぼくのおごりで？」

彼女はハンドルを握り、フロントガラスの外を見ていた。が、トラックを発進させようとはしなかった。

「お願いだ」ジェイソンは言った。「ここ何日か変なことばかりで……話し相手がほしいんだ」

「いつも自分のことばかりだね？」

彼は地面に視線を落とした。たぶん、彼女の言うとおりなんだろう。「わかったよ、じゃあ、また」彼は立ち去ろうとした。が、彼女の声が追いかけてきた。

「家に帰って、犬に餌をあげないと。一時間後にわたしの家のボートハウスで会おう。ショートパンツにビーチサンダルで。わかった？」

「わかった。何をするつもりだい？」

「すぐにわかる」

五十五分後、ジェイソンはTシャツに〈パタゴニア〉のカーキのショートパンツ、ビーチサンダルという恰好で、ウィッチェン家の桟橋まで歩いていった。ジェイソンは、チェイスが〈シードゥー〉（ボンバルディア・レクリエーショナル・プロダクツ社のジェットスキー）のエンジンを入れ、停泊場所から出し、桟橋の横に止めるのを見ていた。

「乗って」彼女は言った。

「どこに行くんだ？」彼は訊いた。

「わたしのお気に入りスポットのひとつだよ」彼がジェットスキーの後ろの座席に乗ると、彼女はそう言った。

「チェイス、警備をつけたほうがいいんじゃないか？」

彼女はポケットを叩いた。「九ミリ口径がショートパンツのポケットにあるし、コンソールにはグロックも入ってる。それにわたしも軍隊にいたから、自分の身は自分で守れる。人生を愉しもうよ、J・R」

彼は微笑んだ。ハリー以外で、自分のことをJ・Rというイニシャルで呼んでくれるのはチェイスだけで、ちょっと気に入っていると認めざるをえなかった。自分を〝不良〟だと感じることはあまりなかったが、J・Rと呼ばれるとちょっとワクワクするのだ。ロースクール時代、ストレス解消に《ダラス》の再放送を見ていて、究極の悪役J・R・ユーイングの冒険が大好きだったのだ。最近でさえそうだった。ジェイソンは気づいていた。自分が八〇年代のテレビ番組における、最も裕福な一家のスキャンダラスな冒険に魅力を感じているのだと。

橋の下をくぐり、小さな島を通り過ぎるとスピードを上げ、スコッツボロに向かって大きな水路を上っていった。ジェイソンは有名なスポットのいくつかを覚えていた。プレストン・アイランド。ミント・クリーク。そしてもちろんグースポンド。チェイスは〈シードゥー〉のスピードを時速百キロ近くまで上げた。ジェイソンは眼を閉じて風が顔に当たるのを愉しんだ。

ジェットスキーが減速すると、ジェイソンは自分たちがグースポンドの突端に近づいていることに気づいた。マリーナが見え、その前に、奥にテーブルをいくつか備えた木造の小屋があった。ジェイソンは眼を細めて看板を読んだ。〈ドックス〉とあった。

「ここは？」彼はチェイスの耳元でささやいた。汗を帯びたフルーティーな香水の香りがした。心地よい香りだった。

「わたしのお気に入りのレストランだよ」彼女は言った。「最高の場所だ。美味しい料理と湖のすばらしい眺め」

十五分後、ふたりはパティオの端にある錬鉄製のテーブルに坐った。湖に一番近いテーブルだ。〈シードゥー〉を桟橋に係留したあと、チェイスは正面玄関にまわり、ジェイソンに今坐っている席に着くように言ってから、マネージャーに何か言っていた。彼女が戻ってくると訊いた。「何を話してたんだ？」

「いつもの場所がいいって」

「よく来るんだね」

「天気がいいときは少なくとも週に一回は来る。いつもボートか〈シードゥー〉で。トニダンデルの連中といっしょに来ることもある」

「あの連中がみんな故郷に戻ってるなんて信じられないな」

「そうかい、わたしには信じられるよ。ミル・クリークには何かあるんだろうね。あの看板《ビルボード》弁護士でさえ戻ってきたんだから」

「ぼくの場合、事情は少し違う。あの兄弟たちは今もまだクソみたいにクレイジーなのか？」

「便所のネズミみたいにね。けど肝心なところはちゃんとしてる。それにトニダンデル兄弟がわたしのことを気に入ってくれてるのを喜んだほうがいい。連中はきみのことは気にしちゃいないけど、わたしの頼みなら何でも聞いてくれる」

「そりゃどうして？」

「わたしが退役軍人だから」彼女は言った。

「時期はわからないけど、三兄弟はみんな第一〇一空挺《くうてい》部隊――スクリーミング・イーグルス――にいた。サッチは大佐だった。みんな名誉除隊した。そしてみんなPTSDでちょっとおかしくなっている。それでもわたしも含めて、みんなまるでテキサスのトイレットペーパーみたいに頑丈だよ」

ジェイソンは顔にしわを寄せた。

「彼らはだれからの干渉も受けない。とにかく、わたしが軍にいたことを話して、傷痕をいくつか見せると、仲間のひとりとして受け入れてくれた。アラバマ大《バマ》のフットボールの試合をテレビで観るのに招待してくれることもあるし、だれかがなんらかの理由でわたしの家のまわりをうろついていたら、わたしを支援してくれる」

「神、国家、それにアラバマ大フットボールチーム」

「ロール・タイド（アラバマ大フットボールチームを応援するときの掛け声）」彼女はそう言うと、ウインクした。「けど、ジェイソン、正直なところトニダンデル兄弟はいいやつらだよ。それに最高の友人だ」

「きみは……その、彼らのうちのだれかと友人以上の関係なのか？」

「きみには関係ないだろ」

ジェイソンは眉をひそめた。

「黙って注文しろよ」

ジェイソンは男がやって来るのを見た。彼はペンも紙も持たず、ジェイソンの言った注文をそらで覚えた。ジェイソンはリブアイステーキとベイクドポテト、サラダを注文し、チェイスはシュリンプ&グリッツを注文した。

「この店の名物なんだ」彼女は言った。

「そうなんだ、ひと口くれるか？」

いっとき、ふたりはそれぞれの飲み物――プラスチックのカップに入った氷水――を飲み、静かなレストランの雰囲気を愉しんだ。ケニー・チェズニーの《ノー・シューズ、ノー・シャツ、ノー・プロブレム》が外のスピーカーから流れ、ジェイソンは信じられないほど雄大な湖の景色を眺めながら、食事と団欒《だんらん》のひとときを愉しむ人々の単純なまでの優雅さを味わっていた。太陽が水面を深いオレンジに染めながら沈み始めていた。

「軍隊でアルコール依存症になった」チェイスが穏やかな口調で言った。「アフガニスタンにいたとき、あちこちの中継地で待ち時間があって、みんな酔っぱらった。寂しさを紛らすためにね。帰国してからも続いた。その習慣と悪夢も」

「いつからドラッグに手を出したんだ?」ジェイソンは訊いた。

「帰ってくるまでは手を出さなかった。酒では足りなくなって、もっと刺激のあるものがほしくなった」

「覚醒剤《メス》?」ジェイソンは訊いた。

「サンド・マウンテンの高級なやつ」彼女は水をひと口飲んだ。「あの日、タイソン・ケイドを撃つべきだったもうひとつの理由だよ」

「やつから買っていたのか?」

「マーシャル郡で覚醒剤《メス》を買うやつはみんなケイドから買ってる」彼女は銃弾を放つようにことばを吐き出した。

ジェイソンは椅子の背にもたれかかり、チェイスを見つめた。ドラッグディーラーについてもっと質問したかったが、動揺の色を隠せない彼女のまなざしを見て思いとどまった。

「それで……何があったんだ？」

「リハビリ施設で四十五日間過ごした。去年の十一月に退院してから、少なくとも二週間に一回は断酒会《AA》に参加している」

ジェイソンは顎を撫でながら、彼女の言ったことを考えた。「悪夢が続くと言ってたね？」

「少なくとも一週間に一度見る」

「詮索してすまない。けどきみは……その、軍隊にいたとき――」

「だれかを殺したかってこと？」彼女はさえぎるように言った。

「ああ」

「直接にはないけど……でもイエスだよ」

「どんなふうに？」

「アパッチ攻撃ヘリを飛ばしていた。わたしたちのヘリのクルーが目的地域を攻撃した。そう、敵の兵士を殺した」彼女は水をもうひと口飲んだ。

「最後にヘリを飛ばしたのはいつ？」

「実を言うと先週だよ。病院のために〈メドフライト〉のドクターヘリを飛ばしてるんだ。オンコールの仕事でめったに呼ばれることはない。トニダンデル兄弟がアラバマ州グラントで経営してるシューティング・レンジで、週に二回、銃器教室の講師も受け持ってる」

ジェイソンは彼女を見た。湖を眺めていた。グレーの色あせたローリング・ストーンズのTシャツにメッシュのショートパンツという姿だ。肌はオリーブ色で髪をポニーテールにまとめ、眼にかかった何本かの髪の毛を絶えず払いのけていた。きれいだ、とジェイソンは思った。十七歳のときと同じように。あのときふたりはカヌーで入り江の奥に向かった。そこは水路が狭くなって小川になり、水は天然の湧き水で氷のように冷たかった。ふたりは手をつないで岩に沿って歩いた。草むらには黄色い野生の花が咲いていた。やがてふたりは服を脱ぎ、泳ぎ、水しぶきを上げ、そしてキスをした。ジェイソンは花を彼女の髪に差した。そして、小さなボートに何枚かタオルを敷いて、愛し合った。彼にとっての初めての体験。彼女にとっても初めての体験。そのとき、すべてが止まったように感じた。自分の呼吸。自分の鼓動。思い出せるのは野生の花の心を酔わせるような香りと、喜びと恐怖と不安がないまぜになった、長い至福のひとときの信じられない感覚だけだった。

それが終わり、その瞬間は去った。タオルに数滴の血がつき、チェイスの髪から花が落ちていた。そのとき、ジェイソンは世界じゅうのみんなが自分たちを見ているような感覚を覚えた。アダムが禁断の果実を食べたあと、こんなふうに感じたんじゃないかと思った。とても照れ臭く、チェイスの顔も真っ赤だった。帰りのカヌーのなかではふたりともほとんどことばを交わさなかった。彼女は静かに泣いていた。そのあとはもう同じではなかった。ふたりはその夏、桟橋で釣りをすることはあったが、二度とキスをすることはなかった。

「何を考えてるの？」チェイスが訊いた。「心ここにあらずって感じだったよ」

ジェイソンは自分が考えていたことをチェイスに話したかったが、最後の最後に気が変わった。早すぎる。そう思った。「最後に覚醒剤《メス》をやったのはいつ？」彼は訊いた。

「リハビリ施設に行ってからは手を出してない」チェイスは言った。

「アルコールは？」

彼女は顔をしかめ、空を見上げた。「きみが帰ってきた夜、〈ワイルドターキー〉の七百五十ミリリットル瓶を半分ほど。いつだったかな、二カ月前？」

「きっかけ《トリガー》はなんだったんだ？」ジェイソンは訊いた。その答えをよく知っていると思いながら。

「きみだよ」彼女は言った。

ジェイソンは息を呑んだ。なんと言ったらいいかわからなかった。いっとき、互いに見つめ合っていたが、ジェイソンが眼をそらし、湖に眼をやった。「そうか、すまなかった」

「昨日は何がきっかけ《トリガー》だったの？」

「すべてに押しつぶされそうになった。事件。タイソン・ケイド。それに……実際に何が起きたのかについてジャナが嘘をついていたことに」

「そんなことに驚いたの？」チェイスは言った。信じられないといった口調だった。「彼女は人を思いどおりに操るんだよ、J・R。ずっとそうだった」

「わかってる」彼は言った。「時々忘れるんだ」

今もだ。彼はそう思った。殺人容疑で拘置所の監房にいるというのに、彼女は、嘘をついているとを非難したジェイソンを追い出そうとした。面会で娘たちと束の間の時間を過ごすことを愉しむ代わりに、娘たちを激しく非難した。前回、ノラが面会に行ったとき、ジャナは、自分が拘置所にいるのはノラのせいで、彼女が自分の母親に対して不誠実だと非難した。結局ノラはその場をあとにしなければならなかったとジェイソンに話していた。

チェイスの手が彼の手に触れた。ウェイターがふたりの料理を持ってきたため、ジェイソンは顔を上げた。彼は彼女から手を離し、彼女は眼をそらした。その瞬間は終わった。

それからの三十分間、ふたりは料理を食べながら、AAの会合で聞いたさまざまな話について語り合った。ウェイターが勘定書きを持ってくると、ジェイソンがチェイスより先に取り上げた。

「ぼくに払わせてくれ」と彼は言った。「今朝起こしてもらった借りがある」

「なんとでも。次は起こさないからね」

支払いをすませたあと、ふたりは傾斜を下って桟橋まで歩き、〈シードゥー〉に乗り込もうとした。「家までぼくが運転してもいいかい？」彼は尋ねた。

「いいよ」とチェイスは言った。ふたりが乗ると、彼女が後ろからしっかりと腕をまわした。またフルーティーな香りがし、かすかに汗のにおいもした。

「ありがとう」彼は言った。「その……どれだけ愉しかったか言い表せないくらいだ」

彼女は体を寄せると彼の頰にキスをした。「こちらこそありがとう。さあ、行くよ。日が暮れてしまう」

彼はランヤード（ジェットスキーのスタート／ストップボタンにつなぎ、はずれるとエンジンがストップしてジェットスキーだけ走ることを防止するストラップ）を手首に巻き、赤いボタンを押してエンジンをスタートさせた。スロットルを押し込むと、〈シードゥー〉の前部が水面から浮き上がり、動きだした。

夕方のこの時間帯、暗い水面はまるで一枚のガラスのようで、ジェイソンはあっという間に時速八十キロまでスピードを上げた。前方でオレンジ色の太陽が雲の後ろに沈んでいくのを見ながら、新鮮な空気を吸い込み、姉の事件からのひとときの解放に感謝した。

そして友人にも。

橋に近づくと、ジェイソンは十八輪トレーラーが頭上を通り過ぎるのを見た。トレーラーのヘッドライトが橋の横にスプレーで書かれたことばを照らし出した。ミル・クリーク。

ジェイソンは子供の頃にしたように、手を伸ばしてその落書きに触れた。狭く開《ひら》けた部分を通って、ビクトリーランをするように入り江を一周すると、チェイスのボートハウスの横の停泊場所に止めた。

「自転車に乗っていたみたい」彼女はささやくようにそう言うと、彼のあばらの部分を強く押してから、ジェットスキーから降りて桟橋に上がった。ホイストを巻き上げるとジェットスキーは湖面から上がりだした。数分後、灯りを消し、鍵を掛けた。桟橋を歩きながら、ジェイソンは彼女の手を握った。彼女は引き離さなかった。

「ほら」彼は自分の家のほうに眼をやった。ノラがキッチンの調理台に坐って警備担当者のひとりと話しているのが見えた。「ぼくは——」

何か言う前に、彼女の唇が彼の唇に押し当てられるのを感じた。荒々しいキスだった。攻撃的な。すばらしい。

そしてあっという間だった。腕をまわそうとすると、彼女はその腕から逃れた。

「ゆっくりといこう、ね?」彼女は言った。その声は珍しく自信なさげだった。「ふたりともきっかけ《トリガー》を抱えているから」

彼女が立ち去るのを見ながら、ジェイソンは胸の痛みを感じた。「チェイス?」

「わたしは大丈夫だよ」振り向くことなく彼女はそう言った。

「またできる?」

彼女は笑った。「運がよければね」

ジェイソンはドアを通って家の一階部分に入り、階段を上った。疲れているはずなのに、エネルギーに満ちていた。神経がたかぶっていた。

階段を上りきったところでノラの顔を見た瞬間、満ち足りた気持ちも消え去った。彼女は携帯電話を握りしめて泣いていた。

「どうしたんだ?」

「ニーシーが病院に運ばれた。今夜、図書館からの帰りに襲われた」

ジェイソンはめまいを覚え、調理台をつかんで体を支えた。ノラを見た。唇が動いているのが見えたが、ことばは耳に入ってこなかった。バーミングハム・サザン・カレッジのキャップをかぶったニーシーを思い出しながら、息を吸った。ロースクールに行くと言っていたニーシー。襲われた。

ばかな……。

「ジェイソンおじさん?」

両足がすくみ、調理台のスツールのひとつに倒れ込んでしまった。「あの子は……大丈夫なのか?」

「彼が話したがってる」ノラは言った。その声には恐怖が聞いて取れた。彼女は携帯電話を差し出した。

電話を取った。「ジェイソン・リッチ」

「落ち着くんだ、弁護士先生」タイソン・ケイドだ。

「何をした」

「あんたの警備を突破できると宣言しておく必要があったとだけ言っておこう。心配するな。

あんたの姪は無事だ。部下には手を引かせた。だが、事態はもっと悪くなっていた可能性もある。わかってるな？　月曜日に金をもらえると期待してるぞ」

そして電話は切れた。

51

ジェイソンはケイドとの電話が切れるやいなや、チェイスに電話をした。彼女はすぐにやって来て、明らかにショックを受けているノラをなぐさめてくれた。ジェイソンは銃をつかむと玄関に向かった。

「ミスター・リッチ、どこへ行くんですか？」警備担当者のひとりが訊いた。

だがジェイソンは答えなかった。背後の警備担当者が追いかけてきて、携帯端末で何か言っているのを聞いていたが、気にしなかった。思考が駆けめぐり、過呼吸寸前だった。

いいかげんにしろ、自分は弁護士だ。ジェームズ・くそったれ・ボンドじゃない。そもそもドラッグディーラーとの交渉なんてしたこともない。人身傷害専門の弁護士なんだ。救急車を追いかけている弁護士だ。金で事件を和解にする。殺人事件の裁判をやったことはないが、少なくとも弁護士のできることならなんとかできる。だがタイソン・ケイドを相手にするのは？　銃もほとんど撃てないのに。

いったい全体何をしようとしてるんだ？

通りの真ん中で立ち止まると、空に向かって吠えた。そして膝に両手を置くと、呼吸を整えようとした。

「ミスター・リッチ」同じ警備担当者の声だったが、ジェイソンは今度も無視した。

だめだ、と彼は考えた。病院の担架の上に横たわるニーシーを思い浮かべた。ガンターズビル湖の湖底でノラと並んで横たわっているニーシーの姿が眼に浮かんだ。タイソン・ケイドが〈マスタング〉を隣に停め、ニヤニヤと笑っている姿が眼に浮かんだ。

だめだ、だめだ、だめだ。

彼は歩き続けた。通りを渡り、十代の頃以来入ったことのなかった老朽化した家の前庭に入った。ドアに近づくと、ぼろぼろの建物の後ろから煙が立ち上っているのが見えた。ためらうことなく、後ろにまわると、がらくたを燃やしている焚火《たきび》と炎のまわりに立っている三人の男たちがいた。

子供の頃、両親はレイクサイドではない隣人たちとはあまり付き合いがなかったが、ジェイソンとチェイスは入り江の子供たち全員と遊んでいた。ジェイソンはトニダンデル兄弟のことを好きだったとは言えなかった。それどころか、彼らのことが死ぬほど怖かった。かつて、ジェイソンとチェイスが、スキーボートで入り江にさまよい込んできた少年たちにいじめられたことがあった。このとき、トニダンデル兄弟がこの少年たちを袋叩きにし、そのうちのひとりは顔に永遠に残る傷をつけられ、別のひとりは内出血で二週間入院するはめになった。保安官まで出動したが、トニダンデル兄弟の祖母は孫たちは自分自身と自分たちの土地を守っただけだと言った。なんの罪にも問われなかった。ジェイソンは父親のことばを覚えていた。「保安官でさえ、あのクレイジーな野郎どもを恐れている」

「何をしてるんだ？」ジェイソンは訊いた。それぞれの兄弟と眼を合わせてから、焚火のほうを仕草で示した。

「ずいぶんと長いあいだ、マーシャル郡を離れてたじゃないか、ジェイソン」三人のなかで一番背の高い男が含み笑いを浮かべながらそう言うと、炎のなかにずだ袋を投げ込んだ。

「ごみを捨てているだけだ」

ジェイソンは自分の父親も、ごみが多くなると庭で燃やしていたことを思い出した。

「何を考えている、ジェイソン？」大きな男が訊いた。

「トラブルに巻き込まれているんだ、サッチ」

サッチェル・シェイムズ・トニダンデルは兄弟のなかで一番大きいだけでなく、チェイスによると、最も扱いにくい男だった。身長は百九十センチ以上あり、体重は百十キロを優に超えていた。白髪交じりの茶色い巻き毛に同じく白髪交じりの顎ひげを顔一面に生やしていた。ジェイソンの記憶が正しければ、サッチは四十五歳くらいだろう。大きな上腕二頭筋が白いTシャツから突き出ていた。だが身体的特徴でジェイソンの印象に残っていたのは、彼の切れ長の眼だった。意地悪く、情け容赦なかった。

「知っている。チェイスから聞いている」爪楊枝《つまようじ》を嚙みながらそう言った。ふたりの弟は背後に立っていた。その後ろでは炎が燃えさかっていた。「ケイドだな」

「今日の夜、バーミングハムで姪を襲った。姪は十九歳だ。病院に運ばれた。家に連れてこないとならない」しばらくのあいだ、材木が燃えてはぜる音しか聞こえなかった。「助けてくれないか？」ジェイソンは続けた。「金なら払う……ケイドのゲームをどうプレイしたらいいか知っている人間がこちら側にも必要なんだ」

サッチは弟たちに眼をやった。ふたりは今はサッチの両脇に進み出ていた。それから眼を細めて、炎の光に輝くヘビのような眼でジェイソンを見た。

「乗った」

52

ジェイソンたちがバーミングハムのセント・ヴィンセント病院に着いたときには、ニーシーはすでに退院していた。額に紫色のあざがあり、右眼の下にもあざがあった。左腕をスリングで吊っていた。

ジェイソンは彼女を見ると、歯嚙みをし、それから額のあざにキスをした。ぞっとしていたが、同時にほっとしてもいた。

もっとひどい事態になっていたかもしれない。

「ハニー、ほんとうにすまない」彼は言った。

ニーシーは何も言わず、彼の肩にすがって泣いた。「大学に戻れば、問題ないと思ってた」咳《せ》き込んだ。「大丈夫だと思ってた」

「マックスがどうなったか知ってるか？」

彼女は首を振った。「わからない。わたしの後ろで見張っていたはずだけど、次の瞬間、わたしが地面に投げ倒された」

ジェイソンはその警備担当者の消息をふたたび耳にすることはあるのだろうかと思った。サンド・マウンテンには人目につかない場所が山ほどある。タイソン・ケイドによっていったいどれだけの死体が埋められているのかはだれにもわからない。

制服の警官ふたりがジェイソンに近づいてきた。「彼女の叔父さんですか？」

「そうです」とジェイソンは言った。

「残念ですが、彼女は加害者についてよく見ていません。もっと情報がなければ、その人物を捕まえるのは難しいでしょうが、捜査は続行します」

「ありがとう」ジェイソンは言った。彼らが病院を出た瞬間に捜査が打ち切られる可能性が高いことは充分わかっていた。バーミングハム市警は大学キャンパスでの襲撃事件や警備担当者の失踪事件よりも大きな事件を抱えていた。手がかりがなければ、事件はマックスのようにあっという間に消えてしまうだろう。

ジェイソンはニーシーの手を握って病院を出た。両脇をふたりの警備担当者が守っていた。一台のトラックが入口で停まった。黒の〈フォード・ラプター〉で、窓には薄く色がついていた。特大のタイヤの上の車体は通常より数センチ高くなっていた。助手席側のウインドウが下ろされ、ジェイソンはひげ面の男が運転席から冷たい眼で自分を覗き込んでいるのを見た。

サッチ・トニダンデルが自分が運転すると言い張ったのだった。弟のミッキーが別のピックアップトラックをすぐ後ろに停めていた。チャック・トニダンデルはミル・クリークに残った。ジェイソンが雇った残りの警備担当者が家と湖を見張っている一方で、彼はミル・クリーク・ロードの入口を守っていた。

ジェイソンがドアを開けると、警備担当者のひとりが飛び乗った。ジェイソンは後部座席のドアを開け、乗るようにニーシーを促した。ニーシーが乗ると、ジェイソンも彼女に続いて乗り込み、もうひとりの警備担当者が続いた。

全員が乗り込むと、サッチが振り返ってニーシーを見て、それからジェイソンを見た。彼は低くうなりながら、トラックのギアを入れた。ルームミラー越しにジェイソンをちらっと見た。そのまなざしは険しく、声は断固としていた。

「ケイドのような男はルールに従ってプレイしない。自分のほしいものを手に入れるためなら、だれを傷つけようが気にしない」そう言うと彼は頭を振った。「そんな男に対処する方法はひとつしかない」

「殺して」ニーシーが吐き捨てるように言った。

「イエス、マァム」サッチが言った。

53

「わたしが殺してやる」ニーシーがケイドに襲われたことを伝えると、ジャナはそう言った。日曜日の午後、そのドラッグディーラーに五万ドルを届ける十二時間前のことだった。ジャナは歩きまわり、わめき散らした。「あいつのタマを息ができなくなるまで握りつぶして、子供用の椅子に坐った赤ん坊みたいに睾丸《こうがん》を食べさせてやる。だれも、なんびとたりとも、わたしの娘に手を出させやしない」

ジェイソンは姉の闘争心に感銘を受けた。拘置所に入って二カ月近くになり、彼女は痩せ衰えていた。それでも、ニーシーのことを聞くと、彼女の眼はふたたび獰猛《どうもう》になった。

その光景はジェイソンに子供の頃のことを思い出させた。ハンツビルでのスペースキャンプ。ジャナは十六歳でジェイソンは十二歳だった。ジャナはジェイソンのおかっぱ頭を延々とからかっていたのだが、ほかのキャンプ参加者のひとりがそのことでジェイソンをいじめると、その子の脛《すね》を思い切り蹴ったのだった。その子がカウンセラーのひとりに、泣いて苦情を言うと、ジャナは泣きだして、嘘つきの変態が彼女の胸を触ったので、その子を蹴ったのだと言った。その子は早々に家に帰された。

それが自分の姉だ。クレイジー。嘘つき。人を地獄に突き落とす。そしてときには、ほんのときには、獰猛なまでに家族を守る。

「わたしの娘を守るために何をするつもりなのか言いなさい」彼女は命じた。「あなたが雇った警備担当者は役に立ってない」

「トニダンデル兄弟に協力を求めた。彼らが家を見張っている。サッチが今は警備担当者のリーダーだ」

彼女は信じられないというように、顔にしわを寄せた。

「三人とも通りの向かいの彼らの祖母の家に住んでいる。勲章を授かった兵士で、ひどいPTSDを抱えている。若かったときよりもいっそうクレイジーになっている」

ジャナは椅子の背にもたれかかった。まるでジェイソンのことを初めて見るかのように見ていた。そして唇を上向きに歪めると、拳を突き出した。ジェイソンは自分の拳を軽く当てた。「やりなさい、ベイビー・ブラザー」

54

月曜日の朝、ジェイソンはサッチ・トニダンデルのトラックの助手席に乗り、ガンターズビルに向かった。ミッキーとチャックは後部座席にいて、前後を一台ずつ警備担当者の車が挟んでいた。

一行が左折してラスク・ストリートに入り、数分後に右折してハッスルビル・ロードに入ったとき、ジェイソンは自分がトニー・ソプラノ（TVドラマシリーズ〈ザ・ソプラノズ〉の主人公でマフィアのメンバー）になったような気分に思えた。〈アルダー・スプリングス食料品店〉が見えてくると、サッチは路肩に車を寄せ、ガソリンポンプのひとつの前で車を止めた。トラックから降りると、無鉛レギュラーガソリンを〈ラプター〉に入れだした。真ん中の弟のチャック――頭はきれいに剃り上げていたが、顔にはバンドＺＺトップを連想させるような、長くむさくるしい顎ひげを生やしていた――は、ソフトドリンクを買いに、店のなかに入っていった。一番下の弟のミッキー――細い口ひげに、後ろだけ長くしたマレットの髪型をしていた――は助手席側の後部座席から降りてくると、テールゲートに寄りかかって、〈コペンハーゲン〉（嚙み煙草の銘柄）をひとつまみ、下唇の裏に含んだ。ジェイソンは深呼吸をすると、運転席側の後部座席のドアを開けた。午前七時ちょうど、彼は金の入ったブリーフケースを取り出すと、後部タイヤの脇に置いた。

そのとき、錆びたセダンがガソリンスタンドに入ってきて、〈ラプター〉の後ろのポンプの横に止まった。男が車から降り、ガソリンを入れ始めた。ポンプとポンプのあいだのごみ箱まで歩くと、ガムを吐き捨て、そしてブリーフケースを拾い上げた。

「ありがとうよ《グラシアス》」男は言い、ゆっくりとした足取りでセダンに戻ると、ブリーフケースをトランクに入れた。一分後、男は去っていった。ジェイソンとトニダンデル兄弟はトラックのテールゲートのまわりに集まった。ジェイソンが三人に礼を言おうとしたところに電話が鳴った。番号に見覚えはなかったが、だれなのかはわかっていた。

「やあ」彼は言い、電話をスピーカーにした。

「よくやった、弁護士先生」ケイドが言った。

「終わりだ、ケイド、聞いてるか？　もう金はなしだ。取引もなし。わたしの家族を追ったら、今度はわたしがおまえを追う」

「あんたの口から出る脅しはなんとも弱々しいな」ケイドは言った。何かを食べているようだった。「それにおれたちふたりとも、あんたが一番大事な約束を守らなければ、すべてが無に帰すことを知っている」

「それは守る」ジェイソンは言った。「だが、あんたがわたしの家族の髪の毛の一本にでも触れたら、そのときは取引はすべてなしだ」

「落ち着けよ、ジェイソン。だれも傷つけるつもりはないし、あんたの警備担当者も殺しちゃいない。今頃は六十八号線をフォート・ペインに向かって歩いているところだろう。あんたの仲間のひとりを迎えに行かせればいい。かなり腹ぺこだろうからな」

「これらは全部あんたのゲームみたいなものなのか？」ジェイソンは訊き、サッチに眼をやった。サッチはまるで毒ヘビを見るように電話を見ていた。

「ゲームじゃないさ、ジェイソン。言っただろ。あれはおれのスタイルじゃない。それどころか、これは戦争だ。あんたの姉の裁判を無傷で切り抜けられたら、おれの勝ちだ。わかったか？」

「ああ」

「そしてもしおれが勝ったら……」その声はしだいに小さくなっていった。「……あんたは生き残る。あんたやニーシー、ノラが棺桶《かんおけ》に入れば、おれの勝利も苦いものになる。もし約束を反故《ほご》にして、あのクソ女を証人席に坐らせようとしているのなら、そのことをよく考えるんだな。あのトニダンデルの田舎者どもに言っておけ。おまえらなんかちっとも怖くないとな。おれはあいつらよりもでかいクソをするし、もしおれに逆らえば、あいつら全員棺桶行きだ。ガンターズビルで大規模な軍隊葬が行なわれることになるぞ。そりゃあ、クソみたいなもんさ」彼は何か食べているものを嚙んだ。「あんたがだれを味方につけようが変わりはない、ジェイソン。しくじれば、あんたは――」

「ヘイ、ケイド」サッチが電話をつかんで話しだした。その声は低く、断固としており、ジェイソンの心臓が高鳴った。

「だれだ？」ケイドが訊いた。

「サッチェル・シェイムズ・トニダンデル大佐だ。第一〇一空挺部隊。スクリーミング・イーグルス。もしおまえが運よく、おれと、同じ部隊の大尉だったおれの弟たちを撃ち落とせたら、おれたちはアーリントン国立墓地に埋葬されるだろう。二十一発の礼砲。遺体は馬車で運ばれる。たしかにクソだ。だがもしおまえが一線を越えて、ジェイソン・リッチの家族に指一本でも触れたら、おれたちはおまえの瘦せて小さいケツをブーツで踏みつぶしてやるからな。おまえの遺灰をひき肉に混ぜて、グリルで焼き、ケイド・バーガーにして食ってやる。そして次の日クソをして、おまえはクソのかけらとなって浄化槽の底に沈むんだ。そうすれば、坊主、おまえは文字どおり……クソになる」

サッチは通話を終えると、電話をジェイソンに放り投げた。

ジェイソンは電話を見て、それからサッチを見た。自分が怒っているのか、畏敬の念を抱いているのかわからなかった。「あれで賢いつもりか？」

「だれだろうとおれたちを脅させない、坊主」

ふたりがトラックに戻ると、サッチが低くうなった。「あの野郎はひとつだけ正しいことを言っていた」そう言うと、キーをまわして、トラックのエンジンをかけた。「これは戦争だ」

「それでもあいつはひとつだけ明らかに嘘をついていたぜ、兄貴」チャックがそう言うと、店で買ってきた六百ミリリットルの〈マウンテンデュー〉をゆっくりと飲んだ。

サッチは不敵に笑った。「ああ」

「それはなんだ？」ジェイソンが訊いた。

「あいつはおれたちを恐れている」ミッキーが口ひげを撫でながら言った。そして顔を歪めると、兄の真似をした。「そうすれば、坊主、おまえは文字どおり……クソになる」

トラックの車内がトニダンデル兄弟の笑い声で揺れた。

サッチがハッスルビル・ロードに戻ると、ジェイソンは車内のひげ面の三人の男たちを見まわした。三人ともかつて戦闘中に人を殺したことがあり、ふたたび殺すことになんのためらいも見せないだろう。そしてある考えが暖かい毛布のように彼をくるんだ。

ケイドが怖がらないはずがない。

55

タイソン・ケイドはサッチ・トニダンデルが電話を切ったあとも、しばらく電話を見つめていた。喜ぶべきだとわかっていた。ジェイソン・リッチを脅して、姉の借金を払わせるという計画はうまくいった。やってのけたのだ。だが喜ぶどころではなかった。

最後に相手から電話を切られたのはいつのことだ？　一度もない。そう思った。だれもそんなばかなことはしない。ほしいものは手に入れたが、少女を傷つけたのはやり過ぎだったかもしれない。彼は弁護士を脅し、リッチは自分が豊富な人材を抱えていることを証明してみせた。彼はケイドとどう戦うべきか知らないかもしれなかった。だが、助っ人を集めたのだ。サッチ、チャック、ミッキーのトニダンデル兄弟の噂はマーシャル郡では広く知れ渡っていた。

だがそんなことはもうどうでもよかった。大佐はケイドを見下していた。対処しなければならない。すぐには無理かもしれないが、いつか、当面の危機が去ったあとに、仕返しをしてやるのだ。

彼は〈サンドロップ〉をひと口飲み、心臓の鼓動がゆっくりになっていくのを感じていた。金は取り戻した。そして尊敬を欠いてはいたものの、彼にはリッチが約束を違《たが》えるほど愚かではないとわかっていた。うまくいっている。

すぐに、ジャナ・ウォーターズは夫を殺した罪で有罪となるだろう。

そしてサンド・マウンテンの覚醒剤ビジネスは成長を続ける。

大佐の対処については、タイソン・ケイドは辛抱強くいくつもりだった。

56

水曜日の朝、ジェイソンはチェイスに薦められた精神分析医セリア・リトルの初めてのセラピー・セッションを受けた。かなりうまくいったと思った。もっとも、胸に抱えているもののすべてを実際に吐き出すことは不可能だった。それでも少なくともやるべきことをひとつすませたのはよいことだった。断酒会《AA》に行った。セラピストもつけた。一度酒に手を出してしまったが、正しい方向に進んでいた。だが、ジャナに会いに拘置所に行っていなかったし、いつ行くかもわからなかった。するべきことが山ほどあったし、裁判の期日は暴走する貨物列車のように彼に迫っていた。気がつくと十月二十二日はすぐそこだった。今日は九月五日。レイバー・デイの二日後。陪審員の選定が始まるまで六週間ちょっとしかない。

シェイ・ランクフォードの名誉のために言っておくと、彼女はいっさい隠しだてをすることなく、州側が集めたすべての証拠を提出していた。ウェイロン・パイクとの司法取引と彼の自供のふたつが最も大きな証拠であることは明らかで、ジェイソンはこのふたつをほぼ一語残らず記憶していた。ジェイソンは州側の主張について彼らと同じくらいか、あるいは彼ら以上によく知っていた。それでもジャナの訴訟がどうなるかはわからなかった。彼はハリーにコリーン・メイプルズを二十四時間体制で監視させていた。さらにブラクストンとジャナそれぞれの離婚弁護士、ブラクストンのファイナンシャル・アドバイザー、ファースト・ユナイテッド・メソジスト教会の友人たち、そして最後に、バック・アイランドの隣人全員との面談を設定したいと考えていた。

先はまだ長かったが、ニーシーが帰ってきたことで、事態は好転していた。トニダンデル兄弟のほかにも、さらに五人の警備担当者を加えた。ジェイソンはチェイスから射撃のレッスンを受け、銃の所持許可も取得した。もしケイドが裁判の前に何かしようとするなら、彼は望んでいたものを手にすることになるだろう。

戦争だ。

〈ポルシェ〉に乗り、ハイウェイ二百七十八号線をカルマンに向かって猛スピードで走らせながら、ジェイソンはできるかぎりの守りを固めたと感じていた。三十分後、〈オールステーキ・レストラン〉のテーブルに坐り、おいしそうなオレンジロールを口に入れたとき、アシュリー・サリヴァンが彼に微笑みかけた。「元気そうね、ジェイソン」彼女はことばを切った。「そうなんでしょ?」

「わからない」彼は言った。「六週間後にもう一度訊いてくれ」

「それまでに何があるの?」

彼はアイスティーを飲み、大きく息を吐いた。「姉の裁判だ」

第六部

57

　ジャナ・ウォーターズの公判が行なわれる前週の金曜日、コンラッド判事は、公判前申し立てについて検討するための審問を招集した。その日の朝にタスカルーサから車で駆けつけた判事は、報道陣の法廷への入室を禁止した。ジェイソンは被告側席にひとりで坐っていた。今回は審問のみでジャナが出廷する必要はない。もっとも終わったあとに、すぐ会いに行くつもりだった。原告側、被告側ともに公判前の問題についてはほとんど合意に達していたが、非常に重要な申し立てがひとつ残されていた。

　コンラッド判事は咳払いをすると、ちょっとかすれた声で話した。「こんな声で申し訳ない。今日は少し調子が悪くてね」

　具合が悪いとしても、その男の声は充分大きく、法廷の後方に人がいたとしても問題なく聞こえるだろうとジェイソンは思った。「わたしの理解では、両当事者は、それぞれの公判前申し立てについては、被告側の婚外恋愛に関する証拠を、規則四〇四（b）条の人格証拠の禁止に抵触するとして排除するという被告側の申し立てを除き、すべて合意に至った。それで正しいかね？」

「はい、裁判長」ランクフォードは立ち上がってそう言った。

「そのとおりです、裁判長」ジェイソンも立ち上がってそう言った。

「いいだろう。この申し立てについては最初は排除を認めようと考えたのだが、州側の主張によると、ミズ・ウォーターズの不倫関係は殺人の動機に直接結びつくと考えているようだ。その理解で正しいかね、ミズ・ランクフォード？」

「そのとおりです、裁判長。州側は、ミズ・ウォーターズが、殺人の実行犯であるウェイロン・パイクを含む、複数の男性との関係があったことを証拠として示すことによって、彼女が不幸な結婚生活を送っていたと主張するものです。ミズ・ウォーターズの不貞は動機に関係し、規則四〇四（b）条の例外となるはずです。付け加えさせていただくと、州側は被害者と同僚との不倫関係についても、被告人の動機を示すものとして証拠として提出する予定です。被告人と被害者双方の不貞が、ミズ・ウォーターズが夫を殺させるためにミスター・パイクを雇った理由の核心にあるのです」

コンラッド判事は髪に手をやり、ジェイソンのほうを見た。「そしてあなたの主張は、それは関係はないということだね。州側はこれらの行為の証拠を被告人の人格を貶《おとし》めるために採用しようとしており、彼女は夫を裏切っていたんだから、彼を殺させたに違いないと陪審員に思わせようとしていると」

「はい、裁判長」ジェイソンは言った。「まさにそのとおりです」

「いいだろう。あいだを取ろうと思う。パイクと被告人との関係については、彼女がドクター・ウォーターズを殺させるためにパイクを雇ったという、州側の主張と重要な関連があるので当然認める。ドクター・ウォーターズの不倫に関しても、両当事者の別居と離婚に関する非伝聞証拠とともに認めよう。ほかの浮気相手との関係についてはどういった性格の証拠になるのかな、ミズ・ランクフォード?」

ランクフォードは顔をしかめた。「ミズ・ウォーターズがタイソン・ケイドという男と関係があったという証拠があります」

ジェイソンはケイドの名前を聞いて、ぎくりとした。検察側は実際に彼を証人として尋問しようとしているのか? もしそうなら、ケイドを反対尋問しなければ、公平とはいえないのではなかろうか? それは彼との約束を破ることにはならないとしても、その精神には反することになるだろう。

コンラッド判事はニヤッと笑った。「このケイドという男は、地元の麻薬王だね?」

ランクフォードはハティ・ダニエルズ刑事をちらっと見てから、裁判長に眼を戻した。

「彼はどんな犯罪においても有罪判決を受けていません、ですが——」

「だが彼は彼だ」コンラッドは言った。「殺人のあった夜にケイドとジャナが〈ハンプトン・イン〉にいたことを示す監視カメラの映像があります」

「ふたりは会っていたのかね？」

「ビデオにはいっしょには映っていません」

コンラッドは低くうなると、激しく顎をこすった。「パイク以外とのミズ・ウォーターズの関係に関する証拠については被告側の申し立てを認める。もし州側が公判中に申し立てをしたいと考えるなら、そのときは考えを変えるかもしれない」彼はジェイソンをじっと見た。「もし被告側から被告人の人格に関するドアを開けるような場合は、わたしは間違いなく意見を変えるだろうから、もしわたしがあなただったら慎重に行くだろう、ミスター・リッチ」

「はい、裁判長」

「いいだろう」そう言うと、判事は立ち上がり、彼らを見た。「来週はガンターズビルに来るために空けてある。月曜日の午前九時ちょうどから陪審員の選定を始める。みなさん、理解いただけたかな？」

「はい、裁判長」ランクフォードとジェイソンが声をそろえてそう言った。

判事が退廷すると、ジェイ・ランクフォードがジェイソンに近づいてきた。「ミスター・リッチ、本来なら、ここでわれわれが提案しうる最高の司法取引を提案するところだけど、この状況ではできない。そんなことをすれば街を追い出されることになる。死刑を求刑するつもりよ」

「わかっている」彼は言った。胃の具合が悪くなりそうだった。「ウェイロン・パイクの証人としての信頼性を考えると、わたしなら終身刑も少なくとも選択肢のひとつだと考えるがね」

「ジャナがその取引を受ける？」

彼は顔をしかめた。「いいや」

「なら、関係ないんじゃない？」

彼が答える前に、ランクフォードは背を向けると大きな足取りで法廷から出ていった。

一分後、だれもいなくなり、ジェイソンはひとりになった。陪審員席のほうを向くと、十二の備え付けの椅子をじっと見た。そこに彼の姉の運命を決める市民が坐ることになるのだ。手すりのところまで歩いていくと、空《から》の椅子を見つめた。

彼の父、ルーカス・リッチは、何度ここに立って最終弁論を行なったのだろう？　父は今の自分をどう思うだろうか？

「月曜日に会おう」彼は手すり越しにそうささやいた。

58

金曜日の午後五時半、彼らは小さな会議室に集まった。イジー、ハリー、そしてジェイソン。三人のあいだにピザの箱があり、ひと切れを除いてすべて食べつくされていた。

「間違いないのか？」ジェイソンはハリーを見ると、ペパローニのピザで彼を指してから口に入れた。

ハリーはテーブル越しに写真を滑らせた。「こっちが訊きたいよ」

ジェイソンはもう一度写真を見た。それから同じ写真をラップトップPCで拡大して見た。

「おまえと違って、おれはコーワンに直接会ったことはない。だが、もうひとりのほうは間違いなくメイプルズだ」

「コーワンはまだ〈ブリック〉にいるかもしれない。見に行こう」

十分後、三人は〈ブリック〉のバーカウンター近くのブースにいた。ジーンズにフランネルシャツ姿の男がスツールに坐って、ジョッキでビールを飲んでいた。

「イズ？」ハリーが訊いた。

彼女は写真をちらっと見て、それから男を見た。「間違いなく彼よ」

ハリーは微笑んだ。「J・R?」

ジェイソンは大きく息を吐いた。「ああ、彼だ。間違いない」

彼は写真に眼をやった。そこにはコーワンのアパートメントの外の階段で、コリーン・メイプルズとトレイ・コーワンが抱き合っている姿が写っていた。

「ふたりが階段を上がってコーワンの部屋に入ったと証言できる」

「じゃあ、整理してみよう」ジェイソンは始めた。「コーワンは手術の失敗についてドクター・ウォーターズに腹を立てていた。メイプルズも彼に捨てられて腹を立てていた。メイプルズはコーワンの手術での自分の役割に罪悪感を覚え、また自分が看護師会の調査を受けて罰せられたにもかかわらず、ドクター・ウォーターズはお咎《とが》めなしだったことにも怒っていた。彼女はコーワンと親しくなり、恋愛に発展した。コーワンはパイクから、ジャナがドクター・ウォーターズを殺すためにパイクを雇おうと考えていることを聞く。そこでメイプルズとコーワンは、ドクター・ウォーターズを殺すためにパイクに一万五千ドルを支払うことにする。そしてもしパイクが捕まったら、ジャナに雇われたと言うことにした」

「じゃあ、ジャナが一万五千ドルを引き出したのは偶然なの?」イジーが訊いた。その口調には明らかに皮肉が込められていた。

「いや違う」ジェイソンは言った。「ジャナはケイドに支払うために一万五千ドルを引き出すつもりだとパイクに言ったに違いない。そしてパイクは、ジャナに罪を着せるためには同じ金額を支払うよう、コーワンとメイプルズに忠告したんだ」

「それでも」イジーが言った。「かなり無理があると思うわ。コンラッドが陪審員の前でこれをすべてあなたに説明させてくれると思う？」

「ジャナには自分を弁護し、代替犯人説を提示する権利がある」

「でも、あなたの主張にはかなりの飛躍がある」イジーは引かなかった。「パイクとコーワンが、ブラクストンとジャナのことを話していたことを聞いていた人物はいるの？　わたしたちの知るかぎりでは、ふたりは野球やフットボールのことしか話していない」

「それは正しくない。テレサはふたりが身を寄せ合って、いろいろと話しているところを見たと証言できる。少なくとも一時間になることもあったそうだ」

「それでは弱いな」ハリーが言った。

「わかってる。けど何かにはなる。われわれに必要なのはひとつの合理的な疑いなんだ。証人席でパイクをさんざんやっつけたら、代替犯人説は陪審員にとって、よりもっともらしく見えるだろう。陪審員にそのための何かを与える必要があるんだ」

「パイクへの反対尋問はどうする？」

ジェイソンはため息をついた。「たしかに。だが、ジャナがどうやってあいつに金を渡したかについてのパイクの供述はあいまいだ。一番肝心なところなのに、六十九号線のストリップモールで金を受け取って、家で降ろしてもらったとしか言っていない」

「あの夜、彼女がバック・アイランド・ドライブを運転していたのを目撃している人物がひとりもいないなんて信じられない」とイジーが言った。

「おれは信じられる」ハリーは言った。「その道を一日じゅう見張っていたんだ。ほとんどの家は大きくて、道路からかなり離れている。七月四日の花火とどんちゃん騒ぎのせいで、だれも注意を払っていなかったんじゃないかな」

「パイクが何を言い、どう反応するかを見るしかない」ジェイソンは言った。

「彼がお金の入った封筒を受け取ったと言ったら？　それとも現金の入った包みだったら？あるいはフェラチオしたあとに、パンツに札を詰め込んだとか？」イジーは最後のコメントに自分で笑った。「ああ、ごめんなさい。でも、あらゆることに準備しておく必要があるわ」

「わかってる。だがその点はたいして重要じゃない。やつが何を言おうが、わたしは反対尋問でやつの過去の重罪の記録と州との司法取引について訊くだけだ。それによってやつの信頼性を失墜させて、ジャナが金を払ったことについて、陪審員が信じないことを願うだけだ」

「そのとおりね」イジーはうなずいた。

しばらく沈黙が流れたあと、ハリーが咳払いをした。「J・R、あんたはここでできることはすべてやった。それでも勝てない裁判もある」

「依頼人の何人かは実際に罪を犯していることもある」イジーが付け加えた。

ジェイソンは立ち上がると、自分のチームを見た。ふたりは力になろうとしているのだとわかっていた。それでも怒りを覚えた。「わたしは精神的な勝利は求めちゃいないんだ、おふたりさん。勝たなければならない。わかるだろ？」

ハリーも立ち上がり、鋭いまなざしでジェイソンを見た。「ジェイソン、あんたが勝ちたかったら、ジャナに証言させて、あとは運を天に任せるんだ」

「それはできない、ハリー」

「ケイドから借りていた金の返済の一部として、やっとヤッていたことを陪審員に示せば、ケイドを代替の犯人として主張することができる」

「ケイドは容疑者としては薄弱だ」ジェイソンは言った。「やつがなぜ金の卵を産むガチョウを殺したいと思うんだ？　やつがわたしにしたことを見ただろう。わたしの頭越しに子供たちを襲って、金を要求した。ブラクストンにも同じことをした可能性だってあった。いや、きっと同じことをしていたはずだ」

「そうかもしれないが、タイソン・ケイドの手下に金を渡したとジャナが証言すれば、ケイドの代替犯人説にも真実味が出てくる。麻薬取引という、彼女が刑務所に行かなければならない罪を犯していたことに変わりはないがな」

「それでも殺人罪では無罪になる」イジーが言い、ハリーの主張を締めくくった。「ジェイソン、わたしはジャナのような何を言いだすかわからない人間に証言させるのは、リスキーだということには同意する。けれど、彼女にパイクに金を支払って夫を殺すように依頼していないことを証言させる必要はあるんじゃない？　わたしたちのコーワン＝メイプルズ代替犯人説は状況証拠しかない。点と点を結ぶための人がいない。ジャナが犯行を否認することが必要なんじゃない？」

「わたしに何を言わせたいんだ？」ジェイソンは訊いた。まだブースに坐ったままのパートナーの顔を覗き込み、それからハリーを見た。「きみたちはふたりとも正しい。完璧な世界なら、わたしはジャナを証言させ、彼女にすべてを否認させて、金について彼女のしたことを陪審員に話させる。けどここは完璧な世界じゃない。ここは、もしそんなことをしたら、ふたりの姪が殺されるかもしれない世界なんだ。わたしも殺されてしまうかもしれないし、もしかしたらきみたちもそうなるかもしれない。それにジャナが自分の話をきちんとまとめることができないでいるということも忘れちゃならない」

イジーは立ち上がると、ジェイソンの肩に手を置いた。「そうなるとハリーが最初に言ったことに戻ってくる」

「どういうことだ？」

「あなたはやるべきことはすべてやった」イジーは言った。

59

帰途、ジェイソンはバック・アイランドのジャクソン・バーンズの家に寄った。私道に入ると庭に〝売家〟の看板があるのを見て驚いた。玄関に行くと、鍵は掛かっていなかった。なかに入ると、バーンズが冷えたビールを片手に屋根付きのデッキに坐っているのが見えた。近づくと、居間の壁が、彼の妻や息子の写真でまだ飾られていることに気づいた。まるで離婚とは無縁の家族のようだ。ジェイソンはバーンズとシャンドラ、そして息子たちが彼の中古車販売店の前で撮った写真を見て、思わず気おくれした。車には〝二十周年記念セール〟の垂れ幕が掛かっていた。悲しいな、とジェイソンは思いながら、自分のアパートメントにある、かつてラーキンといっしょに暮らしていたときの人生が詰まった箱のことを思い出した。彼はその箱に思い出を詰め込んだ。だがジャクソン・バーンズはまだ思い出を手放せないでいるようだった。

「ヘイ、バーンズ」ジェイソンはそう言うと、籐《とう》製のソファに両手両足を広げて坐っている大きな男の隣のロッキング・チェアに腰かけた。「庭の看板はどうしたんだ?」

バーンズはビールのボトルからひと口飲んだ。「今が売り時なんだ。隣人たちが売りに出しているのを見て、おれも売っちまおうって思った。ここにはもう何もない。親友は死んだ。

きみは姪たちをミル・クリークに連れていってしまった。事情はよくわかっているが、彼女たちに会えなくて寂しいよ。妻と子供たちにも会いたい。変化が必要なんだ、わかるだろ？」

「わかるよ」ジェイソンは言った。「よくわかる。どこに行くつもりなんだ？」

「わからない。ハニカムかな。子供たちにも近くなるし、店からもそう遠くない。サンライズ・マリーナのそばにタウンハウスがいくつかあるんだ」

　ジェイソンは信じられなかった。「この豪邸からタウンハウスに引っ越すのか？」

「なんのためにこんな広いスペースが必要なんだ？　くそっ、キッチンと寝室、ボートハウス以外にはほとんど使っちゃいないさ」

　ジェイソンはうなずいた。切り出す頃合いだ。「州側はあなたを証人として尋問するつもりだ。あなたが話してくれたことによると、ウェイロン・パイクの自供以外では、おそらく最も強力な証拠になるだろう」

「すまんな、だがそれが事実なんだ」バーンズは答えた。

「謝らないでくれ。話をさせてくれて感謝している。パイクには近づけない。やつの弁護士が近づかせないんだ」

「おれは何も隠すことはない」

「じゃあ、悪いことをたしかめよう。七月三日の夜、あなたはジャナが桟橋で何かを飲んでいるのを見た。ことばは不明瞭でひどい状態だった。明らかに酔っていた」

「そうだ」

「あなたは彼女に元気かと尋ねた。すると彼女はすべてを失おうとしてる人間にしては元気だというようなことを言った」

バーンズはうなずいた。

「あなたがどういう意味だと訊くと、彼女は怒りだしてどういう意味かよくわかってるはずだと言った。ブラクストンが彼女と離婚しようとしており、銀行口座にアクセスできなくしようとしていると言った。だからその日の午後、共同口座から一万五千ドルを引き出したと」

「そのとおりだ」バーンズは言い、軽くげっぷをした。

ジェイソンは息を吸ってから、締めくくった。「それから彼女は、あのろくでなしに人生をめちゃくちゃにされる前に殺してやると言った」

バーンズは頭を振ると、ボトルのビールを飲み干した。「忘れられないよ」

「いくつか質問がある、バーンズ」

「どうぞ」

「ジャナが本気だと思っていたら、あなたは警察に電話をしていた、違うか？」

「ああ、言いたいことはわかる」

「で、どうなんだ？」

「ああ、もちろんだ。ブラクストンにも警告していただろう」彼はデッキにしつらえたミニ冷蔵庫まで歩くと、開けてビールをもう一本取り出し、蓋を開けた。

「まさに」ジェイソンは言った。「あなたに対して反対尋問でたしかめたいのはそれだけだ。あなたは、ジャナがおおげさに言っていて、本気じゃないと思ったということを」

「ああ、そのことにはすべて同意する。ジャナはいつも荒唐無稽な脅しを口にしていた。ブラクストンを置いて出ていくとか、社交界の大物の悪行を暴露するとか。そうやってみんなをうんざりさせていたけど、脅迫を実行したことはないと思う」彼は死んだような眼でジェイソンを見た。「ブラクストンを殺すまでは」

ジェイソンは椅子の背にもたれかかり、腕を組んだ。「バーンズ、あなたはパイクのことをだれよりもよく知っている。彼がトレイ・コーワンと話しているところを見たことはあるか？」

バーンズはソファのクッションに頭をもたせかけて言った。「思い出すかぎりではないな」

60

「信じられない」ジャナが言い、拳を机に叩きつけると、その痛みに顔を歪めた。「くそっ」

日曜日の午後遅く、公判前の最後の面会だった。

ふたりはバーンズとの会話について何度も何度もたしかめたが、結論はいつも同じだった。カーディーラーの証言に反論することはできなかった。なぜならそれはすべて真実だったからだ。それにたとえ反論できたとしても、彼女が証言することはないのだ。

「わたしはおおげさに言った。つまり、わたしのことはわかってるでしょ、ジェイソン。バーンズもわかっている。それがわたしなの。それに酔っていたし」彼女は弟を見つめた。

「それに、バーンズにそのことを話した次の夜に、パイクにブラクストンを殺すように指示するなんて、いったいわたしがどれだけばかだというの？」

一理あった。もちろん、逆に、コカイン中毒で〈ザナックス〉依存症の酔っぱらいにまともな判断力があるとは思えないとも言えるが。

「あなたならわたしについてよくわかってるはずよ」ジャナは言った。「わたしはビッチよ、サイコよ、けどばかじゃない」

「ああ、そうだ」ジェイソンは言った。彼女の手を握った。「もう行かなければ、姉さん」

ドアに向かって歩きだしたが、ノックする前に、膝が砕けそうになるひと言をジャナが放《はな》った。

「父さんはあなたのことを誇りに思うわ」

ジェイソンはなんとか気を取り直すと、コンクリートの床を見つめた。「どうしてそんなことを言うんだ？　生きてるあいだ、父さんは一度もそんなことは言わなかったじゃないか?」彼は振り向いた。「葬儀のあとに言ったことを覚えてる? ボートハウスで話したことを」

「J・J――」

「姉さんはぼくが父さんを殺したって言った。ぼくの看板を恥ずかしく思っていたことや、ぼくがいっしょに仕事をすることを断ったときの動揺と失望が父さんを死に追いやったんだって」ジェイソンはコンクリートの壁を見つめていた。冷静さを保つのに必死だった。「どうしてあんなことを言ったんだ」

「なぜならあなたに腹を立てていたからよ」ジャナは言った。すすり泣いていた。「父さんの死に打ちのめされてもいた。それに……嫉妬していた」

「嫉妬? ぼくに? 姉さんはいつも父さんのお気に入りだった。なんでも手に入れた。新しい車。大学への進学資金。父さんが出資した美人コンテストでいくつも優勝した。父さんが認めた人と結婚した。ぼくはもて余し者だった。いつも期待はずれだった。けど姉さんは自慢の娘だった」

「あなたは出ていった」ジャナは言い、胸の前でしっかりと腕を組んだ。「父さんを喜ばせるためにこの街に留《とど》まったりしなかった。自分の人生があった」

「それを姉さんはいつもばかにしていた」

彼女はうなだれた。「わたしは嫉妬していたし、苦々しく思っていたのよ、J・J。父さ

ナは言った。「選択肢はなかった」とジャ

「父さんはお祖父《じい》ちゃんといっしょに法律事務所をするためにこの街に戻ってきた」とジャナは言った。父さんは親子三代で法律事務所をやりたかったのに、あなたはそれを断った」

「ぼくに選択の余地はなかった。父さんはぼくをすぐにはパートナーにするつもりはなかったし、父さんの下について仕事をしたら、バーミングハムで稼げる半分の給料しかもらえなかった。それにもて余し者扱いもやめてくれなかった。フェアじゃなかった。街を出て、自分で道を切り開いたほうがよかったんだ」

「父さんとお祖父ちゃんとの取決めもフェアじゃなかった。あなたが断ったとき、父さんは自分の選択に疑問を持ったんだと思う。あなたがお金を稼ぐようになったときには特に。わたしにも疑問を抱かせたのはたしかよ」

ジェイソンは唖然とした。「そんなこと信じられない。父さんはぼくの弁護士業務について、やさしいことばをかけてくれたことなんか一度もなかった。愛してるとも言ってくれたことはなかった。一度もだ！　どんな父親がそんな態度を取るって言うんだ？」涙がジェイソンの頬を流れ落ちた。ダムが決壊した。けど気にしなかった。「姉さんはもっとひどかった。ぼくがちょっとでも注目されるのが我慢できなかった」

「そのとおりよ、そしてすまないと思ってる」

「嘘だ。自分が死刑にならないための最後の頼みの綱だからそう言ってるだけだ。あんたはばかじゃない、ジャナ。それに絶対にすまないなんて思わない」

「思ってるわ。わたしは間違っていた。父さんは間違っていた」

ほぼ一分間、面会室のなかで聞こえるのは、ふたりの息遣いとすすり泣く声だけだった。

ジェイソンは眼を拭うと、ドアを三回ノックした。

「ありがとう、J・J」

「そんなこと言う必要は――」

「ある。あなたは帰ってきてくれた。わたしのために遠路はるばる来てくれた。わたしにそんなことを期待する権利なんてないのに。父さんがあなたを誇りに思っていることを信じるかどうかは別にして……わたしはあなたを誇りに思っている」

ジェイソンは拘置所を出ると、ガンター・アヴェニューまで歩いた。左に曲がると、歩みを速めた。裁判所を南に三ブロック進んだところで、プルドポーク・サンドイッチとリブの厚切りを宣伝しているレストランの前で立ち止まった。

この煉瓦造りのビルで五十年間、リッチ法律事務所が営まれていた。

夕方だったので、ランチアワーだけ営業するレストランは閉まっていた。ジェイソンは歩道の前の車止めに坐り、ハイウェイを眺めた。五十メートルほど先に彼の看板のひとつがあった。彼は父親が事務所に入るたびに、自分の看板を眼にしてほしかったのだ。そんなつまらない意地を張っていた。

だがジャナによれば、ルーカス・リッチは自分のひとり息子のことを嫉妬していたのだという。

そして今は息子のことを誇りに思っている……

ジャナは嘘をついている。わかっていた。だがそうじゃないかもしれないとも思った。ジェイソンは姉の眼のなかに痛みを見ていた。そう感じた。

霧雨が降り始め、ジェイソンの涙は雨と混じった。

61

「全員起立！」

ジェイソンとジャナが立ち上がると、コンラッド判事が判事席に向かって大きな足取りで歩いてきた。月曜日の午前九時ちょうど。ジェイソンはほとんど一睡もできず、朝食もトースト一枚とコーヒーしか喉を通らなかった。人生でこれよりも緊張した場面があったとしても思い出せなかった。振り向くと、ノラとニーシーが並んで坐っているのが見えた。ノラはえび茶色のドレスを、ニーシーはネイビーのドレスを着ていた。ふたりの両脇にはハリーとチェイスが坐っている。イジーはブラント・アヴェニューのサテライトオフィスでほかの業務を担当しており、夕方にはブレインストーミングのためにやって来ることになっていた。ジェイソンは傍聴席の後方を見た。サッチェル・トニダンデルがスポーツジャケットにスラックスという姿で通路側の席に坐っていた。裁判所の外とジェイソンの事務所の前、そしてもちろんミル・クリークにも警備担当者がいるはずだ。

今週は万全の警備だった。

「アラバマ州対ジャナ・リッチ・ウォーターズ」コンラッド判事が叫んだ。「準備はいいかな、ミズ・ランクフォード？」

「準備はできています、閣下」

「ミスター・リッチ？」

「はい、閣下」

「オーケイ、陪審員候補を入れよう」

七時間後、陪審員が決まった。二十五歳から七十八歳までの男性九名。そのうちの七名が白人で二名が黒人。女性は全員白人で、二十八歳、五十二歳、そして六十歳の三名だった。公判前に行なった調査に基づいて、ジェイソンは、より若さと多様性を陪審員に求めていた。そういった層は、よりリベラルで刑事被告人を受け入れやすい傾向にあったのだ。だがマーシャル郡ではそういった層を求めることはほとんど望み薄だった。

「女性はみんなわたしを胡散臭《うさんくさ》そうな眼で見ている」ジャナがささやくように言った。

そのとおりだったが、ジェイソンは姉をなだめようとした。「みんな疲れてるんだろう」

「よく言うわ」

「陪審員のみなさん、あなたがたがこの事件を裁きます。今日は休廷とします。明日の朝八時半に陪審員室に集まってください」コンラッドは小槌《こづち》を打ち鳴らし、その日の閉廷を告げた。

裁判所の職員がジャナを連れていくとき、ジェイソンは体を寄せてジャナの頰にキスをした。陪審員の共感を得るために、陪審員選定の予備尋問のあいだもずっと〝わたしの姉〟と呼んで、依頼人との関係を強調した。

陪審員の表情を見るかぎり、その点があまりうまくいっているようには思えなかった。彼らは疲れているのだ。頭を振りながらそう自分に言い聞かせた。よく言うよ。

62

ジェイソンはまっすぐ事務所に向かった。イジーとハリーを相手に冒頭陳述の練習を二、三回したあと、もう充分だと宣言した。疲れ切っていたし、イジーとハリーのアイデアも尽きていた。今持っている材料で乗り切るしかない。反対尋問でパイクをぼろぼろにしたあとは、陪審員がコーワン－メイプルズ代替犯人説を信じることを願うばかりだった。

家に帰りたかったが、したいことと、しなければならないことが別だということもわかっていた。ガンターズビル高校に車を走らせると二十一号室の人々の輪のなかに坐った。自分の番が来ると、裁判のストレスが飲酒のトリガーとなっていると話した。以前は証言録取や審問のあとにはいつも少し飲んでいた。これは初めての裁判であり、人生で初めて七時間もかけて陪審員を選んでいた。緊張を和らげるためにビールかウイスキーがどうしても飲みたかった。同情的なまなざしや励ましのことばとともにトリガーをやり過ごすための忠告が述べられた。散歩に行く。友人と話す。早く寝る。

どれも理にかなっていた。だがジェイソンは、ただこの場にやって来てチェックボックスに印をつけるだけで、トリガーから逃れることができるとわかっていた。この二カ月間、一週間に一回ミーティングに参加し、十二のステップのほぼ半分を終えていた。彼は今、自分自身と他人に対し、自身の過ちを認めるという五番目のステップにいた。ゆっくりとしか進んでいなかったが、だれにも自分のペースというものがある。

ミーティングが終わると、車に向かう彼の背中を何人かが叩いていった。気がつくと隣人のことを考えていた。最初のミーティング以来、チェイスとはどのミーティングでもいっしょになっていない。彼女は別のクラスに行く必要があると言って水曜日のクラスに行き、ジェイソンは月曜日のクラスに行った。互いに協力し合うとともに、別々に進む必要があった。ジェイソンはその理由を理解していたものの、それでもどこか寂しかった。

自分が彼女にとってのトリガーなのだ。ミル・クリークの家へ向かう道すがらそう考えた。家《ホーム》。ジェイソンはそれが正しい感情なのかどうかわからなかった。彼はふたつの人生のあいだの橋の上におり、ジャナの裁判の結果が、橋の向こう側に渡るのか、元いた場所に戻るのかを決定しようとしていた。

彼は向こう側に行きたかったが、怖かった。恐怖が常に彼を突き動かしてきた。失敗への恐怖。恥辱への恐怖。失望への恐怖。

裁判が彼の意識に迫り、ジェイソンは自分が死ぬほど恐れていることに気づいた。

ジェイソンは、ノラ、ニーシー、そしてチェイスとパティオでいっしょに夕食を取った。ニーシーがスパゲッティを作ってくれ、とてもおいしかった。一方でノラは裁判に関する質問を彼に浴びせた。陪審員には満足してる？　どのくらい続くの？　州側の最初の証人はだれになる？

ジェイソンはできるだけ答えたが、ほとんどの質問に対する答えは〝わからない〟だった。彼女たちふたりは証人になる可能性があったので、証人席に呼ばれるまでは法廷には入れなかった。明日はチェイスがふたりといっしょにいると申し出てくれ、ジェイソンは彼女の助けと存在に感謝した。

寝る時間になると、ノラはジェイソンに思い切りハグをし、彼がしてくれていることすべてに感謝していると言った。少し涙ぐんでいて、やがて階下の寝室に向かった。ニーシーも彼にハグをした。ケイドの手下に襲われて以来、眼に見えてジェイソンに温かく接するようになっていた。ノラのあとを追って階段を下りようとするとき、彼女は振り返り、ずっと宙に漂っていた質問をした。

「ママがパパを殺したと思う？」シンプルで直接的、そして真剣だった。短剣のように突き刺さった。ジェイソンは思った。ふたりはいったい何度、残りの人生でこの質問をすることになるのだろう？　自分自身に。友人たちに。セラピストに。今週、裁判に勝とうが負けようが、その疑問はずっと残るのだ。

「いいや、思わない」ジェイソンは言った。

彼女は何か言おうとしたようだったが、言わなかった。眼は潤んでいた。やがて階段を下りていった。

ジェイソンはチェイスを彼女の家の近くまで送っていき、ドアの外で立ち止まった。

「明日は頑張って」

「ありがとう」キスをしようとゆっくりと体を寄せた。彼女もそうした。それから背を向けるとドアを閉めた。〈ドックス〉での夕食以来、ふたりの関係は進展していなかった。話をした。ジェットスキーやカヤックに乗った。そしてキスをした。

だがそれ以上のことはなかった。

ジェイソンはチェイスとの関係が、自分が橋の向こう側に渡ることの一部なのかどうかわからなかった。だが、そうであることを望んだ。

それでも今のところは、自分のキャリアや人生のあらゆることと同様、彼らは橋の上にいた。

63

翌朝の九時五分、コンラッド判事は、陪審員を入廷させ、挨拶をしたあと宣言した。「原告および被告双方の冒頭陳述を行なう。ミズ・ランクフォード、準備はいいかね？」

「はい、裁判長」と彼女は言い、意識的に陪審員席の手すりに向かって歩きだした。

「七月四日、わが国はその独立を祝いました。マーシャル郡では花火が上がり、バーベキューが催され、家族が集いました。しかし州でも有数の高級な地域のひとつ、バック・アイランドでは、ひとりの女性が殺人を計画していました。被告人、ジャナ・リッチ・ウォーターズがウェイロン・パイクという男と共謀して、夫であり、地元で愛される医師であるドクター・ブラクストン・ウォーターズを殺害しようとしたのです。彼女は配偶者を殺すためにその男を雇い、ことが終わると彼に一万五千ドルを現金で支払ったのです」ランクフォードは間《ま》を置いた。「わたしやマーシャル郡の人々の多くが祝日を愉しむなか、ブラクストン・ウォーターズはバック・アイランドのボートハウスのそばで射殺され、その遺体は湖に捨てられました。ウェイロン・パイク――彼はこの公判で証言することになります――が、ドクター・ウォーターズ殺害の実行犯である一方で、糸を操っていたのは被告人であるジャナ・ウォーターズだったのです」

ジェイソンはランクフォードが冒頭陳述を行なっているあいだ、陪審員の表情を見ていた。何人かは、彼の姉が言うところの〝胡散臭そうなまなざし〟でジャナをにらんでおり、ジェイソンは州側の主尋問のあいだはずっとこうだろうと思った。彼はメモに走り書きをしてジャナの前に置いた。

落ち着いて、冷静に。

一瞬、姉の手が自分の手の上に置かれたのを感じ、彼女を見た。これまでの人生で、姉が怯えているのを見たことはほとんどなかった。だが今は、絶望的なまでの恐怖を彼女の眼のなかに見ていた。自分の運命が自らの手を離れてしまったときにのみ感じる恐怖だった。

ランクフォードはそのあとの二十分をかけて、ウェイロン・パイクの自供から、ジャナが彼女と離婚し、自分の人生を台無しにしようとしているブラクストンを殺してやると言ったジャクソン・バーンズとの会話まで、確固たる事実を説明した。よく整理され、効果的だった。最後に彼女は簡潔に語った。

「すべての証拠について聞いたあと、わたしは、陪審員のみなさんが正義の許す唯一の評決を下すものと確信しています。有罪です」

「ミスター・リッチ?」ランクフォードが席に着くと、コンラッド判事が尋ねた。「冒頭陳述の準備はできてるかね?」

「はい、裁判長」ジェイソンは言った。立ち上がって、ジャケットのボタンを留めた。「まず申し述べさせていただければ」彼は始めた。「裁判長……」コンラッド判事に向かってうなずくと、彼がうなずき返してきた。「検事長……」ランクフォードに向かってうなずいた。「そして陪審員席の手すりまで近づくと、できるだけ多くの陪審員と眼を合わせた。「陪審員のみなさん」

ジェイソンは立ち止まるとこの裁判で評決を下すであろう十二名の意思決定者がうっとりとして自分に注目しているのを眼にした。彼は先週、ノックス・ロジャースを訪れ、アドバイスを求めていた。知識豊かな弁護士は、ほとんどの弁護士が陪審員との最初の数分間をうまく使えていないと言っていた。「その時間を無駄にするな、若いの。最初の数秒間ほど、彼らがきみの言うことに耳を傾ける準備ができているときはない。自分の言わなければならないことを強調するんだ。彼らの記憶に残るように」ロジャースはそう言っていた。

「検察側の冒頭陳述を聞いていて、ウェイロン・パイクがドクター・ブラクストン・ウォーターズを殺したことには議論の余地はないようです。ならなぜ、パイクは今、わたしの姉が坐っている席に坐っていないのでしょう？」ジェイソンは被告側席に歩いていき、ジャナの肩に手を置いた。

「彼はここにいません。代わりにわたしの姉のジャナがここにいます。なぜなら、ウェイロン・パイクがこの憎むべき犯罪で逮捕されたあと、ダニエルズ刑事に対して言ったからです」ジェイソンはランクフォードの隣に坐っている法執行官を指さした。「ジャナが金を払って殺させたと」ジェイソンはことばを切った。まだダニエルズを指さしていた。「検察側のすべての主張はウェイロン・パイクのことばに基づいています。そしてみなさんはこの裁判のなかで、彼が有罪判決を受けた重罪犯であることを知るでしょう。放火。窃盗。そして、もちろん殺人犯だと」彼はためらうように、両手を脇に下ろした。「この公判において、ジャナがドクター・ウォーターズを殺すために金を払ったことを証言する唯一の証人はパイクだけです。みなさん、公判における証言を聞き、州側の主張の唯一の証人について、その信頼性を評価するとき、自分自身に訊いてみてください。ウェイロン・パイクのような男の証言でわたしの姉に有罪判決を下すのかと」

彼は優に三秒間沈黙し、自分のことばが陪審員の心に沁み込むのを待った。パイクの信頼性を貶《おとし》めることこそが彼の主張のすべてであり、それをまず行なったのだった。

ふたたび被告側席まで歩くと、姉の肩に手を置いた。ジェイソンはカンバーランド大ロースクールの刑法の権威、パメラ・アダムス教授とも何回か会っていた。「刑事裁判においては弁護人が依頼人に手を置くことが重要よ。あなたが依頼人を恐れていないことを陪審員に示すことになる。そして彼らも依頼人を恐れてはならないの」彼女はそう言っていた。

「ここにいるのはわたしの姉です。ジャナ・リッチ・ウォーターズ。姉は決して完璧ではありません。ですがずっとマーシャル郡に住み、ゴシック・ギルド、ファースト・ユナイテッド・メソジスト教会の女性グループ、レディーズ・オブ・レイクの支援者委員会、そのほかにも数えきれないほど多くの組織の役員を務め、このコミュニティに貢献してきました。彼女とドクター・ブラクストンにはふたりの娘、ニーシーとノラがいます。ドクター・ウォーターズが殺害された当時、夫婦関係はぎくしゃくしていました。それを否定するつもりはありません。ですが、州側がミズ・ウォーターズが浮気をしていたとか、ドクター・ウォーターズに離婚されることを心配していたとか、薬物の問題を抱えていたとかといった証拠を持ち出したときには、思い出してください。そのどれも、彼女が夫を殺させるためにウェイロン・パイクを雇ったかどうかとは関係ないのです」ジェイソンは検察側の主張に反論していた。これは冒頭陳述では禁止されていたが、ノックスはぎりぎりまでやってみるべきだと言っていた。「州が異議を唱えれば、彼らの印象が悪くなる。きみは刑事被告人の人生をかけて、その弁護を行なっているのだ。判事も多少は大目に見てくれるだろう」

ジェイソンはジェイ・ランクフォードをちらっと見た。彼女は顔をしかめていたが、異議を申し立てようとはしなかった。「もう一度言います」ジェイソンは言い、陪審員席まで歩くと、手すりに手を置いた。「一日が終わり、すべてが語られ、すべてが行なわれたあとに、彼らに残っているのはウェイロン・パイクだけなのです」

ジェイソンは冒頭陳述の残りの時間を、立証責任の本質——州側だけがそれを負っていること——について論じた。「ジャナ・ウォーターズはこの裁判において、いっさい証拠を提出する必要はありません。ジャナ・ウォーターズが殺人罪で有罪であることを、合理的な疑いを越えて立証する責任は州側にあります。もしみなさんがひとつでも——たったひとつでも——疑いを持ったのなら、そのときは、法廷はみなさんに無罪の評決を下すよう指示するでしょう」

彼は検察官と同じようなことばで締めくくった。だが明らかに異なる結果を求めた。「ウェイロン・パイクの証言を聞き、彼の証言を裏付ける証拠がひとつもないことを知ったあと、わたしは、陪審員のみなさんが正義の許す唯一の評決を下すものと確信しています。無罪です」

席に戻ると、また自分の手に姉の手が置かれるのを感じた。ぎゅっと握ってきたが、ジェイソンは姉のほうを見なかった。たかぶっていて、自分を落ち着かせようとした。自分がいい仕事をしたとわかっていた。だがノックスは警告していた。「陪審員が何を考えているかはわからない。それをわかろうと躍起になってはいけない。ただ自分の仕事をするんだ」

ジェイソンは荒い息を吐いた。自分の仕事をしろ。自分に言い聞かせた。

「州側は最初の証人を尋問する準備はできているかね？」コンラッドが訊いた。

「はい、裁判長」ランクフォードは言い、立ち上がると、法廷の後ろの保安官補にドアを開けるよう仕草で示した。「州はウェイロン・パイクを尋問します」

64

パイクは黒いスーツに白のワイシャツ、えび茶色のネクタイといういでたちをし、大きな足取りで証人席に向かった。ばかばかしいと思ったが、これが州と裁判所が選任した弁護士の命令だった。彼はルイ・テイラー弁護士――みんなから〝ルイ・T〟と呼ばれていた――との簡単な打ち合わせをすませていた。

「神に誓って真実だけを話すんだ」ルイ・Tは指示していた。「それがあなたが提供できることであり、この件が終わったときに好意を持ってもらえる唯一の方法だ。運がよければ、終身刑となり、十五年で仮釈放になる可能性もある」

「すばらしい」パイクは言った。

「台無しにするなよ」弁護士は言った。保安官補が彼を呼び出す前の最後のことばだった。

証人席に着くと、パイクは法廷を見まわした。すぐに視線はジャナ・ウォーターズに釘付《くぎづ》けになった。葬式にふさわしいような黒のドレスを着ていて、あまり肌を見せていないにもかかわらずセクシーだった。パイクは彼女の服の下を思い浮かべ、うつむいて木のベンチを見た。

ほんとうのことを言うんだ。彼は自分に言い聞かせた。シェイ・ランクフォードが近づいてくると笑いたくなったが、厳粛な表情を保った。おれはこんなところにいるはずじゃなかった。そう思った。カンクンのビーチにいるはずだったんだ。山でもいい。ここ以外ならどこでもよかった。

だが悲しいかな、ばかだった。べらべらしゃべってしまった。人生を通じて抱えてきた問題だ。

「記録のために名前を言ってください」と検察官が言った。

「ウェイロン・パイク」

「ミスター・パイク、二〇一八年七月四日の夜、ドクター・ブラクストン・ウォーターズを殺害しましたか？」

リハーサルどおり、まったくためらわなかった。「はい」

「なぜですか?」

彼はまっすぐジャナを見た。これもリハーサルどおりに。「なぜなら彼の妻のジャナ・ウォーターズが夫を殺すためにおれを雇ったからです」

「彼女は夫を殺すためにあなたに金を払いましたか、ミスター・パイク?」

「はい、払いました」

「いくらですか?」

「一万五千ドル」

「ミスター・パイク、この法廷にミズ・ウォーターズはいますか?」

「はい、います」彼はジャナをまっすぐ指さした。「あのテーブルで、いつも看板のなかで微笑んでる男の隣に坐っています」忍び笑いが傍聴席から沸き起こった。コンラッド判事が小槌を鳴らした。「静粛に!」

「証人が被告人を特定したことを記録に残してください」ランクフォードが言った。それから彼女は陪審員に眼をやりながら訊いた。「ミスター・パイク、ミズ・ウォーターズとはどこで会いましたか?」

パイクはジャナを見つめたままだった。「〈ファイヤー・バイ・ザ・レイク〉のバーで」

「その最初の出遭いについて陪審員に話してください」

彼は椅子のなかで向きを変え、陪審員をじっと見た。「彼女はウォッカ&ソーダを飲んでいました。おれはビールを注文した。おれが飲み終わると、彼女がもう一杯飲むかって訊いてきて、おれはイエスって答えた。何杯かウォッカを飲んだら、彼女は悲しみを紛らせているんだと言った。夫に捨てられそうになっている。夫が浮気をしていたんだと」

「それから?」

「まあ、いろいろあって、いっしょにバーを出た。おれのホテルの部屋に行かないかって誘った。建築現場の羽目板を張る仕事で二、三日、この街にいただけだったんだ。彼女はノーって言ったけど、彼女の車のなかでもう一杯飲まないかって言った。夜のその時間には店は閉まっていた。街灯は消えて、駐車場にはほとんど車はなかった」

「それから何が?」

「彼女はシートを後ろに倒して、そして……まあ……」

「何を?」

「セックスをした」

「〈ファイヤー・バイ・ザ・レイク〉の駐車場の車のなかで?」

「はい、マァム」彼は言い、ジャナを見た。彼女がその証言に動揺していたとしても、そうは見せなかった。

「そのあとは?」

「また会いたいって言ったから、次の日に彼女の家で会った。彼女はボートハウスの屋根の修繕のためにおれを雇いたいって言った」

「それで……個人的な……関係は続いたんですか？」

「ああ」パイクは言った。「おれがバック・アイランドに行くたびに会ったよ」

「つまり被告と性的な関係にあったということですね？」

「そのとおりだ」

「ドクター・ブラクストン・ウォーターズの妻と」

「そうだ」

「ドクター・ウォーターズとはいつ会いましたか？」

「おれが初めてあの家に行ったとき、彼がボートハウスの修繕が必要な箇所を見せてくれた」

「彼は友好的でしたか？」

「ああ。彼はいつもおれに友好的だったよ」

ランクフォードは数秒間、そのことばが陪審員の心に沁み込むのを待った。そしてギアを変えた。「ミズ・ウォーターズがあなたに夫を殺してほしいと言ったことはありますか？」

「ああ」

「最初に言ったのはいつですか？」

「彼女はよくそのことを言っていたけど、初めて言ったのは〈ファイヤー・バイ・ザ・レイク〉にいたときだ」

「どんなふうに持ち出したのですか？」

「その……まあ……ことが終わったあと、車のなかでだった。夫を追い出せば、今みたいな愉しい時間をもっと過ごせるのにって言ったんだ」

「本気だと思いましたか？」

パイクは首を傾げた。「ジャナの場合、冗談なのか本気なのかわからないことがあった。正直言って、そのときはよくわからなかった」

「確信に変わったときがあったのですか？」

「ああ。独立記念日の一週間前だ。おれがミスター・バーンズの家で仕事をしていると、彼女がやって来た」

「ミスター・ジャクソン・バーンズのことですね。バック・アイランドでウォーターズ家の隣に住んでいる」

「そうだ。そのときは昼間で、おれはミスター・バーンズのボートに関して何か仕事をしていた。ジャナが六本パックのビールと手製のサンドイッチを持ってきてくれた。ふたりで食べて、それからセックスをした」

「どこで？」

「ボートで」

「それから？」

「ことが終わると、彼女がおれに頼みを聞いてくれるかって訊いたんだ。なんでもどうぞって、おれは言った。彼女はドクター・ウォーターズが離婚を申請しようとしていると言った。そしてそれは受け入れられない、話していたことを実行するときだと言った」

「何を実行すると？」

「おれが彼を殺すこと」

ランクフォードはふたたび陪審員を覗き込んだ。「〈ファイヤー・バイ・ザ・レイク〉でミズ・ウォーターズと初めて会ってから、彼女は、夫の死を望んでいるということを何回口にしましたか？」

「何度も。会ったときはほとんどいつも」

「彼女が実際にあなたにドクター・ウォーターズを殺すように言ったのはいつですか？」

「最初に彼女の家のボートハウスで仕事をしたあと、彼女がやって来て話をした。ドクター・ウォーターズは呼び出されて病院に行っていた。おれたちは少し話してから、彼女がフェラをしてくれた」

陪審員席と傍聴席でざわめきが起こった。コンラッド判事が小槌を鳴らして静粛を求めた。

「オーラル・セックス？」ランクフォードが訊いた。

「はい、マァム、すみません。終わったあと、彼女はおれが前にだれか殺したことがあるかって訊いてきた」彼はためらった。「最初の会話のとき、おれは以前放火で服役していたことがあるって彼女に話していた」

「わかりました。その話はまたいずれ。被告人の質問になんと答えましたか？」

「人を殺したことはないと答えた。すると彼女は、報酬が妥当ならドクター・ウォーターズを殺すつもりはあるかと訊いた」

「なんと答えましたか？」

「何か下品なことを」

「どんな？」

「これからもずっとヤッてくれるのか……とかなんとか……」

「性的関係を続けるということ？」

「そんな上品な言い方はしなかったけど、ああ、そういうことだ」パイクは言った。

「あなたは本気だった？」

「最初はよくわからなかった。けど独立記念日の一週間前にバーンズのボートハウスに来たときにはその気になっていた」

「どうして？」

「なぜなら、ガンターズビルでの仕事が干上がってきていて、金儲けにちょうどいいと思ったんだ」

「金額のことでは文句は言わなかった？」

彼はうつむくと、うなじを撫でた。「いいや。あとになって考えるともっと交渉するべきだったのかもしれない。けどしなかった」

「どうして？」

彼はジャナを見た。「ミズ・ウォーターズは信じられないくらい、いい女だった。とても説得力があった。彼女のような女性は初めてだった。セクシーで頭がいい。たとえ無料《ただ》でもドクター・ウォーターズを殺していた。彼女に頼まれたらなんでもやっただろう」

「でも無料《ただ》ではやらなかった、そうですね」

「ああ、そのとおりだ、マァム」

ランクフォードは陪審員席の手すりまで歩き、答えるときにパイクが必ず陪審員の顔を見るような位置に立った。意図的な中断を狙ったものでもあった。「ミスター・パイク、七月四日の夜に何があったのか陪審員に説明してください」

パイクは両手を合わせるとゆっくりと、そしてはっきりとした口調で話した。「六十九号線のはずれに釣りに行った。ジャナは〈ファイヤー・バイ・ザ・レイク〉から一キロ弱のところにあるストリップモールの〈ローンドロマット〉でおれを拾うと言っていた。バーに飲みに行くつもりだから、九時ちょうどに会おうということになった」

「彼女は来た？」

「ああ」

「それから？」

「彼女の車に乗って、バック・アイランド・ドライブまで送ってもらった。バーンズの家の前で降ろされて、残りの道は歩いた」

「どうして彼女が運転したの？　どうして自分で運転しなかったの？」

「おれの車を見られたくないからって言っていた。彼女の車が見られてもたいしたことにはならない。そこに住んでるんだから」

「どうしてバーンズの家の前で降りたの？」

「最後に仕事をしたところだったから。何かの理由で見られても、工具箱を取りに来ただけだと言いわけできる」

「それは被告人のアイデア？」

「ああ、そうだ」

「それから？」

「通りを歩いてウォーターズ邸に行き、裏にまわった。ジャナからもらった鍵でなかに入ったが、そのときボートハウスから音楽が聞こえてきた」パイクは陪審員を見た。全員が席から身を乗り出しているのがわかった。

「桟橋まで行ったら、ドクター・ウォーターズがローンチェアで意識を失っていた。椅子の横にテキーラのボトルとジョッキがあって、明らかに酔いつぶれていたようだった。桟橋からゴルフボールを打っていたようでもあった」

「どうしてそう言える？」

「ゴルフバッグがボートハウスにあって、クラブが一本、床に転がっていた」

「それから？」

「湖ではまだ多くの花火が打ち上げられていた」彼はことばを切ると、陪審員を覗き込んだ。「おれは次の大きな花火の音を待った。そして花火が上がるとともに……頭に三発撃ち込んだ」

静寂が法廷を包み込み、ジェイソンはつま先から頭の先まで身震いした。姉を盗み見ないようにした。ただウェイロン・パイクと陪審員を見るのが精いっぱいだった。

「それから何がありました、ミスター・パイク？」

「おれは彼の死体を桟橋から湖に落とした……ミズ・ウォーターズの指示どおりに。それから家の脇を通って、バック・アイランド・ドライブに戻った。バーンズの家を百メートルほど過ぎたところで、ミズ・ウォーターズがおれを拾ってくれた」

「それからどうなりました？」

「彼女が、ストリップモールに止めてあったおれの車のところまで送ってくれた。そこに着くと、封筒を渡してくれて、金はなかに入っていると言った」

「あった？」

「ああ、マァム」とウェイロンは言った。「車から降りる前に数えた」

「一万五千ドル？」

「ああ、マァム」

ランクフォードは自分の机まで戻ると、メモを見てから、陪審員席の端の元いた場所に戻った。

彼女は優秀だ。ジェイソンは認めた。これは交響曲だ。よくリハーサルされた演奏だ。そして陪審員の表情から判断するに、彼らは食い入るように見入っていた。

ランクフォードは陪審員を見て、それからパイクを見た。「あなたの犯罪歴について話してください、ミスター・パイク」

「二〇一四年に放火で有罪判決を受けた。アセンズのライムストーン矯正施設に二年間いた」

「それは重罪に相当しますか？」

「はい、マァム」

「ほかの犯罪で有罪判決を受けたことは？」

「ある。少なくとも四回の軽窃盗。コカイン所持。飲酒運転が一回」

ランクフォードは検察側のテーブルまで歩き、二ページの書類を手に取った。「これはあなたが犯した犯罪の公正かつ正確な内容ですか？」

彼は書類を見た。「ああ、そうだ」

「裁判長、これを陪審員にも開示し、証拠として提出したいと思います」

「異議はあるかね？」コンラッドが眼を輝かせながらジェイソンを見た。異議などないことをよくわかっているのだ。ジェイソンはあらためてランクフォードの戦略に感心した。ジェイ・ランクフォードはパイクの犯罪歴を自分から明らかにし、そこから実際に作品を作ろうとしていた。

そしてわたしのしようとしていた反対尋問を骨抜きにしてしまった。

「ありません」ジェイソンは言った。

ランクフォードは書類を陪審員席の最初の人物に渡し、陪審員それぞれがウェイロン・パイクの罪を熟読するまでしばらく待った。

「ミスター・パイク、被告人はあなたの犯罪歴について尋ねたことはありますか？」彼女は法廷の中央に置かれた証拠品テーブルの上の書類を掲げて見せた。

「はい、何度も」

「彼女はなんと言いましたか？」

「放火をしたときどんな気持ちだったのか、なぜしたのかと訊かれたのを覚えている」

「夫を殺すのに彼女がどうしてあなたを選んだか、理由を言っていましたか？」

ジェイソンはついに来たと思い、身をすくめた。「はい」パイクは言った。「ミズ・ウォーターズはあとになって手を引かない人物が必要だと言った。夫の殺害をやりぬいてくれる人物を。おれのように、火をつけて立ち去ることを恐れないような人間を」

「彼女がそう言った？」

「はい」

ランクフォードは検察側のテーブルから別の書類を取った。「ミスター・パイク、あなたは今日、真実に基づく証言をすることを州側と合意しました、そうですね？」彼女はホッチキスで留められた書類を彼の前に置いた。

「はい、マァム」

「ミスター・パイク、州側はあなたの証言と引き換えに何か約束をしましたか？」

「いいえ」

ランクフォードは陪審員に向かってうなずくと、証人席に向きなおった。「ミスター・パイク、最後にいくつか質問があります。ミズ・ウォーターズはいつあなたと計画について打ち合わせをしましたか？」

「バーンズの家でのあの夜と、その前日です」

「七月三日？」

「そうです」

「どこで会いましたか？」

「彼女は自宅のボートハウスにいました。酒を飲みながら、音楽を聴いていました。おれは
バーンズの家で仕事を終えてから立ち寄った」

「彼女の娘のノラはいた？」

「ええ」

「彼女には会った？」

「会いました。家のなかに入って、彼女の母親がジェットスキーの一台を見てほしいと言ってると言いました」

「それは嘘だった？」

パイクは首を傾げた。「ボートハウスにかなり古いジェットスキーがあるのを知っていた、だから厳密には嘘じゃない」彼は陪審員を見た。「けど、ジャナに会わなければならない理由はそれじゃなかった」

「なぜ彼女に会わなければならなかった？」

「彼女の夫を殺す計画を確認するため」

「そして彼女は計画をあなたといっしょに検討した」

「かなり詳細まで」

ランクフォードは陪審員に眼をやった。「あなたはドクター・ウォーターズの頭を三回撃ったと言いました。銃はどこで手に入れたのですか？」

「サンド・マウンテンのはずれです。ディカーブ郡との郡境を少し越えたあたりで」

「名前を覚えていますか？」

「名前はない。七十五号線のはずれのベニヤ板でできた小屋です」

「どうやって知ったのですか？」

「覚えてません。〈ブリック〉に行ったときに、何人かがそこの話をしてたんです」

ちょっとあいまいだ。ジェイソンは思った。ようやく話にほころびが見えてきた。

「銃を買った？」

「ええ、九ミリ口径の拳銃を」

「そしてその銃を使ってドクター・ウォーターズを射殺した？」

「ええ」

「その後、その銃はどうしましたか？」

「殺害の翌日、テネシー州サウス・ピッツバーグに車で行きました。途中、スコッツボロのどこかで、湖にかかる橋の上で車を停めて、その橋から銃を投げ捨てました」

「それも被告人の計画どおりだった？」

「ええ、マァム。まさに指示どおりでした」

ランクフォードはゆっくりと時間をかけて検察席に向かって歩いた。立ち止まると、パイクのほうを振り向かず、傍聴席に眼を向けたまま訊いた。「ミスター・パイク、夫殺しの計画をあなたと話しているときの被告人の態度はどんなでしたか？」

「冷静でした。冷たいと言ってもいい」

「あなたがドクター・ウォーターズを殺したあとに、迎えに来たときは？」

「同じです。少し興奮していた。コカインをやることがあったから、そのときもやってたんだろうと思いました。〈ローンドロマット〉まで戻る道中は、少しハイでした」

ランクフォードはパイクのほうを向いた。「被告人は最後になんと言いましたか？」

「おれが〈ローンドロマット〉で車を降りようとすると、彼女がウィンドウを下ろして言った。『グッドジョブ』と」

「『グッドジョブ』」ランクフォードは繰り返した。いっとき、陪審員を見ていた。「ほかには？」

「いいえ」

ランクフォードはコンラッド判事のほうを向いて言った。「質問は以上です」

ジェイソンは反対尋問の最初の質問を自分の席からした。「銃に関してはあまり覚えていないんですね、ミスター・パイク」

「覚えていることは全部話しました」

「サンド・マウンテンのベニヤ板張りの小屋？」

「ええ、そうです」

「サンド・マウンテンにベニヤ板張りの小屋がいくつあると思いますか？　千？」

傍聴席の彼の後ろのあたりから中途半端な笑いが起きた。陪審員席をちらっと見ると最前列の男が微笑んでいた。陪審員番号四十八番。ラッセル・エドモンソン。三十五歳。芝生管理に関する事業を営んでいる。ジャナによると、彼は軽蔑以外の何かを含んだまなざしを彼女に送っているという。「わたしとヤりたいっていう眼よ」彼女は説明した。「これまでの人生でいやというほど浴びてきたわ」

ジェイソンは反論しなかった。彼女の言うとおりだからだ。エドモンソンは打開点になるかもしれない。彼は立ち上がり、陪審員をまっすぐ見て次の質問をした。「ブラクストン・ウォーターズを殺害した銃はアラバマ州バムファザルに千以上あるベニヤ板張りの小屋のひとつで、見知らぬ男から買ったと言うんですね？」

「バムファザル？　なんだそりゃ」（bumfuzzleは主に南部では〝混乱させる〟という意味で使われる）

「おっと、ことばのあやですよ、ミスター・パイク。その架空の街にそう名前をつけたいところですが、コンラッド判事が認めてくれないでしょう」

「認めない」裁判長は言った。ジェイソンが判事席を見上げると、砂色の髪の判事は、奇妙な笑顔を浮かべていた。まるでだれがしたかわからないおならのにおいを嗅いだような。

ジェイソンはコンラッドのことが好きだと認めざるをえなかった。

「とにかく、ミスター・パイク、あなたは凶器については思い出せるかぎりのことを陪審員に話したということでいいですね」

「ええ、そう言ったはずです」

「あまりよく覚えていないんですね」

「言ったとおりです」

「そして銃は捨てた？」

「ええ、そうです。あんたの姉の指示で」

「あんたは盗《ぬす》っ人《と》だ、ミスター・パイク、そうだね？」

「窃盗で有罪判決を受けたことはある」

「どうして陪審員に銃を盗んだと言わなかった？　覚えていない人物から買ったというよりはもっと信憑性《しんぴょうせい》のある嘘じゃないかな？」

「異議あり、裁判長。ミスター・リッチは証人に議論を仕掛けています」

「裁判長、わたしにはこの証人に対する徹底的かつ詳細に尋問をする権利があります」

「たしかに」コンラッドは認めた。「だが彼に議論を仕掛ける権利はない。異議を認める。

続けたまえ」

ジェイソンは陪審員席の手すりのところまで歩き、十二人の陪審員を見まわしたあと、ミスター・エドモンソンに眼をやった。「あなたは放火で有罪判決を受けていますね、ミスター・パイク？」

「さっき言ったとおりだ。イエスだ」

「窃盗も複数回？」

「ああ」

ジェイソンは証人席に近づくと、パイクをにらみつけた。「そして今日、あなたは裁判にかけられていない、そうですね？」

パイクは首を傾げて答えた。「ああ、そうだ」

「あなたはドクター・ウォーターズを射殺した。頭を三回撃った。そしてわたしの姉の坐っているところにあなたは坐っていない」

「彼女がおれに金を払って殺させた」

「あなたはそう言っている、ミスター・パイク。だがそれは真実じゃない。あなたがそこでわたしの姉の隣に坐っていないのは、検察側と取引をしたからじゃないんですか？」

「取引じゃない。おれは真実を話すという合意書に署名しただけだ」

「そしてその合意書と引き換えに供述した、そうですね？」

「ああ、そうだ」

「裁判長、ここで陪審員に、検察側証拠物件2、州とウェイロン・パイクのあいだで交わされた合意書を陪審員に開示したいと思います」

陪審員ひとりひとりがこの文書をよく見ることができるように充分な間《ま》を取ってから、ようやくジェイソンは咳払いをした。「検察側が今日のあなたの証言に満足すれば、より有利な有罪答弁取引が提案されるかもしれないと理解してますね？」

「おれは真実を話すと約束しただけだ」

「それではわたしの質問に対する答えになっていない。わたしの質問はあなたが今日の証言によってよりよい司法取引につながることを望んでいるんじゃないかということです。どうですか？」

パイクは検察席のほうに眼をやった。「ああ、そうだ」

ジェイソンは時間をかけて陪審員席の手すりのところまで歩き、それから証人に向きなおった。「そしてあなたは現在、死刑殺人で起訴されている、そうですね？」

「ああ、そうだ」

「そして今日、あなたが〝正しい〟ことを言えば――」ジェイソンは〝正しい〟と言うところで両手の指でダブル・クォーテーション・マークを作ってみせた。「――あなたは命を救われる、違いますか？」

「おれがするべきことは、真実を話すことだけだ」

ジェイソンは証拠品テーブルからパイクの犯罪歴を記した文書を手に取り、彼の前に掲げて見せてから、陪審員に眼をやった。「これらの罪を犯した。そう証言するのですね？」

「そうだ」

ジェイソンはニヤニヤ笑いながら、パイクを見た。そして頭を振ると言った。「質問は以上です」


ウェイロン・パイクが証人席をあとにすると、短い休廷があった。ジェイソンは法廷を出て、トイレに向かった。個室に入って鍵を掛けると、深く息を吸う。そして音をたてないように気をつけながら、自分がアーノルド・シュワルツェネッガーになった気分で屈伸をした。胸で拳を二、三回叩き、個室のなかでシャドーボクシングをする。やがて個室を出ると洗面台まで歩いた。何度も顔に水を掛け、鏡のなかの自分を見た。法廷での初めての反対尋問。興奮と恐怖とでゾクゾクしていた。

うまくやれたと思ったが、自信はなかった。トイレから出ると、呼吸を落ち着かせようとした。法廷のうしろのほうから見ていたイジーを見つけた。彼女は彼の横ににじり寄ってくると耳元でささやいた。

「すばらしかったわ、ジェイソン・リッチ」

イジーが彼の腕をぎゅっと握ると、ジェイソンは安堵の息を吐いた。「ありがとう」

「さあ、どうする?」

ジェイソンはもう一度深く息を吸った。「気を引き締めていく」

65

ノックス・ロジャースはジェイソンに警告していた。刑事裁判であれ、医療過誤裁判であれ、被告側にとって公判の初日は常に最悪なのだと。「ただそこに坐って耐えるんだ。アラバマ大でマクマートリー教授がよく言っていたように、絶対に汗を見せてはいけない」

ジェイソンはトーマス・マクマートリー教授の『証拠論』のハンドブックをバーミングハムの書棚に持っており、今回の裁判にも持参していた。彼は、アラバマ州のレジェンドであるこの偉大な男が、四十年間大学で教鞭《きょうべん》を執ったあとに法廷に復帰し、巨額の評決を得ていたことを知っていた。教授は癌でこの世を去る前、七十代のときにも有名な殺人事件の裁判で弁護人を務めていた。

ジェイソンは呼吸に集中し、父が好んで言っていたことばを思い出した。「裁判はマラソンだ。短距離走じゃない」

姉の手に触れると、耳元でささやいた。「頑張るんだ」

州側のふたり目の証人は郡検死官のドクター・クレム・カートンだった。彼はブラクストン・ウォーターズの死因は、頭部への三発の銃弾による傷であると証言した。さらに彼は、その傷痕は、九ミリ拳銃によるものと一致すると証言した。最後に彼は、ウォーターズの死亡推定時刻は午後九時から午前一時のあいだであるとの見解を示した。

ジェイソンはドクター・カートンに反対尋問を行なう理由はないと考え、証人を下がらせた。

次の証人はハティ・ダニエルズ部長刑事で、彼女は慎重かつ秩序立って、自身の捜査とそれがいかにウェイロン・パイクの逮捕とその後の自供へとつながっていったかを陪審員に説明した。ダニエルズがまだ証人席にいる途中だったが、コンラッド判事はその日の休廷を宣言した。

「陪審員のみなさん」彼は言った。「今日は多くの進展がありました。明朝の九時まで休廷とします。この裁判について互いに、あるいはだれとも話してはならないことを忘れないでください」彼は小槌を鳴らし、裁判所職員が陪審員を退場させた。陪審員が外に出ていくとき、ラッセル・エドモンソンが弁護側のテーブルをじっと見て微笑んだ。ジャナとジェイソンは微笑みを返した。

「彼が唯一の希望ね」ジャナは歯のあいだから漏らすように言った。

ジェイソンは彼女の手を握った。「必要なのはひとりだけだよ、姉さん」

66

翌朝、ジェイソンはダニエルズ刑事の反対尋問で弁護側の代替犯人説の種を蒔《ま》き始めた。

「部長刑事、ウェイロン・パイクを逮捕するまでに一週間以上かかっていますね？」

「はいそうです。正確には八日間です」

「その間《かん》に、ドクター・ウォーターズ殺害のほかの容疑者の事情聴取をしたのですね？」

「いいえ、それは正しくありません。われわれは容疑者と見ていた人物の事情聴取をしたわけではありません」

「オーケイ、専門的な言いまわしは忘れましょう。トレイ・コーワンの事情聴取をしましたね？」

「はい」

「コーワン一家がドクター・ウォーターズを医療過誤で訴えて敗れており、コーワンがドクター・ウォーターズを傷つける動機があるかもしれないと考え、事情聴取を行なった、そうですね？」

「はい、ですが、わたしなら——」

「裁判長、異議あり」ジェイソンはさえぎった。「わたしの質問には〝はい〟か〝いいえ〟で答えてもらう必要があります」

「裁判長、ミスター・リッチは複数の質問をしています」ランクフォードが咎めるような口調で言った。「証人は説明することを認められるべきです」

「わたしはミスター・リッチの異議を支持する。証人は質問には〝はい〟か〝いいえ〟で答えるように」

「はい」ダニエルズは言った。「われわれはできればミスター・コーワンを容疑者から除外したかった。そしてそうしました」

「殺害があった時刻に彼にはアリバイはなかった、違いますか？」

「彼はサンセット・トレイルで花火を見ていたと言っていました。その供述の裏付けは取れませんでした。ですがこのことはウェイロン・パイクがミズ・ウォーターズの指示で彼女の夫を殺したと自供したことですべて関係なくなりました」彼女はマシンガンのようにことばを言い放った。ジェイソンはあとずさりしないようにするのが精いっぱいだった。

「パイクが逮捕された時点では、コーワンを容疑者からは除外していなかったことを認めますね」

「はい」

「あなたはコリーン・メイプルズを容疑者から除外していましたか？」

「実際のところはそのとおりです。彼女にはしっかりとしたアリバイがありました。彼女は湖で友人といっしょでした」

ジェイソンは陪審員を見た。「もちろん、パイクが供述すれば、そのアリバイも意味はなくなる」

ダニエルズは首を傾げた。「意味がわかりません」

「いや、メイプルズがパイクに金を払って殺させたのだとしたら、メイプルズがどこにいたのかは関係なくなる、違いますか？」

傍聴席からざわめきが起こり、コンラッド判事は小槌を叩かなければならなかった。「静粛に！」彼は叫んだ。

「部長刑事？」ジェイソンは答えを迫った。

「ミスター・パイクはジャナ・ウォーターズから金を受け取ってドクター・ウォーターズを殺したと自供しました」

「パイク以外にはそれを証言する人間はいない、そうですね？」

「そのとおりです」

ジェイソンは陪審員席の手すりのところまで歩いた。「部長刑事、トレイ・コーワンとウェイロン・パイクが友人同士だと知ってましたか？」

彼女は眼を細めてジェイソンを見た。「いいえ」

ダニエルズへの質問だったが、ジェイソンは直接、陪審員に話しかけていた。「コリーン・メイプルズとトレイ・コーワンが恋愛関係にあることは知ってましたか？」

今度はダニエルズが含み笑いをした。

「何かおかしいですか、部長刑事？」

「ばかばかしい」

「そうですか？　あなたは質問に答えていません。保安官事務所がともにドクター・ブラクストン・ウォーターズ殺害の容疑者から除外したトレイ・コーワンとコリーン・メイプルズが恋愛関係にあったことを知っていましたか？」

「わたしは……」

「はいですか、いいえですか、部長刑事？」

「いいえ」

「ありがとうございます、マァム」ジェイソンは陪審員をちらっと見てから、証人席に視線を戻した。「質問は以上です」

67

水曜日の最後の証人は、サプライズではなかったが、その名前が呼ばれたとき、ジェイソンの体を恐怖とアドレナリンが駆けめぐった。彼は自分の反応は姉のそれに比べるとまだましなほうだと思った。

「州はミズ・ノラ・ウォーターズを尋問します」

ノラが両開きのドアを通って、通路を歩いてきた。彼女が見えたとき、ジェイソンは隣で息を呑む音を聞いた。眼を向けることなく、自分の右脚をジャナの左脚に押し当てた。これは、彼女が自分を失いそうになったときに送ることを事前に決めておいた合図だった。

ノラは証人席に坐ると、宣誓をした。ノラが名前を言うと、シェイ・ランクフォードは陪審員席の端まで歩いた。「ミズ・ウォーターズ、二〇一八年七月五日の朝、どのようにお母さんを見つけたのか話してください」

「母は居間の床で気を失っていました」

「なぜ〝気を失っていた〟と言えるんですか？」

「もう正午だったからです。それに前の日の服のままでしたし、床に倒れていましたから」

「以前にもそういうことはあったのですか？」

「はい」

「何回？」

ノラはため息をついた。「少なくとも五回」

「それから？」

「母を起こして、父はどこにいるのかと尋ねました」

「彼女はなんと言いましたか？」

「わからないと」

「それから？」

「ボートハウスから音楽が聴こえてきたので、ふたりで桟橋まで行きました」

「何がかかっていましたか？」

「ダリアス・ラッカー」彼女の声は震えだした。「パ、パパのす、好きな曲だった」

「大丈夫ですか、ミズ・ウォーターズ」

ノラは涙を拭った。「大丈夫です。早く終わらせたいんです」

ジェイソンは陪審員に眼をやった。それぞれが心を奪われたようにノラを見つめていた。彼女は被害者と被告人の娘だ。ジェイソンよりも事件に近い存在だった。ジェイソンは無理やり呼吸を整えると、ノラがこれをなんとか切り抜けることを願う一方で、彼女の証言がジャナをあまり傷つけないことを願った。

「ノラ、それから何があったの？」ファースト・ネームで呼ぶように切り替えたのは、さりげなかったが、見事だとジェイソンは思った。検察官から陪審員へ、彼女がティーンエイジャーであるとあらためて知らせるメッセージだ。ノラに対しては、ただ真実を知りたいと願う友人が質問をしているのだというメッセージ。

「探しに行った。父さんのゴルフクラブが桟橋にあって、そのうちの一本が地面に落ちていた。桟橋の床に血痕があって……」涙をこらえて続けた。「……〝ガンターズ・ランディング〟のキャップが湖に浮いていた」

「それからどうしたの？」

「母が九一一に電話した」

「それから？」

「警察が来て、ボートハウスのそばの湖の捜索を始めた。一時間半ほどして遺体を発見した」ノラは両手で顔を覆った。

隣で鼻をすする音がした。ジェイソンは姉の肩に手を置いてなぐさめた。姉の涙を見てほっとした。純粋な感情こそが求められる場面だとわかっていた。自分の娘がそのような場面について証言しなければならないのに、涙しない母親がいるだろうか？

「お父さんの遺体が発見された数時間後にわたしと話したのを覚えている？」ランクフォードは訊いた。

「はい、覚えています」ノラは母親を見た。

「何を話したかは？」

「はい」

「陪審員に話してくれる？」

ジェイソンは異議を唱えようと立ち上がった。「裁判長、お話をしてよろしいですか？」

数秒後、ジェイソンとランクフォードは判事席の前に立って、ほとんどささやきに近い声で話していた。「ミスター・リッチ？」裁判長が尋ねた。

「検察側は、ノラ・ウォーターズが、だれが彼女の父親を殺したと思っていたかについての意見証言を引き出そうとしていると思われます。つまりそれがわたしの依頼人だと。これはまったく無関係であることはもとより、非常に偏見を抱かせるものであると考えます。ノラ・ウォーターズは検死官でもなければ、法執行官でもありません。彼女の意見は陪審員のためにならず、被告人に対する大きな偏見を抱かせることになります」

「ミズ・ランクフォード、証人は何を言おうとしているのでしょうか？」

「母親が彼女の父親を殺したと思うと、わたしに言ったことです」

コンラッドは椅子の背にもたれかかり、二、三秒考えたあと、ジェイソンの顔を覗き込んだ。「異議を認める。その証言を引き出すことは認めない、ミズ・ランクフォード」

「わかりました、裁判長」

自分の席に戻る途中、ジェイソンは大きく息を吐き、判事席の前に立っていたあいだ、自分がずっと息を止めていたことに気づいた。

「ミズ・ウォーターズ、先ほどの質問は無視してください。お父様が亡くなる数日前に、ご両親のあいだでトラブルがあったことを知ってましたか？」

「はい、マァム。両親はよく喧嘩をしていました。父は離婚を申請するつもりだとわたしと姉に話していました」

ジェイソンは伝聞証拠だと異議を唱えようとしたが、思いとどまった。この議論の余地のない事実を避けて通ることはできないとわかっていた。

「いつ聞いたんですか？」

「父が殺される数日前です。ニーシーが週末で家に帰って来ていて、キッチンでみんなで話したんです」

「ありがとう、ノラ。質問は以上です」

「反対尋問は、ミスター・リッチ？」

ジェイソンは立ち上がるとノラを見て、それから依頼人の顔を覗き込んだ。ジャナは人目もはばからずに涙を流しながら、宙を見つめていた。ジェイソンは姉がここまで無気力な表情をしているのを見たことがなく、姉とノラに対して胸が痛んだ。

「いいえ、裁判長。証人に対し質問はありません」

68

木曜の朝一番、州側の最後の証人として証言したのはジャクソン・バーンズだった。バーンズの証言が終わったあとに、検察が尋問を終えるという確証はなかったが、そうなるだろうとジェイソンは考えていた。氏名、職業、そしてブラクストン・ウォーターズと長年の友人であり、十年以上にわたって、バック・アイランドでウォーターズ家の隣人であったという事実を訊き出したあと、ランクフォードは本題に入った。

「ミスター・バーンズ、ウォーターズ夫妻が結婚生活に問題を抱えていたことはご存じでしたか？」

「はい」

「どのようにして？」

「ブラクストンが殺される前の数カ月間で、ふたりが何度か言い争っているのを見ました。もちろんブラクストンからも聞いていました」

「結婚生活の問題について、被告人と話したことは？」

「あります」

「それはいつですか？」

「七月三日の夜です」

「どこでミズ・ウォーターズに会ったのですか？」

「彼女の家の桟橋で。彼女は飲み物を飲みながら、音楽を聴いていました。わたしはボートで通りかかったところでした。グースポンドに釣りに行ってたんです」

「何を話しましたか？」

「挨拶と元気だったか、というようなことを。彼女がよくなってきたと言ったので、何か問題があったのかと尋ねました」

「彼女はなんと答えましたか？」

「結婚生活は終わったと。ブラクストンが離婚を申請しようとしていて、共同口座にアクセスできないようにしようとしていると。その日の午後にその口座から一万五千ドル引き出したとも言っていました」

「ほかに何か言っていましたか？」

「はい」バーンズはジャナをにらみつけた。ジェイソンはカーディーラーが決め台詞を強調しようとしていることに少し腹が立った。

ランクフォードは陪審員を見て、バーンズに視線を戻した。「彼女はなんと言ったんですか、ミスター・バーンズ？」

「人生を台無しにされる前に、あの野郎を殺してやると」

ジェイソンは隣で、何かをコツコツと叩く音を聞き、右脚を姉の左脚に押し当てた。

「質問は以上です」ランクフォードは言うと、ジェイソンのほうを見て言った。「反対尋問をどうぞ」

「ブラクストン・ウォーターズはあなたの親友でしたね、ミスター・バーンズ？」ジェイソンはできるかぎりの熱意を込めて尋ねた。ノックス・ロジャースの声が頭のなかで聞こえていた。〝決して汗をかいているところを見せてはいけない〟

「はい」

「三十年来の友人でしたね？」

「そんなところです。高校時代からなので」

「ではミスター・バーンズ、もし友人のドクター・ウォーターズが命の危険にさらされていると知っていたら、そのことを本人に伝えませんか？」

「はい、そうします」

「だれかがブラクストン・ウォーターズを殺そうとしていると考えたのなら、警察にも通報していた、違いますか？」

「そのとおりです」

ジェイソンは陪審員席の手すりのところまで歩いた。「あなたが言ったように、ジャナ・ウォーターズが〝あの野郎を殺してやる〟という脅迫を口にしたあと、あなたはそのどちらもしなかったというのは事実ですか？」

「というのは？」

「警察に通報しましたか？」

「いいえ」

「ブラクストンに話しましたか？」

「いいえ」

「そうしなかったのは、ジャナ・ウォーターズが殺害を実行するとはこれっぽっちも心配していなかったから、そうですね？」

「ええ……彼女はただわめき散らしているだけだと思っていたんです。ジャナにはそういうところがあるから。よく怒ってわめきだすんです」

「ほんとうに殺そうとしているとは信じなかったんですね？」

「はい」バーンズは言った。

ジェイソンはコンラッド判事のほうを見た。「質問は以上――」

「信じるべきだった」バーンズは付け加えた。

ジェイソンは証人に向かって顔をしかめた。「異議あり、裁判長。ミスター・バーンズの最後のコメントを記録から削除し、陪審員にこれを無視するよう指導することを求めます」

「異議を認める」コンラッド判事は言った。「陪審員諸君は、ミスター・バーンズの最後のコメントを無視するように」

「今の時点ではこれ以上はありません」ジェイソンは言った。床に視線を落としているバーンズをまだにらんでいた。

「ミズ・ランクフォード？」

「質問はありません、裁判長」

「いいでしょう、では次の証人を呼んでください」

一瞬の沈黙があった。ジェイソンは法廷の反対側の検察官をじっと見た。彼女はダニエルズ刑事に何かささやいていた。ランクフォードは向きなおると法廷に向かって告げた。「検察側の尋問は以上です」

69

陪審員ではなく裁判官の評決を求めるジェイソンの慣例的な申し立てを棄却したあと、コンラッド判事は昼食のための休廷を宣言し、一時間後に戻ってくるように全員に告げた。

ジェイソンが席を立とうとすると、ジャナが腕をつかんだ。

「わたしが証言しなければならない」彼女はささやいた。

「とんでもない、絶対にだめだ」ジェイソンはささやき返した。「ぼくらには従うべきゲームプランがある」

「だめよ、ジェイソン。そんなことできない――」

「この件は話し合ってきたじゃないか。リスクが高すぎるし、リターンも少ない」

刑務官が、昼食が用意されている拘置所に彼女を連れ戻すためにやって来た。

「ジェイソン、お願い」

「今夜、話し合おう」

彼女は体を寄せると彼の耳元でささやいた。「嘘をついていたの、J・J」

ジェイソンは顔を歪めた。「なんだって？」

「嘘をついていた」

「ジャナ」

「ごめんなさい」

「ジャナ、弁護側の証人尋問が始まろうとしてるんだ。だれを召喚するつもりかわかってるだろう」

「わかってる。それでいい。でもすべての尋問を終える前に、わたしが証言する必要がある」

ジェイソンは抗議しようと口を開きかけたが、彼女は引き離されてしまった。最後にもう一度振り向くと「お願い」と口元で伝えた。

くそったれ、くそったれ、くそったれ。心のなかで悪態をついたが、驚くべきではないとわかっていた。結局、これがジャナなのだ。

イジーとハリーとは〈カフェ336〉で落ち合うことになっていた。廊下を歩きながら、頭のなかは疑問が渦巻いていた。

タイソン・ケイドと約束しているのに、どうやってジャナに証言させるというのだ？それに彼女に証言させるとして、裁判全体を台無しにしないためにはどうしたらいいのだ？

そして最後に大きな問題があった。

ジャナ、きみはどんな嘘をついていたんだ？

70

「弁護側は最初の証人を尋問する準備はできていますか？」全員が休憩から戻ると、コンラッド判事が尋ねた。

「はい、裁判長。弁護側はミズ・ベヴァリー・サッカーを尋問します」ジェイソンは法廷の後ろまで響く声でそう言った。

緑色のスクラブを着た看護師のサッカーがぎこちない足取りで法廷に入ってきた。席に着くと陪審員に向かってうなずいた。

彼女の看護師としての経験と知識についてひととおり確認したあと、ジェイソンは彼女を証言させる理由へと踏み込んでいった。彼の代替犯人説には三つのリンクがあり、サッカーがその最初のひとつを提供した。

「サッカー看護師、あなたはドクター・ウォーターズが妻のミズ・ウォーターズに対して不貞行為をしているのを見たことがありますか？」

「そうだね……あるよ。ドクター・ウォーターズに質問をしようとドクターズ・ラウンジに入っていったことがあったんだけど、彼が簡易ベッドで麻酔看護師と……ヤってたよ」

陪審員からクスクスという笑いが起き、ジェイソンはアダムス教授が言っていたことを思い出した。〝笑っている陪審員は有罪にしない……〟

「サッカー看護師、彼らがセックスをしていたと言おうとしてるんですね？」とジェイソンは尋ねた。

「ああ、セックスだよ。女性が彼の上になって規則的に体を揺らしていた」彼女は陪審員を見た。「息子のブッシュが大統領になって以来だけど、セックスがどんなもんかは覚えてるよ」

さらに笑いが起きた。

「麻酔看護師に見覚えはありましたか、ミズ・サッカー？」

「コリーン・メイプルズ」

「ドクター・ウォーターズとミズ・メイプルズがこのあとにも会っているところを見たことはありますか？」

「ええ、もちろん。何度も。でもふたりがセックスをしてるのを見たのはそのときだけだよ」

陪審員のラッセル・エドモンソンがコップの水を飲んでいて、咳き込んでしまった。

「ふたりが言い争っているのを聞いたことは？」

「異議あり、裁判長」ランクフォードがさえぎった。「ユーモラスではありますが、まったくもって無関係です」

ジェイソンは一瞬たりとも待たなかった。「裁判長、われわれ弁護側には代替犯人説を提示することが認められています。ダニエルズ部長刑事自身が、保安官事務所がコリーン・メイプルズを捜査の対象としていたことを証言しています」

「認めましょう。異議は棄却する」

「ミズ・サッカー、ふたりが言い争っているのを聞いたことはありますか？」

「ああ、あるよ」

「それはいつですか？」

「手術中だよ」

「なんと言っていましたか？」

「ひそひそ声だったけど、一部は聞き取れた」

「それは何ですか？」

「メイプルズが、ドクター・ウォーターズに彼女かミズ・ウォーターズのどちらかを選ぶように迫っていた」

「彼はなんと言いましたか？」

「『わかってるだろ、今はまだ何もできない』と言ってたよ」

「ミズ・サッカー、われわれはその患者の名前を公表することにつき、秘密保持の権利放棄を得ています。患者がだれだったか、陪審員に話してもらえますか？」

「ああ」彼女は陪審員に眼をやり、言った。「トレイ・コーワンだよ」

ざわめきとささやき声が法廷を満たした。ジェイソンはコンラッド判事のほうを見た。

「質問は以上です」

「ミズ・ランクフォード？」

ランクフォードは立ち上がると腕を組んだ。「反対尋問で陪審員の時間を無駄にするつもりはありません」

コンラッド判事は椅子の背にもたれかかると証人を見た。「いいでしょう。ミズ・サッカー、退席してください」

71

ジェイソンの次の証人は、コリーン・メイプルズだった。ベヴァリー・サッカーが説明していたように、そして彼自身が短い対峙《たいじ》のあいだに経験していたように、証人席のメイプルズは温かさとは無縁だった。

それでも彼女は、トレイ・コーワンの脚の手術と、手術当日のドクター・ウォーターズと患者への振る舞いに関連して、看護師会から調査を受けたことを認めた。答えは簡潔で、いっさいの説明を加えなかった。

ジェイソンが質問を終えるまで、彼女は感情をあらわにしなかった。

「ミズ・メイプルズ、あなたは現在、トレイ・コーワンと親密な関係にありますか?」

「異議あり、裁判長。本件とはまったく無関係です」

「棄却する」コンラッド判事は言った。

「あなたには関係ありません」メイプルズは言い放った。

「裁判長、証人に質問に答えるよう命じてください」

「質問に答えるように、ミズ・メイプルズ」

「わたしの私生活がこの裁判とどんな関係があるのか理解できません」

シェイ・ランクフォードもメイプルズのコーラスに加わった。「裁判長、これはミズ・メイプルズを困らせるためだけの攻撃です。弁護側はミズ・メイプルズとウェイロン・パイクのあいだの関係を何も示せていません」

「のちほど示します、裁判長」

「検察と証人の異議は棄却する。ミズ・メイプルズ、質問に答えてください。さもなければ法廷侮辱罪に問いますよ」

「もう一度、質問を繰り返しましょう」ジェイソンが申し出た。

「繰り返す必要はありません。答えはイエスです。わたしはトレイと付き合っています。彼は……わたしのしたことを赦してくれたんです」

「そりゃ驚いた」ジェイソンは言った。

「異議あり！」ランクフォードが椅子から飛び出した。「弁護人の発言の削除を求めます」

「異議を認める」コンラッドは言った。「こんどそのようなスタントを演じた場合はあなたを法廷侮辱罪に問いますよ、ミスター・リッチ」

「はい、閣下」ジェイソンはコンラッドに向かって頭を下げた。「質問は以上です」

72

ランクフォードが今度も反対尋問を行なわないことを選択したあと、ジェイソンは咳払いをひとつしてから、当初は最後から二番目の証人にするつもりだった人物を指名した。

「弁護側はミスター・トレイ・コーワンを尋問します」

両開きのドアが開き、アメリカン・フットボールの元スター選手が足を引きずりながら入ってきた。法廷じゅうのすべての眼が彼に注がれた。ジェイソンはこれ以上のお膳立てはないとわかっていた。

「記録のため名前を言ってください」

「トレイ・コーワン」

「お仕事は？」

「市の職員です」

「以前はガンターズビル高校でフットボールの選手でしたね？」

「はい」

「そしてクォーターバックとして全米の大学からスカウトされた？」

「かなりの学校から」トレイは陪審員に向かって微笑みながらそう言った。いくつか笑みが返ってきた。

「メジャーリーグからも関心を持たれていた」

「一巡目で指名される予定だった」

「それは数百万ドルの契約金を意味していた」

「はい……ですが、フットボールをプレイしたほうがもっと金を稼げる可能性があった」

ジェイソンは陪審員を見た。「あなたのフットボールと野球の夢は、脚の怪我で終わりを告げた、そうですね？」

「はい、脛骨の骨折です。手術後に感染症にかかり、脚の機能は完全には回復しませんでした」

「ドクター・ウォーターズの手術が原因だとして、医療過誤訴訟を起こしましたね？」

「はい、そうです」

「そして敗訴した」

「はい」

「一セントも取り戻せなかった」

「はい、そうです」

「ドクター・ウォーターズをアラバマ州医師会に告発もした、そうですね？」

「はい」

「だが医師会はなんの処分も下さなかった」

「そのとおりです」

「つまりあなたはドクター・ウォーターズの金と医師免許を求めたが、どちらも負けたということですね？」

彼は肩をすくめた。「そういうことでしょうね」

「コリーン・メイプルズとは付き合っていますね？」

「はい」

「ところで彼女はあなたのフットボールと野球のキャリアを台無しにした手術で麻酔専門看護師《CRNA》を務めていましたね」

「そうです」

「あなたは彼女をアラバマ州看護師会に告発し、看護師会は彼女に懲罰を科した、そうですね？」

「停職処分になったと聞いている」

「そして今、あなたたちは付き合っている、間違いないですか？」

「はい」

「どうしてそうなったんですか？」ジェイソンは尋問では、イエス・ノーで答える質問以外はしてはならないとわかっていたが、ここではどんな答えが返ってくるかはあまり関係なかった。それがなんであれ、利用することができるかもしれないと思ったのだ。

「ある日、彼女が、おれが審判をしているリトルリーグの試合にやって来た。試合が終わると近づいてきて謝罪した。自分に何かできることはないかと彼女は尋ねた。おれはビールをおごってほしいと言った……そして時間をかけて、いろんなことが重なって……」

「今は市の職員として最低賃金よりも少し多く稼いでいる、そうですね？」

「ああ」

「現金で一万五千ドルを用意するのは難しいだろうね？」

「というか不可能と言ったほうがいい」

「だがミズ・メイプルズはCRNAとしてかなり稼いでいる、違うかね？」

「彼女の懐具合については知らない。多額の学生ローンを抱えているかもしれないし」

「彼女は湖沿いに住んでいるね？」

「ああ」

ジェイソンは弁護側のテーブルのほうに歩いた。ゴールラインまであと少しだった。もうひとつ種を蒔いておこう……

「ミスター・コーワン、ウェイロン・パイクがガンターズビルに来てから、彼と友人になったというのはほんとうですか？」

トレイは眉をひそめた。顔が真っ赤に染まった。高校フットボールのスター選手もようやく気づいたようだ。ジェイソンには彼が怯えているのか、怒っているのか、それともその両方なのかわからなかった。「はい」彼は言った。「そのとおりです」

ジェイソンはほっとした。もうテレサを証言させる必要はない。それどころか、ジャナを証言させないなら、彼の主張はもうこれで終わりだった。

「あなたはパイクとはよく〈ブリック〉で会って、週に何回か、何時間も話し込んでいた」

「待ち合わせたわけじゃないけど、何度か同じ時間に〈ブリック〉にいたことがある。何時間も話してはいないと思うけど、それなりには話していたよ」

「彼のことは好きでしたか？」

「そうだと思う。彼は街に来たばかりで、おれが高校でプレイしていたときのことはあまり話さなかったから。その代わり、街のゴシップやらなんやらを知りたがっていた」

「二〇一八年七月四日、ウェイロン・パイクがドクター・ブラクストン・ウォーターズを殺害したことは知っていますね？」

「はい、知っています」

「そしてあなたは殺害の数日前まで、ほとんど毎日〈ブリック〉で彼と会っていた」

「おそらくそのとおりでしょう」

ジェイソンはここで席に着くつもりだったが、もうひとつ質問したい衝動を抑えられなかった。勝利を確実にするために。

「ミスター・コーワン、あなたとコリーン・メイプルズが共謀してドクター・ウォーターズを殺した、違いますか？」

「異議あり、裁判長」ランクフォードが叫んだ。手をテーブルに打ちつけて立ち上がった。「暴挙です！　そのような突拍子もない告発の根拠はありません」

コンラッドはジェイソンに険しい視線を向けた。「棄却する。証人は質問に答えるように」

「違います」コーワンの口調は断固としていた。

「メイプルズがあなたに金を渡し、あなたは訴訟と医師会への告発に続く三度目の、そして最後の攻撃を彼に加えた、そうじゃないんですか？」

「同じ異議を申し立てます、裁判長」ランクフォードは腰に手を置いて言った。「この一連の質問は言語道断です」

「棄却する」

「いいえ」コーワンは答えた。

「ウェイロン・パイクは自分がドクター・ウォーターズに近づくことができると言った。そしてあなたは一万五千ドルを渡して殺させた、違いますか？」

ランクフォードは立ったままだった。「異議あり、根拠がありません」

「棄却する」

「いいえ」コーワンは言った。

「裁判長、わたしからはもう――」

「ウェイロンはドクター・ウォーターズについて言っていた」コーワンがさえぎるように言った。

「以上です」ジェイソンは言った。

コンラッド判事が咳払いをした。「話の途中だったようですが、ミスター・リッチ。質問はいいですか？」

「いいえ、裁判長。わたしは質問はしていませんので、ミスター・コーワンの発言は削除してください」

「検察側の意見は？」コンラッドがジェイ・ランクフォードを見た。ジェイソンもそれにならった。検察官の眼はまるで踊っているようだった。ジェイソンは自分が新人のようなとんでもないミスを犯したことに気づいた。

「削除していただいてかまいません。われわれが再尋問できるのであれば」

コンラッドはニヤリと笑った。「そう言うと思っていたよ。陪審員はミスター・コーワンの最後の発言は無視するように」彼はランクフォードに向かってお辞儀をしてから言った。

「反対尋問はあるかね？」

「もちろんです」ランクフォードは言った。

ジェイソンは坐っていられず、被告側席の横に立ったままだった。

「ウェイロン・パイクはドクター・ウォーターズについて何を話したんですか?」

トレイ・コーワンは陪審員をまっすぐ見て言った。「彼は、ジャナ・ウォーターズが夫を殺すために一万五千ドルを提供したと言った」

その答えは大砲を発射したあとの煙のように宙に漂った。

ランクフォードは視線を証人から陪審員へと移した。「質問は以上です」

「ミスター・リッチ、再尋問は?」

ジェイソンは姉の顔を覗き見た。彼女は怯えた眼で自分を見ていた。くそっ……

「ミスター・リッチ?」

ジェイソンは証人席を見ると、すばやく頭のなかで考えた。「ではパイクは、彼がドクター・ウォーターズを殺す取引を持ちかけられたと言ったんですか?」

「はい、ドクター・ウォーターズの妻から」コーワンはジャナを指さすとそう言った。「あなたの依頼人から」

「証人が被告人を特定したことを記録に残してください」ランクフォードが言った。

そしてしくじりはまだ終わっていない、とジェイソンは思った。

「だが、彼が本気で殺すとは思っていなかった、そうですね?」ジェイソンは言った。

トレイは肩をすくめた。「彼が何を考えているかはわからなかった」

声がかすれないようにするのに必死だった。〝決して汗をかいているところを見せてはならない〟彼は大きな足取りで陪審員席の手すりまで歩いた。「あなたとメイプルズは、パイクが殺害を指示されたことを知っていたんですね？」

「おれはコリーンには話していない」

「けどあなたは知っていた」

「ああ、知っていた」

「あなたは保安官事務所から二度、事情聴取を受けていますが、パイクからドクター・ウォーターズ殺害の取引を持ちかけられたという話を聞いていたとは、ひと言も言っていない」

「訊かれなかったので」とコーワンは答えた。

「それは大きな怠慢だとは思いませんか？」

「異議あり」ランクフォードが言った。「論争的です」

「異議を認める」コンラッド判事は言った。

相手の異議が認められても坐ってはいけない。ジェイソンはわかっていたが、ほかにするべき質問がなかった。「以上です」

酒が飲みたかった。

73

コンラッド判事が陪審員を退廷させたあと、ジェイソンは一時間後に会いに行くとジャナに告げた。そしてまっすぐ法廷を出ると、声をかけることなく、イジーとハリーの横を通り過ぎていった。エレベーターに乗ろうとしたとき、腕をつかまれた。振り向くとベヴァリー・サッカーが誇らしげな笑みを浮かべて彼を見ていた。「思い出した」と彼女は言った。

ジェイソンは眼をしばたたいて、集中しようとした。シェイ・ランクフォードから受けた仕打ちに疲れ果てていた。ただただ飲みたかった。

「思い出したって、何を？」

「ドクター・ウォーターズが別の女性といっしょのところを見たけど、それがだれだか思い出せなかったって言っただろ」

ジェイソンは指を鳴らし、彼女と病院の駐車場で初めて遭ったときのことを思い出した。

「彼がオフィスで会っていた女性だ」

「そう。だれだかわからなかったけど、今日、法廷であの男を見た。ほら……カーディラーの。早くにここに来て、階段を上っていったときに、彼が出ていくところだった」

「ジャクソン・バーンズ？」

彼女は両手を叩いて合わせた。「そう、彼だよ。よく家族全員でコマーシャルに出てただろ」

ジェイソンは小さなむずがゆさがクモのように腕を這いあがってくる感覚を覚えた。「彼の家族？」

サッカーは激しくうなずいた。「だから、ドクター・ウォーターズがオフィスでじゃれ合っていた女性に見覚えがあったんだよ。あの女性はあのカーディーラーの奥さんだよ」

運がいいことに、一番近い酒場は〈ブリック〉だった。ジェイソンは奥のブースに陣取った。まだ、トレイ・コーワンの尋問の大惨事とベヴァリー・サッカーの話した新事実に動揺していた。

ブラクストンはシャンドラ・バーンズと浮気をしていた……

ウェイトレスがやって来ると、ジェイソンは言った。「店で一番強いＩＰＡを頼む」

「〈グッドピープル〉の〈スネイク・ハンドラー〉はどう？」

「いいね」

ビールが運ばれてくると、グラスからにおいを嗅いだ。

それから眼を閉じて、コーワンの尋問についてもう一度考えた。自分はなんて愚かだったんだ？　おれは自分でドアを開け、眼の前で彼に閉じられた。

ジェイソンにはわかっていた。陪審員が聞く最後のことばをコーワンとのやり取りにするわけにはいかなかったが、選択肢はなかった。

ジェイソンはひとりの男がバーに坐るのを見て、頭を振った。

まるで時計のように規則的だな。トレイ・コーワンが注がれたビールに口をつけるのを見ながらそう思った。

深く考えることなく、ジェイソンはブースから出ると、コーワンに近寄った。隣に坐ると、テレサ・ロウに向かってうなずいた。彼女は驚いたように眼を大きく見開いてジェイソンを見た。

「パイクが取引について話したのか？」まっすぐ前を見たままジェイソンは訊いた。

トレイは笑った。「質問は以上だと言ったと思ったが」

「もうひとつある」

「もう遅い」

ジェイソンはとにかく尋ねた。「パイクがジャナから持ちかけられた取引について話したとき、そばでその会話を聞いていた者はいなかったか？」

コーワンはゆっくりとビールを飲んだ。「終わりにするよ、テレサ」そう言うと五ドル札をカウンターの上に放り投げた。「釣りはいらない」

彼は立ち去ろうとしたが、ジェイソンが行く手をさえぎった。「頼む、トレイ。パイクが取引について話したとき、きみとパイクのほかにだれかいなかったのか？」

トレイは激しい軽蔑のこもった眼でジェイソンを見た。「バーに何人かいて、会話を聞いていたかもしれない」と彼は言った。

「だれだ？」ジェイソンは訊いた。「具体的にはだれだ？」

「実際に覚えてるのはひとりだけだ」トレイは言った。「いつもあそこでウェイロンといっしょにいたやつだ。ウェイロンは彼の仕事をよくやっていると言っていた」

ジェイソンはまたもむずがゆさを覚えた。「だれだ？」

「ジャクソン・バーンズ」

74

ジェイソンは五ドル札を自分のブースのテーブルの上に置いた。ビールには手をつけていなかった。バーまで戻ると、テレサに眼で合図した。

「どうしたの？」彼女が訊いた。

「トレイ・コーワンとウェイロン・パイクが話していたときに、ジャクソン・バーンズもここにいたことはあったか？」

「バーンズはほとんど毎日ここに来てるよ」彼女は答えた。「実際、さっき帰ったところだよ」

ジェイソンは腕に鳥肌が立つのを感じた。「ありがとう」

その後の三十分間、ジェイソンはガンターズビルの通りを歩きながら、バーンズとの出会いについて思いだしていた。

彼は共通項だ。ジェイソンはそう思った。

ウェイロン・パイクはバーンズのためによく仕事をしていた。おそらくはブラクストンやジャナのために仕事をした以上に。

パイクの最後の仕事はバーンズからのものだった。

パイクは殺人のあった夜、バーンズの家で車を降り、犯行後はふたたびそこで拾われていた。

バーンズはジャナが殺人の前日にブラクストンとの共同口座から一万五千ドルを引き出していたことを知っていた。ジャナが話していたのだ。

そして最後に、バーンズはパイクがドクター・ウォーターズを殺すために、これとまったく同じ金額を提示されたことを知っていた。パイクがトレイ・コーワンにその話をしたとき、その場にいたのだ。

だが、彼はそのことを警察に話さず、法廷でも証言しなかった。

そしてわたしにも言わなかった。

彼がそのことをだれにも話さなかった理由は何が考えられるだろうか……その知識を利用して彼自身が一万五千ドルを払って、ジャナをハメたのでなければ。

だがなぜジャクソン・バーンズは親友を殺そうとしたのか？

ブラクストンが彼の妻と浮気をしていたからだ……

心臓の鼓動が速くなった。歩みを緩め、呼吸を整えなければならなかった。バーンズはジャナが有罪だと確信しているとジェイソンに話していた。文字どおり、ジェイソンが事件現場で最初に話をしたのがバーンズだった。草むらのなかのヘビ。眼の前に横たわっていた敵。

拘置所に着いたときには、ひどく汗をかいていた。バーンズの妻は彼と離婚していた。子供たちを連れて、バック・アイランドの家から遠く離れたハンツビルに引っ越していた。なぜそうしたのだろう？　なぜバーンズを追い出して、屋敷を自分のものにしなかったのだろうか？

離婚の理由がバック・アイランドにあったとしたら？

それもすぐ隣に……

面会室に入ると、挨拶もそこそこに言った。「ブラクストンがシャンドラ・バーンズと浮気していたことは知ってたのか？」

ジャナは眼をしばたたき、五秒ほどためらったあと、ジェイソンが期待していたとおりの答えを口にした。「なんですって？　まさか」

75

ジェイソンはハンツビルに向かう途中、ハリーに住所を調べさせた。電話することも考えたが、彼女が会うことに同意してくれるかわからなかった。四百三十一号線を通って市内に入ると、右折してカリフォルニア・ストリートを進んだ。一・五キロほど走ると、さらに右折してローカスト・アヴェニューに入った。ランドルフ校に通っていた頃の記憶から、この界隈がブロッサムウッドと呼ばれていることを思い出した。ハンツビルでも最も住みやすい地域のひとつだった。家の前に車を止め、小走りで階段に向かった。ドアをノックし、彼女が家にいることを祈った。

「だれ？」女性の声がした。

ああ、よかった。

「ミズ・バーンズ、ジェイソン・リッチです」彼はそう言うと、すぐに本題に入った。「ジャナ・リッチは姉です。彼女が、夫ブラクストン殺害容疑で起訴され、マーシャル郡巡回裁判所で行なわれている裁判で弁護人を務めています。裁判はほとんど終わろうとしていて、あなたの助けが必要なんです」

「お気の毒だけど、帰ってちょうだい」

「お願いです、ミズ・バーンズ、ひとつだけ質問させてください」

反応はなかった。なのでジェイソンは声を張り上げた。「ブラクストンの看護師、ベヴァリー・サッカーが、あなたが彼といちゃついているところを見てるんです……」

ドアが勢いよく開いた。シャンドラ・バーンズが眼を大きく見開いてジェイソンを見た。指を自分の唇に押し当てた。「子供たちがいるのよ。よくそんなことができるわね！」

「サッカーが、あなたとブラクストンが彼のオフィスで抱き合っているのを見たと言っている」

「帰らないなら、警察を呼ぶわよ」

「真実を話してくれないなら、あなたとドクター・ウォーターズの関係について大きな声で話すまでです」

「ママ？」ドアの後ろから小さな声がした。少年は七歳くらいだろうか。さらに少年の後ろには年長の少年――十二歳くらいと推定した――がいた。

「どうしますか、ミズ・バーンズ？」ジェイソンは訊いた。神様お許しください、と思いながら、ふたりの少年をちらっと見て、シャンドラに視線を戻した。

彼女は子供たちのほうを見て言った。「ジャック、ふたりで二階に行って、テレビでも見ていてくれる、オーケイ？」

「ママ、その人、あの看板の人？」兄のほうが訊いた。

「お願い、ジャック。言われたとおりにして」

「はい、お母さま《マアム》」ふたりの少年がドアを閉めると、彼女は振り向き、恐ろしいほどの軽蔑に満ちた表情でジェイソンを見た。

「すみません」彼は言った。「姉は命を懸けた裁判を争っているんです、そして――」

「バーンズがブラクストンを殺したと思っているの？」

「あなたとブラクストンとの関係を証言する証人はもういます。あなたに証言してもらう必要はありません」

「何が必要なの？」

「必要なのは……バーンズがあなたたちの関係を知っていたかどうかです。教えてもらえませんか？」

眼から涙があふれそうになり、顔をしかめながら彼女はゆっくりとうなずいた。「それが離婚の理由よ」

76

四十五分後、ジェイソンはマーシャル郡拘置所の面会室に戻っていた。帰りの道すがら、イジーに電話をしていた。「新たな代替犯人説がある」彼はそう言った。「明日の朝一番で、ジャクソンとシャンドラ・バーンズ夫妻の離婚申請書のコピーを準備してくれ」

「どうして？」

説明すると、彼女は口笛を吹いた。「ジェイソン・くそったれ《マザーファッキング》・リッチ。あなたは将来刑事弁護士になれるかもしれないね」

「ありがとう、けどまだ先は長いし、渡らなければならない橋がいくつもある」

今、姉の横にしゃがみこんで、そのひとつを渡ろうとしていた。彼は低く落ち着いた声で話した。「ジャナ、州側が尋問を終えたあとに、ぼくに何か嘘をついていると言っていたよね。何について嘘をついたんだ？」

ジャナはためらうことなく話した。「ケイドの部下に一万五千ドルを払ってはいない」

「なんだって？　でもジャナ、その男がケイドの部下だと言ってたじゃないか」

「嘘よ。ジェイソン、あの金は自分のために下ろしたの。ブラクストンから口座にアクセスできないようにされると思って。銀行口座を押さえられて、クレジットカードも使えなくされた。あの人は、親権をかけて争うつもりだと子供たちに言った。現金が必要だったのよ、それもすぐに」

「なんのために？」ジェイソンは訊いた。そしてこれが彼女が最初の面会で話していたことだと気づいた。そのあと、ジャナはケイドに一万五千ドルを払ったと言っていた。なのに今またもとの話に戻っている。ジェイソンは何を信じればいいかわからなかった。

「クレジットカードの請求書の期限が過ぎていたの」彼女は一瞬ためらった。「かなりの金額の」

「ほんとうのことなのか？」

「今度こそほんとうよ。誓うわ」

「ジャナ、きみは最初に面会に来たときにそう言っていた。どうしてケイドに支払ったと話を変えたんだ？」

「ケイドに払ったと言うのが最善の道だと思ったのよ。薬物の問題を認めることが。けど、その話をしたあと、ケイドが、自分が巻き込まれるのを心配してわたしに証言させないよう、あなたに約束させたと聞いた」彼女は両手を合わせて握りしめた。「自分が嘘をついたと認めたくなかったの」

「なら、どうして今になって？」

「証言しなければならないからよ。パイクに金を払っていないと陪審員に言わなければならないから」

「ランクフォードが、姉さんがタイソン・ケイドからドラッグを買ったかどうかを訊いてきたらどうするんだ？　ケイドは形だけの脅しをするような男じゃない。ジャナ、ぼくたちが話しているのはノラとニーシーの命に関わる問題なんだ」

「そう質問されたときには、黙秘権を行使することはできないの？　罪を犯したことを認める必要はないんでしょ」

ジェイソンは両手を打ち合わせた。今や、ケイドに一万五千ドルを払ったことはもはや物語の一部ではなかった。黙秘権を行使することはできる。自分の罪を認める必要はないのだ。あるいはケイドの罪を……

「ジャナ、金はどうなったんだ？」

「わたしの車のグローブ・コンパートメントにあるはずよ。ひょっとしたらバーンズが盗んだのかもしれない。あるいは警官が盗んだのかも」

「ジャナ、お願いだ」

「わからないのよ。コカインをやっていたから覚えてないの。どこに置いたと思うかを話しているだけ」

ジェイソンは彼女を見つめた。偽証を教唆することはできないとわかっていたが、何が真実なのか、もはやわからなくなっていた。ジャナにもわかっているのかどうか疑問だった。

ジェイソンは立ち上がるとドアに向かい、三回ノックした。

「どうするつもり？」ジャナは尋ねた。

ジェイソンは荒い息を吐いた。「証言してもらう」

77

翌朝八時半、ジェイソンは法廷でイジーとハリーに会った。法廷は今はまだ空っぽだったが、三十分もすれば満席になるだろう。だれもが、裁判は今日が最終日になると考えていた。

ジェイソンはイジーとハリーに自らのプランを説明した。

「ケイドはどう反応すると思う？」ハリーが訊いた。

「チェイスがミル・クリークで娘たちといっしょにいる」ジェイソンは言った。「表も裏も警備担当者が見張っている。裁判所のまわりにも警備担当者を配置しているし、あのトニダンデル兄弟は全員、この法廷にいる。連中には会ったか？」

「話を聞いただけ」イジーは言った。

「連中は本物だ」

「そう願うよ」ハリーが付け加えた。「なぜならケイドに関する話もほんとうだからな」

ジェイソンは両手をそれぞれの肩に置いた。「ジャナはばかじゃない。ケイドのことをほのめかしたりはしない」

「あなたがそう言うのなら」イジーは言った。

「眼と耳をよく開いておくんだ、相棒」ジェイソンは言った。「これからジェットコースターに乗ることになるからな」

78

「ミスター・リッチ、次の証人を呼んでください」

「弁護側はミズ・ベヴァリー・サッカーを尋問します」

年配の看護師は覚束ない足取りで法廷に入ってくると、証人席に坐った。宣誓がすむと、ジェイソンはさっそく本題に入った。

「ミズ・サッカー、あなたは昨日、ドクター・ウォーターズがCRNAのコリーン・メイプルズと性的な関係にあったと陪審員に話しましたね」

「ああ、そうだよ」

「ドクター・ウォーターズがほかの女性と関係を持っていたのを見たことはありますか?」

「ああ、あるよ」

「それはだれですか?」

「えーと、ずっと思い出せなかったんだけど、昨日カーディーラーを見てピンときたんだ。ドクター・ウォーターズが金曜日の仕事のあとにミスター・バーンズの奥さんといちゃついてるのを見たよ。あたしは遅くまで働いていて、何かを探しに彼のオフィスに行き、ふたりが彼の机の上にいるのを見たんだ。彼女のシャツは脱げていて、ふたりはキスをしながら、まさぐりあってたよ」

ざわめきが法廷を満たし、コンラッド判事は小槌を鳴らした。

「正確にはだれのことを言っていますか、ミズ・サッカー？」

「シャンドラ・バーンズだよ」

ジェイソンは陪審員のほうを見た。そこには彼の期待していた驚きの表情があった。「質問は以上です」シェイ・ランクフォードのほうをちらっと見た。彼女は困惑した表情で見つめ返してきた。

「反対尋問は、ミズ・ランクフォード？」コンラッドは尋ねた。

「ありません、裁判長」ランクフォードは言った。まだ呆然《ぼうぜん》とした表情でジェイソンを見ていた。

「オーケイ、ミスター・リッチ、次の証人を呼んでください」コンラッド判事が指示した。

ジェイソンはジャナを見た。「準備はいいか？」とささやいた。

「いつでも」

心臓の鼓動が速くなっていた。「裁判長、われわれは被告人ジャナ・リッチ・ウォーターズを尋問します」

ジャナが証人席に着き、宣誓をした。記録のために名前を言うと、ジェイソンは時間を無駄にしなかった。

「ミズ・ウォーターズ、あなたは夫、ドクター・ブラクストン・ウォーターズを殺害するためにウェイロン・パイクという名の男を雇いましたか？」

ジャナは陪審員をまっすぐ見て言った。「いいえ、していません」

「ミズ・ウォーターズ、二〇一八年七月四日の夜はどこにいましたか？」

「〈ファイヤー・バイ・ザ・レイク〉に行きました。六十九号線沿いのレストランです」

「そこで何をしていましたか？」

「ウォッカを二杯飲みました。そのあと店を出ました」

「それからどうしましたか？」

「しばらくドライブしました」

「どうして？」

「結婚生活が終わろうとしていた。わたしは……動揺していた。前日にブラクストンとの共同口座から一万五千ドルを引き出していたので、ブラクストンがなんと言うか不安だった」

「なぜ、金を引き出したんですか？」

「ブラクストンが離婚するつもりだと言っていたから。それにまったく現金がないと不安だった」

「〈ファイヤー・バイ・ザ・レイク〉の南にあるストリップモールに立ち寄りましたか？」

「かもしれません。よく覚えていません」

「何か覚えていることはありますか？」

「家に帰りたくなかったのは覚えています。子供たちはふたりとも友達と出かけていたし、ブラクストンと同じ家にはいたくなかった」彼女は眼のまえの木製の台に両手を置いた。

ジェイソンは証人席に近づくと、両手で姉の手を握った。「ジャナ、次に何を？」

「〈ハンプトン・イン〉に部屋を取った。ウォッカを買って、部屋で全部飲んだ」

「家に帰ったのはいつ？」

「次の日の朝。ホテルをチェックアウトしたけど、まだかなり混乱していた。家まで車で帰って、居間で寝てしまったんだと思う。ノラがそこで見つけたから」

ジェイソンは姉を見た。彼女がタイソン・ケイドを話から完全に排除しているとわかっていた。また嘘をついているのだろうか？　それともケイドといっしょにいたことを覚えていないのだろうか？

考えながら進めているのだ、とジェイソンは思った。彼女から手を離すと、陪審員を見た。

「ジャクソン・バーンズを知っていますか？」

「もちろんです。バック・アイランドの隣人です」

「数分前のミズ・サッカーの証言を聞きましたか？」

「はい」

「あなたの夫がジャクソン・バーンズの妻シャンドラと関係があったことを知っていましたか？」

「いいえ、知りませんでした」

「質問は以上です」

　シェイ・ランクフォードはジャナに対する質問に慎重に取りかかった。「ミズ・ウォーターズ、あなたはウェイロン・パイクと関係がありましたか？」

「はい」

「タイソン・ケイドという名の男とも関係があった、そうですね？」

「異議あり、裁判長」ジェイソンは言った。「そちらに行ってもよろしいですか？」

　コンラッドは身振りで、ランクフォードとジェイソンに判事席まで来るように示した。

「ミスター・リッチ？」

「タイソン・ケイドとの不倫疑惑に関する質問は、裁判長の公判前命令に対する直接的な違反です」

「裁判長、被告人と被害者にはふたりとも不倫相手がいました」ランクフォードは反論した。「ケイドとの関係は被告人が夫を殺害する動機に直接結びつくというのがわれわれの主張です」

コンラッド判事は顎を掻き、それからうなずいた。「質問を認めようと思う」

ジェイソンが席に着くあいだ、ランクフォードは大きな足取りで証人席へと歩いた。「ミズ・ウォーターズ、あなたはタイソン・ケイドと性的な関係にありましたね？」

「いいえ、そんなことはありません」

「おやそうですか、少なくともミスター・ウェイドからコカインを買っていたことは認めますよね？」

「弁護人の助言に従って、黙秘権を行使します」

ランクフォードは両手を腰に当てた。彼女はタイソン・ケイドについてさらに質問を重ねたが、その都度、ジャナは黙秘権を行使した。やがて、検察官はギアを変えた。

「ご主人が殺される前日に一万五千ドルを引き出したことは認めますか？」

「はい」

「ご主人から口座にアクセスできないようにされるのを恐れたからだと言いましたね？」

「はい」

「あなたはご主人が離婚しようとしていたことを知っていた」

「そう言っていましたが、そのとおりにするとは思っていませんでした」

「ですが、彼はそう言っていた」

「はい」

ランクフォードは法律用箋を検事席のテーブルに叩きつけるように置いた。「質問は以上です」

「ミスター・リッチ？」

「再尋問はありません」ジャナが弁護側の席に戻ってくると坐った。

「次の証人を呼んでください」

「弁護側はトレイ・コーワンを尋問します」

ジェイソンは単刀直入にコーワンに尋ねた。「あなたは〈ブリック〉のハッピーアワーで、ウェイロン・パイクとよく話していたと証言しました。あなたがパイクとバーで会っているとき、ほかにだれかいませんでしたか？」

「はい、いました」コーワンは言った。「パイクはほとんどいつもジャクソン・バーンズといっしょでした」

「昨日、あなたが証人席で話した会話のなかで、パイクはジャナから夫を一万五千ドルで殺すよう取引を持ちかけられたと自慢していたそうですが、ミスター・バーンズはその会話を聞いていましたか？」

「はい、聞いていました」

79

三十分の休憩のあと、ジェイソンは最後の証人を召喚した。

「弁護側はミスター・ジャクソン・バーンズを尋問します」証人席に着いたバーンズはいくぶんだらしなく見えた。シャツの裾がジャケットの後ろから覗き、髪も乱れていた。休憩中に、ハリーがバーンズに電話をし、法廷に戻るように伝えていた。バーンズが抵抗すると、ジェイソンの調査員は、彼がまだ召喚状の下に拘束されているのだと思い出させた。

そして今、彼はここにいて、証人席に坐っていた。

「ミスター・バーンズ、あなたの結婚生活は昨年の終わりに離婚という形で終わりを告げたというのはほんとうですか？」

バーンズは困惑に顔を歪めた。「はい、それが事件となんの関係があるのですか？」

ジェイソンは被告側席まで歩くと、イジーがその朝コピーしてくれたファイルを手に取った。「書類によると、離婚を申請したのはあなたですね？」

「はい」

「ですが、あなたはわたしにシャンドラから離婚されたと言いませんでしたか？」

バーンズは顔をしかめた。「もしそういう言い方をしたとしたら、わたしの言い間違いです」

「あなたが離婚を申請した、そうですね？」

「はい、そうです」

「そしてそれはあなたの奥さん、シャンドラが、あなたの親友であるドクター・ブラクストン・ウォーターズと不倫をしていたからですね。それで間違いありませんか？」

「このクソ野郎」バーンズは言った。顔は深紅に染まっていた。ほとんど紫といってよい。

「貴様を助けてやっただろうに」

コンラッドが壊れそうなほど強く小槌を叩いた。「証人がまたそのような暴言を吐いた場合、法廷侮辱罪で今日一日拘置所で過ごしてもらうことになります。わかりましたか、ミスター・バーンズ？」

「はい、裁判長」バーンズは言い、穴が開くほどジェイソンをにらみつけた。

「質問を覚えていますか？」

「覚えている」

「いいでしょう、答えるつもりはありますか。それともシャンドラをここに連れて来ましょうか？」

「裁判長、異議――」

「答える」バーンズは検察官の異議をさえぎった。「そうだ。あいつらは不倫をしていた」

「そしてそれが理由であなたが離婚を申請した？」

「そうだ」

ジェイソンは陪審員席の手すりのところまで歩いていくと、手すりに手を掛けた。「ミスター・バーンズ、どうしてウェイロン・パイクがあなたとトレイ・コーワンに、一万五千ドルでドクター・ブラクストン・ウォーターズ殺害を依頼されたと自慢していたことを警察に言わなかったのですか？」

「彼がそんなことを言ったのは聞いていない」

「では、トレイは嘘つきだと？」

「そうじゃない」

「いいですか、トレイ・コーワンは証人席でそう言ったんです。あなたがその場にいて、すべて聞いていたと」

「彼がそう言ったのだとしたら……そう、彼は嘘をついている」

ジェイソンは自分の席に戻った。「ミスター・バーンズ、あなたはパイクが話していたことをだれにも話さなかった。なぜなら、ドクター・ウォーターズを殺させるために自分が一万五千ドルをパイクに支払うことにしたからだ。そうじゃないですか？」

「ばかばかしいにもほどがある」

「あなたは以前こう証言しました。二〇一八年七月三日の夜、ジャナがブラクストンとの共同口座から一万五千ドルを引き出したことを、ジャナ自身の口から聞いたと。間違いありませんか？」

「ああ」

「あなたは彼女が金を引き出したのを知っていた。そしてパイクが同じ金額でドクター・ウォーターズを殺すように依頼されていることも」

「彼女が金を下ろしたのは知っていたが、パイクが取引を持ちかけられていることは何も知らない。もしトレイがそんなことがあったと言うのなら、あいつは頭がおかしい」

ジェイソンは陪審員の顔を覗き込んだ。全員興味津々だった。彼らの眼には疑問が浮かんでおり、そのことがジェイソンに希望を与えてくれた。「ミスター・バーンズ、あなたは親友に復讐しようと決意した、そうですね？」

「ばかげている」バーンズは汗をかき始め、肉付きのよい手のひらで額を拭った。

「あなたはウェイロン・パイクに金を払ってブラクストンを殺させ、ジャナが逮捕されるように仕組んだ。そうじゃないですか？」

「違う」

ジェイソンは陪審員から眼を離さなかった。できることはすべてやった。そして今やすべては彼らにゆだねられた。「質問は以上です」

ジェイ・ランクフォードが反対尋問はないと言うと、ジェイソンはコンラッド判事を見て、毅然《きぜん》とした口調で言った。「裁判長、弁護側は以上です」

80

ジェイソンは顔に水を掛けると、裁判所の男性用トイレで鏡に映った自分を見た。コンラッド判事は最終弁論の前に十五分の休廷としていた。ジェイソンは深呼吸をした。疲れ切っていたが、ゴールまではあと少しだった。

さらにシンクに水を流しながら、感情がたかぶっていることに気づいていた。ほんとうに勝てる。ミスを犯した。コーワンの尋問でヘマをした。だがまだチャンスはある。

自分自身の顔を覗き込み、鏡の前で屈伸をしてから、自分の顔を何回か叩いた。「おれならできる」と言った。「おれならできる」

ドアが開き、ハリーが入ってきた。「ショータイムだ、J・R」

「今、行く」ジェイソンは言った。ハリーが出ていくと、ジェイソンはかがんで膝をつかみ、ゆっくりと息を吸った。「ショータイムだ」とささやいた。

81

ジェイソンは法廷に入ると、姉の隣に坐った。「大丈夫?」彼女は訊いた。

「吐きそうだよ」彼は認めた。

ジャナは彼の手を握った。「ビビっちゃだめよ。うまくやれるわ」彼女は言った。

「怖くないのかい?」ジェイソンは訊いた。

「怖いわ。けどあなたを信じている。あなたはすばらしい弁護士よ。あなたが弟であることを誇りに思っている」

ジェイソンは姉を見つめた。それはおそらく、彼女がこれまでにジェイソンに言ったなかでも最高の褒めことばだっただろう。「でたらめを」彼はようやくそう言った。ジャナは鼻で笑った。

「オーケイ、言いすぎだったかもしれない」彼女は言った。「けど、あなたのおかげでここまで来ることができた」

「ぼくを信頼してる?」ジェイソンは訊いた。

彼女はためらわなかった。「ええ」

「よかった……ぼくの最終弁論はそれを試すことになるから」

「言うべきことを言って、ベイビー・ブラザー。わたしは気にしない。でも、わたしのために何かをしてちょうだい。フィールドですべて出し切るのよ」

ジェイソンは微笑んだ。それは父の口癖のひとつだった。いつも言っていた。実際、ジェイソンがゴルフのトーナメントに出場したときや、ジャナが高校で生徒会に立候補したときにも口にしていた。「そのつもりだよ」彼は言った。

シェイ・ランクフォードは秩序立った最終弁論を行なった。事実とそれぞれの証拠について説明し、ジャナがドクター・ウォーターズを殺すために金を払ったというウェイロン・パイクの証言に特に焦点を当てた。「ミスター・パイクの証言は揺るぎありません。彼はミズ・ウォーターズが被害者を殺すために一万五千ドルを支払ったと自供しました。ミズ・ウォーターズが夫婦の共同口座から、殺人のあった二十四時間前までに一万五千ドルを引き出していることには議論の余地はなく、その理由に関するもっともらしい説明も提示されていません。ドクター・ウォーターズが被告人と離婚しようとしていたことについても議論の余地はありません。ミズ・ウォーターズはミスター・パイクとミスター・バーンズに夫の死を望んでいると言っています。彼女には動機がありました。彼女にはドクター・ウォーターズを殺させるための手段――一万五千ドル――がありました。そして彼女には機会もありました。彼女は常にミスター・パイクと連絡を取り合っていました。またミスター・パイクは、殺人のあった夜、彼女が彼を自分の家まで連れていき、彼がドクター・ウォーターズを殺したあとに、迎えに来たと証言しています」

　起訴内容の説明を行なったあと、彼女は、陪審員に対する要請で最後を締めくくった。「陪審員のみなさん、州側はジャナ・ウォーターズがウェイロン・パイクに金を払って夫を殺させたことを合理的な疑いを越えて立証しました。わたしはみなさんが正義の認める唯一の評決を下すことを確信しています。有罪であると」


「ミスター・リッチ?」コンラッド判事が尋ねた。「最終弁論の準備はできていますか?」

「はい、裁判長」ジェイソンは言った。立ち上がると弁護側のテーブルをまわり、その端に坐った。ジャナを見て、それから彼女の運命を握っている十二人の陪審員を見た。

「まず最初に認めなければなりません。検察側は多くの点を立証し、わたしの依頼人にとっては美しくない絵を描いてみせました。彼女の家族にとっても」彼は荒い息をした。「それはわたしの家族でもあります」

　ジェイソンはテーブルから立ち上がると、腕をジャナのほうに示してみせた。「わたしの姉はすばらしい妻ではありませんでした」彼は言った。「それは間違いないでしょう。姉は夫を裏切って、ウェイロン・パイクと浮気をしていました。そして被害者であるドクター・ブラクストン・ウォーターズもまた、すばらしい配偶者ではありませんでした。彼はコリーン・メイプルズやシャンドラ・バーンズと不倫関係にありました。みなさんは州側がほかにも証明したことをご存じでしょう。姉はすばらしい母親でもありませんでした。七月四日の独立記念日をホテルで過ごしたことは議論の余地はなく、五日の正午に酔っぱらって気を失っているところを十六歳の娘に発見されています」

ジェイソンはジャナの顔を覗き見た。うつむいてテーブルを見つめていて、眼を合わすことはできなかった。完璧な態度だ。

「わたしの姉はマザー・オブ・ザ・イヤーにもワイフ・オブ・ザ・イヤーにも選ばれることはないでしょう」ジェイソンは首の後ろを掻いた。「ですが……みなさん、州側は姉が殺人者であることを証明していません」

ジェイソンは陪審員席の手すりの端まで歩いた。「みなさんはジャクソン・バーンズが証人席でどれだけ必死だったか聞いたでしょう。厚かましくもトレイ・コーワンを嘘つき呼ばわりまでしました。バーンズはジャナが七月三日に一万五千ドルを口座から下ろしたことを知っていました。彼は、パイクが同じ金額——一万五千ドル——でドクター・ウォーターズの殺害を依頼されたことを明かしたときに〈ブリック〉でトレイ・コーワンといっしょにいたのです。つまり、バーンズはパイクをよく知っていたのです。それどころかパイクは、殺害のあった日、バーンズの家で仕事をしていたのです。そしておそらく最も重要なことは、ブラクストン・ウォーターズがバーンズの結婚生活をめちゃくちゃにしたということです」

ジェイソンはひび割れた唇を舐めた。「ジャクソン・バーンズがウェイロン・パイクに一万五千ドルを支払ってドクター・ウォーターズを殺させ、ジャナ・ウォーターズにその罪を着せたのです」

ジェイソンは弁護側テーブルに戻った。「バーンズがパイクに金を払ってドクター・ウォーターズを殺させたことを合理的な疑いを越えて立証できるでしょうか？」ジェイソンは首を振った。「それはわたしの仕事ではありません。弁護側はこの裁判においていっさい立証責任は負いません。その責任は州側にあり、そして彼らはそれを果たしていません」ジェイソンは姉を見ると、その向こうの傍聴席の最前列にいる彼のパートナーであるイジーと調査員のハリーを見た。体のなかで感情がたかぶっていくのを感じていた。「ここにいるのはわたしの姉です」彼は言った。自分の声が少しかすれているのがわかった。「欠点だらけです。姉は証人席に坐って、夫を殺すためにウェイロン・パイクを雇っていないと言いました。みなさんが抱くべき唯一の疑問は、みなさんが、州側の提示した証拠にいっさいの疑いを持っていないかどうかということです」テーブルをまわってジャナの椅子の後ろに立った。「審議をするときは、州側のふたりの花形証人について考えてください。ウェイロン・パイクはよく知られた重罪犯であり、放火犯、そして窃盗犯で、証言することで州側と取引を行なっています。パイクの話にいっさいの疑いはないのでしょうか？」ジェイソンは陪審員の列に視線を向けた。「ないわけがありません。そして州側のもうひとりの花形証人であるジャクソン・バーンズにはドクター・ウォーターズを殺す動機と機会、手段があったことをわれわれは示しました。州側の証拠の弱点を考えた場合、わたしは、ミズ・ランクフォードが雄弁に物語ったように、みなさんが正義の許す唯一の評決を下すと確信しています」ジェイソンは姉の肩に手を置き、陪審員に向かってうなずいた。「無罪であると」

82

陪審員は七日間を費やして審議をし、二〇一八年十一月二日金曜日の午後四時半に評決に達して戻ってきた。

陪審員が入ってくると、コンラッド判事は陪審員長に評決を読み上げるように促した。ラッセル・エドモンソンが一枚の紙を手にして立ち上がった。ジェイソンの体を温かい感覚が走った。

「われわれ陪審員は、被告人ジャナ・リッチ・ウォーターズを……無罪とします」

その後の数分間、ジェイソンはハグと握手、そしてキスの嵐に襲われ、はっきりと覚えていなかった。ジャナはジェイソンを抱きしめて離さなかった。それからイジーとハリーもいっしょになってハグをした。ジェイソンはシェイ・ランクフォード、ダニエルズ部長刑事、グリフィス保安官と握手をした。

保安官はジェイソンの手を握りながら、小さな声で話した。「われわれはバーンズの逮捕について検討する。彼は証言以来、職場にも現れていないし、家族も彼と会っていない。彼の居場所がわかったら、きみの依頼人の協力をお願いしたい」

「わたしもそう願っています」ジェイソンはそう言うと、保安官を押しのけて法廷の後ろへ進んだ。そこではサッチェル・トニダンデルがドアのそばに立っていた。「ケイドは問題ないか？」ジェイソンは訊いた。

「そう思う」サッチは言った。「彼は話したがっている。が、面倒は起こさないと言っている」

ジェイソンは安堵の息を吐いた。

手を握られるのを感じて振り向いた。「娘たちに会いたいわ」ジャナが言った。

ジェイソンはうなずいた。「家へ帰ろう」

83

裁判所を出ると、ガンターズビルのダウンタウンはほとんど陽が沈んでいた。午後五時十分。ジェイソンは〈ブリック〉の前に車を止めていたので、バーのなかに入ってトレイ・コーワンに礼を言おうという誘惑に駆られたが、やめておくことにした。姪たちに会いたかった。ハリーが先導する後ろを、彼とジャナは並んで歩道を歩いた。後ろにはサッチ・トニダンデルがいた。

影のせいだったのかもしれない。いっときの高揚感のせいだったのかもしれない。あるいはただの不注意だったのかもしれない。

だがジェイソンは〈ブリック〉の日よけの下に立っている男が見えていなかった。〈ポルシェ〉のキーレスエントリーをクリックし、通りを渡ろうとした。男が日よけの下から飛び出してくるのを見たのはそのときだった。

ジャクソン・バーンズがジェイソンの胸に拳銃を向けた。「このクソ野郎。おれの人生を台無しにしやがって」

ジェイソンは本能的に両手を上げた。銃声が鳴り響いた。彼は姉に抱きしめられていた。さらに銃弾と轟音《ごうおん》が鳴り響くなか、後ろの歩道に倒れ込んだ。

数秒後、ジャナの下から這い出し、彼女を見た。ドレスの前が血に覆われていた。

「嘘だ！」ジェイソンは叫んだ。顔を上げると、バーンズが手足を広げて歩道に横たわっていた。銃弾を浴びていた。死んでいた。

ハリーを見ると、彼はひざまずいて拳銃をバーンズの死体に向けていた。調査員の拳銃の銃口から煙が上がっていた。彼はジェイソンのほうを見ると、「大丈夫か？」と口の動きで尋ねた。ハリーの後方と右側には、チャックとミッキーのトニダンデル兄弟が散弾銃をバーンズに向けて構えており、サッチがグロックを両手で握って構えていた。彼らもカーディーラーを撃っていた。

ジェイソンは眼をしばたたいて、ショックを振り払おうとし、姉を見下ろした。「ジャナ」涙声になっていた。ドレスの血を拭うと自分の手を見た。「ジャナ、病院に行こう」彼はハリーとトニダンデル兄弟に向かって叫んだ。「救急車を呼んでくれ！」だが、すでに遠くからサイレンが近づいてくるのが聞こえた。

自分の手が握られるのを感じ、姉の眼を見た。「ジャナ」彼はすすり泣いていた。こんなふうに終わるはずじゃなかった。「ぼくたちは勝ったんだ」彼は言った。顔を近づけて言った。「姉さんの勝ちだ」

彼女がジェイソンの顔に触れた。「愛してるわ、ベイビー・ブラザー」そう言うと咳き込んだ。ジェイソンはふたたび周囲に眼をやった。ハリーとサッチ・トニダンデルがジェイソンに覆いかぶさるように立っていた。「助けてくれ」ジェイソンはすすり泣くように言った。だが、ふたりとも何も言わなかった。

「J・J……」サイレンの音に彼女の声はほとんど聞こえなかった。

「大丈夫だからね、ジャナ。すぐに病院に着くから」

「こっちに来て」彼女はなんとかそう言った。

ジェイソンは体を近づけると、彼女の口元に耳を寄せた。

「ニーシーとノラの面倒を見てくれる？」

「ああ、でも姉さんが自分で見るんだよ」

「J・J……ありがとう」

「ジャナ、ぼくを置いていかないでくれ」

「あ……愛して……いた」

「ぼくもだよ、姉さん」

そして彼女の眼は虚ろになった。ジェイソンの顔から彼女の手が離れて落ち、そして彼は現実を理解し……心が砕けるのを感じた。「ジャナ？」

彼女は答えなかった。ジェイソンは叫んだ。「ジャナ！」

立ち上がると、後ろによろめいた。だれかが彼が倒れるのを支えたが、それがだれなのか見ようともしなかった。「ジャナ！」もう一度叫んだ。

「死んでしまった」とジェイソンは言った。振り向いてサッチの眼を見た。「姉さんが……死んでしまった」

84

ドクター・ブラクストン・ウォーターズとジャナ・リッチ・ウォーターズの葬儀は、ファースト・メソジスト教会でいっしょに執り行なわれた。少なくとも五百人が参列した。『アドバタイザー・グリーム』の一面は、ジェイソンに向けられた銃弾を浴びて、弟を死から守ったヒーローとしてジャナを称賛した。キーシャ・ロウが書いたその記事は、ジェイソンもまたヒーローであるとしていた。

〝ミスター・リッチは姉のために無罪評決を得ただけでなく、謎も解いてみせた〟キーシャは記事のなかでそう書き、次のように締めくくった。〝ジャクソン・バーンズがドクター・ウォーターズ殺害に対し裁かれることはないが、裁判のあとの彼の行動は、明らかに彼の罪を示している〟

ほとんどの人々が葬儀をあとにすると、ジェイソン、ニーシー、ノラその他数人が残り、棺が作業員によって地中に下ろされるのを見守った。ふたりの娘は泣きながら、墓に土を掛けた。ここ何日か、ニーシーはおしゃべりで異常にテンションが高く、鎮静剤を飲まないと眠れないほどだったが、ノラのほうは母の死を知って以来、ほとんどことばを発していなかった。

彼女たちの両親はふたりとも死んだのだ。ふたりとも殺された。どんな子供にとっても耐えられることではない。正直に言って、いったいだれがこんな重荷に耐えられるのだろう。ジェイソンはそう思った。彼自身はなんとか日々を過ごせていたが、姪たちの将来が心配だった。

やがてチェイスがニーシーとノラを自分の車までエスコートした。

「あとから行く」ジェイソンは言った。

「オーケイ」チェイスは言い、ジェイソンの頬にキスをした。

葬儀屋の職員と埋葬作業員が去ると、ジェイソンひとりが姉の墓の前に残された。彼は咳払いをしてから言った。「ジャナ、話したかったことが……たくさんあるのに。言いたいことがいっぱいあったのに」ジェイソンは眼を拭うと、振り向いてチェイスの車を見た。「あの子たちが大丈夫なように最善を尽くす。ふたりは今、もがき苦しんでいる……ぼくたちは今……」彼は自分の声が思慮深く聞こえていることを願った。頭がおかしく、絶望しているようには聞こえないことを願った。「ジャナ、姉さんが……死にそうなとき、ぼくが言ったことはほんとうだからね」彼は自分の手にキスをすると、姉が最後に眠る場所を覆う土の上にその手を置いた。「ほんとうに愛してる」

彼は眼を拭った。「これからもずっと」

ジェイソンは車でミル・クリークまで戻ったが、心は乱れ、疲れ切った状態だった。姪たちがこれまで以上に自分を必要としていることがわかっていた。そしてショック状態が去れば、真の痛みがやって来る。彼女たちの父親は死んだ。彼女たちの母親は死んだ。そしてアルコール依存症と闘う、ほとんど知らない叔父と暮らしていくことになる。それにサンド・マウンテンの麻薬王との問題もあった。サッチ・トニダンデルによると、彼はまだジェイソンと話したがっているようだった。

「いつ会うかは連絡すると言っていた」サッチは言っていた。

車から降りると、チェイスが玄関前の階段で待っていた。

「あの子たちは？」ジェイソンは尋ねた。

「サッチが湖のほとりの店まで連れていった。餌を買ったら、彼のボートで釣りに行くんだって」

ジェイソンは彼女の隣に坐った。「いい考えだ」

「大丈夫？」彼女は尋ねた。

「いいや」ジェイソンは言った。

「もし少しはエネルギーが残ってるなら、考えがあるんだ」

「気が紛れるならなんでもするよ……なんだって」

「うまくいくと思うんだ」

ジェイソンは彼女のあとをついて、家をまわるとボートハウスまで行った。一艘のカヌーが栈橋につないであった。

「チェイス?」ジェイソンは言いかけたが、彼女がジェイソンの手を取り、カヌーのほうに引っ張っていった。乗り込むと向かい合わせに坐った。

チェイスはプルオーバーのポケットに手を入れると黄色い野の花を一輪取り出した。彼女はその花のにおいを嗅ぐと、ジェイソンに差し出した。「お願い……」

ジェイソンは心臓の鼓動が高鳴っていくのを感じながら、その花を受け取り、彼女の髪に差してやった。「きれいだよ」とささやいた。

「ふたりで小川《クリーク》に行くのは久しぶりだね」そう言うと彼女は身を乗り出してキスをした。自分の唇が彼女の唇をかすめたとき、ジェイソンはベリーと汗、そして野の花の酔わせるような香りを嗅いだ。

心のなかで、ジェイソン・リッチは、長く壊れそうな橋を渡りきるための最後の一歩を踏み出そうとしている自分の姿を思い浮かべていた。「ああ、そうだね」

エピローグ

葬儀から一週間後、サッチ・トニダンデルが午前八時三十分にジェイソンの家のドアをノックした。ノラは学校に行っており、ニーシーはダウンタウンの〈ジャモカズ・コーヒーショップ〉で勉強することにしていた。

「タイソン・ケイドが午前十時ちょうどに〈アルダー・スプリングス食料品店〉で会いたいと言っている」サッチは言った。

「今日？」ジェイソンは訊いた。

「ああ。面倒は起こさないと約束しているが、ひとりで来るように言っている」

ジェイソンはため息をついた。「賢明だと思うか、サッチ？」

「いいや。だから弟たちが、よく知っている向かいの空き家で見張っている。持ち主には貸しがあるんだ」

「ありがとう、ほんとうに感謝する」

「ケイドの目的はなんだ？」

「わからない」

ジェイソンが着くと、タイソン・ケイドはコンクリート造りのビルの横に立っていた。ドラッグディーラーは〈トゥインキーズ〉を食べながら、〈サンドロップ〉を飲んでいた。

彼はジェイソンのほうに歩いてくると〈ポルシェ〉の助手席に飛び乗った。「どうぞ」と言うと、ポケットから〈トゥインキーズ〉をもうひとつ取り出して差し出した。「少しは栄養補給になる」

「これはなんなんだ?」

ケイドは〈iPhone〉に何かを表示させると、ジェイソンに渡した。

ジェイソンは画面を見つめた。それは六十九号線のストリップモールにある〈ローンドロマット〉のビデオ映像だった。スクリーンの下には二〇一八年七月四日午後九時と表示されていた。

ジャナの〈メルセデスSUV〉と運転席にいる女性を認め、ジェイソンは胃がぎゅっと引き締まる感覚を覚えた。ジャナだ。間違いない。数秒後、SUVの助手席に男が乗り込んだ。

「ああ、嘘だ」ジェイソンはつぶやいた。

ウェイロン・パイクだった。

ジェイソンの手が震えだした。ケイドの顔を覗き込んだ。歯を見せて笑っている。

スマートフォンをケイドに返すと、ハンドル越しにハッスルビル・ロードに眼をやった。

「どうやって手に入れたんだ?」

「あの〈ローンドロマット〉を経営しているやつとは懇意にしてるとだけ言っておこう。保安官事務所に求められる前にテープを渡してくれたんだ」

「なぜずっと持っていた?」

「金を取り戻したかった。ジャナには五万ドル貸していた」

「そしてそれはわたしが払った。わたしが支払ったあとに、魔法のようにテープが出てくるようにしなかったのはどうしてだ?」

ケイドは空に眼をやった。「警察に協力するのはおれの性《しょう》には合わない」

ジェイソンは眼をしばたたいた。「じゃあ、なぜ今になってわたしに見せたんだ?」

「おまえが約束を破ったからだ。ジャナを証言させた」

「彼女はあんたのことは話さなかった。あんたに配慮した」

ケイドはうれしそうに笑うと、ドアを開けずにコンバーチブルから飛び降りた。「だから、おまえは死んでいないのさ」彼は車の横に両手を掛けて身を乗り出した。「だが多少は影響があった。それに、今ならおまえも気分がいいだろう。有罪の被告人を自由の身にしたんだからな。おれもトラブルに陥ったときにだれに電話をしたらいいか知ることができた」

ジェイソンは地獄に落ちろと言いたい衝動と闘った。

ケイドは立ち去ろうとして歩き始めたが、立ち止まった。〈サンドロップ〉をゆっくりと飲み干すと、手にしていたペットボトルをつぶした。「ところで、弁護士先生？　このテープについておれが何もしなかったほんとうの理由を知りたくないか？」

ジェイソンは何も言わなかった。

「彼女が好きだったんだ」ケイドはボトルをごみ箱に投げ捨てると、頭を振った。「彼女のことがほんとうに好きだった」

そう言うと彼はハッスルビル・ロードを歩き始めた。

謝辞

妻のディクシーはわたしの最初の編集者であり、この物語はわたしたちがいっしょに長い散歩をしているときに生まれた。わたしは長い人生を彼女とともに歩むことを愛している。

わたしたちの子供たち──ジミー、ボビー、そしてアリー──はわたしのインスピレーションであり、モチベーションであり、喜びだ。

母、ベス・ベイリーは、これまでも、そして現在も、さらには未来もずっとわたしの一番のファンであり、一番のサポーターだ。

わたしのエージェントのリザ・フライスィヒは、困難な一年間にわたしを集中させ、仕事を続けさせてくれた。友人でもあるエージェントと出会えたことは、わたしにとってほんとうにラッキーだった。

わたしを育ててくれた編集者のクラレンス・ヘインズは、ジェイソン・リッチのキャラクター設定や物語のプロットについておおいに力になってくれた。さらに上を目指そう、クラレンス。

メガ・パレク、グレイス・ドイル、サラ・ショー、そしてトーマス＆マーサーの編集・マーケティングチームのみんな、サポートと励ましをありがとう。

友人であり、ロースクールの同級生でもあるウィル・パウエル判事は、わたしのリーガル・スリラーすべてでそうしてくれたように、刑法上の問題に関する洞察と助言を与えてくれた。そしてわたしの最初の読者のひとりでもある。

友人のビル・ファウラー、リック・オンキー、マーク・ウィッツェン、スティーブ・シェイマスには、最初の読者であること、そしてずっと励ましてくれたことにあらためて感謝したい。

弟のボー・ベイリーは最初から執筆というわたしの夢をサポートしてきてくれた。彼の助けとわたしの人生にずっと寄り添ってくれていることに感謝する。

義父のドクター・ジム・デイヴィスは、ポジティブなエネルギーの源であり、いつものとおり、物語の洞察に満ちた読み方を教えてくれた。

友人のジョナサン・ラスクは、ガンターーズビルとマーシャル郡のあらゆることに関する貴重な情報源となってくれた。

友人であり、湖畔の隣人でもあるジェイソンとクリスティ・レインハート夫妻は、ガンターーズビル湖のミル・クリークをわたしの家族に紹介してくれた。

友人であり、クラスメートでもあったローマン・ショールはアラバマ州弁護士会の懲戒手続きの仕組みについての知見を披露してくれた。

アラバマ州ポイントクリアの友人ジョー・バラードとフォンシー・バラードはわたしの執筆活動において、多大なサポートを与えてくれた。ふたりの友情に心から感謝したい。

訳者あとがき　新たなる挑戦

吉野弘人

ロバート・ベイリーの新シリーズ第一作『リッチ・ブラッド』をお届けする。

新たなシリーズの主人公は、ジェイソン・リッチ。主要幹線道路に自らの顔写真を載せた看板を展開する民事専門の弁護士だ。看板弁護士《ビルボード》として、その知名度とともに実績も充分のすご腕弁護士なのだが、父や姉との確執、妻との離婚、父親の死のあと、アルコール依存症に陥り、証人の証言録取に酒を飲んで現れたことから、法曹協会からリハビリ施設への九十日間の入院を命じられる。そして退院したその日に疎遠だった姉からの電話が入る。姉のジャナは幼い頃から、ジェイソンを精神的に虐げてきた〝毒姉〟だった。ジャナの夫、ブラクストン・ウォーターズが自宅で遺体で発見され、彼女はその殺害を教唆《きょうさ》した容疑をかけられたのだ。ジャナはジェイソンに弁護を依頼する。

ジェイソンは弁護を引き受けるかどうか悩む。アルコール依存症の問題を抱えている上、刑事裁判の経験はまったくなく、それどころか民事事件においてもほとんどを和解で決着させてきたので法廷に立ったことさえないのだ。証拠は圧倒的にジャナに不利な上、ジャナが麻薬を買っていた地元の麻薬王タイソン・ケイドが、ジャナが裁判で自分との麻薬取引について言及すれば、家族――ジェイソンの姪《めい》たち――を殺すと言って脅迫する。四面楚歌《しめんそか》のなか、それでもジェイソンは姉を救うため、そして家族を守るため、ジャナの弁護を引き受けることを決意する。

ザ・プロフェッサー・シリーズの主人公トム・マクマートリー、そのスピンオフの主人公ボーセフィス・ヘインズに比べると、本作の主人公ジェイソン・リッチはかなり軽く、そして情けない。アルコール依存症のリハビリ施設から退院したその足で、バーに入ってビールを注文してしまうほどだ。著者ベイリーはこのシリーズでトムやボーのようなレジェンド的な人物ではなく、家族関係に悩み、依存症と闘う等身大の人物を主人公に据え、その彼が慣れない刑事裁判で失敗をしながらも奮闘し、また姉との関係に正面から向き合うことによって、自身の再生に取り組む姿を描いている。わたしには主人公が経験のない法廷へと挑戦するさまは、ベイリー自身が、過去のシリーズから脱皮し、新たな主人公像を求めて模索する姿と重なるような気がした。ベイリーのこれまでの執筆スタイルを見ると、二作から四作の作品をひとつのシリーズとしている。シリーズも長期化すると飽きがくることもあるので、それを避けようとする意図があるのかもしれない。彼がこういったスタイルで書き続けていくなら、シリーズごとに魅力的な主人公を生み出していく必要がある。これまでのシリーズを離れ、ジェイソン・リッチという新たなキャラクターを生み出して新シリーズをスタートさせることは、著者にとっての新たな挑戦である。そして今後も同じように書き続け、常に新鮮な物語を世に送り出すという約束であり、宣言であると言えよう。そういった意味でも本作、本シリーズはロバート・ベイリーという作家の今後を占う意味において重要な作品と言えるのではないだろうか。

すでに本作をお読みになった読者の方はお気づきだろうが、本シリーズはザ・プロフェッサー・シリーズやボーセフィス・ヘインズ・シリーズと同じ世界線でストーリーが展開する。最近ではこういった設定を〝シェアード・ユニヴァース〟というのだそうだ。本作では、ザ・プロフェッサー・シリーズからのゲストが登場し、〝彼〟のその後が描かれるなど、以前のシリーズからの読者にはうれしいプレゼントが用意されている。本シリーズでは今後の作品にもこういったシリーズ間の交流があるので愉《たの》しみにしてほしい。また、ベイリーがこのあとに書くであろうシリーズにジェイソンが登場するといった展開があるかもしれないと想像するとさらに期待が高まる。

本シリーズは三部作となる予定のようで、アメリカ本国ではすでに次のとおり第三作まで刊行されている。

Rich Blood　二〇二二年（本作）
Rich Waters　二〇二三年

Rich Justice　二〇二四年

次作では宿敵タイソン・ケイドとの確執が続くなか、新たな刑事裁判を引き受けたジェイソンがふたたび法廷に登場する。だが過酷な試練がジェイソンとその家族、仲間たちを襲う。シリーズ三作のなかでも最も熾烈《しれつ》で衝撃的な展開が待っており、大団円の第三作へ向けた重要な作品となっている。さきほどの〝シェアード・ユニヴァース〟の展開も含め、期待してお待ちいただきたい。

二〇二五年一月

解説

池上冬樹

二十年前、あるところで活況を呈していたリーガル・サスペンスを分類したことがある。まず、このジャンルの牽引者《けんいんしゃ》二人、すなわち『法律事務所』『ペリカン文書』『依頼人』で有名なジョン・グリシャムをアクション派に、『推定無罪』『立証責任』のスコット・トゥローを濃密な文体と人物描写で読ませる純文学派にしたうえで、さらに七つにわけた。すなわち①リアリズム派、②法廷劇派、③ジャンル結合派、④謎解き派、⑤普通小説派、⑥裁判小説派、⑦陪審員小説派である。具体的に説明すると、①はフィリップ・フリードマン『合理的な疑い』のように捜査と公判の過程の一部始終を詳細綿密に描く派で、②はリチャード・ノース・パタースン『罪の段階』のように充分に事件の謎で惹《ひ》きつけながら事件関係者のドラマをさまざまなサイド・ストーリーを絡めて描く派、③は警察小説と結合したマイクル・コナリー『ブラック・ハート』、サイコ・サスペンスと融合したフィリップ・マーゴリン『黒い薔薇《ばら》』のように他のジャンルと結合して法廷劇を盛り上げる派である。④はスティーヴ・マルティニ『重要証人』やウィリアム・ディール『真実の行方』のように見事に構築された二転三転するプロットでフーダニットやホワイダニットの謎解きの興味をいたく満足させる派で、逆に⑤はコリン・ハリスン『裁かれる検察官』のように謎解きよりもヒーローの私生活の悩みを綿々と描く派。⑥はネルソン・デミル『誓約』のように軍事裁判を中心としたもので重く普遍的なテーマをもつ派で、⑦はジョージ・ドーズ・グリーン『陪審員』のように陪審員を主人公にして事件を捉える派となる。

いまこうして振り返ってみると、二十年前まではリーガル・サスペンスに名作が多数あったことに気づく。右にあげたものは雑誌やミステリ・ベストテンなどで大いに話題になった作品ばかりで、逆にいうなら、この二十年間で、リーガル・サスペンスの分野で大いに話題になった作品が何作あっただろうかと考えてしまうほど少ない。いやリーガル・サスペンスは書かれてあるし、まだまだグリシャムやコナリーも健在で、相変わらず活躍しているけれど、なかなかかつてのように活況とは言い難い状況にあるのではないか。

といっても、有為な新人は次々に出てはいる。なかでも何といっても忘れてならないのは、本書のロバート・ベイリーである。米国南部を舞台にしたトム・マクマートリー・シリーズ四作、マクマートリーのスピンオフである弁護士ボーセフィス・ヘインズ・シリーズが二作ある。六作、みな面白い。

まず、ベイリーの出色のリーガル・スリラーものは、『ザ・プロフェッサー』から始まった。アラバマ大学法学部教授のトム・マクマートリーはトレーラー事故で娘一家を奪われた事件の弁護を依頼される。トムは若手弁護士を紹介するが、やがて彼も法廷にたつ。六十八歳、証拠論の専門家としても著名だったが、妻を癌《がん》で亡くし、膀胱《ぼうこう》癌に冒されていることを知る設定だ。二作目の『黒と白のはざま』はその続編で、前作で活躍した黒人の弁護士ボー・ヘインズが殺人の罪で捕えられ、その濡《ぬ》れ衣《ぎぬ》を晴らす。三作目『ラスト・トライアル』は、少女に頼まれて、殺人事件の容疑者として逮捕された元ストリッパーの弁護をする話だが、面白いのは殺された男がトムたちの宿敵であり、元ストリッパーはもともと敵側の因縁の人物。しかも法廷で戦う検事たちはかつての教え子で、無二の親友。これにかつての教え子であり、トムを憎んでいる判事が加わるから、裁判では窮地にたたされていく。四作目『最後の審判』はシリーズの完結編で、前作で余命宣告を受けたトムは、激痛にたえながら、決して起きてはほしくない事件と対峙《たいじ》する。トムに恨みを抱く死刑囚が脱獄して、トムが大事にしている友人たちを狙い、最愛の者を誘拐しようとするのだ。この死刑囚は第一作からの悪党であり、二作目も三作目も単独の事件として読めるけれど、背景はみな一作目から繋《つな》がっており、まさかの対決となる。

トムが癌で亡くなり四作で完結したが、ベイリーは、マクマートリー・シリーズの脇役黒人弁護士ボー・ヘインズを主人公にしたスピンオフのシリーズを『嘘《うそ》と聖域』から始める。トムが愛した検事長ヘレン・ルイスが殺人容疑で逮捕されてしまう。かつてボーを殺人の罪で起訴したこともあるヘレンには複雑な思いもあったが、弁護を引き受ける。しかし証拠も揃《そろ》い、状況は圧倒的に不利だった。二作目は『ザ・ロング・サイド』で、人気バンドのボーカリスト殺しで捕まった地元高校のフットボールのスター選手オデルの弁護である。オデルは無実を主張するが、証拠も揃っていて難しい状況。果たして無罪を勝ち取れるのか？

このように、トム・マクマートリー・シリーズも、ボーセフィス・ヘインズ・シリーズも、八方塞がりの、どうしたって勝てそうにない裁判に戦いを挑むのが特徴で、ひたすら追い詰められ、窮地の連続となる。しかもマクマートリーの場合は、シリーズ後半から癌が進行中で痛みがひどく、己《おの》が信条と友情の選択にも苦悩し続けることになる。肉体的にも精神的にも負荷をかけられ、さらに事件の上でも劣勢にたたされる。もちろんそこから少しずつ証拠を手に入れ、事件の真相に迫り、逆転を狙うことはいうまでもない。このミステリ的昂奮《こうふん》が法廷劇として描かれるからたまらない。

先の分類にあてはめると、充分に二転三転する物語は、法廷を舞台にした謎解き派にいれてもいいし、言い忘れたが、毎回とても胸をうつ作品なので、謎解き感動派という分類もありかと思うが、でも個人的には、「連続テレビドラマ派」にしたい。これはここ二十年以内の世界的なエンターテインメントの傾向で、とりあえず一話完結ではあるけれど、事件関係者の謎はかならずしも解かれることはなく、その謎を引き継いで次の作品へと持ち込まれるものがやたら増えてきた。さらにヒーローやヒロイン、もしくは脇役たちに家族問題などがあり、それがサイド・ストーリーとなって紡がれていく。これは映画よりもテレビもしくはネット系のドラマが大きく普及して、二時間の映画ではなく、1シーズン数十本のドラマになり、その形式をミステリもまた踏まえるようになったということだろう。

最初にそれを感じたのは、スウェーデンのアガサ・クリスティーといわれるカミラ・レックバリのエリカ＆パトリック事件簿もので、事件は解決するものの主人公たちの私生活の問題がサイド・ストーリーとして紡がれて、まるで連続テレビドラマを見ているような気持ちになった。これはほかの北欧ミステリにもいえるし（何といっても有名なのはユッシ・エーズラ・オールスンの特捜部Qシリーズ）、英米のミステリにもそれが急に増えてきた。というか、それが普通になってきたといってもいい。レックバリは二〇〇三年、オールスンのシリーズは〇七年からスタートしているが、二〇一五年に発売されたベイリーのシリーズもまたそうである。二つのシリーズで全六作、テレビドラマになってもおかしくないほど、サイド・ストーリーが緊密に支えあって、ミステリの興趣を高めているのだ。

さて、枕が長くなってしまった。そんなベイリーの待望の新シリーズが、弁護士ジェイソン・リッチものである。ここでも謎解き派の面目躍如であるが、むしろグリシャム風のアクション派の魅力が濃い。

弁護士ジェイソン・リッチは、交通事故案件を専門とし、他人の不幸で財をなしてきたが、いまや人生の崖っぷちにいた。アルコール問題で法曹協会に告発され、リハビリ施設に九十日間入院しているあいだに、弁護士資格を緊急停止されていた。罰金を科されたあと通常業務にもどることができたが、次に失敗すれば弁護士資格が剝奪されるのは目にみえていた。

そんな彼のもとに長年疎遠だった姉のジャナから連絡があった。姉の夫で医師のブラクストン・ウォーターズが殺され、その殺害容疑で逮捕され、弁護を依頼したいという。姉とは幼いころから犬猿の仲で、会えばストレスになり、酒への渇望が増すだけと思ったが、姪《めい》たちからも連絡があり、故郷へとむかう。久しぶりに会う姉はやはり最悪で、地域でも疎まれていたし、弁護も難しいと思われた。姉に頼まれて殺人を犯したと自白した男がすでに逮捕されていて、報酬の一万四千ドルも男の実家の部屋から見つかった。姉と男には肉体関係があり、夫を殺したいと前々から言っていた。その発言は夫婦の隣人も聞いていた。さらに姉のジャナは麻薬もやっていて、その街の麻薬の元締めとも関係をもっていた。調べれば調べるほど次々に不利な証拠が出てきたが、ジェイソンは、父を失い、いまや母も失おうとしている姪たちのためにも弁護を引き受けることを決める。刑事事件の経験はまったくなかったが、事務所のパートナーや調査員のハリーの力を借りて、裁判へとのぞむ。

三十六歳のバツイチでアルコール依存症の弁護士ジェイソンは、読者にとって最初は疎ましいかもしれない。アラバマからフロリダまでのハイウェイに何枚もの看板を掲げている「ビルボード弁護士」で、金儲《かねもう》け至上主義の弁護士に見えるからである。ましてや酒で失敗した男の情けない挿話が紹介されるから、ますますヒーローとして敬遠する部分があるのだが、もちろんロバート・ベイリーの小説であるから、そうならざるをえない過去と事情を語り、少しずつ弱さを抱えた愛すべき人間であることがわかってくる。とくに姉とのいびつな関係が読ませるのだが、ただいつものベイリーと比べると冒頭からアクションが多い。次々に視点を変えて、場面を提示して、明らかに単純な事件のように見せるのだが、ベイリーのミステリが単純であったためしがない。当然裏もあるし、ひねりもあるし、どんでん返しもある。法廷劇派のベイリーにしては今回はやや法廷劇の魅力は薄いかもしれないが、そのぶん複雑な人間関係と今後の家族のありかたの伏線をはっているといえるかもしれない。

というのも、次回のシリーズ第二作『リッチ・ウォーターズ（仮）』は、本書の数ヵ月後を舞台に、ケリー保安官補殺しで捕まったトレイ・コーワンを弁護する内容であるし、第三作『リッチ・ジャスティス（仮）』ではジェイソンがある殺人事件（と曖昧に書く）の容疑者になり、彼の弁護を弁護士になったシェイ・ランクフォードが担当するという物語であるからだ。いやはやなんという展開だろう。本書の脇役たちが次回以降、重要な役割をになうので、注意深く読まれるといいだろう。詳しくは書かないが、次回作以降のストーリー紹介をのぞくと、家族関係者も問題を起こして、リッチの苦悩がいちだんと深まるようである。つまりまさに「連続テレビドラマ派」なのである。もちろん謎解きも法廷劇も、そして何よりも胸が熱くなるような感動も用意されているだろう。それがベイリーだ。ここ十年のリーガル・サスペンスのジャンルでもっとも活躍しているのがベイリーであり、何を読んでも昂奮させ、胸をうつ。ジェイソン・リッチ・シリーズも大いに期待したいと思う。

ロバート・ベイリー著作リスト（翻訳は吉野弘人で小学館文庫。⑤のみ単行本）

① The Professor (2015)『ザ・プロフェッサー』
② BetWeen Black and White (2016)『黒と白のはざま』
③ The Last Trial (2018)『ラスト・トライアル』
④ The Final Reckoning (2019)『最後の審判』
⑤ The Golfer's Carol (2020)『ゴルファーズ・キャロル』※ゴルフ小説
⑥ Legacy of Lies (2020)『嘘と聖域』
⑦ The Wrong Side (2021)『ザ・ロング・サイド』
⑧ Rich Blood (2022)『リッチ・ブラッド』※本書
⑨ Rich Waters (2023)
⑩ Rich Justice (2024)
（①②③④がトム・マクマートリー・シリーズ、⑥⑦がボーセフィス・ヘインズ・シリーズ、⑧⑨⑩がジェイソン・リッチ・シリーズ。⑤は単発のゴルフ小説）

（いけがみ・ふゆき／文芸評論家）

――本書のプロフィール――

本書は、二〇二二年にアメリカで刊行された『RICH BLOOD』を本邦初訳したものです。

小学館文庫

リッチ・ブラッド

著者 ロバート・ベイリー
訳者 吉野弘人《よしのひろと》

二〇二五年二月十二日　初版第一刷発行

発行人 庄野 樹
発行所 株式会社 小学館
〒一〇一-八〇〇一
東京都千代田区一ツ橋二-三-一
電話 編集〇三-三二三〇-五七二〇
販売〇三-五二八一-三五五五
印刷所 ―――― 大日本印刷株式会社

ISBN978-4-09-407335-5